Elisabeth
Kabatek

ZUR SACHE, Schätzle!

Roman

Für Johanna, ohne die Pipeline Praetorius vielleicht immer noch in der Schublade schlummern würde.

Besuchen Sie uns im Internet:
www.droemer.de

Vollständige Taschenbuchausgabe Mai 2017
Knaur Taschenbuch

Ein Imprint der Verlagsgruppe
Droemer Knaur GmbH & Co. KG, München

Redaktion: Antje Steinhäuser
Covergestaltung: ZERO Werbeagentur, München
Coverabbildung: FinePic®, München / shutterstock
Satz: Adobe InDesign im Verlag
Druck und Bindung: CPI books GmbH, Leck
ISBN 978-3-426-51702-4

2 4 5 3 1

1. Teil

Der einzige Zeuge

1. Kapitel

Late at night when it's hard to rest
I hold your picture to my chest
and I feel fine

He, du, hinten anstellen!«, brüllte jemand.

»Hinten anstellen? Ihr wollt doch nicht etwa alle …«

»Doch!«, schrien ungefähr fünfzig Stimmen im Chor. Wie ein geprügelter Hund schlich ich mich ans Ende der Schlange. Unfassbar. Die unzähligen Menschen, die das winzige Vorgärtchen in Stuttgart-Gablenberg bevölkerten, veranstalteten keinen Flashmob, sondern interessierten sich alle für die Wohnung? »Offene Wohnungsbesichtigung, Samstag zehn Uhr«, hatte in der Anzeige gestanden. Ein offener Besichtigungstermin ist cool, hatte ich gedacht, weil man sich in aller Ruhe umsehen konnte, ohne einen artigen Eindruck auf blöde Vermieter machen zu müssen. Wenn einem die Wohnung nicht gefiel, zischte man einfach wieder ab, und auf zehn Minuten hin oder her kam es bestimmt nicht an. Leider schaffte ich es erst auf halb elf. Ich war ein bisschen knapp aufgestanden und hatte nur schnell eine Katzenwäsche absolvieren wollen, als Lila ins Bad platzte und mir kommentarlos ein brüllendes, nacktes, vollgekacktes Baby auf den Arm schaufelte. Lila war meine Mitbewohnerin, beste Freundin und seit kurzem Mutter von Zwillingen.

»Müssen die immer alles gleichzeitig machen!«, schimpfte sie und hielt den Hintern von Oskar unter den Wasserhahn. Er schwebte wie ein Barockengelchen auf ihrem Unterarm, während sie ihn geschickt abwusch, in ein Handtuch wickelte und dann

Platz für mich und Gretchen machte. Ich versuchte es genauso elegant. Leider flutschte mir Gretchen ins Waschbecken und hinterließ auf meinem Schlaf-T-Shirt und auf meinem nackten Arm eine braune Schleimspur.

»Immerhin stinkt Babykacke nicht«, kommentierte Lila mitleidslos. Bis alle Babys und ich wieder sauber und trocken waren, dauerte es eine ganze Weile. Dann bat mich Lila, nach den Wohnungsterminen den Einkauf zu erledigen, und machte noch schnell eine Einkaufsliste. Und nun stand ich also blöd in einem Vorgärtchen herum und guckte schon seit zehn Minuten auf die gleiche Sonnenblume. Wer konnte auch ahnen, dass sich sämtliche wohnungssuchenden Paare Stuttgarts in Gablenberg versammeln würden und ich mich deshalb beeilen musste? Gablenberg galt als Hochburg der Kehrwoche und war im Gegensatz zum Stuttgarter Westen oder Süden alles andere als hip. Leider gab es im Moment massenhaft wohnungssuchende Paare in Stuttgart und viel zu wenig freie Wohnungen, und die waren auch noch schrecklich überteuert. Wenn sich die Schlange bis in den dritten Stock zog, wo die Wohnung lag, würde es knapp werden für meinen nächsten Besichtigungstermin um zwölf. Der war blöderweise fest vereinbart.

Es war ungewöhnlich heiß für September. Vor mir standen adrett gekleidete Paare, unterhielten sich murmelnd oder daddelten auf ihren Handys herum. Einige kannte ich schon von anderen Terminen. Langsam bewegte sich die Schlange Richtung Haustür, immer ein Männchen und ein Weibchen, als würden wir für die Arche Noah anstehen. Lesbische und schwule Paare trauten sich offensichtlich nicht nach Gablenberg.

Mein männliches Pendant saß zur Zeit bei Bosch in China, genauer gesagt in Wuxi in der Nähe von Shanghai. Das war ziemlich unpraktisch, denn rein theoretisch war Leon mein höchster Trumpf. Erst vorgestern hatte mir Harald, Zahnarzt und seit wenigen Wochen Lilas Gatte, die Zeitschrift »Unser schönes Schwabenländle« unter die Nase gehalten. Eigentlich hatte er die Zeitschrift für seine Praxis abonniert.

»Doo guck noo[1], Line!«, rief er euphorisch. »Inschenöre sen die beliebdeschde Mieter, noh beliebder als Beamde, Rentner odr Zohärzt! Ond koi Sau will Arbeidslose odr Dagesmitter!« Offensichtlich hatte die Redaktion der Zeitschrift eine Umfrage unter schwäbischen Vermietern gemacht und abgefragt, welche Berufe und Kriterien sie bei der Auswahl von Mietern bevorzugten. Auf der Hitliste rangierte »Ingenieur bei Daimler, schwäbische Sprachkenntnisse, Single, kein Haustier, Wochenendheimfahrer« auf Platz eins, nur knapp vor »Ingenieur bei Bosch, schwäbische Sprachkenntnisse, handwerklich begabt, kein Fernsäh, keine Freunde, kein Frauenbesuch«. Bei Platz zwei gaben die Vermieter zur Begründung an, Ingenieure bei Bosch verdienten gutes Geld, verbrachten die meiste Zeit im Büro, überwiesen die Miete pünktlich, machten gerne, fachmännisch und vor allem umsonst, kleinere Reparaturen im Haushalt und in der Gemeinschaftswaschküche, waren sauber und ruhig und hatten wegen des hohen Männeranteils in den Ingenieurstudiengängen an der Uni Stuttgart keine Freundin gefunden. Zudem arbeiteten sie bei einem soliden schwäbischen Automobilzulieferer und nicht bei irgendeiner dahergelaufenen ausländischen Firma, von der man nicht wusste, mit welchen dubiosen Produkten sie ihr Geld verdiente und wann sie pleiteging.

Leon hatte aber nicht nur den perfekten Job, er verfügte zudem über einen angeborenen Charme, mit dem er vor allem ältere Herrschaften mühelos einwickelte. Jedenfalls war es in unserem Mietshaus in der Reinsburgstraße so gewesen, wo wir uns ken-

1 Nicht zu Unrecht gilt der Schwabe als mundfaul. Während man im Hochdeutschen »Da guck hin« sagt und damit drei verschiedene Vokale und Mundstellungen benötigt, sagt der Schwabe »Doo guck noo« und muss dafür nur minimal die Mundschnute verändern. Sollte Ihnen das Chinesisch vorkommen, finden Sie unter www.e-kabatek.de eine Übersetzung aller schwäbischen Teile ins Hochdeutsche.

nengelernt hatten. Ich hatte schon jahrelang dort gewohnt, als Leon im fünften Stock neben mir einzog. Nach drei Tagen stellte ihm Frau Müller-Thurgau aus dem vierten Stock zum ersten Mal Donauwellen vor die Tür. Ab diesem Moment wurde Leon lückenlos mit Kuchen, Hefekranz, selbstgemachtem Gsälz und Spreewald-Gurken versorgt, während Frau Müller-Thurgau mir niemals auch nur ein Krümelchen Kuchen anbot.

Wir hatten eigens für die Wohnungssuche ein Foto von Leon inszeniert und auf DIN A5 vergrößert. Leon war in Wuxi ganz früh in sein Büro gegangen, um nicht über seine Kollegen zu stolpern, und ich hatte mich per Skype zugeschaltet und Leon so lange hin und her arrangiert, bis er extrem vermieterfreundlich aussah. Er saß in seinem schicksten Anzug am Schreibtisch, das Telefon am Ohr und wichtig aussehende Unterlagen, auf denen man das Bosch-Schriftzeichen erkennen konnte, in der Hand, und lächelte. Ich liebte Leons Lächeln! Er war nämlich eher jemand, der grinste und sich das Lächeln für besondere Gelegenheiten aufsparte. Das Foto war mittlerweile schon ziemlich lädiert, weil ich es immer hervorzog, wenn ich Leon schrecklich vermisste, also sozusagen ständig. Er sah darauf seriös-süß aus, das war vor allem für ältere Vermieterinnen perfekt, und dass er kein Schwäbisch konnte, sah man auf dem Bild zum Glück nicht. Hoffentlich täuschte das große Foto über meinen Mangel an Charme hinweg.

Nach gut fünfunddreißig Minuten Anstehen hatte ich es endlich in die Wohnung in der Schurwaldstraße geschafft. Ich konnte nicht richtig beurteilen, ob sie mir gefiel, da nahezu jeder freie Platz von Menschen ausgefüllt wurde, die gegen die Wände klopften, um die Bausubstanz zu prüfen, oder mit dem Meterstab vermaßen, ob das IKEA-Doppelbett ins Schlafzimmer passte. Ohne großen Enthusiasmus schoss ich mit dem Handy ein paar Fotos für Leon. Leider würde auf jedem Foto ein fremdes Pärchen zu sehen sein. Einige Pärchen stritten sich, die einen heftig, die anderen in gedämpftem Ton. In einer Ecke wurde heftig geknutscht und gefummelt. Ich entdeckte noch einen recht hübschen Küchenbalkon, der auf einen begrünten Hinterhof hinausging. Leider platzte ich dort in eine besonders akute Beziehungskrise. Auf einem klapprigen Holzstuhl saß eine Frau, die die Hände vors Gesicht geschlagen hatte und von einem Heulkrampf geschüttelt wurde. Vor ihr stand ein wild fuchtelnder Typ mit einer Wollmütze auf dem Kopf und redete auf sie ein. Irgendwie schien es darum zu gehen, dass er Zusammenziehen schon irgendwie okay fand, aber auf Heiraten und Kinderkriegen echt keinen Bock hatte. Die Frau schluchzte daraufhin irgendetwas von typisch männlichen Bindungsängsten und tickender biologischer Uhr. Ich machte die Balkontür schnell wieder zu.

Die Wohnung kam mir ziemlich dunkel vor, und für einen unrenovierten Altbau waren 1100 Euro kalt ganz schön happig, aber so waren die Wohnungspreise in Stuttgart nun mal. Ich würde mich auf jeden Fall auf die Liste der Interessenten setzen lassen. Absagen konnte man immer noch. Jetzt musste ich nur noch den Vermieter finden. In der Küche stieß ich auf eine Frau mittleren Alters im dunklen Business-Anzug, deren Gesicht nicht richtig zu erkennen war, weil es komplett mit Make-up zugekleistert war. Wie eine schwäbische Vermieterin sah sie eigentlich nicht aus. Vor ihr auf dem Tisch lag ein großer Stapel mit Umschlägen. Ich holte tief Luft, zog die Mundwinkel nach oben und segelte auf sie zu.

»Sind Sie die Vermieterin? Ich bin Pipeline Praetorius. Die Wohnung ist einfach … toll. Ja, wirklich. Ich habe schon lange keine so schöne Wohnung mehr gesehen! Hell und geräumig! Ich würde mich gerne als Interessentin eintragen lassen.« Vor lauter Heuchelei klang meine Stimme ganz kieksig.

»Nehmen Sie doch bitte Platz«, sagte die Frau völlig emotionslos. Offensichtlich hielt sie es für überflüssig, sich vorzustellen. »Sicher wissen Sie, dass die Wohnung über Makler vermietet wird? Bei Zustandekommen eines Mietvertrags werden drei Monatsmieten Vermittlungsgebühr fällig.«

»Drei?« Ich schluckte. Da hatte man ja schon ein kleines Vermögen ausgegeben, bevor man überhaupt eingezogen war! »Ich dachte eigentlich, die Wohnung wird privat vermietet. Und sind nicht normalerweise zwei Monatsmieten für den Makler üblich?«

Die Frau lächelte ein süffisantes Lächeln.

»Privat? Ich bitte Sie. In Stuttgart läuft mittlerweile doch fast alles über Makler oder Banken, der private Wohnungsmarkt ist praktisch inexistent, das brauche ich Ihnen wohl nicht zu sagen. Und wenn Sie sich drei Monatsmieten Makler nicht leisten können …« Sie deutete herablassend hinter mich. Ich drehte mich um. Hinter mir wartete das Pärchen mit der männlichen Bindungsangst und strengte sich sichtlich an, seriös auszusehen und gleichzeitig begeistert zu gucken.

»Doch …doch …«, stotterte ich und versuchte, mir meinen Ärger nicht anmerken zu lassen. Unfassbar, was man in Stuttgart mittlerweile hinnehmen musste! »Bitte setzen Sie mich auf die Liste der Interessenten.«

Die Frau streckte mir einen dicken Umschlag hin. »Es gibt keine Liste. Sie bekommen von mir einen Fragebogen sowie eine Aufstellung der Unterlagen, die wir gerne von potenziellen Mietern hätten. Bitte senden Sie uns die komplett ausgefüllten Papiere bis Dienstag zurück. Sonst können wir Sie leider nicht mehr berücksichtigen. Es gilt das Datum des Poststempels.«

»Aber heute ist doch schon Samstag!«, rief ich entgeistert aus.

Das Lächeln wurde noch süffisanter. »Wissen Sie, wer heutzutage eine Wohnung in Stuttgart, München oder Frankfurt mieten will, der muss sich schon ein bisschen Mühe geben. Sehen Sie es wie eine Bewerbung für einen neuen Job: Gleiche Anforderungen, gleicher Aufwand. Und Wohnen ist nun mal ein großer Teil vom Leben, oder etwa nicht? Gerne weise ich Sie an dieser Stelle noch darauf hin, dass es Ihre Chancen stark erhöht, wenn Ihre Eltern in Stuttgart eine Immobilie in attraktiver Lage besitzen, zum Beispiel in der Halbhöhenlage, und uns diese zum Verkauf anvertrauen. Ich meine, früher oder später müssen sie ja sowieso ins Altenheim! Wenn Sie jetzt bitte die nächsten Interessenten …«

Ich stolperte aus der Küche und die Treppe hinunter. Meine Wangen glühten. Was für eine herablassende Kuh! Leider konnte sie es sich erlauben. Ich suchte schon seit Wochen nach einer Bleibe für Leon und mich und war mittlerweile ziemlich frustriert. Viele Wohnungen waren unbezahlbar und schieden deshalb von vorneherein aus. Manche Vermieter starrten auch völlig ungeniert auf meinen Bauch, um herauszufinden, ob sich bei mir Nachwuchs ankündigte. Zum Glück war ich so dünn, dass ich kein bisschen Bauch hatte. Wenn die Wohnung hübsch und die Miete okay war, bekam garantiert die alleinstehende Frau, die ihre Brüste dem Gesicht des Vermieters entgegenstreckte, den Zuschlag. Viele Wohnungen waren allerdings auch in einem so schlimmen Zustand, dass man erst einmal monatelang hätte renovieren müssen. Dafür fehlte uns aber die Zeit.

In ein paar Wochen würde Leon aus China wiederkommen und wieder bei Bosch in Schwieberdingen anfangen. Dann musste er irgendwo wohnen. Unser kleines Häuschen in Stuttgart-Ost platzte aber jetzt schon aus allen Nähten. Im ersten Stock wohnten Harald, Lila und die Zwillinge in einem Zimmer, ich im anderen. Unten war nur unsere Wohnküche mit Wickelstation, das Bad und die Abstellkammer. Wir hatten zwar noch ein Dachgeschoss, aber das war nicht ausgebaut. Die Küche mussten sich Wutzky, Haralds Hund, und Suffragette, Lilas Katze, teilen. Ein Erfolgsmodell war das nicht gerade, und immer öfter lagen unsere Nerven blank. Ein paarmal war ich schon zu spät zur Arbeit gekommen, weil morgens so ein Chaos herrschte. Ich musste so schnell wie möglich etwas finden! Leon hatte vorgeschlagen, zur Not übergangsweise ohne mich ins Hotel oder in die Jugendherberge zu ziehen. Wir waren aber schon so lange voneinander getrennt, dass ich die Vorstellung unerträglich fand.

Ich machte, dass ich zur Bushaltestelle in der Wagenburgstraße kam. Der nächste Besichtigungstermin im Stuttgarter Westen klang so vielversprechend, dass ich auf keinen Fall zu spät kommen durfte! Leon und ich wollten wahnsinnig gerne wieder in den Westen ziehen. Schließlich hatten wir uns dort kennengelernt. Außerdem lag die Johannesstraße mit ihrer Baumallee, ihrem Kopfsteinpflaster und den Gründerzeithäusern mitten in einer der hübschesten Wohngegenden von Stuttgart. Leider hatte der 40er-Bus Verspätung, und am Hauptbahnhof nutzte es mir gar nichts, wie eine Bekloppte hinunter zur S-Bahn zu rennen, weil ich acht Minuten auf die nächste Bahn Richtung Schwabstraße warten musste. Endlich war ich am Feuersee und stand zehn nach zwölf in völlig verschwitztem T-Shirt vor einem Haus neben einer Müslibar. Das war ja das Schöne am Stuttgarter Westen, überall gab es schnucklige Tagesbars und Cafés!

Ich holte einen Augenblick Luft und malte mir aus, wie ich jeden Tag durch die mächtige verschnörkelte Eingangstür des Hauses hinaus auf die baumbestandene Straße treten und noch schnell einen Kaffee in der Müslibar trinken würde. Ich spürte es ganz genau: Hinter diesen Mauern verbarg sich eine ganz fabelhafte Wohnung mit einem freundlichen, weltoffenen Vermieter, der die Kehrwoche für eine vollkommen lächerliche Erfindung hielt und Leon und mich so gerne in seiner Wohnung haben wollte, dass er als Erstes die Miete um hundert Euro im Monat senkte! Voller Optimismus drückte ich auf die Klingel. Ein Türöffner summte. Das Treppenhaus war hell und großzügig und schien frisch saniert. »Vierter Stock!«, brüllte jemand. Ich hastete die Holztreppe hinauf und kam schwer atmend oben an.

Die Tür stand offen, aber niemand war zu sehen. Zögernd ging ich hinein. Die Wohnung schien genauso frisch renoviert wie das Treppenhaus und strahlte etwas Hochherrschaftliches aus. Ich wanderte fast ehrfürchtig durch die Räume und brauchte ungefähr zwei Minuten und siebenundzwanzig Sekunden, um zu wissen, dass ich hier und nirgendwo sonst in Stuttgart wohnen wollte. Besser ging's nicht. Drei helle, großzügige Zimmer, Stuck an den hohen Decken und Parkett auf dem Boden! Das mittlere Zimmer war zwar ein Durchgangszimmer, aber das war egal. Das würde unser Wohnzimmer sein, mit einem großen Holztisch, an dem wir mit Lila und Harald und Tarik und Manolo sitzen würden, während die Zwillinge auf einer Decke auf dem Boden spielten, und in dem Zimmer rechts daneben würde unser riesiges Lotterbett stehen, in dem wir lottern würden, dass es krachte. Das Zimmer ganz links würden wir als kombiniertes Arbeits- und Gästezimmer nutzen, falls Leons Eltern aus Hamburg zu Besuch kamen. In der Speisekammer würden die Dosen für mein legendäres *Chili con carne sin carne* lagern, und auf dem winzigen Balkon würden wir an Sommerabenden Wein trinken. Leon würde mir Anekdoten aus seiner Kindheit in Hamburg-Eppendorf erzählen, und ich würde mit Geschichten über meine Großtante Dorle kontern. Mein Gefühl hatte mich nicht getrogen: Das war unsere Traumwohnung! Ich hörte Stimmen, und mein Herz begann zu klopfen. Ich hatte keine Zeit mehr zu verlieren! Wo war der weltoffene Vermieter?

Die Stimmen wurden lauter. Aus einer weißen Holztür am Ende des Flurs trat ein Paar in mittleren Jahren. Bestimmt die Konkurrenz! Der Mann trug Jeans, Jackett und elegante Lederslipper und fotografierte mit einem iPad den Flur. Ich murmelte einen Gruß und drückte mich an ihm vorbei.

»Wir schauen uns nur noch ein paar Minuten um!«, rief die Frau im kleinen Schwarzen. Sie beäugte mich misstrauisch, grüßte knapp zurück und hüllte mich im Vorbeistöckeln in eine Parfümwolke. Hinter ihr tauchte ein schmächtiger Mann im Türrahmen auf. Seine Mundwinkel hingen griesgrämig nach unten, und mit seinen abgewetzten Klamotten hätte er prima zu den Pennern am Feuersee gepasst. Oje. Das war doch wohl hoffentlich nicht der Vermieter? Angeblich gehörten ihm mehrere Häuser in der Johannesstraße![2]

»Pipeline Praetorius, sehr erfreut«, sagte ich und reichte ihm die Hand, wobei ich meinen Oberarm rechtwinklig an den Oberkörper presste, damit man die Schweißflecken unter meinen Achseln nicht so sah.

Der Mann schüttelte schlapp meine Hand, musterte mich wortlos und antwortete dann missbilligend: » Laich, Ewald. Sie sen späd droh. Kommad Se rei, hockad Se noo.« Oje. Das klang zwar gereimt, aber nicht besonders weltoffen. Kein guter Anfang.

»Tut mir leid, Herr Laich«, sagte ich. »Der Bus kam einfach nicht.«

»Mei Erfahrung: Wer net kommt zur rechda Zeit, hot au sei Miede net bereit. Ond's kommad glei die nägdsche Leit. Äll Viertlschdond gohd's hier rond.«

Er führte mich in die Küche und schloss die Tür zum Flur. Das war keine langweilige IKEA-Küche, wie sonst in Mietwohnungen üblich, oder eine chromblitzende Kochstation mit computergesteuertem Kühlschrank für Angeber, sondern eine herrlich altmodische Küche mit Charakter! An den Wänden hingen Schränke mit Milchglasscheiben, der Boden war gefliest, und der Holztisch sah aus, als sei er frisch gebeizt. Darauf stand eine Flasche Württemberger Wein und ein halb gefülltes Viertelesglas.

»Also die Wohnung ist wirklich schön«, platzte ich heraus. »Wir würden sie sehr gern nehmen.« Ich war schrecklich nervös. Wenn ich es nur nicht versaute!

»Mädle, hock de erschd mol noo, damit mr bessr schwätza koo«, sagte Herr Laich, nahm am Küchentisch Platz, rückte den Stuhl, der direkt neben seinem stand, etwas näher heran und

2 Der Kabarettist Thomas C. Breuer würde den Vermieter vermutlich mit seinem Schwaben-Spruch charakterisieren: »Spare in der Not, dann hast du nach dem Tod.«

patschte darauf. Dann lehnte er sich zurück und nahm einen tiefen Schluck aus seinem Viertelesglas. »Ond wer isch mir?«

Ich setzte mich. Ob ich in Reimen antworten sollte, um unsere Chancen zu erhöhen? Leider wollte mir nichts einfallen außer »Halt dei Gosch, i schaff beim Bosch.« Das war bestimmt nicht sehr hilfreich.

»Mir, das sind wir, also ich und mein Freund«, erklärte ich, zückte das Foto und hielt es Herrn Laich mit schwitzenden Händen unter die Nase. »Leon. Er wäre sehr gern mitgekommen, aber er arbeitet gerade in China. Bei Bosch.« Ich hielt es für ziemlich wahrscheinlich, dass sich Herr Laich an der Vermieter-Umfrage in »Unser schönes Schwabenländle« beteiligt hatte. »Leon ist übrigens Inschenör, handwerklich äußerst begabt, sauber und ruhig, und er bekommt keinen Frauenbesuch. Äh, außer mir natürlich, aber ich wäre ja mehr so Mitbewohnerin, kein Besuch.« Was redete ich da für einen Stuss?

»Hen Sie jetzt koi Wohnong?«, fragte Herr Laich und schob das Bild weg, nachdem er einen abschätzigen Blick darauf geworden hatte.

»Doch, doch, aber wir haben Kinder bekommen«, stotterte ich.

»Kender? Also Kender kommad mir net ens Haus! Älles isch frisch saniert! Kender machad Lärm ond Dreck, scho sen die andre Mieder weg!«

»Nein, nein, nicht ich, sondern Lila, also meine Mitbewohnerin, hat die Kinder bekommen!«, rief ich hastig. »Gretchen und Oskar. Zwillinge, was keiner gewusst hat, und deshalb ist jetzt kein Platz mehr für mich, Lila braucht das Zimmer, wir haben nur zwei, und da wohnen wir grade zu fünft, da ist nämlich auch noch Harald, ihr Mann! Deswegen muss ich dringend was finden!«

»Scheener Sauschdall«, knurrte Herr Laich. Er hatte sein Viertelesglas geleert und schenkte sich großzügig nach. »Ond Sie selbr, Sie hen koine Kender?«

»Nein, nein, keine Sorge!«

»Ond wenn Sie jetzt mit Ihrm Fraind zammeziehad, wellad Sie noo net heirade ond welche kriega? Sie sen doch sicher au nemme so jong!«

Ich wurde rot. Das Thema hatte ich ja noch nicht mal mit Leon richtig besprochen! »Äh … also … geplant ist nichts«, antwortete ich hastig. »Wir wollen jetzt erst mal nur eine gemeinsame Wohnung!«

Herr Laich sah nicht aus, als würde er sich damit zufriedengeben. Er nahm noch einen Schluck aus seinem Viertelesglas und wartete. Mir fiel mein ehemaliger Nachbar Herr Tellerle ein. »Ich denke nicht, dass wir Kinder anschaffen werden. Die sind ja so kostspielig, und man muss ständig Windeln wechseln, und ruck, zuck ist die Mülltonne voll, und das kann man den anderen Mietern nun wirklich nicht zumuten. Höchstens … ein Aquarium. Genau. Einen Daimler und ein Aquarium. Das macht keinen Krach und ist so beruhigend.«

»Hausdier send abr au verboda!«

»Wir verzichten auf das Aquarium. Kein Problem! Wirklich nicht. Keine Fische, keine Kinder. Wir schaffen nur den Daimler an. Und einen schönen, stabilen Besen für die Kehrwoche. Irgendwas muss man ja machen mit dem doppelten Gehalt!«

»Mir hend an Hausmeischdr. Der isch penibl. Der Staub versuchd sich zom Verschdecka, dr Frieder jagd ihn aus de Ecka.« Herr Laich machte eine bedeutsame Pause. »On der Fraind isch grad fort, hen Se gsagd. Net bloß oms Eck en Waiblenge odr uff dr Alb droba, sondern en China. Soo, soo. Des isch weit. Arg weit.« Er rutschte auf seinem Stuhl ein bisschen näher an mich heran. Eine Mischung aus Zwiebeln, Schweiß und Alkohol stieg in meine Nase. Ich hielt die Luft an.

»Mir kennad doch mitanandr gschirra, mir zwoi. Du willsch obedengd die Wohnong. Ond i will …«

Ich starrte auf mein Knie und stieß entsetzt die Luft aus. Ach du Scheiße. Eine knochige Hand mit einem prunklosen Ehering ruhte scheinbar unbeteiligt darauf. Dann tätschelte die Hand das Knie, das Handgelenk klappte nach oben, und Zeige- und Mittelfinger wanderten langsam vom Knie den Oberschenkel hinauf. »Enne-denne-dubbe-denne-dubbe-denne-dalia …«, summte Laich vor sich hin. »Mir treffad ons heit Obend en dr Tabu-Bar em Rotlichtviertl, on du kriegsch die Wohnong«, raunte er. »Musch's ja deim Fraind net saga. Ebbe-babba-bimbio, bio-bio …« Entschieden schubste ich die Hand von meinem Oberschenkel und sprang auf.

»Sie sind doch bestimmt schon siebzig!,« rief ich wütend und wich zurück Richtung Küchentür. »Und verheiratet!«

»Zwoiasiebzig. Aber siebzig isch die neie sechzig!«, zischte Laich. »Noo sens bloß no dreißig Johr Onderschied, des isch gar nix fir en Maa! On meinr Frau ghert zwar des Haus, aber die isch wie dai Fraind weid weg, en dr Kur en Bad Kohlgrub!«

In diesem Augenblick hörte ich das Geräusch von hohen Schuhen auf Parkettboden und atmete erleichtert auf, als die Küchentür aufgerissen wurde. Laich rutschte zurück auf seinen Stuhl. Der lüsterne Blick hatte sich in engelsgleiche Unschuld verwandelt. Die Frau stöckelte mit ihrem Typen im Schlepptau in die Küche, ignorierte mich komplett, segelte auf Laich zu und schnappte seine Hände. Laich guckte ein bisschen schockiert.

»Herr Laich!«, rief sie. »Eeeewald! Die Suche nach Mietern hat ein Ende. Mein Mann und ich haben alles besprochen. Die Wohnung ist einfach fa-bel-haft! Wir nehmen sie. Wo ist der Mietvertrag?«

»Noo net hudla[3], i han mi no net entschieda!«, rief Laich und zog seine Hände weg. »Bis om femfe kommad heit no Leit!«

»Aber Herr Laich«, sagte der Mann kopfschüttelnd, schoss ein paar iPad-Bilder von der Küche und winkte mir, zur Seite zu ge-

3 Kenianische Läufer gelten als schnell. Schwaben weniger, weshalb der Ausdruck »noo net hudla«, also bloß keine Eile, niemals ohne »net« vorkommt.

hen, um auch meine Ecke fotografieren zu können. Ich lächelte doof und bewegte mich nicht von der Stelle.

»Herr Laich. Klasse statt Masse! Wir sind die perfekten Mieter. Meine Frau ist Anwältin in einer einflussreichen Wirtschaftskanzlei, und ich bin ein nicht ganz erfolgloser Unternehmensberater, wir haben uns für Karriere statt Kinder entschieden, wir rauchen nicht und wir haben keine Haustiere. Wir brauchen nur ein Plätzchen vor der Tür für unser kleines Porschilein, das Mercedes-Coupé und den Smart! Und wir finden die Miete viel zu niedrig. Das ist doch keine Sozialwohnung!« Er fummelte in seiner Jackettasche herum, guckte überrascht, fischte einen zusammengerollten Geldschein heraus und rollte ihn langsam und konzentriert auseinander. »Sie können doch mindestens einen Hunni mehr im Monat verlangen! Der muss auch nicht unbedingt im Mietvertrag stehen!«

»Vermieter wellad koine Awält«, murmelte Ewald Laich, während er gierig auf den Hunderteuroschein starrte. Dann sah er wieder zu mir. »Also, Mädle, was isch?«

Die Frau musterte mich bitterböse und presste dann aus zusammengebissenen Zähnen ein »Konrad-Kevin!« hervor. Der Hunderteuroschein in Konrad-Kevins Hand vermehrte sich wundersam um einen zweiten. Die andere Hand streckte er Laich hin. Alle blickten mich an. Ich schüttelte nur stumm den Kopf. Mit einer blitzschnellen Bewegung schnappte Herr Laich die beiden Geldscheine, stopfte sie in seine Hosentasche und schlug in die ausgestreckte Hand ein.

2. Kapitel

There's a moon over Bourbon Street tonight
I see faces as they pass beneath the pale lamplight
I've no choice but to follow that call
The bright lights the people and the moon and all

Ich glaube nicht, dass Leon dir Vorwürfe machen wird, weil du dich nicht prostituiert hast, um die Wohnung zu bekommen«, sagte Lila. »Im Gegenteil.«

Wir saßen am Küchentisch und stillten. An jeder von Lilas mächtigen Brüsten hing ein Baby und nuckelte. Weil die Zwillinge immer alles gleichzeitig machten, war Lila mittlerweile ziemlich gut im Synchronstillen. Das Synchronstillen sparte zwar Zeit, bedeutete aber auch, dass sie keine Hand frei hatte. Wenn ich da war, war es mein Job, ihr das zweite Kind anzulegen oder die Position der Babys auf der Stillwurst zu korrigieren, wenn irgendwas nicht mehr passte. Lila war schon vor den Zwillingen ziemlich rundlich gewesen, aber dann hatte die Schwangerschaft ihre sowieso großen Brüste in wahre Monsterbrüste verwandelt. Es hatte eine Weile gedauert, bis ich mich an den Anblick gewöhnt hatte, während Tarik, mein bester Freund und einer der angesagtesten Künstler Deutschlands, sich von Lila künstlerisch inspiriert fühlte und sie unbedingt nackt malen wollte, worauf Lila leider überhaupt keine Lust hatte.

»Fleisch«, schwärmte Tarik. »Alles an ihr ist Fleisch, Fruchtbarkeit und Fortpflanzung.« Tarik liebte Fleisch. Nicht umsonst hatte ich ihn bei der Vernissage seiner Döner-Ausstellung kennengelernt.

»Als wir die Wohnung verließen, blöderweise zur gleichen

Zeit, sagte die Anwaltszicke herablassend zu mir, vielleicht hätte ich ja im zweiten Anlauf Glück, weil sie nach Eigentum Ausschau halten würden und wahrscheinlich bald wieder weg seien. Das ist doch das Allerletzte, oder?«, sagte ich erbost.

Lila warf mir einen fassungslosen Blick zu. »Das kann dir doch völlig wurscht sein!«, rief sie. »Nimm mir mal Gretchen ab, ich glaube, sie ist satt. Du wärst doch wohl hoffentlich nicht freiwillig bei so einem schwäbischen Lustmolch eingezogen? Wahrscheinlich hätte er morgens vor der Wohnungstür so lange hin- und hergewischt, bis Leon aus dem Haus geht, um dann unter irgendeinem Vorwand zu klingeln!«

»Du hättest die Wohnung sehen sollen, Lila«, murmelte ich düster und klopfte Gretchen auf den Rücken, bis sie ein Bäuerchen machte. Unglaublich, dass ein winziges Baby so laut rülpsen konnte wie ein Brummifahrer, der ein paar Bier zu viel getrunken hatte. An ihrer Hochzeit hatte Lila plötzlich Wehen bekommen. Ein paar Minuten nach Gretchens Geburt war überraschenderweise noch Oskar aufgetaucht. Als ich Lila im Krankenhaus besuchte, erschrak ich ein bisschen. War das normal, dass Babys wie kleine rosa Ferkel aussahen, stellenweise verschrumpelt, und noch dazu völlig glatzköpfig, ohne jeden Flaum auf dem Kopf? Da war doch wohl hoffentlich nichts schiefgegangen? Weil Lila und Harald nichts aufzufallen schien und sie beinahe platzten vor Stolz, hielt ich die Klappe, aber dann sahen mich beide so erwartungsvoll an, also murmelte ich: »Die … die Händchen sind echt niedlich.«

Mittlerweile fand ich sie schon ganz süß, und Oskar fand ich cool, weil er sich offensichtlich beim Ultraschall immer erfolgreich hinter seiner Schwester versteckt hatte, das Schlitzohr. Ich hatte mich aber noch immer nicht daran gewöhnt, dass sich am Ostendplatz oder in der Stadtbahn innerhalb von Sekunden Trauben von Menschen um uns herum bildeten, die einen Blick in den Zwillingswagen erhaschen wollten und dann alberne Geräusche in höheren Tonlagen machten. Ich war zum unfreiwilligen Kindermädchen mutiert. Lila nahm überhaupt keine Rücksicht darauf, dass ich in ständiger Panik lebte, die Babys fallen zu lassen oder sonstwie irreparabel zu beschädigen. Sie spannte mich gnadenlos in die Versorgung ihres Nachwuchses ein. Glücklicherweise waren es fröhliche Kinder, die selten weinten, was bestimmt daran lag, dass Lila bei ihrer Hochzeit so viel gelacht hatte, nachdem ich mit einer Wunderkerze Feueralarm im Rathaus und letztlich Lilas Wehen ausgelöst hatte.

»Hast du heute Abend noch was vor?«, fragte Lila.

»Eigentlich nicht«, sagte ich. »Ich kann nicht mal mit Leon skypen, weil er mit seinen Bosch-Kollegen einen Wochenendausflug zur Chinesischen Mauer macht. Er will die Zeit ausnutzen, solange er noch dort ist. Ich dachte, wir beide verbringen einen gemütlichen Samstagabend zu zweit, ich koche uns ein paar Nudeln, und du sagst mir, wie ich die Soße machen soll.«

»Klingt gut. Bis ich gegen halb neun einschlafe«, seufzte Lila. »Und Wein darf ich auch keinen trinken, während Harald sich wahrscheinlich gerade umzieht, um dann mit den Zahnarztkollegen nebst mitgereisten Gattinnen irgendwo an der Waterfront Cocktails zu schlürfen.«

Es klingelte. Wutzky sprang auf und bellte. Lila und ich stöhnten. Wir wussten, was als Nächstes kommen würde. Suffragette schoss aus einer dunklen Ecke heraus und fauchte Wutzky an, Wutzky jagte die Katze bellend in der Küche im Kreis herum, die Zwillinge fingen an zu brüllen, die Katze floh auf den Wickeltisch, Lila brüllte: »Lass die Katze in Ruhe, Wutzky!«, ich scheuchte mit der freien Hand die Katze vom Wickeltisch, drückte Lila das heulende Gretchen auf den freien Arm und riss erst die Küchen- und dann die Haustür auf. Die Katze raste mit aufgestelltem Schwanz an Tarik und Manolo vorbei. In meinem Rücken bellte und brüllte es.

»Überraschung!«, rief Tarik. Er trug große Papiertüten, die beinahe sein Gesicht verdeckten. Hinter ihm stand Manolo mit einem Ghettoblaster unter dem Arm. »Wir dachten, für einen Samstagabend ist es euch sicher zu ruhig, und ihr vermisst die wilden Zeiten. Deswegen bringen wir euch die wilden Zeiten ins Haus!« Er streifte meine Wange, stürzte an mir vorbei in Richtung Gebrüll und rief: »Eideidei, wo sind sie denn, meine Schätzchen? Wo sind meine Schnuckelchen?«

»Ich finde es ja schön, dass er sein Schwulsein mittlerweile so offen auslebt«, knurrte Manolo und reichte mir die Hand. »Aber manchmal übertreibt er's ein bisschen.«

»Tarik macht eben alles mit größtmöglicher Leidenschaft«, sagte ich. »Früher war er ein hundertprozentiger Macho und hat reihenweise seine Studentinnen abgeschleppt, und jetzt ist er hundertprozentig schwul. Komm doch rein.«

»Aber er hat mich noch immer nicht seinen Eltern vorgestellt«, gab Manolo aufgebracht zurück. »Dabei waren wir schon zweimal übers Wochenende bei meinen Eltern im Schwarzwald, und meine Schwester schaut regelmäßig vorbei. Und immerhin wohnen wir jetzt zusammen!«

»Das kommt bestimmt noch«, erwiderte ich munter. »Deine andalusischen Eltern sind wahrscheinlich toleranter als seine türkischen. Ich kann dir sagen, der Abend, als Tarik mich seiner türkischen Großfamilie vorstellte und als seine Verlobte ausgab, war ein ziemlicher Horrortrip.«

Manolo folgte mir in den Flur und schlüpfte aus seinen Wildleder-Clarks. Er war von Beruf Steinmetz und machte Grabmale-to-go. Tagsüber trug er eingestaubte Blaumänner und schwere Schuhe. Abends verwandelte er sich in eine obercoole Socke. Mit seiner großen, schlanken Figur und seinen schwarzen, leicht gewellten Haaren konnte er im Prinzip anziehen, was er wollte, es sah gut aus. Heute trug er eine schmal geschnittene knallblaue Baumwollhose, die seinen knackigen Hintern betonte, ein bunt gemustertes Hemd und eine schwarze Jeansjacke. Unter der Jacke zeichneten sich seine prachtvollen Oberarmmuckis ab. Weil er so machomäßig aussah, wurde Manolo in regelmäßigen Abständen von Kundinnen angebaggert, häufig frischgebackene Witwen aus der Halbhöhenlage, die auf der Suche nach was Jüngerem waren und nicht kapierten, dass er schwul war. Seine Grabsteine waren sündhaft teuer, und es galt als schick, einen echten Manolo auf dem Grab zu haben.

In der Küche saß Tarik mit einem Zwilling auf dem Arm und gurrte. Es wunderte mich, dass er mit seinen schwarzen Klamotten, seinem halblangen schwarzen Haar, den Lederbändchen am Handgelenk und dem Totenkopf-Ring am Mittelfinger bei dem Baby nicht wieder Brüllanfälle auslöste. Wutzky hatte sich verzogen. Er hasste Tarik, was auf Gegenseitigkeit beruhte.

»Wickel-Time!«, rief Lila und streckte mir den anderen Zwilling hin.

»Gretchen oder Oskar?«, fragte ich. Lila weigerte sich, ihre Kinder farblich nach Geschlecht zu sortieren. Meist trugen sie Grün.

»Gretchen, aber das hättest du wahrscheinlich demnächst selber herausgefunden.«

»Seit wann wickelst du, Line?«, fragte Tarik. »Ich dachte, das wär nicht so deins.«

»Seit Harald in Kapstadt ist«, sagte ich und warf mich in die Brust. »Schließlich braucht die arme Lila meine Unterstützung und weibliche Solidarität. Und eigentlich ist Wickeln etwas Wunderbares! Dieser total intensive Kontakt zum Baby!« Das war eine glatte Lüge. Bei jedem Wickeln geriet ich in Panik, das Baby könnte vom Wickeltisch plumpsen, und jedes Mal, wenn ich »Alle meine Entchen« anstimmte, um meine Nerven zu beruhigen, hob das große Heulen an, egal, ob es sich um Gretchen oder Oskar handelte. Einmal brüllte Gretchen, obwohl ich gar nicht sang, bis ich endlich merkte, dass ich den Klebestreifen von der Windel an ihrem Oberschenkel statt an der Windel festgeklebt hatte.

»Darf ich's machen?«, bettelte Tarik. »Bitte.«

»Ich weiß nicht«, gab ich zurück. »Vielleicht ist es Lila nicht so recht, wenn es nicht so professionell gemacht wird.«

»Tu doch nicht so, Line«, sagte Lila. »Klar kannst du wickeln, Tarik.« Tarik gab Oskar an Lila weiter, schnappte sich Gretchen und schnupperte verzückt. »Babys riechen einfach so gut.«

»Kapstadt«, echote Manolo. »Nicht schlecht, da ist jetzt Frühling. Wann kommt Harald wieder?«

»In drei Tagen«, antwortete Lila. »Er hat sich schon vor ewigen Zeiten, als wir noch getrennt waren, zu dem Zahnärztekongress angemeldet. Er wollte dann stornieren, aber es war schon zu spät, das Geld für Flug und Hotel wäre weg gewesen. Ich dachte, die paar Tage kriegen wir rum, Line und ich. Die letzten Wochen waren für Harald ganz schön hart, tagsüber arbeiten und nachts Windeln wechseln, und Kapstadt war schon immer sein Traum.«

Die letzten Wochen waren für uns alle hart, und wir haben alle Ringe unter den Augen, dachte ich, sagte aber nichts. Lila war immer für mich da gewesen, jetzt war es eben mal eine Zeitlang umgekehrt. Ich würde mein Schicksal selbstlos erdulden. Bestimmt wuchs mir schon langsam ein Heiligenschein.

»Wir wollten ein paar Nudeln kochen«, sagte Lila. »Wollt ihr mitessen?«

Tarik hörte auf zu gurren und richtete sich am Wickeltisch auf. »Das habe ich ja ganz vergessen«, rief er. »Ich habe haufenweise italienische Antipasti mitgebracht. Eingelegte Oliven und Salami und Parmaschinken und Pecorino-Käse und Weißbrot! Und alles in Styroporbehältern zum Wegwerfen, so dass ihr gar nichts zu spülen braucht!«

»Super unökologisch, aber das ist mir im Moment völlig egal«, seufzte Lila. »Dann machen wir ein paar schnelle Nudeln dazu. Setzt du Wasser auf, Line?«

Ich füllte einen großen Topf mit Wasser, zündete den Gasherd an und kramte im Kühlschrank nach Fertignudeln. Früher wäre Lila so was nicht ins Haus gekommen.

»Das dauert ja noch. Ich geh solang eine rauchen«, sagte Manolo und verschwand nach draußen.

»Schnell, Tarik, erzähl«, flüsterte ich. »Wie läuft euer Zusammenleben denn so?«

»Line, also wirklich«, sagte Lila tadelnd. »Kaum ist Manolo zur Tür raus, fängst du an, über ihn zu tratschen.«

»Das ist kein Tratsch«, entgegnete ich würdevoll. »Nur rein freundschaftliches Interesse. Sie wohnen doch erst seit ein paar Tagen zusammen.«

Tarik grinste. »Also der Sex ist unglaublich, falls es das ist, was dich interessiert.«

»Tarik! Doch nicht vor den Kindern!«, schimpfte Lila.

»Manolo hat nur ein einziges Möbelstück mitgebracht, einen Kleiderschrank für seine Klamotten, so ein scheußlich bemalter Bauernschrank. Das Ding ist so riesig, dass er sich morgens darin verläuft. Wir mussten die halbe Wohnung umräumen, um ihn unterzubringen, und er ragt jetzt trotzdem übers Fenster.«

Tarik wohnte in einer Wohnung in der Weißenhofsiedlung, die zwar ausgesprochen schick, aber auch ziemlich unpraktisch war.

»Der Schrank passt auch vom Stil her überhaupt nicht zu meinen weißen Möbeln. Aber Manolo meinte, er braucht Platz für seine vielen Klamotten und er ziehe entweder mit Schrank ein oder überhaupt nicht.« Tarik seufzte. »Wenn er nach der Arbeit heimkommt, fläzt er sich erst einmal mit einer Dose Bier auf mein weißes Sofa und dann blockiert er anderthalb Stunden das Bad.«

»Na ja, er wird doch sicher staubig beim Grabsteineklopfen«, entgegnete ich und kippte die Nudeln ins kochende Wasser.

»Das kannst du laut sagen. Der Staub ist einfach überall. Ich hab zwar eine türkische Putzfrau, die kommt aber nur einmal die Woche. Nachdem Manolo den Staub gründlich verteilt hat, geht er ins Bad. Ich schwör, ich hatte noch nie eine Freundin, die so lange gebraucht hat. Glaub ich wenigstens nicht, ich hab ja nie mit einer zusammengewohnt. Weil ich selber auch ziemlich lange brauche, muss, ungefähr drei Stunden bevor wir abends aus dem Haus gehen, einer von uns ins Bad.« Tarik sah auf die Uhr. »Jetzt ist es kurz vor acht. Manolo ist um vier ins Bad. Um halb sechs war er fertig, und dann haben wir …« Tarik fing an zu kichern und kassierte einen strengen Blick von Lila.

»… einen Espresso getrunken. Um sechs bin ich ins Bad und habe mich beeilt, so dass ich um sieben fertig war und wir loskonnten.«

Das war ja schlimmer als bei pubertierenden Teenagern. »Was macht Manolo denn so lange?«, fragte ich.

»Er sagt, er macht gar nichts Besonderes. Er fängt mit Rasieren an, dann duscht er sich, wäscht sich die Haare, macht eine Spülung in die Haare und legt eine Packung auf. Dann macht er ein Gesichtspeeling, gefolgt von einem Körperpeeling, Rasierwasser und Gesichtswasser. Also eigentlich macht er genau das Gleiche wie wir türkischen Heteros.«

»Du bist kein Hetero mehr.«

»Ach ja. Ich vergaß.«

Leon hatte in seinem Bad nur einen Rasierapparat, eine Zahnbürste, Zahnpasta und ein Deo besessen. Zum Duschen und Rasieren hatte er morgens im Bad nur achteinhalb Minuten gebraucht. Ein- bis zweimal im Jahr benutzte er Rasierwasser.

»Das mit dem Zusammenwohnen, das ist schon eine ziemliche Umstellung«, fuhr Tarik fort. »Ich bin's halt gewohnt, mein eigenes Ding zu machen. Manolo will zum Beispiel abends immer was essen.«

»Essen, igitt! Das ist natürlich eine perverse Angewohnheit«, sagte Lila und streckte Tarik Oskar zum Wickeln hin. »Du kannst einem echt leidtun.«

»Na ja, wenn ich grad eine kreative Phase habe und oben in meinem Atelier bin, dann kann ich meine künstlerische Arbeit doch nicht unterbrechen, um zu essen!«, verteidigte sich Tarik und zog Oskar den Strampler aus, als hätte er in seinem Leben nie etwas anderes gemacht. Beneidenswert.

»Wann geht Manolo denn aus dem Haus?«, fragte Lila.

»Er bringt mir einen Kaffee ans Bett und dann geht er so um

halb acht«, sagte Tarik. »Ich dreh mich nach dem Kaffee noch mal rum. Meine erste Vorlesung an der Kunstakademie ist dienstags um zehn.«

»Dann ist es doch kein Wunder, wenn er abends Hunger hat!«, rief Lila. »Schließlich arbeitet er körperlich!«

»Außerdem nervt Manolo ständig, dass er meine Eltern kennenlernen will.«

»Das ist doch verständlich«, warf ich ein. »Schließlich warst du schon zweimal bei seinen Eltern im Schwarzwald, und seine Schwester kommt regelmäßig vorbei.«

»Line, du hast meine Eltern doch erlebt! Sie wollen, dass ich eine türkische Frau heirate, und zwar aus Anatolien, nicht aus Istanbul! Sie könnten sich vielleicht zähneknirschend drauf einlassen, dass ich eine deutsche Frau anschleppe. Zur Not sogar eine Schwäbin. Wenn die türkische Frau aber ein spanischer Mann ist, dann stimmen einfach zu viele Faktoren nicht! Sie würden mich sofort verstoßen!«

»Du wirst es ihnen nicht ewig verheimlichen können«, erklärte ich achselzuckend. Die Eingangstür wurde geöffnet.

»Die Nudeln«, sagte Lila. »Die müssten doch längst fertig sein, Line, oder?«

»Ach du liebe Zeit!«, rief ich, rannte zum Herd und kippte die Bandnudeln über dem Spülbecken mit Schwung in ein Sieb. Leider flutschte die Hälfte der Nudeln über den Rand des Siebs hinaus und in das mit Spülwasser gefüllte Becken hinein. Hastig ließ ich das Wasser ab und fischte die Nudeln vom Grund des Beckens. Zum Glück schien niemand etwas bemerkt zu haben, und mir knurrte so der Magen, dass ich darauf nun wirklich keine Rücksicht nehmen konnte.

Eine Dreiviertelstunde später war samstäglicher Frieden in der Küche eingekehrt. Ein schlummerndes Baby lag auf Lilas Bauch, und ein zweites schnarchte an Tariks Schulter. Auch wir Erwachsenen waren satt und zufrieden, nachdem wir Antipasti und Nudeln verputzt und dazu Wein und Pfefferminztee getrunken hatten. Lila hatte zwar stirnrunzelnd bemerkt, dass die Nudeln irgendwie seifig schmeckten, aber ich hatte nur unschuldig darauf geantwortet: »Das waren die Fertignudeln. Wahrscheinlich schmecken die einfach so.« Leider wurde die Idylle ab und zu empfindlich von Wutzkys Glücksfürzen gestört. Immer, wenn seine Lieben einträchtig beieinandersaßen, produzierte er geräuschvolle, widerlich stinkende Fürze. Eine bleierne Müdigkeit stieg in mir hoch. Letzte Nacht hatte ich um drei Windeln gewechselt.

»Wir könnten den Ghettoblaster anstellen und ein bisschen zu türkischem Hip-Hop abtanzen«, schlug Tarik in dem Moment vor. »Nur weil du Zwillinge hast, ist ja dein Leben nicht vorbei, Lila.«

»Das beruhigt mich ungemein, Tarik, dass mein Leben mit Anfang dreißig noch nicht ganz zu Ende ist. Leider werde ich in ungefähr zwei Stunden wieder synchronstillen. Ich sammle jetzt also meine Kinderlein ein, lege mich ins Bett und hoffe, dass Harald möglichst bald anruft.«

»Dann gehen wir zum Tanzen eben in den *King's Club*«, schlug Manolo vor. »Kommst du mit, Line?«

»Ist das nicht eine Schwulendisco?«, fragte ich.

»Schon. Da gehen aber auch viele Frauen hin, weil sie wissen, dass sie nicht angebaggert werden.«

»Line, tut mir leid, aber du müsstest noch mit Wutzky raus, eh du aus dem Haus gehst«, sagte Lila und stand schwerfällig auf.

»Ich weiß. Ich bin sowieso zu müde zum Weggehen. Außerdem muss ich mir noch diese bescheuerten Unterlagen von der Wohnungsbesichtigung anschauen. Die wollen die bis Dienstag zurückhaben.«

»Ich dachte, die Wohnung war gar nicht so toll?«, fragte Lila und pflückte das zweite Baby von Tariks Schulter.

»Schon. Aber langsam habe ich den Eindruck, wir müssen nehmen, was wir kriegen, sonst schlafe ich mit Leon unter der

Brücke«, seufzte ich. Leon. Ich vermisste ihn schon den ganzen Abend schrecklich. Warum musste er in China sein und konnte nicht gemütlich mit uns am Tisch sitzen?

»Mach dir nicht so viele Sorgen, zur Not bringen wir Leon hier auch noch unter«, sagte Lila. »Viel chaotischer kann es doch nicht werden.«

»Hast du nicht noch eine zweite Wohnung besichtigt?«, fragte Tarik.

»Dort kann sie unmöglich einziehen«, wehrte Lila ab. »Der Vermieter hat sie angebaggert.«

Manolo verschränkte die Handflächen ineinander, drehte sie nach außen und drückte die Arme von sich weg. Es knackte laut und vernehmlich. Tariks Augen klebten entzückt an seinen Oberarmmuckis. Gleich würde das Hemd reißen.

»Wenn du möchtest, regle ich das für dich, Line«, sagte Manolo lächelnd. »Sag mir, wo der Typ wohnt, und ich garantiere dir, er wird dich in Ruhe lassen. Komischerweise denken die Leute immer, wenn einer schwul ist, kann er anderen keine in die Fresse hauen.«

»Nein, nein, ist schon in Ordnung«, entgegnete ich hastig. Tarik hatte mir erzählt, dass Manolo ab und zu als Bodyguard arbeitete. Nur so zum Spaß und nicht, weil er das Geld brauchte.

Eine halbe Stunde später hatte ich Tarik und Manolo verabschiedet, die Küche gelüftet und leidlich aufgeräumt, die Styroporbehälter in den Gelben Sack gestopft, den Müll hinausgebracht, Katzen- und Hundefutter hingestellt und Wutzky, der nicht die geringste Lust hatte, sein gemütliches Plätzchen zu verlassen, an der Leine hinaus und einmal die Neuffenstraße hinunter- und wieder hinaufgezerrt. Es war eine ungewöhnlich laue Nacht für September, und ich blieb noch einen Augenblick vor dem Haus stehen, atmete tief durch und dachte daran, wie wenig Lust ich auf Winter hatte. Hinter dem Rondell mit der Linde, vor dem Backsteinhaus, stand ein Polizeiauto. Komisch. Die kleine Neuffenstraße war die friedlichste Straße der Welt. Polizei brauchte man hier wirklich nicht.

Zurück im Häuschen ließ ich mich erschöpft auf einen Stuhl fallen. Aus Lilas Zimmer drang kein Laut. Es war Samstagabend kurz vor zehn, und ich wollte eigentlich nur noch eines: ins Bett. Ich war sogar zum Fernsehen zu müde. Ich war zweiunddreißig. Andere Leute in meinem Alter tanzten jetzt ab, lümmelten mit einem Bier in der Hand beim Palast der Republik herum, nahmen an Kennenlern-Kochpartys teil oder hatten heißen Wochenendsex. Ich dagegen machte Haushalt und bereitete mich darauf vor, gegen drei Uhr zwei Windeln zu wechseln und gegen sieben Uhr eine Pinkelrunde mit einem furzenden Köter zu drehen, der mich genauso wenig mochte wie ich ihn. Es wurde höchste Zeit, dass Leon zurückkam, wir zusammenzogen und mein Leben wieder lustiger wurde.

3. Kapitel

Looking for fun and feelin' groovy

Ich lag auf einer weißen Chaiselongue in einem riesigen Wohnzimmer. Die Flügeltüren zum Garten standen weit offen, und der Wind bauschte die Seidenvorhänge. Ich trug nichts außer zwei goldene Nipple-Covers mit Troddeln auf den Brüsten und einen hauchdünnen goldenen String-Tanga. Neben mir lag Leon. Er trug nichts außer einem Tablett in der Hand, auf dem eine riesige blaue Weintraube lag. Seit wann hatte er so eindrucksvolle Oberarmmuckis? Ich öffnete in Zeitlupe den Mund, und Leon ließ eine Traube hineinfallen. Ich kaute langsam. Saft rann mir den Mundwinkel hinunter.

»Willkommen in der neuen Wohnung, Line«, flüsterte Leon. »Höchste Zeit, sie mit heißem Wochenendsex einzuweihen.« Er beugte sich über mich. Seine Hand wanderte langsam von meinem Knie den Oberschenkel hinauf, die andere spielte mit einer Nipple-Cover-Troddel. Ich stöhnte leise.

»Pipeline Praetorius! Hör gefälligst auf zu stöhnen und wach auf!«

Schlaftrunken fuhr ich hoch. Irgendjemand kicherte hämisch.

»Pipeline Praetorius, du hast zwar mittlerweile einen festen Vertrag, aber das heißt nicht, dass man dir nicht kündigen kann!«

Oh, mein Gott. Hatte ich wirklich laut gestöhnt? Ich blickte in die sechs Gesichter, die außer mir die Werbeagentur *Friends &*

Foes ausmachten und rutschte in eine aufrechte Position. Arminia (wütend), Benny und Philipp (herablassend amüsiert), Suse, Micha und Paula (entsetzt) starrten mich an, als sei ich eine Erscheinung. Langsam kam ich zu mir. Ich musste irgendwas Schlagfertiges sagen. Etwas total Witziges. Alle würden lachen, und schwuppdiwupp wäre der superpeinliche Moment vorbei. Bloß was?

»Es … es tut mir leid, Arminia«, stotterte ich. »Es ist nur so, der Mann meiner Mitbewohnerin ist verreist, und ich musste heute Nacht zweimal raus, Zwillinge wickeln … und davor wollten sie ewig kein Bäuerchen machen …«

Benny und Philipp feixten.

»Viel zu viel Info! Viel zu privat! Und noch lange kein Grund, mitten in einer Besprechung einzuschlafen!«

Philipp grinste jetzt breit. Arminia warf ihm einen bösen Blick zu und zischte: »Da hast du schon einmal einen Vorgeschmack von dem, was dich erwartet! Wer kleine Kinder zu versorgen hat, bringt nicht die volle Leistung!«

Philipps Grinsen erstarb. Seine Freundin war schwanger, arbeitete selber in einer Agentur und bestand darauf, dass Philipp drei Monate Elternzeit nahm. Philipp fand Elternzeit für Männer theoretisch und im Prinzip gut, praktisch hatte er nicht die geringste Lust drauf. Das hatte er blöderweise Arminia gegenüber zugegeben. Seither machte sie ständig spöttische Bemerkungen über Männer, die Memmen waren und wegen der Familie ihre Karriere riskierten.

»Hast du überhaupt irgendwas von Bennys fabelhafter Präsentation mitgekriegt, Line?« Arminias Stimme war noch immer schneidend.

»Äh – klar. Vielleicht fehlt mir das allerletzte Minütchen. Die restliche Zeit war ich voll dabei.«

»Dann kannst du ja sicher noch mal kurz für alle zusammenfassen, um was es geht?«

Nein, das konnte ich nicht. Ich war eingepennt, sobald ich auf dem Stuhl im Besprechungszimmer Platz genommen hatte. Ich starrte auf die Powerpoint-Folie. Ein schlecht gezeichnetes Männchen mit dämlichem Grinsen im Gesicht jonglierte eine Pizza.

»Nun, um einen Pizza-Service«, sagte ich. »Die machen ja oft so schlechte Werbung auf ihren Autos und Scootern wie die da, und Benny entwirft jetzt stattdessen eine total originelle Kampagne.« Schweigen. Benny kniff die Lippen zusammen. Suse, Micha und Paula guckten in verschiedene Ecken.

Arminia stöhnte. »Nein, Line. Es geht nicht um einen Pizza-Service, sondern um einen Food-Drucker, mit dem man Pizzas ausdrucken kann! Eine Revolution im Convenience-Bereich! Und das Männchen ist das superwitzige Strichmännchen, mit dem Benny arbeitet!«

»Oh«, murmelte ich. »Natürlich. Superwitzig, meinte ich doch. Sorry.« Ausgerechnet! Benny war der aufstrebende Nachwuchs und Arminias persönliche Entdeckung. »Bald wird er flügge«, pflegte sie zu seufzen. In wenigen Wochen würde Bennys Trainee-Programm beendet sein, und dann sollte er die neue Agentur in Leipzig übernehmen. Pech für Arminia. Niemand konnte übersehen, dass sie unsterblich in Benny verknallt war.

Arminia warf mir einen letzten vernichtenden Blick zu. »Mach weiter, Benny. Wir können nicht warten, bis Line geistig wieder bei uns ist.«

»Vielleicht verrät sie uns ja noch, was sie geträumt hat?«, gab Benny zurück und scannte mich von oben bis unten, als hätte ich keine Klamotten an. Dann drehte er sich wieder zu seiner Präsentation.

In der nächsten halben Stunde kniff ich mich verzweifelt in alle möglichen Körperteile und rieb meine Ohrläppchen, weil mir schon wieder die Augen zufallen wollten. Ich ließ sogar ein Blatt Papier auf den Boden segeln, in der Hoffnung, beim Bücken meinen Kreislauf anzukurbeln. Bennys sterbenslangweilige Präsentation machte es nicht unbedingt einfacher. Arminia warf mir ab und zu prüfende Blicke zu. Die meiste Zeit starrte sie jedoch auf Bennys Folien und kommentierte sie mit entzückten Zwischenrufen. Endlich war es vorbei. Arminia applaudierte, und wir anderen applaudierten pflichtschuldigst mit. Benny sagte nichts und lächelte Arminia nur an. Arminia lächelte hingerissen zurück. Wie alt mochte sie sein, Mitte fünfzig? Benny war vierunddreißig und bescheuert, sah aber leider so attraktiv aus wie Hugh Jackman in dem Schmachtfetzen »Australia«. Er trug den gleichen Bart wie dieser, aber anstelle eines dreckverschmierten Unterhemds langweilige weiße Hemden und Poloshirts, und morgens rückte er mit einem 3er-BMW an statt auf einem Pferd. Er war der Einzige, der seine Angeberkarre neben Arminias BMW im Hinterhof parken durfte. Seit Monaten behandelte er sie wie einen Kettenhund, dem man ab und zu einen fetten Fleischbrocken hinwirft und dann wieder tagelang hungern lässt. Man hätte Mitleid mit ihr haben können, wenn sie nicht so ein Biest gewesen wäre.

»Und nun an die Arbeit!«, befahl Arminia. »Eigentlich hätte Line dich bei dem Projekt unterstützen sollen, Benny. Dein letztes Projekt in Stuttgart … das möchte ich dir nun aber nicht zumuten. Die Gefahr ist zu groß, dass sie immer noch glaubt, es gehe um einen Pizza-Service. Suse, du wirst Benny zuarbeiten.«

»Aber gern«, sagte Suse und lächelte krampfhaft. Suse war unsere Streberin und sagte immer zu allem Ja und Amen. Ich jedoch frohlockte innerlich. Ich war zwar mal wieder peinlich gewesen, aber dafür musste ich jetzt nicht Bennys Handlangerin spielen! Wir blieben alle brav sitzen, bis Arminia auf ihren kurzen Beinchen aus dem Meeting Room gestöckelt war, ihren Entenhintern breit herausgestreckt. Das ungeschriebene Arminia-Gesetz Nr. zwei lautete, dass Arminia als Letzte den Raum betrat und als Erste verließ. Gesetz Nr. eins lautete, dass Arminia immer recht hatte.

Ich setzte mich an meinen PC und rief meine Mails auf. Micha, der seinen Schreibtisch schräg vor meinem hatte, stand auf und schlenderte heran. Wie immer hatte er Flecken auf dem T-Shirt. Er saute sich ständig ein.

»Ich muss mit dir reden«, murmelte er.

»Ich dachte, wir hätten das geklärt«, zischte ich. Micha hatte mich vor ein paar Monaten angebaggert, dass es krachte. Nur weil er das gleiche kleine genetische Problemchen hatte wie ich, glaubte er, wir seien füreinander bestimmt. Seither waren wir höflich, aber distanziert miteinander umgegangen.

»Nein, keine Sorge«, sagte Micha hastig. »*Das* habe ich mittlerweile kapiert. Es geht um …« Blitzschnell hielt er mir einen winzigen Zettel unter die Nase, auf dem das Wort »Katastrophen-Gen« zu lesen war. »Hast du in der Mittagspause schon was vor? Wir könnten zu Herbert'z gehen und eine Kleinigkeit essen.«

»Aber ich will nicht mit dir über das … das da reden. Da gibt es nichts zu reden!«

»Hör mich doch wenigstens an, Line. Bitte, nur ein halbes Stündchen. Es ist wirklich wichtig. Ich verspreche dir, wenn du danach sagst, du willst nie mehr, dass ich das …«, er fuchtelte mit dem Zettel vor meiner Nase herum, »… auch nur erwähne, lasse ich dich damit in Ruhe.«

Hinter Arminias Paravent war Stühlerücken zu hören.

»Zwölf Uhr dreißig bei Herbert'z«, flüsterte Micha. »Wir gehen getrennt.« Er hastete zurück an seinen Schreibtisch, wobei er über ein Druckerkabel stolperte. Ich sah konzentriert auf meinen Bildschirm und tat so, als würde ich nicht bemerken, dass Arminia hinter ihrem Paravent hervorlugte, um herauszufinden, wer da im Großraumbüro tuschelte. Was um alles in der Welt wollte Micha mit mir besprechen? Ich hatte irgendwann zufällig herausgefunden, dass auch er das Katastrophen-Gen hatte. In ganz Deutschland waren nur zwei Fälle davon bekannt, und die mussten sich ausgerechnet in Stuttgart in der gleichen Agentur über den Weg laufen!

Gegen zwanzig nach zwölf stand Micha auf, murmelte etwas von Mittag machen und verließ das Büro. Ich folgte ein paar Minuten später. Arminia hing am Telefon, Paula, die Praktikantin, kopierte, und Benny hielt Suse einen Vortrag, der seiner Präsentation ziemlich zu ähneln schien. Niemand schenkte mir Beachtung. Unten auf der Heusteigstraße wandte ich mich nach links. Überall waren Grüppchen von lässigen Leuten auf der Suche nach einem Mittagessen in einer Szenebar. Im Heusteig machte jeder irgendwas mit Werbung oder Kommunikation. Das Herbert'z lag zwar etwas am Rand des Viertels, war aber das Zentrum der Heusteig-Lässigkeit. An dem riesigen, glänzenden Kaffeebereiter traf sich ein nicht enden wollender Strom von Kaffeesüchtigen zu einem schnellen Cortado zwischendurch. Weil ich mich selber nicht so schrecklich lässig fand, fühlte ich mich dort immer ein bisschen fehl am Platz. Andererseits war die Espressobar weit genug weg vom Büro, so dass wir dort nicht über Arminia, Benny oder Philipp stolpern würden.

Wie immer um die Mittagszeit herrschte Hochbetrieb. Micha war noch nicht da. Mein Blick fiel auf eines der vielen Bilder an der Wand: » Life is short. Eat dessert first!« Der Meinung war ich auch, deswegen hatte ich auf dem Weg hierher ein Schäumle gekauft und sofort verspeist. Blöderweise lag der Bäcker Weible ganz in der Nähe unserer Agentur, und ich hatte es noch nie geschafft, daran vorbeizulaufen, ohne etwas zu kaufen. Es half auch nichts, in die andere Richtung zu gehen, denn dort lag der Bäcker Hafendörfer.

Auf der Tageskarte des Herbert'z stand gemischter Salat mit Schafskäse. Das klang ziemlich gesund, vor allem nach dem Schäumle. Ich entschied mich für Bratkartoffeln mit Schinken, Speck und Spiegelei, bestellte an der Essenstheke und schnappte mir den Sofaplatz an einem der kleinen Holztische. Micha stolperte durch die offene Tür und hängte seine Kapuzenjacke auf den braunen Retro-Stuhl auf der anderen Seite des Tisches.

»Ich habe einen kleinen Umweg gemacht, damit man uns nicht zusammen sieht«, raunte er.

»Übertreibst du nicht ein bisschen? Ich habe übrigens schon bestellt.«

»Ich nehme nur einen Kaffee«, sagte Micha und ging an die Kaffeetheke.

»Was kriegsch du?«, fragte ihn der Mann mit Tirolerhut, der hinter der Theke mit dem riesigen Kaffeebereiter hantierte.

»Einen Milchkaffee, bitte, Marcel.«

Ein paar Minuten später schaufelte ich mir selig Bratkartoffeln in den Mund. »Hast du keinen Hunger?«, fragte ich. Micha schüttelte den Kopf. Kein Wunder, dass er so schmächtig war. An mir war zwar auch nicht viel dran, aber im Gegensatz zu Micha futterte ich wie ein Scheunendrescher. Lila war immer schrecklich neidisch, weil die Kalorien einfach durch mich hindurchflutschten. Micha nahm einen Schluck Kaffee. Ich sah ihn erwartungsvoll an. Er wurde knallrot.

»Also zunächst mal … ich hab mich damit abgefunden, dass aus uns beiden nichts wird. Ich werde dich nicht mehr belästigen.«

»Okay«, murmelte ich erleichtert. Hoffentlich schlug er jetzt nicht vor, dass wir ziemlich beste Freunde werden sollten!

»Ich … ich will's loswerden«, sagte er, ohne mich anzusehen. »Wenn ich das Katastrophen-Gen nicht hätte, wäre mein Leben viel einfacher! Ich hätte eine tolle Freundin. Ich würde Karriere machen und müsste mich nicht von Arminia tyrannisieren lassen. Vielleicht hätte ich sogar mehr Haar!«

Ich warf einen skeptischen Blick auf Michas hohe Stirn und das wenige Haar darüber. »Ich weiß nicht so recht. Irgendwie habe ich mich an das Katastrophen-Gen gewöhnt, schließlich musste ich mich mein ganzes Leben damit arrangieren. Ich war sogar schon mal eine Nacht in Untersuchungshaft auf dem Pragsattel deswegen.«

»Du hast gut reden. Du hast einen Freund, der sogar mit dir zusammenziehen will! Er muss dich entweder sehr lieben oder komplett verrückt sein.«

»Glaub mir, er weiß, worauf er sich einlässt«, erwiderte ich würdevoll, obwohl ich mir da manchmal gar nicht so sicher war.

»Mir rennen alle Frauen davon, sobald sie merken, dass ich Katastrophen geradezu magisch anziehe«, flüsterte Micha betrübt. Ob das wirklich am Katastrophen-Gen lag? Ich sah ihn und seinen Oberlippenmilchbart zweifelnd an und mampfte meine Bratkartoffeln. »Weswegen wolltest du denn nun eigentlich mit mir reden?«, fragte ich mit vollem Mund.

Micha rückte ein bisschen näher an das Holztischchen. »Ich habe angefangen zu recherchieren. Erinnerst du dich an den Wikipedia-Eintrag zum Thema Katastrophen-Gen?«

Ich nickte.

»Da steht doch drin, dass an der Uni in Yale seit Jahren nach einem Medikament zur Unterdrückung des Gens gesucht wird.«

»Erfolglos, soweit ich mich erinnere«, warf ich ein. Micha nickte eifrig.

»Ich habe mit dem leitenden Wissenschaftler dort Kontakt aufgenommen, einem Professor Simpson vom *Department of Genetics.* Er hat sich sehr gefreut, dass ich mich für seine Arbeit interessiere. Kommt wohl nicht so oft vor. Er hat mir tonnenweise Links zu Artikeln in Fachzeitschriften geschickt, alles auf Englisch, natürlich, und hochwissenschaftlich. Ich habe kein Wort verstanden.«

Ich fischte mein Handy heraus und sah auf die Uhr. »Micha. Komm zur Sache, du weißt, wie blöd Arminia rummacht, wenn wir die Mittagspause überziehen.«

»Nachdem wir ein paar freundliche Mails hin- und hergeschickt haben, habe ich mich geoutet. Ich habe ihm gesagt, dass wir das Katastrophen-Gen haben.«

Ich stöhnte. »Wir? Micha, also echt. Das geht doch niemanden was an!« Nur meine engsten Vertrauten wussten vom Katastrophen-Gen, meine Familie, Leon, Lila und Harald, Tarik und Manolo. Ich war nicht besonders scharf drauf, noch mehr Leute einzuweihen.

»Ich habe ihm ja deinen Namen nicht gesagt, nur dass wir zu zweit sind. Auf jeden Fall war er natürlich hochentzückt, weil sie wohl nur einen Betroffenen haben, mit dem sie arbeiten können. Er hat mich sofort angerufen, dabei war's in Yale zwei Uhr nachts. Typisch Ami, der Typ scheint in seinem Labor zu wohnen.« Micha machte eine Pause. Er glühte.

»Nun sag schon. Wir müssen zurück ins Büro!« Ich schob den Bratkartoffelteller beiseite. Nicht das kleinste Krümelchen war übrig. Ich sehnte mich nach einem Mittagsschläfchen in einer Hängematte an einem thailändischen Strand. Nicht dass ich schon mal in Thailand gewesen war.

Micha sah sich nach links um und wartete. Unsere Tischnachbarn brachen gerade auf. »Simpson sagt, er steht kurz vor dem Durchbruch«, flüsterte er. »Sie haben einen Wirkstoff entwickelt und die ersten Studien abgeschlossen. Jetzt suchen sie Probanden. Wir könnten nach Yale fliegen. Er würde uns gründlich durchchecken, und wir könnten die Ersten sein, die das Medikament testen. Wenn das Medikament anschlägt, hätten wir nach acht Monaten Pilleneinnahme das Katastrophen-Gen für immer los. Wir könnten ein komplett neues Leben beginnen. Wäre das nicht phantastisch?« Micha sah aus, als würde er gleich vor Aufregung explodieren. Ich sah ihn nur an und tippte mir an die Stirn.

»Micha. Erstens bin ich kein Versuchskarnickel. Wer weiß, was das Zeug für unerforschte Nebenwirkungen hat! Zweitens hause ich im Moment mit drei Erwachsenen, zwei Babys, einem Hund und einer Katze in einer Zweizimmerwohnung. In ein paar Wochen kommt Leon, dann ist es noch ein Erwachsener mehr. Glaub mir, eine Wohnung zu suchen ist für mich weitaus dringender, als nach Yale zu fliegen!«

»Line, alles, was wir bräuchten, ist eine Woche Urlaub. Yale würde alles bezahlen, Flug, Aufenthalt, Untersuchungen, Medikamente. Danach könnten wir alles per Skype abwickeln! Wir müssten nur einen Arzt unseres Vertrauens finden und ab und zu ein paar Blutproben schicken!«

Ich schüttelte energisch den Kopf, kämpfte mich vom Sofa hoch und klappte meine Umhängetasche auf.

»Tut mir leid. Du musst das allein durchziehen. Ich zahle jetzt und gehe zurück ins Büro. Kommst du mit?«

Micha sprang auf. Er sah schrecklich enttäuscht aus. »Ist das dein letztes Wort?«

Ich nickte und kramte meinen Geldbeutel aus der Tasche.

Micha stützte sich auf dem Holztischchen ab, lehnte sich zu mir herüber und flüsterte: »Bei der nächsten Katastrophe wirst du an mich denken. Vielleicht auch erst bei der übernächsten. Aber spätestens, wenn du mit deinem Freund zusammengezogen bist und vor den Trümmern deiner abgebrannten Bude und deiner Beziehung stehst, wirst du dir wünschen, auf mich gehört zu haben.«

4. Kapitel

A chair is still a chair
Even when there's no one sitting there
But a chair is not a house
And a house is not a home
When there's no one there to hold you tigh
And no one there you can kiss good night

Leon wimmerte. Er rutschte aus meinem Blickfeld, dann tauchte er wieder auf und schnappte nach Luft.

»Du hast was?«

»Hör mal. Du hast mich ganz genau verstanden!«, gab ich beleidigt zurück. »Und so witzig ist es nun auch wieder nicht!«

»Du hast im Büro von Sex mit mir geträumt und laut gestöhnt?«

»Ja doch! Es war schrecklich peinlich!«

»Als ich vor zwei Wochen im Meeting meinen PC an den Beamer angeschlossen hatte und deine Mail rechts unten aufleuchtete und mein Chef und meine Kollegen lesen konnten: ›Hallo, Knusperarsch in Chinesisch-Schwaben‹, war das auch ziemlich peinlich.« Leon grinste sein Leon-Grinsen, bei dem mir immer ganz warm ums Herz wurde, und fuhr sich mit der Hand durch sein dunkelblondes, leicht lockiges Haar. Im Gegensatz zu Micha hatte er Haar. Allerliebstes Haar.

»In jedem Fall fühle ich mich geschmeichelt, dass du so heiße Träume von mir hast.«

»Richtiger Sex wäre mir lieber. Und richtig mit dir reden auch, nicht nur am Bildschirm.«

»Ich verspreche dir, wir holen alles nach.« Leon hielt plötzlich etwas hoch und schwenkte es grinsend hin und her. Das Es war zweiteilig, rot und plüschig.

»Was ist das?«

»Ein kleines Souvenir vom Wochenende. Mit rotem Samt überzogene Handschellen.«

Ich kicherte entzückt. »Ich wusste gar nicht, dass du auf Sexspielzeug stehst!«

»Ich habe auch erst angefangen, darüber nachzudenken, als du im Sommer beim Skypen diesen phantastischen Strip absolviert hast. Das Zeug gibt's hier total billig. Wir probieren es dann aus, wenn ich zurück bin.«

»Mit Lila, Harald und den Zwillingen nebendran? Langsam verliere ich so ein bisschen die Hoffnung, dass ich rechtzeitig eine Wohnung für uns finde.«

Leon legte die Handschellen zur Seite, griff sich von irgendwoher eine Krawatte und schlang sie sich um den Hals.«Süße, es tut mir so leid, dass die ganze Verantwortung an dir alleine hängt. Besonders ermutigend klingen deine Wohnungsgeschichten wirklich nicht. Aber du weißt ja, ich bin ein hoffnungsloser Optimist. Irgendwo im Stuttgarter Westen wartet eine schnucklige Altbauwohnung auf uns.« Mit wenigen Handgriffen hatte sich Leon die Krawatte perfekt gebunden.

»Hoffentlich hast du recht. Ich habe das Gefühl, ich bin nur noch am Arbeiten, Babys-Versorgen und Wohnung-Suchen«, seufzte ich. »Ich bin einfach nur hundemüde.« Auch jetzt musste ich mich zusammenreißen, um nicht ständig zu gähnen. Immerhin war Leon in Wuxi in aller Herrgottsfrühe aufgestanden, um mit mir zu skypen, und saß um sechs Uhr früh Ortszeit schon fertig angezogen am Computer, während es in Stuttgart gemütliche elf Uhr abends war und ich entspannt auf dem Bett herumlümmelte.

»Stell dir vor, wie sich Lila fühlen muss«, sagte Leon. »Für dich ist es doch nur vorübergehend. Sobald wir zusammenwohnen, kannst du wieder ausschlafen.«

»Der Stress hat immerhin den Vorteil, dass das Katastrophen-Gen offensichtlich auch zu müde ist, um Chaos zu produzieren. Mir ist schon lange nichts Dramatisches mehr passiert.« Ich hatte beschlossen, das Gespräch mit Micha für mich zu behalten. Ich würde sowieso nicht nach Yale fliegen, und tief in meinem Innern machte ich mir schon manchmal Sorgen, das Katastrophen-Gen könnte das Zusammenleben mit Leon massiv beeinträchtigen. Aber ich hatte keine Lust, darüber nachzudenken, und die Wohnungssuche war einfach wichtiger.

»Ich muss los, Line. Wann kommt Harald aus Kapstadt zurück?«

»Morgen Abend. Nur noch eine Nacht. Dann kann ich endlich wieder ohne Wickel-Unterbrechung durchschlafen.«

Wir knutschten. Eigentlich war es vollkommen bescheuert, einen Bildschirm zu küssen. Trotzdem war es unser Abschiedsritual. Es war zwar schrecklich, so weit weg von Leon zu sein, aber ich war so unendlich glücklich darüber, dass wir immer noch zusammen waren! Ich hatte es nämlich gründlich versemmelt. Als Leon vor ein paar Monaten vorgeschlagen hatte, zusammenzuziehen, und meinetwegen sogar früher aus China zurückkommen wollte, war ich so in Panik geraten, dass ich mich wochenlang nicht mehr bei ihm meldete. Irgendwann war Leon so am Ende, dass er sich von mir trennte.

Tarik und meine Großtante Dorle stritten immer, wer von ihnen den größeren Anteil daran hatte, dass Leon und ich uns wieder versöhnt hatten. Wobei man das eigentlich nicht wirklich streiten nennen konnte, weil Tarik Dorles Schwäbisch sowieso nicht richtig verstand. Trotzdem war Tarik der Meinung, ohne sein Eingreifen wäre Leon gar nicht von China nach Stuttgart gereist. Dorle hingegen argumentierte, dass ich im Begriff gewesen sei, vor Leon davonzulaufen, und nur ihr Auftauchen und beherztes Eingreifen hätte das verhindert.

Ich klappte den Computer zu, stellte ihn auf den Boden und legte mich zurück aufs Bett. Die vorletzte Wohnungsbesichtigung fiel mir ein und die flennende Frau auf dem Balkon. Die meiste Zeit war ich davon überzeugt, dass das Zusammenwohnen mit

Leon einfach großartig werden würde. Ich würde abends nach Hause kommen, müde von der harten Arbeit in meiner Agentur, und Leon würde mich mit einem romantischen Abendessen überraschen. Ein zärtlicher Kuss an der Tür zur Begrüßung, ein »Wie war dein Tag, Süße?«, flackernde Kerzen auf dem Tisch, edler Rotwein in den Gläsern und im Hintergrund die Kuschel-Rock CD Nr. 317. »Nein, nein, du musst mir nicht helfen«, würde Leon abwehren, »setz dich nur einfach hin und entspann dich. Wie wär's mit einem Gläschen Prosecco?« Erst würde er mir ein bisschen den Nacken massieren und dann ein raffiniertes dreigängiges Menü aus »Brigitte Men« servieren. Vielleicht auch nur zwei Gänge, und dann würde er aufstehen, meine Hand nehmen und flüstern: »ICH bin der Nachtisch.« Mhmmmm … Manchmal allerdings beschlichen mich Zweifel. Nicht an Leon, eher an mir selber. Ich war mir nicht ganz sicher, ob ich dafür geschaffen war, auf Dauer mit einem einzigen Menschen zusammenzuleben. Was, wenn ich Leon schrecklich enttäuschte? Und dann war da noch das Katastrophen-Gen …

Es kratzte an meiner Tür. Ein ekliger Gestank drang herein. Der olle Pupsköter wollte nach draußen und hatte endlich kapiert, dass ich zurzeit für ihn zuständig war. Ich ließ ihn noch ein paar Minuten zappeln, aber dann fing er an zu winseln, und ich wollte auf keinen Fall, dass er Lila aufweckte. Ich öffnete meine Tür, schubste den Hund, der ins Zimmer stürzen und sich wahrscheinlich stinkend auf meinem Bett breitmachen wollte, mit dem Fuß zurück, schlüpfte hinaus und schloss rasch die Tür hinter mir. »Schnauze, Wutzky«, flüsterte ich. »Wag es ja nicht, dein Frauchen und die Zwillinge aufzuwecken.« Unten im Flur riss ich eine der schrecklichen Hundekottüten von der Rolle ab und ließ Wutzky ohne Leine hinaus. Normalerweise setzte er sich, um nur ja keinen Meter zu viel zu laufen, ein paar Meter unterhalb des Hauses in das Gras bei der Linde, die die Neuffenstraße in zwei Hälften teilte, aber diesmal sauste er ein paar Meter weiter nach rechts in die Rechbergstraße und blieb vor einem Auto stehen. Das Polizeiauto. Schon wieder. Unwillkürlich dachte ich an Simon. Simon war Polizist. Ein ausgesprochen nettes Exemplar von Polizist. Er hatte mir immer mal wieder aus der Patsche geholfen, wenn das Katastrophen-Gen mich erneut in eine besonders bescheuerte Situation gebracht hatte. Und Simon und ich …

Ich lief hinter Wutzky drein und spähte ins Auto. Natürlich war niemand zu sehen. Wutzy hatte direkt vor der Fahrertür einen Haufen plaziert. Ich klaubte den Hundemist mit Todesverachtung auf, nahm den Köter an die Leine, zerrte ihn wieder die Straße hoch und pfefferte die Tüte in den Müll. Wutzky trollte sich in die Küche. Hoffentlich war die Katze weg! Ich sah auf die Uhr. Halb zwölf. Uäh. In drei Stunden würde ich wahrscheinlich zum Wickeln antreten. Und plötzlich fiel mir etwas Schreckliches ein. Morgen war Dienstag. Der letzte Tag, um den Fragebogen für die Wohnung in Gablenberg abzugeben, und ich hatte komplett vergessen, ihn auszufüllen …

»Line. Line!« Meine Zimmertür wurde aufgerissen.

»Wer auch immer du bist, geh weg«, murmelte ich schlaftrunken. »Ich will pennen.«

»Wach auf! Du hast verschlafen. Du musst los!«

Ich öffnete mit Mühe ein Auge. Lila stand in ihrem Blümchennachthemd vor mir. »Nun mach schon. Es ist zehn vor neun!«, brüllte sie. »Los, zieh dich an! Ich mach dir Kaffee und ein Vesper! Es ist alles meine Schuld. Ich hätte dich niemals zum Wickeln verdonnern dürfen!« Von unten drang eine wüste Mischung aus Wutzkygebell, Babygebrüll und Katzenjammer herauf.

»Scheiße«, jaulte ich und sprang aus dem Bett. »Scheiße, scheiße, scheiße! Arminia hält nichts von Kreativen, die erst um halb zehn in der Agentur anrücken!« Ich fuhr in meine Klamotten vom Vortag, die Jeans und das eng anliegende T-Shirt mit sexy V-Ausschnitt, das meine nicht vorhandenen Brüste betonte, galoppierte an der nach oben rennenden Katze vorbei nach unten ins Bad, ging aufs Klo, klatschte mir Wasser ins Gesicht und rannte weiter in die Küche. Lila schaukelte ein Baby auf dem linken Arm und warf mit der rechten Hand Salamischeiben auf ein Brot. Das zweite Baby lag mit knallrotem Kopf auf dem Wickeltisch, zappelte wild und schrie wie am Spieß. Wutzky jagte kreuz und quer durch die Küche und bellte.

»Kaffee!«, brüllte Lila. Ich schüttete Kaffee und Milch in eine Tasse, nahm einen kräftigen Schluck, verbrannte mir höllisch den Mund, spuckte den Kaffee ins Spülbecken und kippte mir zur Kühlung einen Schluck Milch aus der Packung in den Rachen. Lila wickelte das Brot ein.

»Gretchen!«, brüllte sie. Das schreiende Baby war an den Rand des Wickeltischs gerobbt und würde gleich in den Abgrund stürzen. Ich raste zum Wickeltisch, erwischte in der letzten Sekunde das rutschende Kind, nahm es hoch und klopfte ihm beruhigend auf den Rücken. Das Brüllen erstarb. Auch Wutzky war plötzlich ganz ruhig. Eine Sekunde lang herrschte himmlischer Frieden. Lila und ich sahen uns an und atmeten tief durch. Dann lächelte Gretchen mich an, und ich konnte gar nicht anders und lächelte zurück. Sie öffnete ihr reizendes Mündchen, holte tief Luft und kotzte zielsicher in meinen Ausschnitt. »Igitt. Igitt, igitt, igitt!«, jaulte ich. Ein lauwarmer, schmieriger Strom floss zwischen meinen Brüsten herab. Lila schnappte sich das Baby und rief: »Immerhin stinkt Babykotze nicht!« Ich rannte zum Spülbecken, riss das T-Shirt hoch, wischte mir den Schleim, der inzwischen bei meinem Bauchnabel angekommen war, mit einem übel riechenden Spüllappen weg und trocknete mich mit einem Geschirrtuch ab. Rücksichtsvollerweise hatte Gretchen in und nicht auf das T-Shirt gekotzt.

»Der Fragebogen!«, brüllte ich. Den musste ich nun in der Mittagspause ausfüllen und am späten Nachmittag persönlich abgeben. Ich rannte nach oben in mein Zimmer, schnappte mir die Papiere, raste wieder nach unten, stopfte den Umschlag in meine Tasche und riss die Haustür auf.

»Das Salamibrot!«, schrie Lila. Ich lief zurück in die Küche, schnappte die Vespertüte, drückte Lila, die jetzt auf jedem Arm ein Baby balancierte, einen Kuss auf die Backe und rannte zu meinem Rad. Das ungeschriebene Arminia-Gesetz Nr. vier lautete: Spätestens neun Uhr treffen wir uns im Büro, und wehe, wir haben schlechte Laune. Ich dagegen, Arminia, bin die Chefin und kann mir deshalb erlauben, miese Laune zu haben (ungeschriebenes Arminia-Gesetz Nr. drei). Meine Laune verbessert sich erst, nachdem ich mindestens zwei von euch heruntergeputzt habe, dann habt ihr die schlechte und ich die gute Laune, und das nennt man dann ausgleichende Gerechtigkeit. Später anzurücken als neun Uhr war eine Steilvorlage für sie.

Punkt neun saß ich leider nicht am Schreibtisch, sondern auf meinem Fahrrad. Am Ende der Neuffenstraße bog ich nach links ab, hoppelte an der Lukaskirche vorbei über das Kopfsteinpflaster, jagte die Landhausstraße hinunter und wäre beinahe in eine Trage auf einem Fahrgestell hineingerauscht, die von zwei Sanitätern zum Notarztwagen gerollt wurde. Die Sanitäter und der alte Mann auf der Trage schimpften hinter mir her. Nach links in die Urbanstraße, bei der Musikhochschule keine Studenten umnieten, einen Haken schlagen in die Olgastraße, die auf dem Radweg geparkten Autos umzirkeln und bergauf nicht an Tempo verlieren, am Kreisel nach rechts und endlich hinein in die Heusteigstraße, Rad abschließen und in den zweiten Stock rennen! Um siebzehn nach neun stürzte ich schweißgebadet in unser Loft, grüßte keuchend und murmelte eine Entschuldigung. Ich hatte mich damit bereits damit abgefunden, dass Arminia mich runterputzen würde.

Sie schoss hinter ihrem Paravent hervor wie eine fehlgeleitete Silvesterrakete. »Haben die lieben Kleinen mal wieder die halbe Nacht kein Bäuerchen gemacht?«, säuselte sie und sah Beifall heischend Richtung Benny. Benny, der schon wieder Suse zulaberte, grinste. Arminia zog den knallengen Rock über ihrem Entenhintern zurecht, wackelte mit ihrem üppigen Busen und kicherte albern.

»Genau«, antwortete ich automatisch und korrigierte mich dann hastig, »Ich meine natürlich, nein, mein Wecker hat irgendwie versagt. Braucht wohl 'ne neue Batterie.«

»Wahrscheinlich braucht die ganze Pipeline Praetorius eine neue Batterie!« Arminia verschwand prustend wieder hinter ihrem Paravent. Früher war sie einfach nur fies gewesen. Jetzt führte sie sich auf wie ein verknallter Teenager, was es auch nicht besser machte.

Ich ließ mich auf meinen Schreibtischstuhl fallen, schaltete den Rechner ein und holte erst einmal tief Luft. Paula, die Praktikantin, zwinkerte mir vom Kopierer her aufmunternd zu. Sie hatte zum Glück ein sonniges Gemüt und kam halbwegs mit Arminia klar, besser als Julia, die vorige Praktikantin (ungeschriebenes Arminia-Gesetz Nr. fünf: Praktikantinnen sind zum Telefonate-Abwimmeln, Kopieren und Tyrannisieren da). Philipp, der meinen Gruß ignoriert hatte, ging gerade an sein Handy und verfiel in den genervten Murmelton, den er immer gegenüber seiner Freundin anschlug. Obwohl er krampfhaft versucht hatte, es geheim zu halten, hatten wir alle mitbekommen, dass sie unbedingt schwanger werden wollte, während er es nicht so eilig zu haben schien. Es hatte ganz schön lange gedauert. Am Ende hatte Philipp von seinem Smartphone immer einen *Fertility Alarm* bekommen, wenn die Freundin ihre fruchtbaren Tage hatte. Bestimmt dachte er, wir wussten nicht, was die SMS bedeutete, die wie das Weinen eines Babys klang, aber Benny kannte sich damit aus und riss jedes Mal hinter Philipps Rücken Witze, wenn er in der Mittagspause kommentarlos verschwand.

Plötzlich stand Micha vor mir. »Du hast einen Milchfleck am Kinn«, murmelte er. »Passiert mir auch immer. Wollt nur kurz fragen – hast du's dir noch mal überlegt?«

Ich schüttelte nur stumm den Kopf. Micha nickte, als hätte er nichts anderes erwartet, und schlich zurück an seinen Schreibtisch. Du meine Güte! Ich hatte wirklich keinen Grund, ein schlechtes Gewissen zu haben, bloß weil ich Michas Experimente nicht mitmachen wollte! Trotzdem fühlte ich mich, als würde ich ihn im Stich lassen.

Ich öffnete meine Mails. Eine Erinnerung leuchtete auf. »Team-Mittagessen, 12.30 Uhr!«. Auch das noch! Arminia bestand darauf, dass wir einmal die Woche zusammen essen gingen, wegen der Teambildung und so. Normalerweise war sie die Einzige, die das Team beim Essen bildete, während wir anderen ihr zuhörten (ungeschriebenes Arminia-Gesetz Nr. sechs: Arminia bildet das Team). Ausgerechnet heute, dabei musste ich doch den Fragebogen ausfüllen! Rasch googelte ich das Maklerbüro und checkte die Öffnungszeiten. Das Büro schloss um 17.30 Uhr. Leider lag es auf der anderen Seite der Stadt am Pragsattel. Ich musste also spätestens um fünf weg, was mit der Tatsache kollidierte, dass ich erst um siebzehn nach neun in die Agentur gekommen war und eigentlich bis mindestens siebzehn nach fünf bleiben musste. Mist, Mist, Mist! Ich bearbeitete die dringendsten Mails, erledigte ein paar Telefonate und fand dann, ich hätte produktiv genug gearbeitet, um zwischendurch mal kurz die Fragen der Maklerin zu beantworten. Das würde ja sicher ganz schnell gehen.

Ich zog die Unterlagen aus meiner Umhängetasche und überflog die erste Seite. »Bitte legen Sie Ihre finanzielle Situation dar und belegen Sie diese lückenlos mit Kontoauszügen der letzten fünf Jahre.« Ach du liebe Güte! Ich hatte nie viel verdient, und dazwischen war ich monatelang arbeitslos gewesen! »Bitte nennen Sie Name und Anschrift der Person/en, mit der/denen Sie in die Wohnung ziehen wollen, und legen Sie dar, wie Sie zu dieser/n Person/en stehen. Sollte/n die Person/en erwerbstätig sein, legen Sie auch die finanzielle Situation dieser Person/en dar und belegen Sie diese mit Kontoauszügen.« Das war doch nicht zu fassen! Wie sollte ich innerhalb der nächsten paar Stunden an Leons Kontoauszüge kommen? »Bitte geben Sie mindestens zwei Personen als Referenz an ... bitte nennen Sie Ihren jetzigen Arbeitgeber ... Ihre letzten drei Vermieter ... Name, Adresse und

Telefonnummer Ihrer Klassenlehrerin und Flötenlehrerin in der Grundschule … bitte beschreiben Sie Ihr Verhältnis zur Kehrwoche (mind. eine halbe Seite) …«

Das war ja ein Alptraum, und ich hatte heute noch nicht einmal einen richtigen Kaffee gehabt! Am besten aß ich gleich das Salamibrot dazu, dann konnte ich nach dem Fragebogen gesättigt, wach und konzentriert weiterarbeiten. Moment, da war noch eine Frage. »Sind Sie vorbestraft oder schon einmal polizeilich aufgefallen?« Oje. Natürlich war ich das. Fünfmal sogar, und jedes Mal, wenn die Polizei aufgekreuzt war, hatte ich Simon, den supernetten Polizisten, getroffen. Einmal hatte ich versehentlich einen Kinderwagen entführt und danach eine Nacht in einer Zelle auf dem Pragsattel verbracht. Bestimmt war das in irgendwelchen polizeilichen Akten vermerkt. Aber das würde man doch bestimmt nicht einem potenziellen Vermieter erzählen? Simon. Simon in seiner schnuckligen blauen Uniform. Eine Zeitlang hatte ich ihn mehr als ziemlich nett gefunden. Ob er sich wohl tatsächlich mit seiner schrecklichen Kollegin Vanessa verlobt hatte? Nicht dass mich das wirklich interessierte. Schließlich hatte ich Leon.

Ich stand auf, ging zu unserer Kaffeemaschine und stellte mich hinter Micha an. In diesem Augenblick kam Arminia naserümpfend hinter ihrem Paravent hervor. »Irgendwas müffelt hier«, murmelte sie, ging zum Fenster, riss es auf und blieb einen Moment gedankenverloren stehen. Irgendwer müffelt hier, dachte ich mit Schaudern. Hatte Lila nicht behauptet, Babykotze stinkt nicht? Hoffentlich glotzte Arminia nicht auf meinen Schreibtisch und sah die Wohnungsunterlagen! Sie war doch immer total neugierig! Und hoffentlich merkte sie nicht, dass ich es war, die müffelte! Wie konnte jemand, der rauchte wie ein Schlot, so einen guten Geruchssinn haben? Das ungeschriebene Arminia-Gesetz Nr. sieben lautete: Rauchen am Arbeitsplatz ist eigentlich verboten, aber für Arminia machen wir trotz Großraumbüro eine klitzekleine Ausnahme. So ein Paravent hält ja Rauch super ab!

Micha trollte sich mit seinem Kaffee, aber erst nachdem er mir einen leidenden Blick zugeworfen hatte, und ich stellte hastig meine Tasse in den Automaten. Arminia donnerte das Fenster wieder zu, drehte sich um, lief an Michas Schreibtisch vorbei, schaute interessiert auf seinen Bildschirm und steuerte dann schnurstracks meinen Schreibtisch an. Ich hatte noch drei Sekunden. Die Kaffeemaschine röchelte. Von der anderen Seite kam Micha. Er stolperte über das Druckerkabel, der Kaffee schwappte aus seiner Tasse heraus und flutete meinen Schreibtisch samt Tastatur und Fragebogen.

»Also wirklich, Micha!«, empörte sich Arminia, die dem Kaffee nur knapp entgangen war. »Du bist ja schlimmer als der Butler in *Dinner for One*!«

»O Gott, Line!«, quiekte Micha. »Es tut mir so leid, hoffentlich waren das keine wichtigen Papiere!« Er stellte seine Tasse ab, nahm mit spitzen Fingern den eingesauten Fragebogen hoch und ließ ihn vor Arminias Nase abtropfen. Ich ließ meinen Kaffee stehen und sauste zu meinem Schreibtisch.

»Aber nein, das war nur Schmierpapier!«, rief ich, riss Micha die tropfenden Unterlagen aus der Hand, rannte damit in die Kaffeeküche, zerknüllte alles und donnerte es in den Mülleimer.

»Line, du bist keinen Deut besser! Du hast alles bloß noch schlimmer gemacht, jetzt ist der Fußboden auch noch eingesaut!«, schimpfte Arminia und hob die Hände zum Himmel. »Von Idioten umzingelt. Mit was für wandelnden Katastrophen arbeite ich hier eigentlich zusammen?«

Wenn du wüsstest, dachte ich.

»Ich putze das natürlich!«, rief Micha.

»Du gehst jetzt zurück an deinen Arbeitsplatz, Micha, ehe du noch mehr Unheil anrichtest!« befahl Arminia. »Paula, du wirst Line helfen! Wozu hat man schließlich Praktikantinnen!«

»Aber das kann ich doch auch alleine!«, wehrte ich ab. Paula schüttelte nur warnend den Kopf, verließ ihren Platz am Kopierer, ging in die Küche und holte einen Lappen. Ein paar Minuten später war alles sauber und trocken und die Ordnung wiederhergestellt. Micha saß an seinem Schreibtisch (nachdem er erneut über das Druckerkabel gestolpert war), Arminia hatte sich hinter ihrem Paravent verschanzt, und Paula stand hinter dem Kopierer. Jetzt war ich zwar vor Arminia gerettet, aber die Unterlagen konnte ich vergessen. Wieder eine Wohnung abgehakt und von vorne mit der Sucherei anfangen! Wenigstens musste ich jetzt keine saublöden Fragen beantworten und auch nicht zum Pragsattel fahren. Ich schickte Leon eine rasche Mail, und er antwortete nur kurz, ich solle mir keinen Kopf machen, die Wohnung sei ja sowieso nicht so toll gewesen. Wir vereinbarten, am nächsten Morgen, also bei mir am Abend, in Ruhe miteinander zu skypen. Ich aß mein Salamibrot, und plötzlich war es kurz vor halb eins.

»Abmarsch in zwei Minuten, wir essen beim Veganer!«, brüllte Arminia hinter ihrem Paravent. »Alle Telefone auf Paula umstellen!« Arminia behauptete, eine renommierte Agentur wie unsere konnte es sich nicht erlauben, Telefonate ins Leere laufen zu lassen. Ich schlich auf Zehenspitzen zu Paula an den Kopierer.

»Tut mir leid«, murmelte ich.

»Ehrlich gesagt, habe ich mehr Mitleid mit euch, weil ihr eure Mittagspause mit Arminia verballern müsst«, murmelte sie zurück. »Bringst du mir ein Super-Sandwich mit?« Ich nickte. Arminia legte beim Teambildungs-Mittagessen Wert auf eine wechselnde Location. Heute hatte sie sich offensichtlich das Super Yami ausgesucht, ein kleines Restaurant auf der Heusteigstraße, nicht weit vom Büro entfernt, dessen Besitzer Kathi und Roman vorher im Café Stella auf der Hauptstätter Straße zugange gewesen waren. Der vegane Boom, den Stuttgart seit einiger Zeit erlebte, ging zwar ziemlich an mir vorüber, weil mir eine anständige Currywurst lieber war als Sojakrams, aber im Super Yami schmeckte eigentlich alles total lecker. Außerdem wusste Kathi über die Zustände in unserem Büro bestens Bescheid, weil Paula regelmäßig dort aß.

Arminia ging powackelnd und angeregt mit Benny plaudernd die Treppen hinunter, Suse, Philipp und ich folgten mit etwas Sicherheitsabstand, Micha trottete hinter uns her. Wie immer um die Mittagszeit herrschte im Super Yami Hochbetrieb, aber natürlich hatte Paula in Arminias Auftrag den einzigen großen Tisch in der Mitte des Raums für uns reserviert. Ich hängte meine Jacke auf und bestellte dann an der Theke das Sandwich für Paula und für mich belgische Waffeln mit Apfelmus. Das war bestimmt total gesund, schließlich war es vegan. Kathi zwinkerte mir unter ihrem Häubchen, unter dem ihre türkis gefärbten Haare hervorlugten, verschwörerisch zu. Suse bestellte den Salat Exotic und alle anderen Chili sin carne, aber das gehörte zu den wenigen Gerichten, die ich selber kochen konnte.

Einige Zeit später futterte ich meine Waffeln und betrachtete die auf die Wand gemalte Szene. Eine Frau mit türkisfarbenen Haaren und einer Zitrone in der Hand flog gen Himmel, während am Boden eine Art Batman einen Eistee schlürfte. Wohin flog die Frau? Das war irgendwie geheimnisvoll. Männer mochten Frauen, die geheimnisvoll waren, Frauen, die aussahen, als hüteten sie irgendein dunkles, gefährliches Geheimnis. Angestrengt dachte ich darüber nach, warum ich selber kein bisschen geheimnisvoll war, während Arminias Monolog im Hintergrund wie ein schlecht eingestellter Radiosender an mir vorbeirauschte.

»Möchte jemand von euch etwas dazu sagen, anmerken, anregen?«, fragte sie, wartete ungefähr eine Zehntelsekunde und fuhr dann fort: »Tsss, manchmal würde ich mir schon wünschen, weniger Monologe zu halten und ein bisschen mehr Feedback von euch zu bekommen!«

Da ich keine Ahnung hatte, um was es ging, ließ ich sie weiterquatschen und machte mich wieder über die Waffeln her. Die anderen beugten sich ebenfalls über ihre Teller.

»… und deshalb werden wir in den nächsten Wochen gemeinsam überlegen müssen, wer von euch mit Benny nach Leipzig geht.«

5. Kapitel

Ach bitte, lass mich auf deinem Sofa aalen,
lass mich doch deine Steuern zahlen,
lass mich doch deine Wimpern pinseln,
vor deinem Himmelbettchen winseln, ja winseln,
lass mich dich Tag und Nacht verhätscheln
und deine schlanken Hüften tätscheln,
lass mich heut Nacht dein Troubadour sein
und vor dir mich niederknien!

Weiß Arminia, dass du gerade eine Wohnung für dich und Leon suchst?«, fragte Lila. Das Mittagessen, bei dem Arminia die Bombe hatte platzen lassen, war jetzt ein paar Stunden her. Harald war um die Mittagszeit aus Kapstadt wiedergekommen und direkt in die Zahnarztpraxis gegangen. Jetzt saß er in der Küche ganz nah bei Lila. Sie hatten jeweils ein grün gewandetes, schnarchendes Baby auf dem einen Arm liegen und hielten sich an den freien Händen. Ab und zu ließ Harald Lila los, um einen raschen Schluck von dem mitgebrachten südafrikanischen Wein zu nehmen und dann sofort wieder Lilas Hand zu schnappen. Er strahlte, schmachtete die Babys und Lila an und versicherte alle paar Minuten, wie sähr er ons vermissd hatte. Lila trank Pfefferminztee und strahlte ebenfalls. Wutzky hatte seine Schnauze auf Haralds Knie gelegt und seinen »Ich-bin-ein-ganz-ganz-armer-Hund-und-du-hast-mich-total-vernachlässigt«-Blick eingeschaltet. Sie sahen aus wie das Titelbild der Zeitschrift »Unsere Familie soll schöner werden«. Ab und zu schnappte Harald statt des Weinglases sein Handy und schoss Selfies. Er hatte vor, das Leben seiner Kinder lücken- und gnadenlos auf ihrer

Facebook-Seite zu dokumentieren. Schon jetzt war die Zahl der Sabber- und Wickelbilder unüberschaubar.

Nur Wutzkys Glücksfürze störten die Idylle empfindlich. Da ich in der kommenden Nacht endlich keine Wickel- und Bäuerchenpflichten haben würde, kippte ich ohne allzu große Hemmungen den südafrikanischen Weißwein in mich hinein. Erstens war er saulecker, und zweitens hatte ich allen Grund dazu.

Nach Arminias Eröffnung ließen wir alle wie auf Kommando das Besteck fallen und starrten sie an. Sie warf triumphierende Blicke um sich. Ein paar Sekunden lang sagte niemand etwas.

»Wer von uns mit nach Leipzig geht. Was genau soll das heißen, Arminia?«, fragte Philipp endlich langsam.

»Nun, du hast mir doch sicher zugehört, Philipp. Hamburg sagt, wir müssen sparen, und die bestehenden Agenturen müssen Personal abbauen. Hamburg sagt, wir können in Leipzig nicht lauter neue Leute einstellen. Hamburg sagt, Benny braucht jemanden zur Unterstützung, der den Laden schon kennt. Logische Konsequenz: Jemand aus Stuttgart muss mit nach Leipzig.« Arminia lächelte unschuldig und nippte an ihrem veganen Rotwein.

»Es ist mir egal, was die Oberpappnase in Hamburg sagt!«, rief Philipp hitzig. »Ich kann nicht mal eben von hier weg! Wir haben grad einen Haufen Geld ausgegeben, um die Wohnung zu renovieren und ein Kinderzimmer einzurichten. Caro bringt mich um, wenn ich ihr sage, wir ziehen nach Leipzig! Dann muss sie hier kündigen, und mit Baby kriegt sie dort niemals einen neuen Job!«

»Philipp, also wirklich. Geht's ein bisschen diskreter? Immerhin sind wir in einem öffentlichen Raum. Wir haben doch noch gar nicht entschieden, wer geht«, erwiderte Arminia kühl. »Natürlich werden wir versuchen, eure jeweilige persönliche Situation zu berücksichtigen. Aber du wirst sicher verstehen, dass deine eigenen Wünsche hinter den Interessen der Agentur zurückstehen müssen. Das ist heutzutage im Arbeitsleben doch wohl normal. Die ganzen Firmen, die in den letzten Jahren von Stuttgart nach Berlin umgezogen sind, sogar das Diakonische Werk, glaubst du vielleicht, die haben ihre Leute gefragt, ob ihnen das passt? Und zur Not kann man ja immer noch pendeln. Nach Leipzig gibt es günstige Flüge.«

Wir schwiegen betroffen. Benny dagegen pumpte Luft in seinen Oberkörper, bis er fast aus seinem weißen Poloshirt platzte. »Ich versteh die Aufregung nicht. Eine Agentur aufzubauen, das ist doch eine Riesenchance! Das macht sich super im Lebenslauf. Und Leipzig ist zurzeit wahrscheinlich die hippeste Stadt in Deutschland. Bestimmt hipper als das spießige Stuttgart!« Arminia warf Benny einen strengen Blick zu. Nicht einmal von ihm ließ sie sich die Show stehlen.

»Stuttgart ist nicht spießig«, murmelte Micha. »Ich will jedenfalls nicht weg von hier.«

Wir anderen nickten.

»Nun mal langsam. Das wichtigste Kriterium ist, wer welche Kompetenzen hat und Benny am besten beim Aufbau von *Friends & Foes* Leipzig unterstützen kann. Wenn wir jemanden für die Online-Auftritte brauchen, wird's dich treffen, Philipp, Baby hin oder her. Wenn wir einen Grafiker brauchen, muss Micha gehen, wenn's ums Texten geht, ist Line dran, und Suse kann dummerweise beides, Pech für sie. Aber das wisst ihr ja alles selber.« Arminia suhlte sich in der Aufmerksamkeit wie ein Schwein im Schlamm. »Noch weitere Kommentare? Line, Suse?« Ich machte den Mund auf, um dringend anzumerken, dass ich gerade eine Wohnung für meinen Freund und mich suchte und dass dieser Freund sogar meinetwegen aus China wiederkam, aber erstaunlicherweise war Suse schneller.

»Ja. Ich möchte noch etwas sagen, Arminia.«

»Aber gern doch. Ich bin ganz … Ohr«, meinte Arminia und starrte unverhohlen auf Suses knallrot angelaufene Ohren.

Suse blickte angestrengt auf das letzte Salatblatt auf ihrem Teller und sagte leise: »Ich … ich finde es nicht gut, wenn einer von uns gehen muss und wir nicht wissen, wer. Das … das schürt nur die Konkurrenz und macht schlechte Stimmung im Team. Ich mag nicht so gern arbeiten, wenn schlechte Stimmung ist.«

Peng. Die ungeschriebenen Arminia-Gesetze Nr. acht, neun und zehn lauteten: Persönliche Kritik an Arminia war Hochverrat. Und dabei sagte Suse sonst nie etwas! Wir hielten die Luft an.

Arminia stützte die Ellbogen auf dem Stehtisch auf, lehnte sich darüber, bis sie fast in Suses Gesicht klebte, und zischte: »Wenn du das nicht aushältst … du kannst jederzeit verschwinden. Und damit meine ich nicht nach Leipzig.«

Suse sank in Richtung Salatblatt in sich zusammen. Arminia dagegen straffte die Schultern und musterte uns der Reihe nach kalt, so, als würde sie gerade sehr ernsthaft darüber nachdenken, wer von uns als Nächster dem Henker übergeben werden sollte.

»Nur damit euch das klar ist. Hamburg macht eine Vorgabe. Aber die endgültige Entscheidung darüber, wer von euch nach Leipzig geht, die treffe ich. Ich. Ganz. Allein.«

»Arminia hat Suse den Rest des Nachmittags keines Blickes mehr gewürdigt«, seufzte ich. »Sie wird für ihre Kritik teuer bezahlen.«

»Daube Kachl!«,[4] schimpfte Harald. »Doo, drenk zom Droschd no a Schlickle von dem guada Schardonä.« Er goss mein Glas voll. Eigentlich hatte ich genug, aber ich vertrug ja einiges, also nahm ich noch einen tiefen Schluck. Ich fühlte mich angenehm leicht nach dem harten Tag.

»Ich bin mir fast sicher, dass sie die Konkurrenz zwischen euch absichtlich schürt«, meinte Lila kopfschüttelnd. »Sie sitzt hinter

4 Der schwäbische Dialekt hat ganz allerliebste Schimpfwörter zu bieten. So hat eine »daube Kachl« nichts mit einem Kachelofen oder Ofenkacheln zu tun, sondern bezeichnet eine Frau, die weder besonders intelligent noch besonders schlank ist. Alternativ hätte Harald Arminia auch als »bleede Blonz« bezeichnen können. Da Arminia aus Bielefeld stammt und kein Wort Schwäbisch spricht, hätte sie es leider ohnehin nicht verstanden.

ihrem Paravent und lacht sich ins Fäustchen. Da gibt's nur eines, ihr müsst zusammenhalten wie Pech und Schwefel, damit sie euch nicht gegeneinander ausspielen kann.«

»Das wird nicht funktionieren«, seufzte ich. »Mit Suse, Micha und Paula schon, aber Philipp macht komplett sein Ding. Er wird alles daransetzen, seine eigene Haut zu retten.«

»Du musch ihr obedengd saga, dass du a Wohnong suchsch. Wenn i bloß die Wohnong ibr der Praxis net so schnell verkaufd het, noo hetad ihr die mieda kenna!«

Harald plante, mit Lila eine große Wohnung oder ein Häuschen zu kaufen, und hatte deshalb seine Wohnung über der Zahnarztpraxis vor ein paar Wochen zum Verkauf angeboten, um an Kapital zu kommen. Er war davon ausgegangen, dass es Monate dauern würde, bis er die Wohnung loswurde, aber kaum hatte er sie bei ImmoScout eingestellt, stand sein Handy nicht mehr still. Ein Käufer hatte Harald dann deutlich mehr geboten, als er eigentlich verlangt hatte, so dass er nicht nein sagen konnte. Nun hatte er zwar Kapital, aber wegen des knappen Angebots noch nichts zum Kaufen gefunden. Lila und Harald wollten gern im Stuttgarter Osten wohnen bleiben, damit Harald zwischen der Vormittags- und der Nachmittagssprechstunde nach Hause konnte, um Lila zu entlasten. Außerdem wollte Lila nicht allzu lange in ihrem Job als Sozpäd aussetzen und wieder in ihrer Wohngruppe im Raitelsberg anfangen.

»Wir stecken alle fest«, stellte Lila in sachlichem Ton klar. »Auf unseren wenigen Quadratmetern stecken wir fest, mit Kind und Kegel und Hund und Katz.«

»Abr solang mir die sen, wo sich gud verschdandad, isch des doch au schee, irgendwie!«, seufzte Harald. Er legte sein Baby auf Lilas Schoß, sprang auf und schloss mich so überschwenglich in seine Arme, dass mein Stuhl beinahe umkippte. »Danke, dass du di om mei Lila ond onsre Kendr kimmerd hosch! Herzensgut. Du bisch oifach herzensgut!« Er ließ mich los und musste sich schneuzen. Auweia. Der hatte schon ganz schön einen sitzen. Ich dagegen war noch komplett nüchtern und hatte mich total im Griff. Deswegen konnte ich auch ohne Probleme noch einen Schluck nehmen, als mir Harald zuprostete. Irgendwie war mir aber trotzdem plötzlich ganz weinerlich zumute.

»Und … und was mach ich, wenn ich eine Wohnung finde, Leon meinetwegen aus China zurückkommt und Arminia mich nach Llllllleipzig schickt? Mit dem blblblöden Benny?«

»Das wird nicht passieren«, erkärte Lila bestimmt. »Du musst einfach gaaaanz fest dran glauben. Schick es als Wunsch ans Universum.« Sie schloss für eine Sekunde die Augen, dann wandte sie sich an Harald. »Ich glaube, du solltest langsam aufhören zu trinken. Morgen musst du in die Praxis. Außerdem musst du noch mal mit dem Hund raus.«

»Ich übernehme das«, erwiderte ich. »Geht ihr ruhig ins Bett, ich bleibe sowieso noch auf, um mit Leon zu skypen.« Schließlich hatten die zwei einiges nachzuholen. Außerdem war ich Line, die Herzensgute. Harald nahm mich gleich noch einmal in den Arm und brachte den Stuhl wieder zum Wackeln. Ich stand auf. Wieso wackelte die Küche auch?

»Komm schon, Köter«, befahl ich. Wutzky gab ein arrogantes Schnauben von sich und trollte sich dann zur Haustür. Kaum war er draußen, galoppierte er die Straße hinunter in die Dunkelheit. Schrecklich, wie kurz die Tage im September schon wieder waren. Wo war das Furzwunder hingesaust? Mit der Tüte und der Leine in der Hand schlenderte ich gemächlich hinter ihm her. Irgendwie fiel es mir schwer, geradeaus zu gehen. Wutzky hatte mal wieder nicht bei dem Rondell mit der Linde angehalten, sondern war um den Baum herum und dann nach links in die Rechbergstraße weitergerannt. Als ich um die Ecke bog, saß er schon wieder vor dem Polizeiauto und machte einen Haufen vor der Beifahrertür.

»Wutzky, du Ferkel!«, zischte ich, nahm ihn an die Leine und betrachtete naserümpfend die Sauerei. Plötzlich klappte die Autotür auf. Ich machte einen erschrockenen Satz. Wutzky knurrte.

»Hallo, Line.«

Ein Polizist in blauer Uniform streckte den Kopf aus der Beifahrertür. Nur ein einziger Polizist in Stuttgart kannte meinen Namen.

»Simon! So ein Zufall!«

»Willst du nicht einen Moment einsteigen?« Einsteigen? Ich sah auf die Uhr. Zehn vor elf. In zehn Minuten war ich mit Leon zum Skypen verabredet. Andererseits – fünf Minuten quatschen mit einem alten Kumpel, der seit Tagen zufällig vor meiner Haustür saß und observierte, das musste doch drin sein!

»Mein Hund hat leider direkt vor deinem Auto einen Haufen gemacht. Wutzky, Platz!« Ich hatte nicht die geringste Ahnung, ob der Köter wusste, was er zu tun hatte. Er gehörte nicht unbedingt zum Modell »Samstags-üben-wir-bei-Fuß-Gehen-auf-dem-Hundeübungsplatz«. Er glotzte mich verächtlich an und blieb stehen. Wutzky war ein Snob. Vielleicht erwartete er, dass man in vollständigen Sätzen mit ihm sprach? »Wutzky, ich würde mich wirklich sehr freuen, wenn du dich auf deinen fetten Hintern setzen würdest.« Nichts geschah. »Bitte.« Noch immer nichts. »Wutzky, Muuuuh!« Sofort ließ sich der Hund neben seinem Haufen nieder. Na also. Haralds Handy muhte, wenn er eine SMS bekam, und da er dann beim Gassigehen erst mal stehen blieb, um sie zu lesen, hatte Wutzky sich angewöhnt, sich so lange gemütlich hinzusetzen. Ich kletterte über Hund und Haufen ins Auto, ließ aber die Tür offen, damit ich Wutzky im Auge behalten konnte. Es war jetzt acht vor elf. Leon würde sich sorgen, wenn ich mich zu spät meldete.

»Was machst du hier, Simon?«

Simon schwieg. Warum sagte er nichts? In der Dunkelheit konnte ich sein Gesicht nicht erkennen. Plötzlich begann mein Herz zu klopfen. Simon war kein alter Kumpel. »Observierst du einen Verdächtigen?«

»Gewissermaßen.« Irgendwas stimmte hier nicht. Das merkte sogar ich, obwohl ich zu viel getrunken hatte.

»Ausgerechnet hier, vor meiner Haustür! Ist ja lustig! Geht's um Wohnungseinbrüche oder Drogen?« Simon und ich waren uns das letzte Mal im Stadtgarten bei der Uni begegnet. Ich hatte versucht, Marihuana zu vertickern, und er hatte meine Haut gerettet. Zum wiederholten Male.

»Du fragst mich, ob ich observiere, Line?« Endlich machte Simon den Mund auf. Seine Stimme war nur ein Flüstern. »Ja. Ich observiere eine Frau. Eine ganz besondere Frau. Jeden Abend sitze ich hier. Ich komme so früh ich kann und warte und warte, um sie ja nicht zu verpassen, und endlich kommt sie mit ihrem herrlichen Hund aus dem Haus. Leichtfüßig wie eine Elfe läuft sie hinter ihm her, die Straße hinunter. Ich observiere ihr kess geschnittenes Haar und ihren schlanken Körper, und ich hoffe nur, dass sie mich nicht sieht.«

»Simon, was redest du denn da«, sagte ich nervös. Leichtfüßig wie eine Elfe? Herrlicher Hund? Er konnte doch unmöglich mich meinen. Mich und mein kurzes, struppiges Haar, meinen Körper ohne jede weibliche Rundung? Und schon gar nicht Wutzky, die Promenadenmischung mit den viel zu großen Ohren! Und warum hatte er meine hübschen Augen nicht erwähnt?

»… und ich wünsche mir nichts sehnlicher, als ihr Hund zu sein, damit ich ihr ganz nahe sein kann … damit ich sie länger sehen kann als nur diese wenigen Minuten … ihre Hand streichelt über mein weiches Fell … ich schlafe auf ihrem Bettvorleger, vielleicht sogar in ihrem Bett, und morgens, wenn sie aufwacht, bin ich das Erste, was sie sieht, und sie schenkt mir ihr zärtlichstes Lächeln, und ich blicke sie aus meinen treuen Augen an und belle vor Glück …« Wutzky jaulte. Offensichtlich fühlte er sich angesprochen.

»Das ist nicht mein Hund, ich fasse ihn so wenig wie möglich an, und er schläft ganz bestimmt nicht in meinem Bett!«, rief ich empört. Das war auch nicht mein Alkohol, den ich im Auto riechen konnte! Kein Wunder, dass Simon so einen Stuss redete. »Simon, du bist ja betrunken! Im Dienst! Da kannst du dir doch einen Haufen Ärger einhandeln!« Ich tastete nach dem Schalter für das Deckenlämpchen. Endlich ging das Licht an. Simon hatte den Kopf nach hinten gelehnt und starrte über das Lenkrad hinweg ins Nichts. In der rechten Hand hielt er eine Flasche Schnaps. Dann drehte er den Kopf und sah mich an.

Ich hatte Simon immer attraktiv gefunden. Sehr attraktiv und noch dazu supernett, mit einem verschmitzten Lächeln wie ein großer Lausbub. Aber da war eben immer Leon gewesen, und Simon, der Polizeihauptmeister, hatte sich stets absolut korrekt verhalten. Korrekte Kleidung, korrekte Umgangsformen, und natürlich hatte er respektiert, dass ich einen Freund hatte. Aber nun war Leon weit weg und Simon ganz nah, und er wirkte ganz derangiert und aufgelöst. Er funkelte mich an, und warum hatte er nur so unverschämt tiefblaue Augen, die so gut zu seiner blauen Uniform passten, und dieser durchtrainierte Körper, verbrecherjagdgestählt, und warum wurde mir plötzlich so flau, das lag doch nicht am Alkohol? In Simons Augen lag etwas, das wild und gefährlich war, und er starrte mich an wie jemand, der alles wollte, bloß nicht mehr korrekt sein. Die Großmutter hatte sich in den Wolf verwandelt, und dieser Wolf wollte nur eines, mich verschlingen. Plötzlich kriegte ich Panik. Pipeline Rotkäppchen hatte blöderweise eine Schwäche für Wölfe. Wölfe waren so schrecklich sexy! Drei vor elf. Ich musste hier raus, und zwar schnell.

»Schwäbischer Brezelschnaps«, flüsterte Simon. »Schmeckt nach Laugenweckle zum Frühstück. Willst du auch einen?« Er prostete mir mit der Flasche zu. Ich schüttelte den Kopf und dachte fieberhaft nach, wie ich möglichst würdevoll aus dieser Nummer herauskam. Ich wollte doch aus der Nummer raus, oder?

»Simon, du riskierst deinen Job, wenn du im Dienst trinkst! Und wieso bist du allein? Ich dachte, Polizisten gehen immer zu zweit auf Streife!« Simon hatte sonst immer die blondblöde Vanessa dabeigehabt. Vanessa, schwarzer Gürtel in Karate und supersexy und laut eigenen Angaben Simons Verlobte. Simon hatte das weder bestätigt noch dementiert.

»Ich bin nicht im Dienst«, wisperte Simon. »Vor ein paar Tagen war ich im Dienst. Da habe ich dich zufällig mit dem Hund gesehen. Seither war ich jede Nacht nach Dienstschluss hier und habe gehofft, du gehst wieder mit ihm raus. Gestern Abend, als du ins Auto geguckt hast, da saß ich hier drin und habe mich ganz tief in den Sitz gedrückt. Aber heute habe ich es nicht mehr ausgehalten. Ich wollte ein allerletztes Mal mit dir sprechen.«

»Was meinst du damit? Gehst du weg aus Stuttgart? Haben sie dich im Zuge der Polizeireform nach Karlsruhe versetzt?« Die Polizeireform. Das war ein wunderbares Thema. Und so unpersönlich. Es war jetzt drei nach elf. In zwei Minuten würde ich gehen. Zehn Minuten Verspätung waren nicht so schlimm.

»Nein, ich gehe nicht weg aus Stuttgart. Aber am Samstag ist Schluss mit Observieren.« Was hieß denn das nun schon wieder? Er würde sich doch nichts antun? Vom Tagblattturm springen? Und wennschon. Mir doch egal. Ich hatte ihn nicht gebeten, sich in mich zu verknallen. Ich würde nicht nachfragen.

»Was passiert am Samstag?«, platzte ich heraus.

»Ich sehe einen weißen Daimler mit rotem Rosenbukett auf dem Kühler«, murmelte Simon. »Ich sehe einen schwarzen Anzug, ein weißes Hochzeitskleid und eine Polizei-Motorradeskorte, eine evangelische Kirche und einen Pfarrer. Vanessa hat mich gefragt, wie ich es haben will, und ich hab gesagt, es ist mir egal. Also kriegen wir jetzt das volle Programm. Sie hat sogar drauf bestanden, dass wir noch einen Hochzeitswalzer-Crashkurs machen. Herzlichen Glückwunsch zur Hochzeit, Simon!« Er lachte böse und prostete sich selber zu.

»Du heiratest Vanessa? Aber … aber wieso bist du dann hier?«

»Du willst wissen, warum ich betrunken im Auto sitze, nur ein paar Meter von deinem Haus entfernt, und Vanessa Lügengeschichten erzähle, ich würde jeden Abend mit einem anderen Kumpel Junggesellenabschied feiern und deshalb betrunken heimkommen, anstatt mit ihr zum hundertsten Mal die Sitzordnung für das Hochzeitsessen zu besprechen? Du willst wissen, warum ich mich vor dir zum Affen mache? Line, begreifst du es denn nicht?«

»Äh - nein.« Ich wollte nichts mehr hören. Ich hatte einen Freund namens Leon, der jetzt vor seinem Computer saß, um mit mir zu skypen. Was machte ich hier eigentlich? Das schien sich Wutzky auch zu fragen. Er stand auf und zerrte an der Leine. Er wollte heim und pennen. Das wollte ich eigentlich auch. »Muuh!« Wutzky hockte sich wieder hin.

»Weißt du, wie oft wir uns begegnet sind, Line? Sechsmal. Es gibt Hunderte von Polizisten in Stuttgart, und jedes Mal war ich im Dienst … das kann doch kein Zufall sein, oder? Das hat doch etwas zu bedeuten! Es ist Schicksal …« Simon klammerte sich am Lenkrad fest, als sei er gerade von der Titanic gefallen.

»So ein Quatsch. Natürlich ist es Zufall! Das liegt einfach an meinem bescheuerten Katastrophen-Gen!«

Micha war auch der unerschütterlichen Meinung gewesen, das Schicksal hätte uns füreinander bestimmt. Warum geriet ich ständig an Männer, die bedeutungsschwanger veranlagt waren? Die aus Zufällen Schicksal machten? Schicksal, Universum, Esoterik, das war Frauensache. Männer hatten doch damit normalerweise rein gar nichts am Hut! Sie verknallten sich in Frauen, deren Hintern ihnen gefiel! Eine viel bessere Grundlage für eine gelungene Beziehung als Schicksal!

»Ich habe keine unserer Begegnungen vergessen, Line. Ständig kamst du in irgendwelche bescheuerten Situationen, aber wenn's drauf ankam, hast du immer so viel Mut bewiesen … du bist nicht tough wie Vanessa, und trotzdem hast du aus allem Chaos das Beste gemacht … und ich hatte immer das Gefühl, da ist etwas zwischen uns …«

Ich schwitzte. Natürlich war da etwas zwischen uns, aber das konnte ich unmöglich zugeben, nicht jetzt, denn ich hatte einen Freund, der hieß Leon und der war weder wild noch gefährlich und sah viel besser aus als Simon. Oder? Irgendwie wusste ich grad gar nicht so genau, wie Leon aussah. Dichter Nebel waberte um ihn. Schmetterlinge waberten in meinem Bauch. Diese blauen Augen. Diese unverschämt blauen Augen.

»Line. Ich wollte es dir nicht sagen.« Simon sah mich wieder an, und nun waren die Schmetterlinge überall. Wo kamen sie bloß her? Sie flatterten vom Kopf über den Hals in den Bauch und in die Beine und bis in die Zehen, und ich rief verzweifelt: »Dann lass es!«, riss Simon die Schnapsflasche aus der Hand und nahm einen tiefen Schluck, um diese blauen Augen nicht ertragen zu müssen. Der Schnaps brannte höllisch. »Was immer es ist, lass es! Red über die Polizeireform! Und du da draußen, Köter, hör auf zu jaulen und glotz mich nicht so vorwurfsvoll an! Wie wär's mit einem Schnäpschen?«

Wutzky fraß und trank alles. Bereitwillig öffnete er das Maul, und ich leerte den restlichen Schnaps hinein. Er rülpste, verdrehte ein bisschen die Augen, kippte dann zur Seite und stand nicht wieder auf. Endlich Ruhe. Ich machte die Wagentür zu und drehte mich wieder zu Simon.

»Die Polizeireform kann mich mal. Ich liebe dich«, flüsterte er. Ich zuckte zusammen.

»Das ist doch totaler Quatsch. Du kennst mich doch kaum! Und selbst wenn. Ich liebe dich nicht. Tut mir echt leid. Irgendwie. Okay, ich mag dich, ich mag dich sehr, aber ich liebe dich nicht. Ich liebe Leon!«

»Das ist mir völlig klar. Und genau deshalb heirate ich am Samstag Vanessa.«

Ich stöhnte.

»… oder … oder gibt es irgendeine Hoffnung für uns beide?«

»Ich suche gerade eine Wohnung für Leon und mich. Wir werden zusammenziehen.« Und dann wahrscheinlich irgendwann das übliche Programm abspulen. Kinder, Heirat, Haus. Oder andersrum? Bei dem Gedanken wurde mir ein bisschen schlecht, aber das sagte ich Simon nicht. Er seufzte leise.

»Du hast dich nur ein einziges Mal mit mir verabredet, und dann hast du mich seinetwegen sitzenlassen. Spätestens da hätte ich wissen müssen, dass ich keine Chance gegen ihn habe. Danach habe ich euch einmal zusammen gesehen, auf der Rathaustreppe, du hattest gerade den Feueralarm und die Evakuierung des ganzen Rathauses ausgelöst, und natürlich haben sie wieder mich geschickt. Du warst mit Küssen beschäftigt, und ihr habt beide so glücklich ausgesehen, du und dein Freund. Du bist dann ins Rathaus rein und aufs Klo, und ich habe mit deinem Freund gesprochen. Eigentlich hättest du eine saftige Strafe bezahlen müssen, wegen Auslösung eines Feuerwehr- und Polizeieinsatzes durch Fehlalarm.«

»Davon hat mir Leon nie was gesagt.« Toll. Jetzt hatte ich ein noch schlechteres Gewissen, dass ich Leon gerade wegen Simon versetzte.

»Er wollte auch nicht, dass du es erfährst. Er hat mir seine Handynummer gegeben und gemeint, wenn es eine Strafe gibt, dann sollen wir uns direkt an ihn wenden. Ich habe dafür gesorgt, dass es keine Strafe gibt. Total sympathischer Kerl. Ich hasse ihn. Und glaub mir, wenn du jetzt nicht zum zweiten Mal vor dem Auto gestanden hättest, du hättest nie erfahren, was ich für dich empfinde.«

»Aber du darfst Vanessa nicht heiraten, wenn du sie nicht liebst! Du machst dich unglücklich. Du machst euch beide unglücklich!«

»*If you can't be with the one you love, love the one you're with*«, flüsterte Simon. »Kennst du den Song?«

»Den kennt doch jeder. Aber das ist doch vollkommener Schwachsinn! Du darfst nicht jemanden heiraten, den du nicht liebst, und drauf hoffen, dass du dich später verliebst! Nur wegen einem blöden Song! Dann … dann musst du eben warten. So lange, bis du dich von mir entliebt hast. Das wird ja wohl nicht ewig dauern, wenn du dich ein bisschen zusammenreißt! Und dann findest du jemand Neues!« Vanessa war mir völlig egal, aber zwei Leute unglücklich machen, das war mir echt zu viel Verantwortung!

»Ich habe mich entschieden. Ich liebe dich, du willst mich nicht. Vanessa will mich. Nehm ich eben die zweite Wahl.« Simon klang trotzig.

»Aber Vanessa muss doch ahnen, was du empfindest. Oder besser gesagt, was du nicht empfindest! Man kann einem Menschen doch keine Liebe vorgaukeln!« Oder vielleicht doch?

»Vanessa ist pragmatisch veranlagt. Sie hatte sich damals von einem Kollegen im Polizeirevier 3 in der Gutenbergstraße getrennt und zu uns versetzen lassen. Nach ein paar Tagen waren wir zum ersten Mal zusammen eingeteilt, um auf Streife zu gehen. Schon da hat sie mir unmissverständlich klargemacht, dass sie mich haben will, und zwar um jeden Preis, und jetzt kriegt sie mich. Liebesschwüre hat sie mir bisher keine abverlangt. Ich ihr übrigens auch nicht.«

»Aber … wo bleibt denn da die Romantik?«, flüsterte ich. Simon gab keine Antwort.

»Du bist verrückt. Aber es ist dein Leben. Ich gehe jetzt. Leb wohl.« Ich öffnete die Autotür, aber Simon hielt mich an der Schulter zurück.

»Küss mich, Linchen, süßeste aller Frauen«, flehte er.

Linchen! War das niedlich! Noch nie hatte mich jemand Linchen genannt! Mir wurde ganz flau. »Küss mich, Line! Küss mich, nur ein einziges Mal. Küss mich, als sei ich dem Tode geweiht, küss mich, als würde ich im Morgengrauen zum Schafott geführt. Küss mich, als sei dies mein letzter Wunsch. Küss mich, und dann vergiss mich für immer.« Ich schluckte. Wie poetisch! Wie romantisch! Und das von einem Staatsbeamten! Ich zögerte. Ich zögerte wegen des Schmetterlingsschwarms und weil Simons blaue Augen mich hypnotisierten, ich zögerte genau eine halbe Sekunde zu lang, und in dieser halben Sekunde zog mich Simon in seine Arme. Er küsste mich, und erst wollte ich ihn wegstoßen, Leon, Leon, Leon, aber dann vergaß ich Leon und flog. Ich war ein Vogel und flog, mein kleines Vogelherz klopfte wild, und mir war ein bisschen schwindelig, ich flog mit Simon hinauf in den Sternenhimmel, ich fühlte mich leicht und schön und begehrenswert, und Simons Zunge und seine Hände waren überall, und sein Atem ging stoßweise, und ich wurde nicht geküsst, sondern mit Leib und Seele verschlungen, und es fühlte sich einfach wunderbar an, und endlich riss ich mich los, weil ich ganz, ganz schnell verschwinden musste, wenn ich nicht wollte, dass die Sache komplett aus dem Ruder lief, denn dann würde ich Simon die Uniform von seinem durchtrainierten Körper reißen, die blaue Jacke und das hellblaue Hemd und die blaue Hose und was auch immer darunter war, und ich würde mit ihm auf die Rückbank des Polizeiautos klettern und wilden, gefährlichen Sex mit ihm haben, und dann würde ein Passant vorbeikommen und uns anzeigen wegen Erregung öffentlichen Ärgernisses, und dann würde die Polizei kommen und Simon in flagranti und alkoholisiert erwischen, und er würde meinetwegen seinen Job verlieren, und ich würde Leon verlieren, und das waren einfach zu viele Verluste, und deshalb blieb mir jetzt nur noch ein würdevoller Abgang. Ein würdevoller Abgang war jetzt total wichtig, und deshalb schubste ich Simon weg und ließ die Leine los und riss die Wagentür auf und sprang aus dem Polizeiauto heraus und landete mit beiden Füßen tief in der Hundescheiße.

6. Kapitel

You can kiss me in the moonlight,
on the rooftop under the sky,
you can kiss me with the windows open
while the rain comes pouring inside

Sie sind weg«, stellte Paula fest. Sie stand mit etwas Abstand am Fenster und lugte vorsichtig hinunter in den Hinterhof. »Ihr könnt anfangen.«

Philipp ging mittwochmittags immer ins Fitnessstudio, und Arminia und Benny waren gerade zum »Business Lunch« zum Italiener abgerauscht, um »über Leipzig zu sprechen«. Das wollten wir auch. Suse hatte am Morgen per Mail eine geheime Dreierkonferenz einberufen und Paula gebeten, währenddessen Wache zu schieben. Erstaunlich. Suse, unsere Streberin und bislang die Schüchternste von allen, war plötzlich die Anführerin unserer revolutionären Zelle und hatte ihren Arbeitsplatz zum Headquarter erklärt. Wir hatten unsere Stühle um ihren Schreibtisch herum plaziert.

»Das war echt mutig von dir gestern, Suse«, sagte Micha. »Gedacht haben wir alle das Gleiche, aber nur du hast es ausgesprochen.« Suse wurde schon wieder rot.

»Ich mag's nicht, wenn's ungerecht zugeht«, murmelte sie.

»Aber Arminia ist doch pausenlos ungerecht!«, rief Paula von ihrem Wachposten. Als Praktikantin konnte sie ein Liedchen davon singen.

»Schon. Ich hab's ja auch die letzten Jahre mitgemacht, ohne mich zu wehren. Aber das … das war mir jetzt einfach zu viel«, gab Suse zurück. Sie angelte eine riesige Vesperdose aus ihrem

Rucksack und händigte uns Papierservietten aus. »Ich hab Schinkenbrote für uns alle mitgebracht. Mit Senf, Radieschen und Schnittlauch drauf. Damit wir nicht verhungern. Für dich auch, Paula.«

»Das ist ja total nett!«, rief Paula. »Ich mach mir den Schinken runter, ist das okay? Ist Butter drauf? Ich esse nur vegan.«

»Weiß ich doch«, meinte Suse. »Für dich gibt's statt Schinken Kichererbsenaufstrich.« Sie klappte die Dose auf, nahm ein riesiges Vollkornsandwich heraus, aus dem Salatblätter ragten, legte es auf eine Serviette, marschierte damit zum Fenster und drückte es Paula in die Hand.

»Wow, was für ein Service!«, antwortete Paula. »Super, Suse, vielen Dank!«

»Supersuse«, sagte ich. »Da ist was dran.« Hungrig schlug ich meine Zähne in das Schinkenbrot. Köstlich! Ich hatte seit gestern Abend nichts gegessen. Heute Morgen war mir schlecht gewesen.

»So schrecklich viel besprechen können wir eigentlich gar nicht, oder?«, bemerkte Micha, nagte ein bisschen an seinem Brot herum und legte es dann zurück auf die Serviette. »Wir werden nichts daran ändern können, dass Arminia einen von uns nach Leipzig strafversetzt.«

Suse nickte. »Ich hab mich gestern Abend im Internet schlaugemacht. Arminia wird vermutlich eine Änderungskündigung aussprechen, gegen die kann man klagen oder man kann sie unter Vorbehalt annehmen und dann gerichtlich überprüfen lassen. Klagen ist ein hohes Risiko, denn wenn man die Klage verliert, ist der Job weg. Wenn die gerichtliche Prüfung ergibt, dass die Änderungskündigung nicht gerechtfertigt ist, hat Arminia Pech gehabt, und man kann in Stuttgart zu den alten Bedingungen weiterarbeiten. Entscheidet das Gericht zugunsten der Agentur, hat man immer noch die Wahl, doch nach Leipzig zu gehen, anstatt den Job ganz zu verlieren. Das wäre also in jedem Fall die bessere Variante.«

So unterschiedlich konnte man also seine Abende verbringen. Ich hatte in einem Polizeiauto herumgeknutscht und Supersuse hatte Arbeitsrecht recherchiert. Hatte sie eigentlich einen Freund?

»Stress für denjenigen, den es erwischt, ist es in jedem Fall«, kommentierte Paula vom Fenster her.

»Stimmt. Wir können aber den Stress minimieren, indem wir Arminia klar signalisieren, dass wir nicht alles mit uns machen lassen. Dass wir zusammenhalten wie Pech und Schwefel. Vielleicht verliert sie dann wenigstens den Spaß daran, uns zu drangsalieren. Das wäre doch schon mal ein großer Fortschritt, oder? Zumindest ginge es uns dreien besser.«

»Das hat meine Mitbewohnerin Lila auch gemeint, und die ist Sozialpädagogin und kennt sich mit so was aus«, ergänzte ich, um wenigstens irgendwas Konstruktives beizutragen.

»Alle für einen, einer für alle!«, rief Suse kampfeslustig und streckte ihren Kuli in die Luft, als sei es ein Degen. Ach du liebe Güte, wie war die denn drauf?

»Du meinst so musketiermäßig?«, fragte ich.

»Genau darum geht's. Die drei Musketiere, das sind jetzt wir, und Paula ist d'Artagnan.«

»Tataa!«, brüllte Paula vom Fenster her und machte mit dem Kichererbsenbrot in der Hand einen Ausfallschritt.

»Außerdem hab ich eine Idee. Die wird an Leipzig nichts ändern, aber vielleicht an dem fiesen Richelieu, ich meine, an Arminia. Kennt ihr Bachblüten?« Suse glühte vor Eifer.

»Lila nimmt die immer«, sagte ich. »Für jedes Zipperlein. Und wenn sie die Vollkrise hat, schluckt sie diese Rescue-Tropfen. Sie sagt, die helfen für alles. Sie hat auch spezielle für Katzen, die sie Suffragette verabreicht, wenn Silvester ist oder bevor sie mit ihr zum Tierarzt geht. Dann ist sie wohl nicht so gestresst.«

Suse nickte. »Ich schwöre auch drauf. Wenn ich mich total aufrege über Arminia, nehme ich drei Tropfen, und dann geht's mir gleich viel besser.«

»Okay, wir nehmen jetzt also alle diese Tropfen und regen uns dann weniger über Arminia auf?«, fragte Micha. »Ich weiß nicht recht. Ich glaub zwar an alles Mögliche« –, er sah mich bedeutungsschwanger an –, »aber nicht an so Eso-Zeugs.«

»Nein, natürlich nehmen nicht wir die Notfalltropfen!«, wehrte Suse ab und schüttelte wild mit dem Kopf. »Wir tun Arminia die Tropfen heimlich in den Kaffee und hoffen, dass sie dadurch weniger aggressiv wird!«

Paula am Fenster fing an zu glucksen. »Du hast Ideen, Suse!«, rief sie.

»Glaubst du im Ernst, Arminia verändert wegen ein paar Blümchen in Tropfenform ihren miesen Charakter? Und selbst wenn. Wie stellst du dir das vor, Suse?«, fragte Micha und schüttelte zweifelnd den Kopf. »Wenn Arminia zum Rauchen rausgehen würde, okay. Aber sie sitzt doch den ganzen Tag hinter dem Paravent in ihrem Heiligtum und pafft das Büro voll. Wie oft warst du schon auf der anderen Seite des Paravents?«

»Beim Vorstellungsgespräch und bei der Vertragsunterzeichnung. Wir müssen das machen, wenn sie aufs Klo geht. Oder wenn sie an der Kaffeemaschine steht. Oder Paula macht für sie Kaffee und tut die Tropfen rein.«

»Paula ist aber die erste Praktikantin, die es geschafft hat, keinen Kaffee für Arminia kochen zu müssen«, wandte ich ein.

»Yep!«, rief Paula triumphierend.

»Dann haben wir immer noch das Problem Philipp«, sagte Micha. »Er darf auf keinen Fall davon erfahren, sonst sind wir geliefert.«

»Darüber habe ich auch schon nachgedacht. Es ist zu riskant, Philipp einzuweihen. Vielleicht hält er zu uns, vielleicht auch nicht. Einer von uns muss Philipp ablenken, und einer tut die Tropfen in Arminias Kaffee, zum Beispiel, wenn sie aufs Klo verschwindet. Jeder von uns kriegt ein Fläschchen, und wer am leichtesten rankommt, macht es.« Suse griff wieder in ihren Rucksack. Wow, war die Frau organisiert! Da war ja richtig kriminelles Potenzial vorhanden! Suse drückte jedem von uns ein kleines gelbes Fläschchen in die Hand.

»Ich habe extra die Variante ohne Alkohol genommen, damit man es nicht herausschmeckt«, sagte sie. »Nicht vergessen, drei Tropfen reichen.«

»Hast du für mich auch eins?«, fragte Paula.

»Ich hab für alle Fälle eins mehr gekauft, aber nur, wenn du möchtest. Schließlich wollen wir dich da nicht mit reinziehen. Wenn Arminia dich erwischt, kannst du dein Praktikums-Zeugnis abhaken.«

»Ich bin d'Artagnan, schon vergessen? Her mit dem Fläschchen!« Suse fischte ein viertes Fläschchen aus dem Rucksack und streckte es Paula hin.

»Wenn Arminia einen von uns dabei ertappt, wie er ihr was in den Kaffee mischt, sind wir geliefert, Leipzig hin oder her«, murmelte Micha. »Sie schleppt uns zur Polizei und behauptet, wir hätten sie mit K.-o.-Tropfen vergiftet.«

Polizei? Bitte nicht!

»Wir dürfen uns eben nicht erwischen lassen!«, rief Suse munter. »Wir machen gleich heute Nachmittag den ersten Versuch. Und packt die Fläschchen weg, damit sie keinen Verdacht schöpft!«

»Und wie lenken wir Philipp ab?«, fragte Micha.

»Da fällt uns schon was ein«, sagte Paula und grinste. »Was ist eigentlich mit dir los, Line? Du bist so still.«

»Ich hab schlecht geschlafen, sorry«, erklärte ich hastig. »Ich bin natürlich dabei. Einer für alle, alle für einen!« Wir marschierten zurück an unsere Plätze, nur Paula blieb am Fenster stehen und schob weiter Wache.

Abwesend starrte ich auf das kleine gelbe Fläschchen mit den Rescue-Tropfen. Vielleicht nahm ich erst mal selber welche? Genau genommen hatte ich nämlich gar nicht geschlafen. Erst hatte ich den besoffenen Wutzky geweckt und die Straße hochgezerrt, was den würdelosen Abgang auch nicht gerade würdiger machte, vor allem, weil Simon nicht davonfuhr und ich die ganze Zeit spürte, wie sich sein Blick selbst in der Dunkelheit in meinen Rücken bohrte. Dann hatte ich den Hund mit frischem Wasser versorgen müssen, weil er vom Schnaps durstig geworden war, seinen Trinknapf in Rekordzeit leer schlabberte und mich dann voller Vorwurf fixierte. Guckte er vorwurfsvoll, weil ich ihn mit Schnaps abgefüllt hatte, oder weil ich Simon geküsst hatte? Wutzky war *Der einzige Zeuge*. Gab es nicht sogar einen Hundefilm, der so hieß? Dann hatte ich hinter dem Fenster im Dunkeln gestanden und gewartet, bis das Polizeiauto abdüste, was noch eine ganze Weile dauerte. Anschließend hatte ich meine ekligen, widerlichen, stinkenden Schuhe mit Zeitungspapier geputzt, und wieder hatte mich Wutzky, anstatt endlich seinen Rausch auszuschlafen, angestarrt, als wollte er sagen: Ich kenne dein düsteres Geheimnis, Lady. Danach war ich die Treppe hinauf in mein Zimmer geschlichen, auf Zehenspitzen, um nur ja nicht meine Mitbewohner aufzuwecken und peinliche Fragen beantworten zu müssen. Dann hatte ich den Computer angeworfen und Leon auf seine besorgten Mails geantwortet, es täte mir entsetzlich leid, dass ich ihn versetzt hätte, aber ich hätte zu viel von Haralds südafrikanischem Wein getrunken, darüber das Skypen vergessen, und wir würden es am nächsten Abend ausführlich nachholen. Dann war ich im Kreis gelaufen, stundenlang, und hatte versucht, mit der Tatsache klarzukommen, dass ich gerade a) den besten Kuss meines Lebens bekommen hatte, und zwar b) nicht von meinem Freund, sondern c) von einem Mann, den ich kaum kannte und der d) meinetwegen eine Frau heiratete, die er nicht liebte. Ich fand, das reichte für eine schlaflose Nacht.

Es gab Küsse, und es gab Küsse. Simons Kuss war ein Kuss, wie ihn eine Frau wahrscheinlich nur ein einziges Mal in ihrem Leben bekam, und auch nur dann, wenn sie unglaubliches Glück hatte. Ein Jahrhundertkuss! Ein Kuss, der sich anfühlte wie ein strahlender Sommertag nach elf Monaten Dauerregen. Wie ein Mittagessen, das aus Schwarzwälder Kirschtorte, Donauwelle, Sachertorte und Dande Dorles Käsekuchen gleichzeitig bestand, mit Sahne. Ein Kuss, den ich in jeder Faser meines Körpers gespürt hatte, in jedem einzelnen Haar, an beiden Ellbogen, im Blinddarm, in den Kniekehlen und in jedem einzelnen Zehennagel. Ein Kuss wie ein Champagner-Picknick am Valentinstag, ein knisterndes Kaminfeuer in einer Skihütte und Laugenweckle dick mit Salami belegt. Mit Gürkchen drauf.

Männer wussten ja gar nicht, was sie beim Knutschen alles falsch machen konnten! Am schlimmsten war es, wenn jemand vor dem Knutschen geraucht hatte. Da konnte man ja gleich einen vollen Aschenbecher küssen! Daniel, mein Ex-Freund aus der Studienzeit, war ein lausiger Küsser gewesen und hatte Zungenküssen mit Eisschlecken verwechselt. Die meisten Männer küssten viel zu sabberig. Bei Simon dagegen war die Feuchtigkeit genau richtig gewesen. Außerdem hatten sich seine Lippen so weich angefühlt wie Gretchens Babypopo. Die Lippen mussten weich sein, fettstiftgepflegt, der Rest durfte ein bisschen kratzen, das machte mich an. Manche Männer kratzten viel zu sehr, da brauchte man anschließend Cortisonsalbe vom Hautarzt. Bart war noch schlimmer, das fühlte sich an, als sei man in eine Brombeerhecke gefallen, und am allerschlimmsten war ein Schnauzer, in dem Essensreste hängen blieben, igitt! Simon hatte leicht gekratzt, so zweitagebartmäßig, also genau richtig. Und natürlich hatte er die Augen zugemacht. Gefummelt hatte er auch gut. Alles war genau richtig gewesen, um nicht zu sagen, nicht zu übertreffen.

Und was bedeutete das jetzt? Hatte Simon recht, und wir waren füreinander bestimmt? Ich drehte schier durch bei dem Gedanken, dass wir im Polizeiauto beinahe öffentliches Ärgernis erregt hatten. Ich hatte doch Leon! Was hätte ich ihm, was hätte ich uns damit angetan! Aber vielleicht konnte man ja auch zwei Männer gleichzeitig lieben? Frauen waren doch gut im Multitasking! Ich lief weiter im Kreis und brütete. Nach etwa fünf

Kilometern, der Morgen graute schon, kam ich endlich zu einem Ergebnis: Simon war definitiv der bessere Küsser, vielleicht sogar ein bisschen attraktiver als Leon, und ich fühlte mich auf irgendeine seltsame Art magisch von ihm angezogen. Ich war aber generell auf Knutsch- und Sexentzug und deshalb für Versuchungen anfällig. Ich liebte Leon deutlich mehr, vermisste ihn entsetzlich und würde ihn NIE-MALS wegen Simon verlassen. Gleich fühlte ich mich viel besser und notierte alles auf einem Blatt Papier, um es nur ja nicht zu vergessen. Unten aufs Papier malte ich eine Skala und schrieb »Kussqualität« darüber. Die Skala ging von 1 bis 10, null war am besten. Nach einem weiteren Kilometer trug ich Leon bei zwei ein. Und Simon? Sein Kuss war schon gar nicht mehr auf der Skala. Bei Simons Kuss hätte ich sterben können, ohne es zu bedauern. Nach dieser abschließenden Erkenntnis fiel ich erschöpft ins Bett. Zwei Stunden später klingelte der Wecker.

»Sie kommt!«, kreischte Paula und sauste zum Kopierer. Hastig schob ich mir den Rest Schinkenbrot in den Mund und starrte konzentriert auf meinen Bildschirmschoner. Vor mir straffte Micha den Rücken. Es war ganz still, bis auf das Geräusch des Kopierers. Wenig später hielt Benny für Arminia die Tür auf. Ach du liebe Güte, Benny die Schleimschnecke hatten wir ja ganz vergessen!

»… und weil kreative Exzellenz in Leipzig das oberste Ziel sein muss, würde ich dir empfehlen, dich in allen kreativen Fragestellungen …« Arminia hielt inne. »Was ist denn hier los?«, rief sie. »Man hat ja fast den Eindruck, ihr würdet arbeiten, anstatt wie sonst Kaffee zu trinken und zu ratschen!«

»Apropos Kaffee«, erwiderte Paula eifrig. »Ich hab die ganze Mittagspause durch kopiert und wollte mir gerade zur Belohnung einen machen. Möchtest du auch einen, Arminia?« Auweia! Hoffentlich war das nicht zu dick aufgetragen!

»Das sind zwar ungewohnte Töne von dir, Paula, aber nein

danke, ich hatte gerade einen Cappuccino. Später vielleicht. Wobei ich mich schon frage, wieso man für ein bisschen Kopieren eine Belohnung verdient. Wenn du damit durch bist, gibt es noch genug andere Jobs. Wo war ich stehengeblieben, Benny?«

»Kreative Exzellenz«, antwortete die Schleimschnecke wie ein Automat. Arminia zündete sich eine Zigarette an und verschwand hinter ihrem Paravent. Benny warf ein Zahnpasta-Lächeln in die Runde und folgte. Er war der Einzige, der regelmäßigen Zugang zum Heiligtum hatte. Die Eingangstür öffnete sich wieder, und Philipp kam mit seiner Sporttasche herein.

»-lo«, murmelte er. Der Sport schien seine dauerschlechte Laune nicht verbessert zu haben. Er donnerte die Tasche unter seinen Schreibtisch, hängte seine Kapuzenjacke über den Stuhl, warf einen argwöhnischen Blick auf Micha am Schreibtisch rechts, ob Gefahr drohte, schlurfte in die Kaffeeküche und machte sich einen Kaffee. Um ein bisschen mehr Interesse am Untergrund zu zeigen, schrieb ich rasch eine Mail an Suse, Micha und Paula. »Musketiere haben Schleimschnecke vergessen. Was tun?« Paula war fertig mit Kopieren und schickte Sekunden später eine Antwort.

»Strategie: Ich lenke Philipp ab, Supersuse übernimmt Schleimschnecke. Gleichzeitig tropft Line bei Arminia und Micha bei Philipp.«

»Philipp? Wieso Philipp?«, antwortete Micha.

»Ich weiß nicht, wie ablenken geht!«, schrieb Suse. »Würde lieber tropfen, egal ob P. oder A. Micha, fall nicht übers Druckerkabel.«

»A. geht klar«, schrieb ich. Dabei war ich mir da gar nicht so sicher.

»Micha: Wir testen Tropfen auch an Philipp. Kann nicht schaden, da chronisch schlecht gelaunt. Suse: Du hast Projekt mit Benny, sitzt direkt hinter ihm, bist außerdem Frau. Lass dir was einfallen!«, antwortete Paula. Anscheinend hatte d'Artagnan die Führung der revolutionären Zelle übernommen. Na ja, war ja nicht ungewöhnlich, dass die Generation Praktikum unbezahlt den Laden schmiss.

Benny kam wieder hinter dem Paravent hervor, hakte die Finger Hugh-Jackman-mäßig im Gürtel ein und ging hüftschwingend zu seinem Schreibtisch, der links außen neben Philipps Schreibtisch stand. Er redete nur mit uns, wenn er musste. Wieso sah jemand, der so doof war, so unverschämt gut aus? Ob Hugh Jackman auch doof war?

»Ihr macht mich ja ganz hibbelig, wenn ihr so konzentriert und ruhig seid!«, brüllte Arminia. »Ich brauch jetzt doch noch einen Kaffee.« Ein Stuhl rückte, dann hörten wir ihre Schritte auf dem Parkett. Von unseren Schreibtischen aus konnte man weder Arminia noch die Kaffeeküche sehen, weil der Paravent die Sicht blockierte.

»Ich mach das, ich mach das!«, quiekte Paula und rannte zur Kaffeeküche. »Das ist ein Praktikantinnenjob!«

»Auf das Knöpfchen ›Espresso‹ zu drücken, das schaffe ich gerade noch«, hörte ich Arminia irritiert sagen. Sonst war sie immer total scharf drauf, bedient zu werden! Und einen Espresso hatte man doch ganz schnell getrunken! Ich umschloss mein Fläschchen mit der Hand und sauste ebenfalls in die Küche. Arminia tat gerade zwei Stückchen Zucker in ihre Tasse und stellte sie auf eine Untertasse.

»Espresso, super Idee!«, rief ich.

»Ich mach dir einen!«, quietschte Paula und stellte ein Tässchen auf die Maschine.

»Von wegen ruhig. Ihr seid ja total überdreht«, kommentierte Arminia kopfschüttelnd und stolzierte mit nach vorn herausgestreckter Tasse und nach hinten herausgestrecktem Entenhintern davon. Paula hielt mir das Tässchen hin. Hastig drehte ich das Fläschchen auf und zog die Pipette auf. Plopp – plopp – plopp. Für alle Fälle noch ein vierter Tropfen. Warum dauerte das so ewig? Und wieso war auf dem Fläschchen ein Kätzchen abgebildet?

»Espresso, au ja!« Micha kam herbeigeschossen, zielte auf Arminia, stolperte, stieß einen markerschütternden Schrei aus und rammte ihr seinen Ellbogen in die Seite. Arminia kreischte. Espresso schwappte in alle Richtungen. Das Tässchen flog in hohem Bogen auf den Parkettboden und zerschellte.

»Nicht schon wieder, du Tolpatsch!«, brüllte Arminia und rieb sich die Seite. »Du kriegst jetzt Kaffeeküchenverbot!«

»Es tut mir soo leid, Arminia, wirklich!«, jammerte Micha. »Ich bin ja soo ungeschickt. Ich putz das gleich weg!«

»Nimm meinen Espresso, nimm meinen!«, rief ich. Paula packte die Tasse und rannte hinter Arminia her.

»Hier, Arminia, nimm den Kaffee von Line! Wir putzen schon.«

»Hab ich gesagt, hier geht es ruhig und konzentriert zu?«, stöhnte Arminia. »Von wegen!«

Noch im Stehen kippte sie den Espresso hinunter. Hurra! Das Experiment konnte beginnen. Dass Suse mir versehentlich Notfalltropfen für Katzen gegeben hatte, machte sicher keinen großen Unterschied.

»Micha und ich erledigen das schon, Paula«, sagte ich. Ich kehrte die Scherben zusammen, und Micha wischte den Kaffee auf. Während wir auf dem Boden knieten, warf Micha mir einen triumphierenden Blick zu, der sicher bedeutete, siehst du, wenigstens einmal war das Katastrophen-Gen für etwas gut. Dass er so gut schauspielern konnte, hätte ich ihm gar nicht zugetraut. Arminia saß an ihrem Platz und schimpfte vor sich hin. Verstehen konnte man außer »Idioten«, »Chaoten«, und »Sibirien statt Leipzig« nicht besonders viel. Bis jetzt zeigten die Tropfen offensichtlich keine Wirkung.

Paula schlenderte zu Philipps Schreibtisch.

»Sag mal … an was arbeitest du eigentlich gerade, Philipp?«, fragte sie zutraulich.

»Hab keine Zeit«, blaffte er, ohne sie anzusehen, und hackte weiter auf seine Tastatur ein.

»Och, komm schon, Philipp, sei doch nicht so. Ich soll doch was lernen hier, und du kannst mir sicher 'ne Menge beibringen.« Paula machte einen Schmollmund. Au Mann. Und dabei war sie total selbstbewusst! Darauf konnte Philipp doch unmöglich reinfallen? Paula zog ihren kurzen Rock nach unten, wackelte ein bisschen mit den Hüften und ließ sich dann auf einer Schreibtischecke nieder. Dabei rutschte der Rock hoch. Sehr hoch. Sie schlug die Beine übereinander und beugte sich vor, so dass Philipp ihr direkt in den Ausschnitt gucken konnte.

»Bütte, bütte!«

Hastig nahm Philipp einen Schluck Kaffee und begann dann damit, Paula die Online-Kampagne zu erklären, an der er gerade strickte. Dabei verhaspelte er sich ständig. Paula stützte sich mit beiden Händen auf dem Schreibtisch auf, baumelte mit dem übergeschlagenen Bein und ließ in regelmäßigen Abständen Bemerkungen fallen wie »Ich verstehe, ich verstehe«, »Nee« oder »Boah, ist das aber interessant« oder »Echt jetzt?« Zum Glück telefonierte Arminia mit einem Kunden!

Links von mir starrte Suse gebannt auf Paula und warf mir dann einen leidenden Blick zu. Aufmunternd streckte ich beide Daumen in die Höhe. Suse seufzte, stand auf und ging zögernd auf Bennys Schreibtisch zu. Ich hielt die Luft an. Paula hatte es faustdick hinter den Ohren, sah super aus und war offensichtlich ans Flirten gewöhnt. Suse hatte eigentlich auch eine gute Figur, trug aber wie immer eine schlabbrige Jeans und ein viel zu großes T-Shirt und machte den Eindruck, als würde sie am liebsten im Boden versinken.

Suse räusperte sich. Benny blickte nicht mal auf. Suse hustete und holte tief Luft.

»Benny, ich störe dich nur ungern, aber können wir noch mal über das Projekt sprechen?«, stotterte sie und wurde schon wieder rot. Das würde Benny aber nicht weiter auffallen, da Suse immer rot wurde.

»Klar!«, rief Benny bereitwillig und begann ohne Übergang zum dritten Mal mit dem Vortrag, den er Suse schon zweimal gehalten hatte. Suse warf noch einmal einen Blick auf Paula und setzte sich dann genau wie sie auf die rechte Schreibtischecke, so dass Benny nicht sehen konnte, was an Philipps Schreibtisch passierte. Ein wenig steif beugte sie sich nach vorn und schlug die Beine über. Benny sah sie aber gar nicht an und redete in die Luft. Hatte er eigentlich eine Freundin? Oder stand er auf Männer? Ein Glucksen stieg in mir hoch. Benny und Philipp hielten ihre Vorträge, guckten nicht nach links und rechts und schienen kein bisschen zu merken, dass sie gerade nach Strich und Faden an der Nase herumgeführt wurden. Micha drehte sich zu mir um und grinste. Paulas linke Faust war geballt. Die Frage war nur, wie sie jetzt die Tropfen in den Kaffee bekam, ohne dass Philipp es merkte? Hastig schrieb ich Micha eine Mail. »Ruf meine Büronummer an!« Zehn Sekunden später klingelte mein Telefon. Ich nahm ab. »Hallo, Philipp!«, rief ich laut. Philipp schräg vor mir drehte sich nach hinten um.

»Ja?«, fragte er unwirsch.

Ich deutete aufs Telefon, zischte »Kunde!« und sagte dann mit Pausen: »Mmm«, »Ja, genau«, »Wir richten uns da ganz nach euren Wünschen« und »Alles klar, wir hören. Vielen Dank für deinen Anruf. Schönen Tag noch, Philipp!«

Philipp hatte sich wieder nach vorn gedreht. Paula rutschte von seinem Schreibtisch und zog sich den Rock zurecht.

»Also, das war jetzt echt total interessant, Philipp, vielen Dank«, zwitscherte sie. »Ich könnte dir stundenlang zuhören. Leider muss ich jetzt meine Jobs für Arminia machen. Und vergiss deinen Espresso nicht, der wird sonst kalt.« Sie seufzte, warf Philipp eine Kusshand zu, klimperte mit den Wimpern und zog ab. Ich konnte sehen, wie Philipp im Nacken rot anlief. Paula grinste mit geballter Faust in meine Richtung.

Ein paar Minuten passierte gar nichts. Eigentlich wollte ich ein bisschen arbeiten, aber die Begegnung mit Simon ging mir einfach nicht aus dem Kopf. Abwesend malte ich Polizeiautos, Kussmünder und Schnapsflaschen auf ein Stück Schmierpapier. Dann kam Arminia hinter ihrem Paravent hervor, stellte sich in die Mitte des Büros und klatschte in die Hände. Suse und ich tauschten Blicke. Arminia kicherte vergnügt. Arminia kicherte vergnügt?

»So, meine Lieben, nachdem es heute so ungewöhnlich heiß ist für September und ihr alle so fleißig seid, gebe ich eine Runde Magnum für alle aus. Mag jemand kein Magnum und will lieber was anderes? Hier hast du Geld, Paula.« Arminia wedelte mit einem Zwanzigeuroschein. Paula kam langsam näher. Auf ihrem Gesicht lag völlige Verblüffung. Wahrscheinlich guckte ich genauso. In all der Zeit, die ich jetzt bei *Friends & Foes* arbeitete, hatte Arminia noch nie irgendetwas anderes ausgegeben als Hohn und Spott. Paula nahm den Schein mit spitzen Fingern entgegen und starrte ihn an, als ob sie scharf darüber nachdachte, ob es sich nicht um Falschgeld handelte. Plötzlich sprang Philipp auf und schnappte Paula den Geldschein weg. Er strahlte.

»Weißt du was, Arminia, ich gehe«, flötete er. »Es müssen ja nicht immer die Praktikantinnen die Handlangerjobs machen, oder?«

»Aber gerne doch, Philipp-Schätzchen!«, kicherte Arminia. »Paula hat sicher nichts dagegen. Wie geht es eigentlich deiner schwangeren Frau?«

»Meiner Freundin? Danke, gut, Arminia, das ist aber nett, dass du fragst! Anfangs hat sie stark unter Morgenübelkeit gelitten, aber das hat sich jetzt zum Glück gelegt.«

»Das freut mich. Das freut mich sehr. Sag ihr doch bitte herzliche Grüße von mir.«

Paula stand zwischen Philipp und Arminia da wie festgefroren, die Hand, aus der ihr Philipp den Geldschein weggeschnappt hatte, noch immer erhoben. Suse, Micha und ich warfen uns fassungslose Blicke zu. Die Rescue-Tropfen funktionierten!

Trotz der unerwarteten Eis-Pause, während der Philipp und Arminia sich gegenseitig an Nettigkeiten überboten und wir anderen, immer noch unter Schock, dämlich herumstanden, gar nichts sagten und nur stumm unser Magnum schleckten, war ich am Ende des Arbeitstages völlig erschöpft. Kein Wunder, ich hatte zwar kaum gearbeitet, aber auch kaum geschlafen. Micha drehte sich immer wieder zu mir um und sah mich bedeutungsschwanger an. Hoffentlich wollte er nicht mit mir über seinen amerikanischen Wissenschaftler und die neuesten Entwicklungen zum Thema Katastrophen-Gen reden! Dazu war ich wirklich nicht mehr in der Lage. Ich packte meine Sachen, wartete noch ein paar Minuten und zischte dann hinaus, nicht, ohne mich noch einmal wortreich für die tolle Eis-Überraschung zu bedanken. Im Flur rannte ich hinauf in den dritten Stock und verschränkte die Arme vor dem Büro der Casting-Agentur. Ein DHL-Bote kam aus der Tür, musterte mich und grüßte. Leider konnte ich nicht zurückgrüßen, weil unten gerade die Bürotür aufging. Ich wartete, bis die Schritte im Treppenhaus verklungen waren, und schlenderte dann entspannt nach unten. Endlich Feierabend!

Micha wartete neben meinem Fahrrad. AARGGG!!

»War das nicht der Hammer mit den Notfalltropfen?«, fragte er eifrig.

»Ja, absolut. Ich muss ganz schnell los. Zahnarzttermin.« Hastig schloss ich mein Rad auf.

»Nur noch ganz kurz. Simpson, also dieser Professor aus Yale, der würde dich gern mal anrufen. Total unverbindlich. Kann ich ihm deine Nummer geben?«

»Sorry. Kein Interesse«, sagte ich und stieg aufs Fahrrad.

»Line, der Typ ist echt in Ordnung. Ich glaube, der würde dir sogar Geld bieten, wenn du bei der Studie mitmachst!«

»Micha, lass gut sein.« Ich versuchte, nicht allzu genervt zu klingen. Hatte er nicht versprochen, mich in Ruhe zu lassen? »Ich hab grad wirklich andere Sorgen.« Ich winkte ihm zu und zischte ab. Wieso hielt sich eigentlich hartnäckig das Gerücht, in Werbeagenturen arbeiteten lauter tolle, kreative Typen, die lässige Chefs hatten und sich so super verstanden, dass sie alle untereinander befreundet waren und nach ihren Zwölf-Stunden-Tagen noch zusammen in der nächsten Szene-Kneipe abhingen? Ich kämpfte mich den Berg hinauf. Die Gangschaltung krachte. Von meinem nächsten Gehalt würde ich mir endlich ein Rad kaufen, das etwas besser in Schuss war als meine Drei-Gang-Gurke.

Harald saß in der Küche und hatte sich Wutzky zwischen die Beine geklemmt. Mit der einen Hand hielt er ihm das Maul auf. Auf dem Zeigefinger der anderen Hand trug er einen seltsamen Fingerling, mit dem er an Wutzkys Gebiss herumschrubbte. Das Gebiss schäumte. Wutzky guckte megagenervt. Als er mich erblickte, guckte er noch ein bisschen genervter. Suffragette thronte auf dem Küchentisch und guckte enorm überlegen.

»Hallo, Line«, sagte Harald. »Älles en Ordnong? D' Lila isch oba ond schdilld. Nochher gibt's Dinklauflauf. Ond du sollsch de Tarik zrickrufa.«

»Und was machst du so?«

»I butz am Wutzky seine Zäh. Des isch a Zahbutzfenger fir Hond.[5]« Er wackelte mit dem Fingerling. »Kohsch em Internet bschdella, ond i ben ja schließlich Zoharzt. Zohbelag, Karies, krigsch älles en Griff. Ond vor ällem Mundgeruch. Der Kerle hot heit Morga ausam Maul gschdonka, des kohsch dr net vorschdella. Wenn i's net bessr gwissd het, mr het moina kenna, der wär em Schlampazius[6] gwä ond het gsoffa. Vielleicht missa mr sei Futtr omstella.«

5 Ein Hund heißt auf Schwäbisch Hond. Mehrere Hunde heißen auf Schwäbisch Hond. Deshalb ist Schwäbisch so einfach. Ach ja, und ein kleiner Hund ist ein Hondle.

6 Das Schlampazius in Stuttgart-Ost ist eine Legende und wahrscheinlich die einzige Kneipe auf der ganzen Welt, die sich niemals mit modernen Lounge-Möbeln aufbrezeln wird.

Harald lachte. Ich lachte auch. Wutzky lachte nicht, sondern strafte mich mit einem Blick, der sagte: Für diese Demütigung wirst du bezahlen, Lady. Wart's nur ab, bis ich meine Memoiren schreibe oder dich per Telepathie bei Leon verpfeife! Harald versenkte Wutzkys Maul in seinem Trinknapf.

»Bitte grindlich spüla«, sagte er. »Ond jetzt gangad mir om de Block. Des kohsch ja net emmr du macha, Line.« Er schob sich das Handy in die Tasche und ging zur Tür. Wutzky trottete mit tropfendem Maul und hoch erhobenem Kopf hinter ihm her.

Ich machte die Ofenklappe auf und schnupperte an dem Dinkelauflauf. Lecker, oben war dick Käse drauf, der sich langsam braun färbte und knusprig wurde. Ich hatte es zwar nicht so mit gesundem Essen, aber bei Lila schmeckte mir eigentlich alles. Auf der Spüle lag ein Salat, dem man offensichtlich den Kopf waschen sollte. Ich ließ mich auf einen Stuhl fallen, nahm das Telefon und wählte Tariks Nummer aus dem Adressbuch aus.

»Hallo, Tarik, hier ist Line.«

»Hallo, Line-Schätzchen. Alles klar bei dir?«

»Gar nix ist klar. Ich muss mit dir reden. Allein. Dringend!«

»Ich mit dir auch. Morgen Abend?«, wisperte Tarik.

»Morgen Abend erst? Das dauert ja noch ewig!«, klagte ich. Bis dahin war ich wahrscheinlich geplatzt, weil ich das Thema Simon mit niemandem außer mit Tarik besprechen konnte!

»Es geht um Manolo«, raunte Tarik. »Er ist grad im Bad und kann jeden Moment rauskommen. Morgen Abend hat er sich mit seinen schwulen Kumpels im *Rubens* verabredet, da könnten wir uns treffen.«

»Na schön«, seufzte ich. »Können wir wenigstens kurz die Themen austauschen?«

»Klar. Mein Thema lautet ... Ah, Manolo, schon fertig mit Duschen? Ich verabrede mich gerade mit Line für morgen Abend. Was wolltest du noch sagen, Line?«

Dumm gelaufen.

»Erinnerst du dich an Simon, den Polizisten?«

»Dunkel.«

»O Shit, Lila kommt die Treppe runter.«

»Ich hol dich morgen ab. Dann seh ich meine kleinen Schnuckel mal wieder. 20 Uhr?«

»Okay.« Hastig legte ich auf. Nun wusste ich weder, was Tarik mit mir besprechen wollte, noch war ich mein eigenes Thema losgeworden, und mein armer Kopf musste sich weiter allein damit herumschlagen! Das war fies!

Simon, so viel war klar, dachte nicht mehr nach. Er würde das durchziehen mit der Hochzeit. Er würde vielleicht sogar Kinder bekommen, knuffige kleine Polizistenbabys, einen Jungen und ein Mädchen im Abstand von zweieinhalb Jahren. Vanessa und er würden sich dabei abwechseln, die Kinder in die Polizistenkrippe zu bringen, und wenn sie größer waren, würden sie sich an Fasching als Polizisten verkleiden, und selbst wenn Simon Vanessa nicht liebte, so würde er doch wenigstens seine Kinder lieben.

»If you can't be with the one you love, love the one you're with.« Es war Simons Ding, wenn er Vanessa heiratete, ohne sie zu lieben. Es ging mich nichts an. Oder doch? Simon war dabei, zwei Menschen unglücklich zu machen, und es gab nur einen Menschen, der das verhindern konnte, und das war ich.

7. Kapitel

Im Märzen der Bauer
die Rösslein einspannt

Der Donnerstag verging, ohne dass es uns gelang, Philipp oder Arminia die Notfalltropfen in den Kaffee zu schummeln. Nach den komplizierten Aktionen vom Mittwoch waren wir aber auch zu erschöpft, um es ernsthaft zu probieren. Offensichtlich hatten die Tropfen keine anhaltende Wirkung. Im Gegenteil, Arminia war noch unausstehlicher als sonst, und Philipp hatte sauschlechte Laune, donnerte seine Sachen auf dem Schreibtisch hin und her, stritt sich einmal kurz und heftig mit seiner Freundin am Telefon und gab sonst den ganzen Tag keinen Pieps von sich. Wenn das der Preis war, den wir für ein Magnum und ein bisschen Gekicher von Arminia bezahlten, dann war es sicher besser, auf die Tropfen zu verzichten? Bei einer kurzen Mailkonferenz der drei Musketiere schlug Suse jedoch vor, bei Arminia noch einen weiteren Versuch zu unternehmen, um herauszufinden, ob die Nicht-Katzentropfen länger wirkten.

»Eine Aura«, flüsterte sie, als wir zusammen bei der Kaffeemaschine standen und Arminia gerade auf dem Klo war. »Sie hatte so eine Aura um sich, nachdem sie die Tropfen geschluckt hatte, ist dir das nicht aufgefallen?«

Arminias Aura war mir in der Tat kein bisschen aufgefallen. Was mir jedoch auffiel, war, dass Supersuse statt ihrem üblichen Schlabbershirt ein figurbetontes Blüschen trug und sich sogar die Lippen zart geschminkt hatte. Was war denn mit der los? Allzu lange dachte ich jedoch nicht darüber nach. Ich wurde immer verzweifelter. In zwei Tagen würde sich Simon meinetwegen ins Unglück stürzen, und ich sah tatenlos zu! Dabei wusste ich nicht einmal, wo und in welcher Kirche er heiraten würde. Hatte er nicht von einer evangelischen Hochzeit gesprochen? Ich beschloss, Nachforschungen anzustellen. Zum Glück waren Lila und Harald mit den Zwillingen spazieren, als ich nach Hause kam.

Ich schaltete meinen Computer und mein Superhirn ein und googelte erst die Polizeireviere und dann die Evangelische Gesamtkirchengemeinde. Es gab acht Polizeireviere und 22 Kirchengemeinden. Und das war nur das Zentrum von Stuttgart. Ach du liebe Güte! Wo sollte ich da bloß anfangen? Wohnte Simon da, wo er arbeitete? Und selbst wenn, dann hieß das ja noch lange nicht, dass er dort auch heiratete! Wenn Vanessa eine Hochzeit mit allen Schikanen wollte, heirateten sie vielleicht in der Kapelle auf Schloss Solitude und machten anschließend kitschig-romantische Fotos auf der Schlosstreppe? Igitt! Andererseits konnte ich mir nicht vorstellen, dass man sich von zwei Polizistengehältern den Edelspeiseschuppen auf der Solitude leisten konnte.

Ich überflog ein paar Gemeindebriefe im Internet. Dort waren zwar die Gottesdienstzeiten angegeben, aber Hochzeiten und Beerdigungen schienen nicht veröffentlicht zu werden. Ich wusste noch nicht mal Simons Nachnamen. Das war doch völlig aussichtslos! Das Einzige, was ich ziemlich sicher wusste, war, dass er zum Polizeirevier 5 in der Ostendstraße gehörte. Schließlich hatte er mich zufällig in der Neuffenstraße gesehen, als er auf Streife war. Außerdem war er mir auch bei der Villa Reitzenstein schon mal im Dienst begegnet, die gehörte auch zum Osten. Ohne lang zu überlegen, nahm ich das Handy und wählte die Nummer des Polizeireviers.

»Guten Tag und herzlich willkommen beim Polizeirevier Ostendstraße«, flötete eine weibliche Stimme vom Band. Im Hintergrund zupfte jemand auf einer Harfe. »Gerne helfen wir Ihnen persönlich weiter. Leider sind alle unsere Polizeibeamten gerade im Kundengespräch. Wenn Sie einen Einbrecher im Haus haben, drücken Sie die Eins. Wenn Sie auf der Königstraße von einem einarmigen Banditen beklaut worden sind, drücken Sie die Zwei. Wenn Sie sich über Ihren Nachbarn beschweren wollen, weil er die Kehrwoche nicht anständig macht, zu laut Musik hört, der Rauch von seinem Grill in Ihren Garten zieht oder die Kinder zu laut herumbrüllen, drücken Sie bitte die Drei. Wenn jemand eine Delle in Ihren Daimler gefahren hat, drücken Sie die Vier. Wenn man den Daimler abgeschleppt hat, weil Sie falsch geparkt haben, drücken Sie die Fünf. Für Tötungsdelikte drücken Sie die Sechs. Für alle weiteren Delikte drücken Sie die Sieben.«

Ich drückte die Sieben.

»Der nächste freie Polizeibeamte ist für Sie da«, flötete die Stimme. Stille Nacht, Heilige Nacht. War es dafür nicht noch etwas früh? Die Harfe klang etwas unbeholfen. Ich hatte nicht die geringste Ahnung, was ich eigentlich sagen wollte.

»Bolizeirevier Oschdendschdroß, Schuhmacher, was kann i fir Sie do«, sagte eine gelangweilte männliche Stimme. Ach du liebe Zeit, und nun? Und wieso hatte ich überhaupt das Handy genommen anstatt das Festnetz mit Rufnummerunterdrückung?

»Entschuldigung, ich bin noch ganz überrumpelt von Ihrer professionellen Telefonansage«, stotterte ich, um Zeit zu gewinnen.

»Brofessionell? Wenn Sie, egal welche Taschde Sie drickad, bei mir landad, on wenn d' Dochdr vom Revierleiter Harfe spielt, weil mr sich nix Bessers leischde kah, des nennad Sie brofessionell? Also, om was gohd's, mir hen glei Schichtwechsel ond's isch no ebbr en dr Wardeschloif.«

»Bei Ihnen arbeitet doch der Simon, oder?«

»Simon, Simon ond weiter?«, fragte die Stimme genervt.

»Simon, der Polizeihauptmeister«, sagte ich nervös. »Da haben Sie doch sicher bloß einen?«

»Jetzt sagad Se mir doch sein Nochnoma! On wer sen Sie iberhaubd?«

»Ich … ich bin … äh … die Friederike. Friederike, eine Schulfreundin von Simon. Und er heiratet doch am Samstag die Vanessa, und das ist ja echt toll, und da würd ich meinen alten Schulfreund wahnsinnig gern bei der Hochzeit überraschen, weiß aber nicht, in welcher Kirche. Sie machen sicher bei der Motorrad-Eskorte mit und können mir weiterhelfen?«

»Des isch ebbes Brivads, des kann i Ihne doch net saga! Wenn Sie net amol sein Nochnoma wissad!«

»Aber es soll doch eine Überraschung werden«, flüsterte ich. »Und den Nachnamen … hab ich vergessen, ist ja schon ein paar Jährchen her mit der Grundschule …« Auweia. Das war wirklich total überzeugend. Warum war ich nicht Privatdetektivin geworden?

»On wie hoißad Sie?«, blaffte die Stimme. »Hen Se des au vergesssa, weil d' Schul scho so lang her isch? Gangad Se mr ausdr Leidong, i han Wichtigers zom Do!« Klick. Das Gespräch war beendet. Das hatte ich ja ungemein geschickt angestellt! Ich hatte mich gründlich blamiert und war kein bisschen weitergekommen.

Und nun? Irgendwie musste doch herauszukriegen sein, wo Simon heiratete! Ich schlug mir gegen die Stirn. Ich hatte doch die Spezialistin für evangelische Kirchenfragen in der Familie! Dorle, meine geliebte Großtante, hatte im zarten Alter von 81 Jahren ihren Schulkameraden Karle geheiratet, den sie vor ein paar Jahren in der Theatergruppe des Obst-und-Gartenbau-Vereins wiedergetroffen hatte. Zwei Wochen nach Lilas Hochzeit hatte es eine weitere, ganz fabelhafte Hochzeit mit Unmengen an Spätzle und Käskuchen gegeben.

Dorle hatte die ganze Familie, den Kirchenchor und den Obst-und-Gartenbau-Verein damit geschockt, dass sie nach der Hochzeit nicht mit Karle zusammengezogen war. Zuerst schockte sie uns mit der Hochzeitsreise. Drei Wochen lang ließ sie sich von

Karle im Wohnmobil durch die kanadischen Nationalparks kutschieren und erzählte danach begeistert, wie arg nett sie sich auf dem Campingplatz am Lagerfeuer mit Amerikanern und Kanadiern unterhalten hätten; dabei konnten weder Dorle noch Karle irgendeine Sprache außer Schwäbisch. Danach praktizierte Dorle »living apart together« und wohnte weiterhin in ihrem kleinen, mit wildem Wein bewachsenen Hutzelhäuschen, während Karle im Erdgeschoss seines Aussiedlerhofs blieb. Trotzdem verbrachten sie viel Zeit miteinander, gingen sonntags zusammen in die Kirche, und an lauen Sommerabenden teilte Dorle die Bank vor ihrem Häuschen mit ihrem frischgebackenen Ehemann. Wie sie das mit dem Bett hielten, darüber schwieg Dorle natürlich wie ein Grab.

»Aber … aber warum zieht ihr denn nicht zusammen?«, fragte ich, als ich mich am Abend nach der Hochzeit von ihr verabschiedete. »Da warst du dein ganzes Leben lang allein, und dann heiratest du und bleibst trotzdem alleine wohnen?«

Dorle lächelte nur fein, strich mit den Händen den Rock ihres grauen Seidenkleides glatt und schüttelte dann den Kopf. »Woisch, Mädle, en meim Aldr ofanga, mit ebbr Haus on Bad zom Doile, des isch net so oifach. Ond dr Karle isch ja au nemme dr Jengschde, der däd sich au schwer do. Mir sen ja trotzdem viel zamma, ons isch oifach schee, wemr woiß, dass mr zu ebbr ghert. Außerdem ben i nie ganz alloi gwä. Der Herrgott em Hemml isch doch ällaweil bei mr gwä.«

»Aber dann hättet ihr doch gar nicht zu heiraten brauchen!«

Dorle schüttelte empört den Kopf, dass der Knoten, zu dem sie ihr schlohweißes Haar wie immer aufgesteckt hatte und in dem zur Feier des Tages ein kleines rotes Röslein steckte, nur so wackelte.

»Onser Herrgott hot jetzt sein Säga uff onser Ehe gäba! Ond die Leit schwätzad nemme!«

Das war natürlich ein unschlagbares Argument.

Ich wählte Dorles Nummer.

»Mei Mädle, des isch abr schee, dass du mir arufsch! Hosch a Wohnong gfonda?«

Wohnung. Richtig, da war doch noch was. Etwas, das ich vor lauter Simon vollkommen verdrängt hatte.

»Nein, Dande Dorle, leider nicht. Die Wohnungssituation in Stuttgart im Moment ist wirklich eine einzige Katastrophe.«

»Ha, zur Not kenndad ihr bei mir wohna. Blatz gnuag wär.«

»Das ist sehr lieb von dir, Dorle, aber ich hoffe doch, ich finde rechtzeitig etwas.« Sosehr ich Dorle mochte, bei ihr wohnen mit Rundumbetütelung? Ach du liebe Güte!

»Kommsch am Sonndich zom Essa? No däd i panierts Schnitzl mit Soß[7] ond Spätzla macha. Ond a Haible Salat. Des schmeckt em Karle au. Ond an Käskucha zom Kaffee.« Mir lief das Wasser im Munde zusammen. Andererseits war ein Besuch bei Dorle riskant, weil sie immer sofort merkte, wenn bei mir etwas nicht stimmte.

»Das klingt prima, Dorle, ich hab aber grad meine Wochenendtermine nicht im Kopf, und eigentlich rufe ich dich wegen was anderem an. Sag mal, wie findet man raus, in welcher Kirche eine Trauung stattfindet? Eine … eine Schulfreundin von mir heiratet am Samstag irgendwo in Stuttgart, ich würde sie gern überraschen, weiß aber nicht, wo die Hochzeit ist.«

»Ha, des isch ganz oifach. Normalerweis hängd an dr Kirch a Kaschda, ond doo schdohds dren.«

Wie denn? So simpel? Jetzt wusste ich zwar, wie ich an die Info kam. Aber hieß das, ich musste am Freitag 22 Kirchen und Kästen abklappern? Plus die unzähligen Kirchen in den Stadtteilen drumherum?

»Wer ischn des, wo heiraded?«

»Friederike«, antwortete ich automatisch.

7 Der Schwabe an sich isst gern feucht und ertränkt deshalb auch ein knusprig paniertes Schnitzel in Bratensoße aus dem Päckle.

»Friederike? Koh meh gar net erinnera. Wo i doch älle deine Schulkamerade kenn. I mach mr ibrigens Sorga om dei Schweschdr.«

Schwester? Ach ja. Ich hatte eine Familie. Die war so dysfunktional, abgesehen von Dorle, dass ich manchmal im Geiste so tat, als sei ich Vollwaise. Meine russische Mutter lebte seit Jahren mit Dostojewski in einem Bügelzimmer, mein Vater, ein schwäbischer Ingenieur, lebte mit seiner Hilti im Rest des Hauses, und meine Schwester Katharina hatte sich erst von ihrem (schrecklichen) Mann Frank und dann von ihrem amerikanischen Liebhaber Max getrennt. Ich hatte mich schon ewig nicht mehr bei ihr gemeldet. Sie sich bei mir aber auch nicht.

»Was ist denn los mit Katharina?«, fragte ich. Dorle tadelte uns ständig, dass wir uns so wenig umeinander kümmerten.

»Sie isch emmr no so traurig wega ihrm Max. Des hert gar nemme uff. Du sottsch se amol arufa.«

»Du hast ja recht, Dorle. Es ist nur so … ich habe grade so wahnsinnig viel um die Ohren …«

»Abr fir d' Familie sott mr sich Zeit nemma!«, protestierte Dorle.

Zu viele Baustellen. Es gab einfach zu viele Baustellen in meinem Leben! Arbeit, Wohnung, Familie. Leon. Leon … ich hatte seit der Geschichte mit Simon nicht mit ihm sprechen können. Am Mittwochabend, der für Leon Donnerstagmorgen war, hatte es nicht geklappt, weil Leon ganz früh auf Geschäftsreise zum Bosch-Werk in Changsha musste. Dabei sehnte ich mich so schrecklich danach, mit ihm zu reden. Im Augenblick hatte ich das Gefühl, dass uns viel mehr trennte als ein paar tausend Kilometer. Es war höchste Zeit, dass Leon als Mensch aus Fleisch und Blut zu mir zurückkehrte, ehe ich noch wirkliche Dummheiten machte.

Unten krähten die Zwillinge. »Huhu, Line, wir sind wieder da!«, rief Lila herauf. Es klingelte. Ach du liebe Zeit, das musste Tarik sein! Den hatte ich komplett vergessen. Ich zog mein T-Shirt aus, pfefferte es in die Ecke und holte das T-Shirt mit den Mainzelmännchen drauf aus dem Schrank. Schnell noch mit dem Lippenstift über die Lippen fahren, das ging auch ohne Spiegel, Umhängetasche schnappen und los.

Tarik thronte in der Küche. Egal wohin man Tarik plazierte, er sah immer aus wie der Mittelpunkt des Universums, und ich wusste nie so richtig, ob das an seiner beeindruckenden Körpergröße, seinen schwarzen Haaren und Augen oder an den schwarzen Klamotten lag. Sein Machoaussehen hatte er wegen Manolo jedenfalls kein bisschen verändert. Vor ihm auf dem Tisch, fein säuberlich nebeneinander, lagen drei schwarze Smartphones unterschiedlicher Hersteller und Größe. Tarik liebte moderne Kommunikation, er war ein Twitterjunkie, Facebook-Fanatiker und schrieb einen Blog über die korrupte Kunstwelt. Er stand auf und küsste mich auf beide Wangen. Wie üblich roch er penetrant nach seinem schrecklichen türkischen Aftershave.

»Dein Lippenstift«, sagte Tarik und hielt mir seinen Taschenspiegel vor den Mund. »Du hast nicht ganz getroffen.« Tatsächlich hatte ich den Lippenstift vor allem um den Mund herum und nicht auf den Lippen verteilt.

Harald wickelte einen Zwilling. Der zweite Zwilling hatte offensichtlich ebenfalls die Hosen voll, fand das Warten nicht witzig und brüllte auf Lilas Arm. Sie ging auf und ab und klopfte ihm beruhigend auf den Rücken.

»Ich habe Lila gerade angeboten, sie kann jederzeit mal in die Stadt zum Shoppen gehen, ich kümmere mich solange um die Babys«, sagte Tarik in meine Richtung, blickte nachdenklich auf seine Handys, wählte dann das linke und schoss ein Bild von Harald beim Wickeln. »Das stelle ich nachher auf Facebook. Die Leute dürfen ruhig wissen, dass wir Männer, egal ob Zahnärzte oder Künstler, an unseren sanften Seiten arbeiten.«

Harald gab ein zustimmendes Brummen von sich. Lila stöhnte.

»Es reicht eigentlich, wenn Harald ungefähr dreimal am Tag neue Bilder von den Zwillingen auf Facebook stellt«, meinte sie genervt.

»Ich habe auch türkische Süßigkeiten für die lieben Kleinen mitgebracht«, ergänzte Tarik eifrig und deutete auf einen Berg wabbliger Geleeteile, gebackener Kringel und Blätterteigküchlein auf dem Esstisch.

Lila blieb mit dem schreienden Zwilling vor Tarik stehen. »Tarik, ich finde es ja schön, dass du deine Kinderliebe entdeckt hast und an deinen sanften Seiten arbeitest. Aber das sind Babys. Babys, verstehst du?«, erklärte sie gereizt. »Die wollen keine Mama, die zum Milaneo zum Shoppen geht, sondern ständige, ungeteilte Aufmerksamkeit, Tag und Nacht. Vor allem nachts. Siehst du die Ringe unter meinen Augen? Und deshalb entdecke ich gerade nicht meine sanften, sondern meine aggressiven Seiten!« Lila brüllte jetzt beinahe und stampfte wütend mit dem Fuß auf. Der Zwilling heulte noch mehr. Harald duckte sich tiefer über den Wickeltisch. »Gretchen und Oskar wollen auch keine klebrigen türkischen Süßigkeiten. Die wollen nur das, was aus den Eutern der fetten Milchkuh Lila rausfließt!« Lila sah jetzt aus, als würde sie gleich in Tränen ausbrechen. Tarik sprang auf und hob beschwichtigend die Hände.

»Entschuldige, entschuldige«, sagte er. »Wir wollten sowieso gerade los, nicht wahr, Line?«

Ich warf Lila eine tröstende Kusshand zu. Harald folgte uns zur Haustür.

»Ihr dirfad net bös sei«, flüsterte er. »D' Lila isch oifach ferdich. Zwoi Babys, net gscheit schlofa, ond noo war i au no a baar Dag weg. Au wenn d' Line gholfa hot, des summiert sich halt.«

»Kein Problem«, erwiderte Tarik achselzuckend.

»Wenn Lila die Nerven verliert, dann ist sie wirklich am Ende«, sagte ich, als wir Richtung Auto gingen. »Ich habe sie noch nie so erlebt.« Das war sicher auch der Grund, warum Lila nicht aufgefallen war, dass etwas mit mir nicht stimmte. Normalerweise hatte sie dafür sehr feine Antennen.

Tarik zuckte mit den Schultern. »Sie könnte ja aufhören mit

Stillen und auf Fläschchen umsteigen. So wie die meisten türkischen Frauen.«

»Die Zwillinge sind doch erst ein paar Wochen alt. Und keine Sorge, die Süßigkeiten kommen auch so weg.« Ich stieg in Tariks Angeberschlitten. »Wo gehen wir überhaupt hin?«

»Schankstelle?«

»Ist es nicht noch ein bisschen früh dafür?«

Tarik schüttelte den Kopf. »Früher Chillen ist das neue Sexy«, erklärte er. »Und du weißt ja, ich kenne mich aus mit dem, was sexy ist. Außerdem ist mir nach einem dicken Burger mit viel Fleisch. Ich lade dich ein.«

Das klang vielversprechend. Ich musste auch kein schlechtes Gewissen haben, denn Tarik war schweinereich, seine Kunstwerke und Installationen erzielten auf dem Kunstmarkt Höchstpreise. Er wusste, dass ich chronisch klamm war und noch dazu Junkfood liebte. In seinem schwarzen Mercedes brauste er viel zu schnell über das Kopfsteinpflaster vor der Lukaskirche. Es war schon dunkel. Schrecklich, dass der Sommer vorüber war! Aus Tariks Boxen wummerte lauter türkischer Rap, zu laut, um sich zu unterhalten. Eigentlich war es mir ganz recht, so konnte ich in Ruhe über Simon und seine Hochzeit nachdenken.

Am unteren Ende der Landhausstraße fuhr Tarik durch das Chaos der Stuttgart-21-Bauarbeiten einmal um den Hauptbahnhof herum und bog dann nach links ab in die Jägerstraße. Die Schankstelle war eine Szene-Kneipe auf dem Gelände einer ehemaligen Agip-Tankstelle. Drum herum war wenig Szene, nur Großstadt-Ödnis und noch mehr Stuttgart-21-Großbaustelle. Immerhin gab es hier Parkplätze.

»Ist es dir zu kalt?«, fragte Tarik. »Sonst könnten wir draußen bleiben.« Die Schankstelle hatte eine Bar drinnen und eine draußen. Draußen war es schöner, weil die aufeinandergestapelten Wassertanks von innen bunt beleuchtet wurden und romantisches Licht verbreiteten. Ich kletterte aus dem Auto. Irgendwo wummerte ein Presslufthammer.

»Draußen ist okay«, gab ich zurück. »Drinnen kommt wieder früh genug.«

Tarik holte uns an der Außenbar zwei Burger mit Pommes, dazu ein Bier für sich und eine Bionade für mich. Wir ließen uns an einem Tisch nieder. Trotz der frühen Uhrzeit herrschte reger Betrieb, Tarik hatte wie üblich recht gehabt. Er kramte eines seiner drei Handys aus der Hosentasche und schoss ein Foto von unserem Essen.

»Nur kurz twittern«, erklärte er und tippte auf dem Handy herum. »Die Leute wollen schließlich wissen, wo man sich so aufhält. Und du hast immer noch keinen Twitter-Account?«

Ich schüttelte den Kopf.

»Tsss. Du musst aufpassen. Hoffentlich kannst du Französisch, denn irgendwann gehst du abends in Stuttgart ins Bett und wachst morgens in Frankreich auf, weil sich die Welt ohne dich weitergedreht hat.« Ich zuckte mit den Schultern.

»Ich kenne eine Frau, die hat noch nicht mal ein Handy«, sagte ich. »Bisher hat sie's überlebt.«

Tarik wollte eigentlich gerade in seinen Burger beißen, erstarrte aber mitten in der Bewegung und blickte mich fassungslos an.

»Echt? Kannst du ihr sagen, sie soll mich anrufen? Ich könnte sie für eine lebende Installation verwenden. Oder hat sie auch kein Festnetz?«

Ich nahm die obere Brötchenhälfte vom Burger und lauschte dem schmatzenden Geräusch, mit dem der satte Haufen Ketchup auf meiner Frikadelle landete.

»Lass uns anfangen. Du oder ich?«, fragte ich.

»Manolo engagiert sich seit Jahren bei der Stuttgarter Aids-Hilfe«, platzte Tarik heraus. »Die machen einen Charity-Kalender für nächstes Jahr. Er will, dass ich der März bin.«

»Ist das alles? Das ist doch gar nicht so schlimm, oder?«, erwiderte ich. »Du machst dich sicher gut auf einem Kalenderblatt, und die Aids-Hilfe ist doch eine gute Einrichtung.«

»Nackt. Die Kalenderseiten zeigen uns nackt.«

»Oh«, sagte ich und schwieg für einen Moment. »Ist das ein Problem für dich als Künstler? Es könnte doch ein künstlerisches, ästhetisches Foto sein, vielleicht in Schwarz-Weiß?« Ich schob mir eine Handvoll Pommes in den Mund. »Wie soll denn der Hintergrund aussehen?«

»Jeder, der mitmacht, soll in seinem beruflichen Kontext fotografiert werden. Bei mir wär's also mein Atelier. Manolo soll der August sein und nackt einen Grabstein bearbeiten. Er fühlt sich sogar geschmeichelt, der eitle Kerl.«

Ich verzichtete auf den Hinweis, dass Tarik selber der eingebildetste Gockel war, den ich kannte. »Du könntest dir scheinbar zufällig einen Pinsel vorhalten und nachdenklich gucken«, schlug ich stattdessen vor.

Tarik schnaubte genervt und biss in seinen Burger.

»Du verstehst nicht, Line. Der Kalender wird schließlich verkauft, zum Beispiel am Stand der Aids-Hilfe auf dem Weihnachtsmarkt. Es sind nur Männer drauf. Jeder wird denken, Tarik ist jetzt schwul!«

»Ich dachte, darauf hätten wir uns bereits geeinigt.«

»Inoffiziell, ja. Vor dir und Lila und vor Manolo und seinen Kumpels. An der Kunstakademie ist es mir auch wurscht, da sind haufenweise schwule Männer. Aber was ist, wenn der Kalender über irgendwelche Umwege in die Hände meiner Eltern gerät? Die sind doch völlig ahnungslos. Das würde sie umbringen.«

»Meinst du nicht, du musst sowieso irgendwann mit ihnen sprechen?«

Tarik schüttelte entschieden den Kopf.

»Manolo liegt mir damit auch die ganze Zeit in den Ohren«, knurrte er. »Ich sag immer, er soll sich noch ein bisschen gedulden.«

»Und wie lange hast du dir da so vorgestellt?«

»Hmm, vielleicht so fünf, sechs Jährchen? Man soll nichts überstürzen. Am liebsten würde ich ihnen nie was sagen. Wozu soll ich sie unglücklich machen? Leider findet Manolo, ich stehe nicht zu ihm.«

»In einer Beziehung muss man Kompromisse machen, Tarik!«, dozierte ich, stolz auf mein profundes Beziehungswissen. Deshalb redeten wir ja schließlich! »Erinnerst du dich an den Riesenstress, den ich mal mit Leon hatte, weil ich zum Treff mit den Bosch-Kollegen auf dem Cannstatter Wasen kein Dirndl anziehen wollte? Hätte ich meinen Stolz runtergeschluckt, hätten wir uns einen Haufen Ärger erspart. Mit dem Kalender ist es doch ähnlich.«

»Du klingst wie Manolo. Ich finde, es gibt einfach Grenzen. Wenn ich das jetzt mitmache, wird er als Nächstes wollen, dass ich am jährlichen Stöckelschuhlauf vom Schwulencafé Monroe's teilnehme!«, erwiderte Tarik genervt.

»Ist es nicht ziemlich unwahrscheinlich, dass deine Eltern von dem Kalender erfahren? Sie bewegen sich doch ausschließlich in ihrer türkischen Community in Stuttgart-Nord.«

»Der Teufel ist ein Eichhörnchen!«, rief Tarik aus. »Besonders der türkische Teufel! Und schließlich bin ich deutschlandweit, ja sogar international als Künstler bekannt, und mein Macho-Image ist Teil meines Selbst-Marketings! Mein Coming-out würde so viel Aufsehen erregen wie das eines Fußballers. Marketingtechnisch wäre das zwar kein Nachteil und würde mir zusätzliche Publicity bringen. Wenn meine Eltern aber auch nur den leisesten Verdacht hegen, ich könnte schwul sein, werden sie irgendwelche Vettern von mir überreden, mir aufzulauern. Die zwingen mich dann, ins nächste Flugzeug nach Antalya zu steigen und führen mich in unserem Dorf dem Hodscha vor, damit er mich mit Pillen von meinem Schwulsein kuriert!«

So, wie ich Tariks Eltern in Erinnerung hatte, war das wahrscheinlich nicht mal übertrieben. Tarik seufzte.

»Als ich noch Affären mit Frauen hatte und keine Beziehung, war alles irgendwie einfacher«, sagte er düster.

Ich ließ beinahe meinen Burger fallen. «Ach du liebes bisschen. Soll das heißen, Manolo ist deine erste feste Beziehung?«, fragte ich. Tarik warf seine Haarpracht zurück. Eine Frau am Nebentisch starrte ihn fasziniert an.

»Natürlich. Bei mir durfte eine Frau ihr Höschen zurücklassen, aber keine Zahnbürste. Nur keine Verpflichtung eingehen, hieß die Devise. Deswegen war der Schreibtisch in der Kunstakademie ja so praktisch.«

Das war mal wieder ganz der alte Tarik. Von sanften Seiten keine Spur.

»Aber es ist doch sicher auch schön, so zusammenzuleben, oder? Es gibt einem Geborgenheit und das Gefühl, zu Hause zu sein. Stelle ich mir jedenfalls so vor.« Wie würde es mir mit Leon ergehen? Ich freute mich wie eine Wahnsinnige darauf, endlich mit ihm zusammenzuziehen. Meistens. Aber würde ich nicht auch meine Unabhängigkeit schrecklich vermissen, so wie Tarik? Tarik zuckte mit den Schultern.

»Schon. Aber im Moment finde ich es vor allem anstrengend, meine Wohnung zu teilen. Ich bin's nicht gewohnt, auf jemanden Rücksicht zu nehmen und mich abzusprechen. Und die ständige Einkauferei, weil Manolo was essen will! Vielleicht hätte er nicht so schnell bei mir einziehen sollen.« Tarik verspeiste den letzten Bissen seines Burgers. »Ich hol uns noch einen Drink, und dann erzählst du mir, was bei dir los ist, okay?« Tarik schob seinen Stuhl zurück und ging zur Bar. Die Frau am Nebentisch stand hastig auf, lockerte mit beiden Händen ihre langen blonden Haare auf und folgte ihm. Ich zupfte an meinen kurzen struppigen Haaren herum. Es war immer dasselbe. So, wie ich aussah, kam eh keiner auf die Idee, ich könnte Tariks Freundin sein.

Langsam wurde es empfindlich kühl. Trotzdem blieben wir draußen sitzen, und ich gab Tarik eine kurze Zusammenfassung meiner Nacht im Polizeiauto. Als ich fertig war, grinste er erst einmal ausführlich vom linken bis zum rechten Ohr.

»Nette Story. Hast du was dagegen, wenn ich die in meinem Blog verarbeite? Ich ändere natürlich deinen Namen.«

»Tarik, ich brauche deinen Rat!«, klagte ich.

»Okay, okay. Das ist easy. Ich rate dir, leg dich am Samstagnachmittag in die Sauna und lies ein schlechtes Buch. Oder du gehst ins Kino? Aber keine Schnulze. Vielleicht eher so was, wo der schlechte klimatische Zustand unseres Planeten angeprangert wird.«

»Was soll das heißen?«

»Das soll heißen: Lenk dich ab und denk nicht dran. Dein Bulle muss selber wissen, ob er die Bullette heiratet oder nicht. Sein Ding. Was geht dich das Unglück anderer Leute an?«

»Eine Menge, wenn ich schuld dran bin und es verhindern kann!«, protestierte ich.

»Line, du musst nicht die Welt retten«, entgegnete Tarik. »Der Typ ist erwachsen. Du hast ihn nicht drum gebeten, dass er sich in dich verknallt.« Damit breitete er seine drei Smartphones auf dem Tisch aus und checkte seine Nachrichten. Das Thema schien für ihn erledigt, und ich war genauso schlau wie vorher.

8. Kapitel

Muss nur noch kurz die Welt retten

Im Laufe des Freitags wurde ich immer nervöser. Tariks Rat hatte mich nicht überzeugt. Ich fühlte mich wie die Mitwisserin eines Verbrechens, das erst noch begangen werden sollte. Nachdem Tarik mich Donnerstagnacht wieder in der Neuffenstraße abgeliefert hatte, hatte ich immerhin noch ausführlich mit Leon geskypt. Er war mir kein bisschen böse, dass ich ihn am Dienstag versetzt hatte, und freute sich so, mit mir zu reden, dass ich ein schrecklich schlechtes Gewissen bekam, weil ich ein Geheimnis vor ihm hatte. Im Grunde genommen waren es sogar zwei. Ich sah aber keine Veranlassung, Leon mit der Geschichte mit dem amerikanischen Professor zu behelligen. Das Katastrophen-Gen verhielt sich ja gerade komplett ruhig, da gab es null Handlungsbedarf. Die Sache mit Simon war dagegen viel schlimmer.

»Ich bin ganz sicher, dass es bald mit einer Wohnung klappt«, sagte Leon fröhlich. »Vielleicht schon am Samstag? Die Anzeige klang doch vielversprechend.«

»Am Samstag?«, platzte ich heraus, und beinahe wäre mir herausgerutscht, Samstag, wieso Samstag, da hab ich keine Zeit, da heiratet Simon, da muss ich Torte essen.

»Du hast doch den Wohnungstermin nicht vergessen, Line?«, fragte Leon beunruhigt.

»Die Besichtigung? Nein, das würde mir nie passieren, ist

schließlich viel zu wichtig!«, entgegnete ich hastig. Natürlich hatte ich den Termin komplett vergessen. Ich hatte letzte Woche auf eine Chiffre-Anzeige geantwortet und eine Frau, ganz bestimmt ohne Migrationshintergrund, hatte telefonisch mit mir Samstag, 13.30 Uhr, vereinbart. Gut möglich, dass Simon genau zu dieser Zeit heiratete.

Der Tag in der Agentur zog sich wie Kaugummi. Paula war es einmal sogar gelungen, Arminia an der Kaffeetheke Rescue-Tropfen in den Espresso zu schummeln, aber dann hatte Arminia ein hitziges Telefonat mit einem der Chefs aus Hamburg geführt und den Espresso darüber kalt werden lassen. Nach dem Telefonat bombardierte sie uns alle mit dringenden Jobs, die sie vor dem Wochenende erledigt haben wollte, um vor den Chefs gut dazustehen, und die eigentlich kein bisschen dringen, waren. Arminias ungeschriebenes Gesetz Nr. elf: Ich bestimme, wann das Wochenende beginnt.

Wir schufteten vor uns hin. Fünf vor sieben schickte Suse, unsere stille Revoluzzerin, eine Mail an die Musketiere und d'Artagnan. Sie hatte uns alle am Morgen damit geschockt, dass sie im eng anliegenden, tief ausgeschnittenen T-Shirt aufgekreuzt war. Vielleicht war sie frisch verliebt?

»Es ist Freitag. Es ist Wochenende. Es reicht!!! Punkt sieben stehen wir alle auf und gehen! Ich gebe das Zeichen. Schluss mit der Tyrannei!« Ich sah nach links und versuchte, mit Suse Blickkontakt aufzunehmen, aber sie starrte geradeaus auf ihren Bildschirm. Paula nickte zu mir herüber, ging zum Kopierer und stellte ihn ab. Micha drehte sich zu uns um, zuckte mit den Schultern und nickte dann ebenfalls. Ich schloss alle Dateien und fuhr den PC herunter. Ich wollte sowieso schon längst abhauen! Die Uhr zeigte eine Minute vor sieben. Suse stopfte ihre Sachen in ihre Tasche. Punkt sieben nickte sie mit dem Kopf.

Micha, Suse, Paula und ich sprangen auf. Ich packte hastig meine Sachen zusammen. Suse nickte wieder. Mühsam beherrscht gingen wir zur Tür. Micha stolperte über das Druckerkabel. Benny und Philipp drehten sich um und starrten uns an. Hinter dem Paravent rückte ein Stuhl. Nur schnell raus hier! Suse riss die Tür auf, nickte wieder, wir riefen im Chor: »Tschü-üs zusammen, schönes Wochenende!«, stürmten hinaus, schlugen die Tür hinter uns zu und rannten die Treppe hinunter. Auf halbem Weg nach unten konnten wir nicht mehr und brachen kichernd zusammen.

»Herrlich! Das ist wie Schuleschwänzen!« Paula hielt sich den Bauch vor Lachen und sank auf die letzte Treppenstufe.

»Mit dem Unterschied, dass es jetzt sieben Uhr abends ist«, gab Suse erbost zurück.

»Das kriegen wir am Montag aber so was von aufs Brot geschmiert!«, klagte Micha.

»Ich fand die Idee klasse, Suse. Ich hätte zu gern Arminias Gesicht gesehen!«, sagte ich. »Die nächste Frage ist, wie kommen wir ungeschoren über den Hinterhof?«

»Arminia lässt Benny oben bestimmt gerade Wasserbomben präparieren«, spekulierte Paula.

»Ich schlage vor, wir gehen aufrecht und würdevoll von dannen«, ordnete Suse an. Ohne zu reden, überquerten wir im Gänsemarsch den Hof und traten hinaus auf die Heusteigstraße. Ich schleifte mein abgeschlossenes Fahrrad mit. Nichts geschah. Suses Handy piepte.

»War fies, dass ihr mir nicht Bescheid gegeben habt«, las sie vor. »Jetzt häng ich hier mit der abgehalfterten Diva fest. P.«

»Unser Verhältnis zu Philipp wird sich durch die Aktion nicht verbessern«, seufzte ich.

»Er hat ja auch nicht so viel dazu beigetragen, dass man ihn einbezieht, oder?«, entgegnete Paula achselzuckend.

»Wir könnten alle noch was trinken gehen, um unseren Erfolg zu feiern«, meinte Micha eifrig.

»Sorry, ich hab ein Date.« Paula grinste. »Ein heißes Date.«

»Ich muss heim«, sagte ich eilig.

»Ich auch«, ergänzte Suse. »Sei nicht böse, Micha, wir holen das nach. Trotzdem gilt: Einer für alle, alle für einen!«

»Einer für alle, alle für einen!«, wiederholten wir im Chor. Über uns wurde ein Fenster zugeklappt. Auweia. Hatte Arminia uns etwa belauscht? Und hatte Suse etwa auch ein Date und es deshalb so eilig?

Eigentlich musste ich nicht dringend heim. Lila und Harald waren bei Haralds Eltern in Schorndorf eingeladen und wollten über Nacht bleiben, damit sie die Zwillinge schlafen lassen konnten. Sie würden erst im Laufe des Samstags zurückkommen.

Ich dachte überhaupt nicht nach. Ich suchte in der Küche, bis ich in irgendeiner Schublade den zerfledderten Stadtplan von Stuttgart fand. Ich fuhr meinen Computer hoch, rief die Seite der Evangelischen Gesamtkirchengemeinde auf, arbeitete die Liste der 22 Gemeinden im Stadtbezirk Stuttgart ab und vesperte dazu mehrere dick belegte Salamibrote. Nach einer Dreiviertelstunde hatte ich alle Kirchen, die ich abklappern würde, rot auf dem Stadtplan markiert.

Im Schrank fand ich eine Tafel Monsternussi-Schokolade, die Lila wahrscheinlich für den nächsten geselligen Anlass mit mindestens fünf Personen gekauft hatte, und stopfte sie zusammen mit Stadtplan, Wollmütze und Handschuhen in meine Umhängetasche. Auch wenn erst September war, auf dem Rad würde ich frieren. Mein Handy hatte eine Taschenlampenfunktion. Weil ich im Osten wohnte, würde ich auch dort beginnen und mich von oben nach unten vorarbeiten. Ich radelte zum Charlottenplatz und kaufte mir eine Tageskarte für die Stadtbahn. Damit stieg ich in den 15er ein und in der Halbhöhe am Bubenbad wieder aus. Dort war die Christuskirche. Zur Petruskirche in Gablenberg ging's bergab. Zur Gaisburger Kirche ging's erst bergab und dann wieder bergauf. Herrlich, diese Stuttgarter Kessellage! Als Nächstes war die Heilandskirche am Park der Villa Berg dran. An der

Lukaskirche war ich schon fast wieder zu Hause und kurz davor, müde und entnervt aufzugeben. Ich aß ein Drittel der Monsternussi und fuhr weiter zur Friedenskirche, bedingt durch ihre Lage am Neckartor wahrscheinlich die Kirche mit den schlechtesten Feinstaubwerten in ganz Deutschland.

Schließlich war es elf Uhr nachts, ich war schon seit zwei Stunden unterwegs, innen verschwitzt und außen kalt, und mehr als bettreif. Natürlich hatte ich bei den angeschlagenen Hochzeiten bisher weder Simons noch Vanessas Namen entdeckt. Überhaupt schienen im September nicht mehr allzu viele Paare zu heiraten. An manchen Kirchen suchte ich in der Dunkelheit ganz schön lange, bis ich einen Kasten fand, an manchen fand ich gar keinen. Wahrscheinlich würde erst die letzte Kirche auf der Liste einen Treffer ergeben. Vielleicht hätte ich einfach damit anfangen sollen?

Ich stieg wieder in die Bahn und fuhr, umringt von grölenden Cliquen mit Bierflaschen in der Hand, mit der U1 bis nach Kaltental und zur Thomaskirche. Von dort ließ ich mich nach Heslach hinunterrollen. Matthäuskirche am Bihlplatz, Kreuzkirche am Schoettle-Platz, von der Markuskirche schlug es Mitternacht. Dann zurück in die Stadt und zur Leonhardskirche. Im Rotlichtviertel konnte ich zwischen Nachtschwärmern, aufgedonnerten Nutten und Schritt fahrenden Freiern nur langsam radeln. Weiter ins Stadtzentrum zur Stiftskirche und zur Hospitalkirche. Auf dem Boulevard Theo herrschte Hochbetrieb in den Bars, überall standen Partygänger mit Gläsern in der Hand auf der Straße. Den Haufen Glasscherben sah ich zu spät, aber die modernen Reifen waren ja unplattbar. Fast mechanisch und immer erschöpfter hakte ich Kirche um Kirche ab, ohne wirklich an einen Erfolg meiner Aktion zu glauben. Am weitesten weg waren die Kirchen in Stuttgart-Nord. Ich fuhr mit der U12 mit der letzten Bahn um 0.40 Uhr vom Schlossplatz bis zum Killesberg und klapperte Brenzkirche und Christophkirche ab. In den Straßen des Killesbergviertels herrschte gespenstische Stille. Vor einer halben

Ewigkeit hatte ich Simon hier im Baumeisterweg zum ersten Mal getroffen. Ich zog die Wollmütze auf, fuhr die Birkenwaldstraße hinunter und zur Erlöserkirche, dann zur Martinskirche am Nordbahnhof. Das war an sich schon eine eigene Fahrradtour. Halb zwei. Ich war total ausgekühlt, vollkommen frustriert und wollte nur noch eines: ins Bett und schlafen. Ich stieg vom Rad und verdrückte den Rest der Monsternussi. Mein Hintern schmerzte. Wohnten hier nicht irgendwo Tariks Eltern? Als könnte Tarik meine Gedanken lesen, klingelte mein Handy.

»Na Schätzchen, kannst du nicht schlafen?«

»Äh – nein.«

»Wo bist du? Du machst doch hoffentlich keine Dummheiten?«

»Ich … ich drehe eine Runde durch die Neuffenstraße.«

»Hoffentlich nicht, weil du deinen Bullen treffen willst.«

»Natürlich nicht. Damit ich besser schlafen kann.«

»Süße, geh ins Bett. Am besten machst du morgen einen netten Ausflug. Wie wär's mit Rothenburg ob der Tauber? Da gibt's ein Foltermuseum.«

»Wieso schläfst du selber nicht?«

»Ich habe einen kreativen Schub. Manolo ist im *King's Club*.« Tarik seufzte fast unhörbar. »Gute Nacht, Zuckerstückchen. Zerbrich dir nicht dein hübsches Köpfchen.«

»Gute Nacht, Tarik.«

Es war mitten in der Nacht, und ich hatte erst 17 Kirchen abgeklappert. Ganz abgesehen davon, dass Simon vielleicht gar nicht in Stuttgart-Mitte, -Ost, -Süd, -Nord oder -West heiratete, sondern in Hedelfingen, Wangen oder Zuffenhausen oder einem anderen der 18 Stadtbezirke, die ihrerseits wieder jeweils mehrere Gemeinden umfassten. Ich suchte die Stecknadel im Heuhaufen.

Die Waldkirche am Kräherwald strich ich aus Kräftemangel. Noch mal in die Halbhöhe, das schaffte ich nicht. Jetzt fehlten mir noch die vier Gemeinden im Stuttgarter Westen. Ich beschloss, mit der Johanneskirche am Feuersee anzufangen. Auf dem Gehweg entlang der Heilbronner Straße fuhr ich zurück in die Innenstadt. Trotz der späten Stunde herrschte reger Verkehr. Wieder auf der Theo Heuss wurde die Fahrt plötzlich rumpelig. Ich hielt an. Mein unplattbarer Vorderreifen war platt. Es war zwei Uhr, um mich herum feierten schicke junge Menschen das Wochenende, tranken, flirteten und lachten. Ich dagegen fühlte mich schmutzig und uralt. Ich stellte das Rad an den Straßenrand, ließ mich in einem Club draußen auf ein Lounge-Sofa sinken und schloss die Augen. Niemand beachtete mich. Ein paar Minuten später schreckte ich hoch. Eingepennt! Ich war vollkommen durchgeknallt. Und noch ausgekühlter. Was machte ich hier eigentlich? Was sollte die ganze Aktion? Ich stand wieder auf und schob das Rad mit schweren Beinen weiter, weg vom Trubel der Ausgehmeile und die Rotebühlstraße hinauf. Langsam wurde es still.

Die Beleuchtung an der Johanneskirche war abgeschaltet. Vor einer Woche war ich hier vorbeigehastet, als ich den Wohnungstermin mit dem schrecklichen Herrn Laich absolviert hatte. Hochzeiten hatten mich damals nicht interessiert. Ich schwor mir, dies würde die letzte Kirche sein. Immerhin hatte sie einen Schaukasten. Ich wollte die Taschenlampe am Handy einschalten, aber das Display war tot. Das Handy war am Ende, genauso wie ich. Ich ging die paar Schritte zum Ufer des Feuersees. Ein paar Penner hingen auf einer Bank. Einer hatte sich in seinen Schlafsack gewickelt und schlief, die anderen tranken Bier und rauchten. Einer der Männer prostete mir mit seiner Bierflasche zu.

»Mädle, wo kommsch au du her om die Zeit. Willsch dich net zu ons nohocka?«, fragte er, und alle seine Kumpels lachten. Ich schüttelte stumm den Kopf. Das war jetzt nicht der richtige Moment, um die Nerven zu verlieren.

»Entschuldigung«, sagte ich. »Dürfte ich wohl mal ganz kurz

ein Feuerzeug leihen, ich will nur schnell was lesen, was an der Kirche steht. Ich bring's auch gleich wieder.«

Die Penner grölten. Einer der Raucher schwenkte sein Feuerzeug und erwiderte: »Femf Eiro. Fir femf Eiro derfsch's sogar bhalda.«

Die Penner kicherten und ließen die Bierflaschen aneinanderklirren. Ich war so erschöpft, dass mir die Tränen in die Augen stiegen. Ich kramte nach meinem Geldbeutel.

»Bloß a Witzle gmacht. Doo hosch's.« Er streckte mir das Feuerzeug hin. Ein strenger Geruch wehte zu mir herüber. Ich kramte eine Münze heraus, ob es ein oder zwei Euro waren, konnte ich nicht sehen, und drückte sie ihm in die Hand.

Eine Minute später hielt ich das brennende Feuerzeug vor den Schaukasten. Endlich. Ich war stundenlang durch die Stadt geradelt, hatte abwechselnd fürchterlich geschwitzt und erbärmlich gefroren, meine Arme waren schwer, meine Waden und mein Hintern brannten, mein Rad war platt, es war drei Uhr morgens, und ich war am Ziel. Simon und Vanessa Bach würden sich morgen um 14.30 Uhr in der Johanneskirche am Feuersee das Jawort geben. Ich jubelte innerlich. Ich hatte mich nicht umsonst gequält! Ich hatte die Info, die ich brauchte. Dann verpuffte die Freude schlagartig. Es gab noch ein klitzekleines Problem. Ich hatte nicht die geringste Ahnung, was ich mit dieser Info anstellen sollte.

9. Kapitel

I find her standing in front of the church
The only place in town where I didn't search
She looks so happy in her wedding dress
But she's crying while she's saying this

Boy, I've missed your kisses all the time
But this is twenty-five minutes too late
Though you travelled so far
Boy, I'm sorry you are twenty-five minutes too late

Sen Sie miad? Dr Kaffee isch glei ferdich.«

Ich schreckte hoch. »Äh – ja. Entschuldigen Sie bitte.«

»Ha, am Freidichobend feiert die Jugend halt gern!«

Frau Riedinger lachte und verschwand wieder in der Küche. Wenn du wüsstest, dachte ich, und ein Schauer lief mir über den Rücken. Wenn du wüsstest, wie wenig mir gestern Abend nach Feiern zumute war. Ich war kurz vor vier im Bett gewesen, nachdem ich endlich einen Taxifahrer gefunden hatte, der sich bereit erklärt hatte, mein Fahrrad im Kofferraum mitzunehmen.

Jetzt versank ich unter unzähligen Kissen mit Troddeln dran, auf einem Sofa in der Hasenstraße in Heslach, bei einer Wohnungsbesichtigung, die keine war. Wenigstens schadete das weiche Sofa meinem wunden Hintern nicht. Eine dicke, gemütliche Frau hatte mir die Tür geöffnet und meine Hand geschüttelt.

»Kommad Se rei, kommad Se rei, Sie missad Frau Braedorius sei!« Offensichtlich hatten sämtliche Vermieter einen Kurs besucht: »Vermieten in schwäbischen Reimen«. Sie strahlte mich an und winkte mich in den Flur. Von dort ging es weiter ins Wohnzimmer und an einen gedeckten Kaffeetisch. Ich sah mich sprachlos um. Ach du liebe Zeit, was war das denn? Die Wohnung war ja voll möbliert! Mit dicken Perserteppichen, verschnörkelten Kommoden, dunklem Couchtisch und dem alten Plüschsofa! Dicke braune Vorhänge ließen fast kein Licht herein. Vielleicht zog Frau Riedinger ins betreute Wohnen um und musste erst noch ausräumen? Sie deutete meinen geschockten Blick richtig. Sie lachte wieder. Offensichtlich hatte sie ein fröhliches Gemüt.

»Ha noi, nadierlich isch des net die Wohnong, die wo i vermieda du. Die isch em zwoida Stock, frisch renoviert, mit Balko hendenaus ond arg schee. Aber wissad Se, mr will seine Mieder ja erschd amol kennalerna. Mir gangad nochher nuff. I däd jetzt Kaffee macha. Sie trenkad doch Kaffee?«

Damit war sie in der Küche verschwunden, und jetzt saß ich hier wie bestellt und nicht abgeholt. Ich hatte mich um eine Viertelstunde verspätet, es war Viertel vor zwei. Ich hatte fast zwanzig Minuten vor dem Haus laut stöhnen, fluchen und gegen das Schutzblech treten müssen, bis sich unser pensionierter Nachbar Rudi, der sich in der Fahrradwerkstatt des ADFC engagierte, endlich erweichen ließ und mir half, meinen platten Reifen zu reparieren.

Simon würde in einer Dreiviertelstunde heiraten, und es war mir scheiß-e-gal. Da stand ich total drüber, aber so was von! Ich war um zehn mit dem schlimmsten Muskelkater meines Lebens aufgewacht, hatte eine Stunde in der Küche humpelnd mal wieder Kreise gedreht und danach beschlossen, dass Tarik recht hatte. Ich würde mich nicht einmischen. Die Aktion vom Vortag hatte mir meine ganze Energie geraubt, ja, sie hatte mich geläutert. Wieso hatte ich nicht vorher darüber nachgedacht, was ich tun würde, wenn ich herausfand, wo die Hochzeit war? Mich mit einem Banner vor die Kirche stellen? »Simon liebt dich nicht, Vanessa!« Oder: »Vanessa, go home!« Den Pfarrer in der Sakristei einsperren? Wir waren doch nicht in Hollywood! Und ich würde mich nicht zum Volldeppen machen! Dazu war ich viel zu reflektiert. »Und das ist mein letztes Wort!«, sagte ich laut und energisch und stampfte auf dem Boden auf, um meinen Worten Nachdruck zu verleihen. Zum Glück hatten Lila und Harald Wutzky mit nach Schorndorf genommen, so dass er mich nicht blöd anglotzen konnte. Von nun an würde ich keinen weiteren Gedanken mehr an Simon und seine bescheuerte Hochzeit verlieren! Ich würde mich jetzt ganz darauf konzentrieren, bei der Vermieterin einen guten, nein, einen hervorragenden Eindruck zu machen! Das war schließlich eine hübsche Lage in einer ruhigen Seitenstraße im alten Teil von Heslach, und das legendäre »Ritterstüble« war gleich um die Ecke! Die Haltestelle »Bihlplatz« lag vor der Tür! Ins Heusteigviertel konnte ich ohne Steigung radeln! Die Wohnung hatte einen Balkon! Ich durfte es jetzt nicht versauen!

»Zuckerle? Oins oder zwoi?«

Frau Riedinger schaufelte mir ein großes Stück Zwetschgenkuchen auf den Teller und deutete auf die Schlagsahne. Der Kuchen sah wirklich lecker aus, aber ich hatte vorher erst gefrühstückt und sowieso nicht so richtig Appetit, was eher selten vorkam. Ich nahm einen Schluck Kaffee. Und jetzt?

»Jetzt verzehlad Se amol ebbes von sich.«

»Äh - gern. Was wollen Sie denn wissen? Wo ich arbeite und so?«

»Ha noi, des kommt zom Schluss, mir fangad ganz vorne a. Wo sen Sie gebora? Wo sen Sie em Kendrgarda gwä? Ond en dr Schul?« Frau Riedinger nahm ihren Kuchenteller, stellte ihn auf ihrem kugelrunden Bauch ab, lehnte sich entspannt zurück, schob sich ein großes Stück Kuchen in den Mund, schloss einen Moment entzückt die Augen, öffnete sie wieder und blinzelte mich so vergnügt an, als freute sie sich auf die siebenundfünfzigste Wiederholung von »Sissi - Schicksalsjahre einer Kaiserin« im ZDF. Das war jetzt nicht wahr, oder? Ich sollte meine ganze Lebensgeschichte auspacken? Wenn davon die Wohnung abhing … Ich fing an zu erzählen. Natürlich ließ ich alle Katastrophen weg, die mir zugestoßen waren, sonst würden wir die Wohnung nie kriegen, und malte stattdessen meine idyllische Kindheit in den leuchtendsten Farben aus. Frau Riedinger lauschte gespannt. Fünf Minuten. Nach zehn Minuten beschloss ich, die Sache etwas zu beschleunigen.

»... und dann habe ich Abitur gemacht und zwölf Jahre später meinen Freund kennengelernt, der ist ursprünglich Hamburger und arbeitet gerade bei Bosch in China ... er ist Ingenieur, also was total Solides ...«

»Halt. Des isch a Broblem.« Frau Riedinger unterbrach mich zum ersten Mal, richtete sich abrupt auf und stellte den Teller auf den Couchtisch. Ihr Lachen war verschwunden und hatte einer Sorgenfalte auf der Stirn Platz gemacht. Sie seufzte tief. »Frau Braedorius. I ben flexibel on tolerand wie älle Schwoba. Aber i nemm koine Ausländr. Do hert sich's oifach uff.«

»Nein, nein, das haben Sie falsch verstanden«, wehrte ich ab und bat im Geiste die armen Chinesen um Verzeihung, »Leon ist kein Chinese, er kommt aus Hamburg.« Zum Glück hatte ich nur meinen schwäbischen Vater erwähnt und nicht meine russische Mutter! Stolz zog ich das Foto von Leon aus der Tasche und hielt es Frau Riedinger unter die Nase. Sie warf einen kurzen Blick darauf.

»Moin i doch! Ausländr!«, rief sie aus. »An Badenser däd i grad no nemma. Ludwigshafa zur Not au. Abr Hamburg ... des isch ja pragdisch scho faschd Dänemark ...« Sie wackelte mit dem dicken Kopf und seufzte.

»Des isch jetzt abr arg schad. Weil, Sie wärad mir scho rechd[8]. Wissad Se, die Wohnong koscht bloß 600 Eiro Miede, des isch arg billig für Schduagerd, aber mir wär's halt wichdig, dass mr nette Leid em Haus hot. D' Miede het i gern emmr jeden Monat bar, em Omschlägle. Des isch viel persönlicher. Weil mei Waldr isch dod, ond i han neamr mee zom Schwätza, au wenn i jeden Dag en d' Abothek am Bihlplatz ganga du.«

8 Da der Schwabe an sich nicht zum Überschwang neigt, kann man »Sie wärad mir scho rechd« etwa so übersetzen: Sie sind mir ungeheuer sympathisch, und ich bin ganz sicher, wir kämen hervorragend miteinander aus.

Langsam wurde mir klar, dass Frau Riedinger Bestandteil des Mietvertrags war.

»Also Leon ist sehr nett«, sagte ich hastig. »Und handwerklich sehr begabt, so als Ingenieur. Falls es mal was zu richten gibt. Und es tut mir leid, dass Ihr Mann verstorben ist.«

»Waldr isch mei Dackel gwä, net mei Maa«, sagte Frau Riedinger. Sie stand auf, ging zur Wand, nahm einen Kupferteller herunter und drückte ihn mir in die Hand. In der Mitte war ein Dackel abgebildet, der so kugelrund war und so fröhlich guckte wie Frau Riedinger, bevor sie erfahren hatte, dass Leon Ausländer war. »Seit mei Waldr gschdorba isch, ben i ausenandrganga.[9] Vielleicht kennd i mir Ihrn Leon amol agucka …«

»Das wird leider nicht gehen. Er ist in China.«

Frau Riedinger wackelte mit ihrem dicken Kopf. Einen Moment lang schwiegen wir beide.

Ich guckte auf die Uhr. Fünf nach halb drei. Jetzt läuteten die Kirchenglocken für Simon und Vanessa am Feuersee. Ich pfefferte den Dackelteller aufs Sofa und sprang auf. Ich hatte genug Zeit vertan.

»Es tut mir leid, aber ich … ich muss jetzt gehen«, stotterte ich. »Mir wurde gerade ein Notfall übermittelt. Per Telepathie. Vielen Dank für Kaffee und Kuchen.«

»Jetzt? Aber Sie hen doch die Wohnong no gar net gsä, ond Ihrn Kaffee no net dronka! Ond vielleichd däd i ja ausnahmsweis a Ausnahm bei dem Ausländr macha!«, rief Frau Riedinger in meinem Rücken, aber ich hatte schon meine Tasche geschnappt und war losgerannt.

Ich lief aus der Wohnung, nahm immer zwei Stufen auf einmal hinunter zur Haustür, schwang mich auf mein Fahrrad,

9 In Schwaben wird man nicht dicker, sondern man geht auseinander. Dahinter steht die entlastende Vorstellung, dass der Körper diesen Vorgang selbstständig regelt und man das Auseinandergehen nicht durch seine Essgewohnheiten beeinflussen kann. Vgl. dazu auch das legendäre Gedicht der Gerlinger Heimatdichterin »s'Luisle« Luise Drissler, »Vom Essa kommt's net«.

merkte an dem hässlichen Knirschen, dass ich vergessen hatte, das Kettenschloss aufzuschließen, sprang wieder herunter und öffnete es mit fliegenden Fingern, wobei ich mir die Hände mit Kettenschmiere einsaute. Egal! Ich raste die Hasenstraße hinunter und legte in letzter Sekunde eine Vollbremsung hin, bevor ich auf der Böblinger Straße unter die Räder der entgegenkommenden U 14 geriet. Der Fahrer klingelte wie ein Wahnsinniger und bremste abrupt, Finger zeigten auf mich. Ich ließ die Stadtbahn vorbeifahren und bog dann in die Böblinger Straße ein. Wie lange dauerte eine kirchliche Hochzeit?

Ich trat mit aller Kraft in die Pedale. Plötzlich wurde wenige Meter vor mir die Tür eines parkenden Autos aufgerissen. Ich riss den Lenker nach links, krachte trotzdem mit dem rechten Knie schmerzhaft gegen die geöffnete Autotür, geriet in die Gleise der Stadtbahn, kam gefährlich ins Schlingern und schaffte es in letzter Sekunde, nicht auf die Straße zu stürzen. Keine Zeit, anzuhalten und den Fahrer zur Rede zu stellen! Schoettle-Platz, die Ampel wurde grün, ich bog nach links ab, obwohl das verboten war, ein Auto hupte, ich stellte mich in die Pedale und strampelte den Berg hinauf. Das Knie tat gemein weh, aber darauf konnte ich jetzt keine Rücksicht nehmen, ich strampelte, was das Zeug hielt, Autos und der Bus überholten mich knapp, endlich hatte ich die Steigung geschafft und raste zwischen den Autos durch den gefährlich engen Schwabtunnel, obwohl ich sonst immer auf dem Gehweg fuhr, wie es alle machten, um den Tunnel zu überleben.

Ich hatte kein Licht an, Autos hupten. Ich ignorierte die rote Ampel an der Reinsburgstraße, stellte mir im Geist vor, ich sei ein Krankenwagen, drückte wie eine Blöde auf meine Fahrradklingel und raste über die Kreuzung, ohne nach rechts oder links zu gucken. Quietschende Bremsen, Hupkonzert, Schimpfen. Nach rechts in die Augustenstraße, im Affenzahn hinunter, einen geparkten DHL-Transporter überholen, obwohl mir was Fettes entgegenkam, nach links in die Senefelder gegen die Einbahnstraße, über die Rotebühl, ein Motorrad, noch mehr quietschende Bremsen, und gleich wieder rechts. Zehn vor drei, endlich, da war die Johanneskirche! Wann würden sich Simon und Vanessa das Jawort geben? War ich zu spät?

Da stand der weiße Daimler mit dem Bukett aus roten Rosen! Die Polizei-Motorräder, fein säuberlich aufgereiht, die Lenker und die Warnleuchten mit weißem Flor umwickelt! Alles genau so wie von Simon beschrieben! Zu spät, zu spät ... ich war bestimmt zu spät ... Das neugotische Hauptportal stand offen, wegen der ungewöhnlichen September-Hitze oder wegen verspäteter Gäste? Ich war ein verspäteter Gast, wenn auch kein besonders willkommener. Keine Zeit, das Rad abzustellen! Ich fuhr die Rollstuhlrampe hinauf, zum Glück guckte der Apostel Johannes schräg nach oben und konnte mich nicht sehen. Wenn Dorle jemals davon erfuhr, würde sie dafür sorgen, dass ich in die Hölle kam!

Im Vorraum drückte ich die Glastür mit dem Vorderreifen auf, radelte in die Kirche und hielt zwischen zwei Steinsäulen an. Mein Atem ging schwer. Die hinteren Kirchenbänke waren leer, noch konnte ich meine Wahnsinnsaktion abbrechen und verschwinden, noch hatte mich niemand bemerkt, nicht einmal der Pfarrer, der vor dem Altar auf den Stufen stand und sich dem Brautpaar zuwandte, das mit dem Rücken zu mir auf braun-rot gestreiften Stühlen saß. Der Pfarrer machte eine Aufwärtsbewegung mit den Händen, Brautpaar und Gemeinde erhoben sich. War das der entscheidende Moment?

Simon trug einen schwarzen Anzug, Vanessa ein langes, sehr romantisches Kleid mit Schleier, das überhaupt nicht zu ihr passte. Um die Hüften herum hatte sie ganz schön zugelegt. Vielleicht war sie schon schwanger? Simon und Vanessa traten vor den Altar, sie hielten sich an den Händen, ein kleiner Junge balancierte aufgeregt ein Kissen, eine Frau, bestimmt die Trauzeugin, trat neben den Pfarrer. Sie guckte feierlich in den Kirchenraum, aber plötzlich weiteten sich ihre Augen vor Schreck. Sie hatte mich gesehen, wie ich da mit dem Fahrrad hinter der letzten Bankreihe mitten in der Kirche abwartete, und ich musste eine Entscheidung treffen, und zwar sofort. Ich konnte nur noch an eines denken, nämlich daran, dass Simon dabei war, sich und Vanessa ins Unglück zu stürzen, und das wog viel schwerer als die Rosengestecke, die die Bänke zum Mittelgang hin schmückten, schwerer als die Körbchen mit den Blumen, die vorne auf dem Boden standen und darauf warteten, von kleinen Blumenmädchen gestreut zu werden, die vor lauter Vorfreude kaum geschlafen hatten, schwerer auch als die eleganten Hüte auf den Köpfen der Frauen in den vorderen Reihen.

Als der Pfarrer anhob: » So frage ich dich …«, gab ich Gas und raste wild klingelnd nach vorne, vorbei an den hell entsetzten, aufspringenden Gästen, an den vor Aufregung wackelnden Hüten und an den kleinen Mädchen, die zu heulen begannen. Der Pfarrer hatte seinen Satz mittendrin abgebrochen und starrte mich fassungslos an, und jetzt war ich vor dem Altar, schrie gellend: » Ihr dürft nicht heiraten!«, und bremste. Die Reifen rutschten mir auf dem glatten Steinboden weg, und ich stürzte hinter die Stühle des Brautpaars, direkt auf mein verletztes Knie. Ich schrie auf vor Schmerz. Simon und Vanessa fuhren herum und starrten mich mit offenem Mund über die Stuhllehnen hinweg an, wie ich da vor ihnen auf dem Boden lag, der Schock stand ihnen ins Gesicht geschrieben. Der Bräutigam trug einen Schnauzbart. Die Braut hatte kurzes, dunkles Haar und eine Knollennase.

Das waren nicht Simon und Vanessa. Ich hatte die falsche Hochzeit gesprengt.

Ich sortierte mich aus dem Rad heraus, dann schloss ich die Augen. *Beam me nach Timbuktu*, Scotty, dachte ich. Leider war Scotty nie da, wenn man ihn brauchte. Eine Sekunde lang blieb die Zeit stehen, und es war totenstill, als seien alle Anwesenden in eine Art Gefrierzustand verfallen. Ich blieb einfach liegen und spürte, wie warmes Blut vom Knie an meinem Bein hinunterrann und auf den Steinboden der Kirche tropfte. Der Schmerz war fies. Dann brach die Hölle los.

»Wer ist diese Frau?«, kreischte die Braut in Richtung des Bräutigams.

»Ich habe keine Ahnung, ich hab sie noch nie gesehen!«, stammelte er. Komischerweise wirkte er irgendwie schuldbewusst.

»Du lügst!«, brüllte die Braut. »Ich wusste doch, dass du eine Affäre hast!« Sie sprang auf, holte weit aus, briet dem Bräutigam mit dem Brautstrauß eine über, schleuderte dann das, was vom Strauß übrig war, mit einem Kampfschrei über ihre Schulter in die Bankreihen, sank zurück auf ihren Stuhl und bekam einen Heulkrampf. Die Trauzeugin, die neben dem Pfarrer gestanden hatte, sprang herbei, drohte mir mit der Faust und nahm die schluchzende Braut in die Arme. Der Bräutigam, Blütenblätter und Schleierkraut im Haar, saß völlig verdattert daneben und glotzte ins Nichts, während der Pfarrer mich stumm und fast ehrfürchtig anstarrte, als sei ich so etwas wie eine göttliche Erscheinung. Schmerz ausblenden und bloß weg hier!

Langsam rollte ich mich auf die Knie, um abzuhauen, aber ein Mann mit einem riesigen Fotoapparat grätschte beherzt über das Geländer der vordersten Bankreihe und versperrte mir den Weg. Ein Blitzlichtgewitter brach über mich herein, ich hatte das Gefühl, zu erblinden, und hielt mir instinktiv die Hand vor die Augen. So sah ich die ältere Frau nicht kommen. Sie stand plötzlich vor mir, einen Strohhut auf dem Kopf, der aussah wie ein überdimensionaler Schneeschuh mit Schleifchen dran. Sie riss sich den Hut herunter und funkelte mich bitterböse an. Ihre Haare standen in alle Richtungen ab, als wären sie vom Blitzlicht elektrisch aufgeladen worden.

»Sie haben die Hochzeit meiner Tochter ruiniert! Zwei Jahre Vorbereitung für den Arsch!«, kreischte sie, dann holte sie mit dem Schneeschuh weit aus und zielte auf meinen Kopf. Ich konnte gerade noch blitzschnell zur Seite rollen, ehe mich die Rache des Schneeschuhs traf. Stroh und Schleifchen krachten aufs Fahrrad und flogen in alle Richtungen. Die Frau nahm als Nächstes ihre Handtasche als Tatwaffe in beide Hände.

»Es tut mir leid!«, jaulte ich. »Das ist ein schreckliches Missverständnis!« Hinter der Brautmutter bauten sich plötzlich zwei bullige Männer im Anzug auf, die mehr wie Rausschmeißer aussahen als wie Hochzeitsgäste. »Ich bin ja schon weg«, schrie ich, sprang auf, knickte mit dem rechten Bein ein, packte das Rad, schwang mich wieder darauf und eierte los, in Schlangenlinien über den Schneeschuh-Hut, den Mittelgang entlang, vorbei an der Hochzeitsgesellschaft, die sich in einen brüllenden, wütenden Mob verwandelt hatte, der mir mit den Fäusten drohte. Raus hier, nur raus, und seltsamerweise hielt mich niemand auf. »Polizei«, brüllte jemand in meinem Rücken, »wir rufen die Polizei!« Ich radelte durch die Glastür und über die Rampe hinaus aus der Kirche, und da war die Polizei, und ich konnte gerade noch bremsen, ehe ich das nächste Hochzeitspaar umnietete.

Die blau-grauen Polizeimotorräder bildeten ein Spalier. Ihre blauen Teleskop-Lampen blinkten fröhlich am Heck. Die Polizisten saßen in farblich passender Lederkluft auf ihren Maschinen, Helme vor sich und langstielige weiße Rosen in der Hand. Sie reckten die Rosen in Richtung des Brautpaars, das mit dem Rücken zu mir am Ende des Spaliers am Eingang der Kirche stand, den Pfarrer neben sich. Kinder sprangen fröhlich um die Motorräder herum. Auf der anderen Seite des Spaliers hatte sich die festlich gekleidete Hochzeitsgesellschaft versammelt und schoss Handy-Bilder. An ihrer Spitze stand ein Fotograf mit einer dicken Kamera.

»Was machen Sie denn da, gehen Sie aus dem Bild!«, fuhr er mich an. Das Hochzeitspaar und der Pfarrer drehten sich zu mir um.

Vanessa trug ein weißes, knallenges Minikleid mit einem Schleier, der bis zum Boden reichte, Seidenstrümpfe und sehr hochhackige Schuhe. Ihre muskulösen Beine schienen endlos, ihre blonden Locken fielen ihr in einer sorgfältig arrangierten, wild aussehenden Mähne über die Schultern. Sie sah zum Umfallen sexy aus. Simon trug einen schwarzen Anzug und eine weiße Rose am Revers. In dem Anzug sah er so unverschämt attraktiv aus, dass die Schmetterlinge wie auf Knopfdruck wieder durch meinen Körper flatterten. Die beiden gaben ein perfektes Bild ab, wie zwei berühmte Sportler oder sonst ein Promi-Paar. Was wollte Simon da von mir, der grauen Maus, wenn er diese Frau haben konnte? Ich durfte mich nicht einmischen! Ich musste abhauen, und zwar schnell. Simon rang sichtlich um Fassung und schnappte nach Luft. Vanessa starrte erst mich, dann Simon schockiert an.

Der Pfarrer kriegte als Erster den Mund auf: »Was machad Sie mit dem Fahrrad en onsrer Kirch!«, rief er empört.

»Ich … ich hab mich verfahren«, murmelte ich. Die Ausrede klang leider etwas lahm. »Ich bin auch schon weg. Lassen Sie sich nicht stören!«

Vanessa drehte sich zu Simon um.

»Simon, was macht diese … diese Pipeline Praetorius hier? Bei unserer Hochzeit?«, zischte sie. »Das ist doch kein Zufall!«

»Ich war gerade in der Nähe!«, rief ich kläglich. »Totaler Zufall, echt! Schöne Feier noch!« Ich stellte den Fuß aufs Pedal und schickte mich an, die Rampe hinunterzufahren.

»Nichts da. Stehen bleiben!«, kreischte Vanessa, schob ihr kurzes Kleid hoch, griff in ihren von Strapsen gehaltenen Seidenstrumpf, zog eine winzige Pistole heraus und zielte damit auf mich. Ach du liebe Güte, war die etwa echt? Ich erstarrte. Die Menge begann zu murmeln, die Polizisten rutschten unruhig auf ihren Motorrädern herum. Ein paar Frauen begannen hysterisch zu kreischen und riefen nach ihren Kindern. Simon drehte sich zur Hochzeitsgesellschaft um und schrie: »Das ist eine Spielzeugpistole! Sie trägt sie als Talisman! Vanessa, tu das alberne Ding weg!«

Vanessa zielte in die Luft und drückte ab. Es gab einen lauten Knall. Dann richtete sie die Pistole wieder auf mich. Machte eine Spielzeugpistole so einen Lärm? Ich wagte nicht, mich zu rühren.

»Da ist sie ja!«, brüllte plötzlich jemand hinter mir. Die beiden Rausschmeißer. »Und die Polizei ist auch schon da! Anzeige! Wir wollen Anzeige gegen diese Frau erstatten! Sie hat die Hochzeit unserer Schwester ruiniert!«

»Das war eine Verwechslung!«, rief ich spontan. Oje. Keine gute Idee.

»Ich glaube, sie wollte eigentlich unsere Hochzeit ruinieren«, erklärte Simon ruhig. »Oder?«

Sollte ich mich jetzt den beiden Rausschmeißern ans Messer liefern oder Vanessa und ihrer Pistole? Ich nickte verzweifelt in Simons Richtung. Das war doch kein Hoffnungsschimmer, der da in seinen Augen aufblinkte? O Gott. Dachte er etwa, ich sei aufgekreuzt, weil ich ihn liebte?

»Ich bring dich um, Pipeline Praetorius«, zischte Vanessa und fuchtelte mit der Pistole herum. »Ich schwöre dir, ich bring dich um.«

»Frau Bach, bidde! Koi Gwalt am Dag dr heilige Hauzich!«, rief der Pfarrer, nahm Vanessa sehr bestimmt die Pistole ab und ließ sie unter seinem Talar verschwinden. »Sie doo, uffm Rädle, wieso störad Sie die Hauzich? Wellad Sie den Herrn Bach vielleichd selber heirade?«

»Nein, das will ich nicht!«, schrie ich.

»Aber wem mr so ebbes machd, noo isch mr doch normal selbr en de Breidigam verliebt! Vor gut zwoi Johr han i amol so an Fall ghett! Doo isch dr Breidigam abghaue!«

»Ich bin nicht in den Bräutigam verliebt! Ich liebe Leon, und der ist in China!«

»Ha, worom send Sie noo hier?«

»Weil … weil …« Ich blickte Simon an und sah die Enttäuschung in seinen Augen. Er musste sich doch nur noch ein klitzekleines bisschen zusammenreißen, dann konnte ich verschwinden, und er konnte die Hochzeit durchziehen! Ich wandte mich an den Pfarrer.

»Entschuldigen Sie. Ich … ich hätte mich nicht einmischen sollen! Ich bin auch gleich weg!«

Simon sah Vanessa an. Dann sah er mich an. Die Hochzeitsgesellschaft war in Tippelschrittchen immer näher gerückt, zusammen mit der Motorradeskorte, und hing an unseren Lippen.

»Nein, Simon!«, schrie ich verzweifelt. »Ich hau jetzt ab, und du heiratest gefälligst!«

Simon schüttelte müde den Kopf, drehte sich zu Vanessa und sagte, so laut und deutlich, dass es jeder hören konnte: »Sie ist hier, weil ich ihr gesagt habe, dass ich sie liebe.«

10. Kapitel

Well there's a rose in the fisted glove
and the eagle flies with the dove
and if you can't be with the one you love, honey
love the one you're with

Langsam radelte ich nach Hause. Nie war mir die Steigung an der Landhausstraße so brutal vorgekommen. Bei jedem Tritt pochte und schmerzte mein Knie höllisch. Ich stellte das Rad neben den Mülleimer und schloss es ab. Der Schweiß stand wie ein kalter Film auf meiner Haut. Trotz der Hitze zitterte ich vor Kälte und ich fühlte mich unendlich erschöpft. Ganz langsam schloss ich die Haustür auf, um die Begegnung mit Lila noch etwas hinauszuzögern. Die Küchentür stand offen. Lila wurschtelte in der Küche herum und quatschte dabei fröhlich mit den Zwillingen, die in ihren Maxi-Cosis lagen und krähten. Ich blieb im Türrahmen stehen und atmete tief durch. Was für eine normale, friedliche Szene.

»Hallo, Lila.«

Lila fuhr zusammen. »Line! Ich hab dich gar nicht kommen hören! Wie war die Wohnungsbesichtigung?« Sie kniff die Augen zusammen. »Du bist ja kreidebleich. Ist was passiert? Hat dich wieder ein Vermieter angebaggert?« Ich schüttelte stumm den Kopf. »Und wie siehst du nur aus! Ist das Blut auf deiner Jeans? Und an deinen Händen?« Sie klang jetzt wirklich alarmiert. Ich schwieg, ging zur Spüle und wusch mir wenigstens die oberste Schicht aus Blut und Fahrradschmiere ab. Lila hatte sofort richtig getippt. Blut klebte an meinen Händen!

»Setz dich. Da ist noch Kaffee übrig. Du siehst aus, als könntest du einen gebrauchen.« Sie deutete auf die Thermoskanne auf dem Tisch, nahm eine Tasse vom Regal, holte die Milch aus dem Kühlschrank und goss mir ein. Ich ließ mich schwer auf einen Stuhl fallen.

»Wie war's in Schorndorf? Wo ist Harald?«, fragte ich.

»In der Praxis, Buchhaltung machen. Nun mach's nicht so spannend«, sagte Lila ungeduldig. »Los, erzähl schon. Was ist passiert?«

Ich nahm einen Schluck Kaffee. Dann sprang ich auf, wühlte im Schrank, fand noch eine angebrochene Tafel Ritter-Sport-Knusperkeks, brach mir mehrere Stücke ab, stopfte sie mir in den Mund und schob Lila die Tafel hin. Sie schüttelte den Kopf. »Danke, ich hab genug Speck auf den Rippen. Nun red endlich!«

»Erinnerst du dich an Simon?«

»Simon, der Polizist? Der nette Polizist, um dich zu zitieren? Klar. Wahrscheinlich ist dir nicht aufgefallen, wie oft und ausführlich du ihn erwähnt hast, wenn du ihm mal wieder über den Weg gelaufen bist. Hast du dich nicht sogar mal mit ihm verabredet, nach dem Guerilla-Gardening auf dem Marienplatz?«

»Genau der. Erinnerst du dich auch an seine Kollegin? Vanessa.«

»Vanessa. Das ist die, die du nicht mochtest, oder? Man hätte fast meinen können, du bist eifersüchtig. Was ist mit Simon? Hast du ihn getroffen? Wenn ja, dann hoffe ich, dass es Zufall war.«

»Nein, es war kein Zufall«, flüsterte ich. »Ich habe gerade die kirchliche Hochzeit von Simon und Vanessa gesprengt.« Nachdem ich laut ausgesprochen hatte, was ich angerichtet hatte, fühlte ich mich noch viel elender. Rasch stopfte ich mir noch drei Rippchen Schokolade in den Mund.

»Du hast *was* gemacht?« Lila starrte mich mit weit aufgerissenen Augen an.

»Ich habe Simons Hochzeit mit Vanessa gesprengt.«

»Was genau soll das heißen?« Lilas Stimme war schneidend.

»Das soll heißen, dass es keine Hochzeit gab. Wegen mir. Und nicht nur das. Effizient, wie ich bin, habe ich nicht nur die Hochzeit gesprengt, die ich sprengen wollte, sondern noch eine zweite. Kollateralschaden, sozusagen.«

Noch niemals hatte Lila mich so angesehen. Sie war es gewohnt, dass ich ihr Dinge gestand, schlimme und noch schlimmere Dinge. Manchmal hatte ich Geheimnisse vor ihr, aber lange hielt ich das meist sowieso nicht aus, und oft merkte sie von allein, dass etwas nicht stimmte. Sie war immer ehrlich mit mir, und wenn sie fand, dass ich Mist gebaut hatte, dann hielt sie mir eine Standpauke. Trotzdem ließ sie mich nie im Stich und half mir sogar dabei, die Dinge wieder ins Lot zu bringen. Aber noch nie, niemals hatte sie mich so angesehen.

Stockend präsentierte ich ihr eine Zusammenfassung der Ereignisse. Nachdem Simon gesagt hatte, dass er mich liebte, hatte Vanessa, die den schwarzen Gürtel in Karate besaß, Simon mit einem einzigen Handkantenschlag gegen den Hals k.o. geschlagen. Als der Bräutigam röchelnd auf den Stufen der Johanneskirche lag, brach ein wilder Tumult aus. Zeitgleich strömte die andere Hochzeitsgesellschaft aus der Kirche. In dem Durcheinander von Bräuten, Hochzeitsgästen, Fotografen, Pfarrern und Polizisten war ich abgehauen, ohne dass jemand versucht hatte, mich aufzuhalten.

»Line, wie *konntest* du nur!« Ich senkte den Blick, um Lila nicht ansehen zum müssen. Ich hielt die Mischung aus Vorwurf, Entsetzen und Schock nicht aus. In ihrem Maxi-Cosi fing Gretchen an zu meckern. Ich nahm sie hoch. Irgendwie hatte das Baby etwas Beruhigendes. Außerdem war ihm völlig wurscht, was ich gerade angestellt hatte.

»Er hat … er hat mir vor ein paar Tagen gesagt, dass er sie nicht liebt. Dass er mich liebt. Und dann hat er mich geküsst, wie mich noch nie ein Mann geküsst hat.«

»Und deswegen sprengst du seine Hochzeit? Wegen einem Kuss? Und du versaust nicht nur seine, sondern auch noch die Hochzeit von völlig fremden Leuten? Und nun werdet ihr beide stattdessen heiraten, oder was? Und du schießt Leon einfach so in den Wind? Nachdem er vor ein paar Monaten von China hierhergeflogen ist, um sich mit dir zu versöhnen? Ausgerechnet jetzt, wo ihr eine gemeinsame Wohnung, ein gemeinsames Leben geplant habt? Line, du verdienst Leon gar nicht!« Selten hatte ich Lila so fassungslos gesehen.

Gretchen schien zu spüren, dass etwas nicht stimmte. Sie fing an zu weinen.

»Natürlich werde ich Simon nicht heiraten, und von Leon trennen will ich mich schon gar nicht! Ich wollte doch nur nicht, dass Simon einen Fehler macht!«

»Und wer bist du, darüber zu entscheiden, was andere Menschen für Fehler machen oder nicht? Gib mir Oskar.« Sie streckte die Arme aus. Schweigend reichte ich ihr das heulende Baby, das ich für Gretchen gehalten hatte, und dachte nach. Lila hatte recht.

»Ich hab's versaut«, flüsterte ich. »Oder? Ich hab's versaut. Ich habe Simons und Vanessas Leben versaut. Und vielleicht auch noch das des fremden Paares.«

Lila seufzte und schien angesichts meines Schuldgeständnisses ein bisschen versöhnlicher gestimmt zu sein.

»Das muss nicht sein. Aber ich glaube nicht, dass du das Recht hattest, dich einzumischen. Du hast massiv in das Leben zweier Menschen eingegriffen, die du kaum kennst, und gleichzeitig hast du ihnen keine Alternative angeboten. Simon hat jetzt dich nicht gekriegt, und Vanessa kriegt er auch nicht mehr.«

»Ich weiß. Ich hätte das nicht tun dürfen.« Ich fühlte mich hundeelend.

»Woher weißt du denn, dass sie nicht glücklich miteinander geworden wären? Kennst du nicht den Song *If you can't be with the one you love – love the one you're with?*«

Schon wieder! Dieser bescheuerte Song verfolgte mich!

»Jetzt ist es sowieso zu spät«, murmelte ich. Ich hatte eine Beziehung zerstört, wie auch immer diese Beziehung ausgesehen hatte. Ich hatte sozusagen mit Simon und Vanessa Schluss gemacht. Und was hatte ich bei mir selber angerichtet? Panik stieg in mir hoch. »Lila, du musst mir etwas versprechen. Niemals, niemals darf Leon davon erfahren. Und Harald auch nicht. Das muss unter uns bleiben. Versprichst du mir das? Bitte!«

Lila sah mich an und seufzte. »Ich an deiner Stelle – ich würde Leon die Wahrheit sagen. Es ist nicht gut, solche dunklen Geheimnisse voreinander zu haben. Man sollte ein gemeinsames Leben nicht mit einer Lüge beginnen.«

»Wir heiraten ja nicht!«

»Macht das so einen großen Unterschied? Aber du musst selber wissen, wie du das mit Leon handhabst. Ich mische mich da nicht ein.«

Ich wusste, dass ich mich hundertprozentig auf sie verlassen konnte, aber trotzdem konnte ich genau sehen, wie enttäuscht sie von mir war. Und das war mir alles andere als egal.

Ich hatte die schlimmste Katastrophe meines Lebens ausgelöst, und ich konnte es noch nicht einmal auf das Katastrophen-Gen schieben.

2. Teil

Wer zusammenzieht, ist weniger allein

11. Kapitel

Lucky I'm in love with my best friend

Ich lag im Bett, die Decke hochgezogen bis zum Kinn. Da draußen war kein Leben, nur ein unwirtlicher Planet. Wenn man vor die Tür ging, lief man Gefahr, von Zombies aufgefressen zu werden oder sich mit einem tödlichen Virus anzustecken. Es war besser, so zu tun, als gäbe es nur Lila, mich und unser Häuschen. Jemand klopfte energisch an meine Zimmertür. Zombies klopften bestimmt nicht an, oder?

»Komm rein«, sagte ich matt.

Lila platzte herein, Gretchen auf dem Arm. Allmählich konnte ich die Babys auseinanderhalten. Mit einem einzigen Handgriff zerrte Lila die Bettdecke von mir herunter.

»Kannst du mir mal sagen, was du da machst?«

»Nichts«, flüsterte ich. »Siehst du doch. Ich mache nichts. Und mir ist schlecht. Der Magen. Ich bleibe heute im Bett.«

Ich angelte nach der Bettdecke. Lila hielt sie fest. Ein erbittertes Tauziehen begann. Lila gewann, obwohl sie nur einen Arm frei hatte.

»Line. Hast du sie noch alle? Du hast behauptet, du würdest packen! Ich wollte dir gestern Abend helfen, aber du hast gesagt, das schaffst du schon alleine, und jetzt sehe ich nur Kartons, die an der Wand lehnen und noch nicht mal auseinandergefaltet sind! In zwanzig Minuten kommt Leon mit dem Umzugswagen und den Umzugshelfern, und du hast deine Sachen nicht gepackt, dein Regal nicht auseinandergebaut, das Bett und den Schrank nicht zerlegt, deinen Kram aus Flur, Küche und Bad nicht eingesammelt, keine Brezeln beim Bäcker geholt und bist noch nicht mal angezogen! Der Plan war, dass du alles hier fertig vorbereitest, wir gemeinsam frühstücken, anschließend deinen Kram einladen und dann Leons Sachen aus dem Keller in der Reinsburgstraße holen, bevor wir in die neue Wohnung fahren!«

»Ich weiß«, flüsterte ich. »Lila, ich kann das nicht.«

»Was genau kannst du nicht?«, fragte Lila, drehte Gretchen um und klopfte ihr auf den Rücken. Gretchen rülpste so laut wie Wutzky, nachdem ich ihn mit Schnaps abgefüllt hatte.

»Ausziehen. Von dir weggehen. Mit Leon zusammenziehen.«

»Und warum kannst du das nicht?«, stöhnte Lila, setzte sich aufs Bett und drückte mir Gretchen auf den Arm. »Und wieso fällt dir das erst jetzt ein?«

»Weil mir heute Morgen erst klargeworden ist, dass es schiefgehen wird. Ist es nicht besser, nicht zusammenzuziehen und sich die Illusion zu bewahren, man könnte vielleicht miteinander glücklich werden, wenn man es täte, als es tatsächlich zu versuchen, um dann möglicherweise schrecklich enttäuscht voneinander zu sein und gemeinsam unglücklich zu werden? Sobald ich meinen ersten Biene-Maja-Dauerguck-Abend habe, wird Leon die Vollmeise kriegen! Und was, wenn Arminia mich nach Leipzig versetzt, kaum dass wir zusammengezogen sind?«

»Line«, sagte Lila beschwörend. »Man kann auch vor lauter Angst, Fehler zu machen, unglücklich werden! Du hast eine Panikattacke, nichts weiter. Wie eine Braut vor der Hochzeit. Du heiratest Leon nicht, du ziehst nur mit ihm zusammen! Und wenn es nicht klappt, dann ist das auch kein Weltuntergang, dann zieht ihr eben wieder auseinander! Und über Leipzig zerbrichst du dir den Kopf, wenn es dich tatsächlich erwischt!«

»Wer zieht schon freiwillig mit jemandem zusammen, der das Katastrophen-Gen hat?«, jammerte ich.

Gretchen lächelte mich aufmunternd an, als wollte sie sagen, ich muss es ja auch mit Oskar aushalten, obwohl das nicht immer einfach ist.

Lila seufzte. »Glaub mir, Line, Leon weiß sehr genau, worauf er sich einlässt. Er hat mir gesagt, er hat seine Haftpflichtversicherung mit einem zusätzlichen Super-Premium-Spezial-Paket aufgerüstet und dich mitversichern lassen, weil er nicht weiß, wann du eure Wohnung und die drunter mit Hilfe der Waschmaschine flutest, und dazu noch eine neue XXXL-Hausratversicherung abgeschlossen. Beruhigt dich das?«

»Ja, das beruhigt mich ein bisschen. Aber wer garantiert mir, dass es klappt mit uns beiden? Ich meine, rein theoretisch ist das eine eher langfristige Planung!«

»Niemand«, sagte Lila ruhig. »Du wirst es erst erfahren, wenn du es ausprobierst.«

»Die Sache mit Simon«, murmelte ich. »Leon hat doch keine Ahnung, zu was ich alles fähig bin, wenn er mir den Rücken kehrt.«

»Seit Wochen predige ich dir, dass du es ihm sagen musst. Sag es ihm gleich heute Abend, wenn der schlimmste Umzugstrubel vorbei ist und ihr alleine seid. Schieb es nicht noch länger hinaus!«

»Ich will nicht von dir weg«, flüsterte ich. Eine Träne tropfte auf Gretchen.

»Du ziehst nicht nach China, sondern nur in den Stuttgarter Westen«, antwortete Lila.« Ihre Stimme klang rauh. »Da wolltet ihr doch unbedingt wieder hin! Wir werden uns weiterhin sehen.«

»Aber es wird anders sein … wir werden uns verabreden müssen, und jeder wird seine eigenen Verpflichtungen und Termine haben, und du musst dich um die Babys kümmern …«

»Natürlich wird es anders sein. Line, es hat keinen Zweck, das Leben aufhalten zu wollen. Es verändert sich nun mal. Auf Dauer wäre es nicht so weitergegangen, auf so engem Raum, das weißt du, und wir werden auch nicht ewig hier wohnen bleiben. Außerdem erwarte ich von dir, dass du ab und zu vorbeikommst, um mir mit den Babys zu helfen. Wer weiß, was die Zukunft für uns bereithält? Vielleicht suchen wir uns ja später einmal ein Haus zusammen, Harald und ich, die Zwillinge, Leon und du. Irgendwann werdet ihr vielleicht selber Kinder haben …«

Von unten ertönte lautes Babygebrüll. Dann setzte das Hundegebell ein. Lila umarmte mich und Gretchen schnell.

»Ich muss runter«, flüsterte sie. »Mach dir keine Sorgen, Line. Alles wird gut, und wir bleiben Freundinnen. Wir brauchen uns doch, in dem ganzen Baby- und Männerchaos.«

Ich schluckte und nickte.

»Juhu, Line, Lila, wir sind da!«, rief es von unten. »Sind die Brezeln in der Küche? Wir haben Kaffeedurst!«

Ich jaulte auf. »Scheiße. Scheiße, Scheiße!«

»Ich mache das schon«, sagte Lila bestimmt. »Los, zieh dich an. Dann fährst du schnell mit dem Rad zum Bäcker und holst Brezeln, und ich mache solange Kaffee. Danach packen wir gemeinsam. Du hast ja zum Glück nicht so viele Sachen.«

»Danke, Lila.«

»Schon gut. Und jetzt beeil dich!«

Lila nahm Gretchen wieder auf den Arm und verschwand. Ich fuhr aus dem Bett und in meine Sachen. Bloß nicht mehr nachdenken! Ich stolperte die Treppe hinunter und in die Küche.

Leon, sein Arbeitskollege Martin und dessen Frau Tanja aus Schwieberdingen, wo Leon übernachtet hatte, Tarik und Manolo quatschten fröhlich durcheinander. Tarik hielt Oskar auf dem Arm wie eine Trophäe. Harald hatte Samstagmorgen-Sprechstunde mit Prosecco und würde danach zu uns stoßen.

»Hallo, Line«, rief Leon, lief strahlend auf mich zu, umarmte mich, hob mich hoch und gab mir einen schmatzenden Kuss. »Ab heute wohnen wir zusammen, ist das nicht fabelhaft? Nach all den endlosen Monaten der Trennung!«

»Das ist … ganz fabelhaft. Natürlich«, entgegnete ich, sah an ihm vorbei und schluckte.

»Alles in Ordnung?«, fragte Leon, setzte mich ab und sah mich forschend an.

»Ja, natürlich. Ich bin nur … ein bisschen gestresst. Ich hab's noch nicht zum Bäcker geschafft.«

»Dann könnten wir ja in der Zwischenzeit schon mal ein paar Kisten einladen!«, rief Martin.

»Die Kisten können warten, lasst uns erst mal frühstücken«, sagte Lila rasch und übergab Gretchen an Martin. »Ihr seid doch schon eine Weile unterwegs. Ich mache Kaffee.«

»Mir brauchad koine Brezla, i han an Hefezopf backa!«, rief Tanja triumphierend und schwenkte einen riesigen Tortencontainer. »Ond a selbergmachds Treiblesgsälz[10] ond an frischa Buddr han i au drbei!«

»Das ist aber nett, Tanja, vielen Dank!«, sagte ich. »Heute Mittag bestellen wir Pizza.«

Wir verteilten uns um den Küchentisch. Tanja schnitt den Hefezopf auf, und Lila schenkte Kaffee ein. Wir bestrichen den Hefezopf dick mit Butter und Gsälz und mampften eine Zeitlang selig. Eigentlich war so ein Umzug gar nicht so schrecklich! Suffragette strich um unsere Beine und miaute. Tarik blickte der Katze nachdenklich hinterher.

»Ach, übrigens, Lila, da fällt mir noch was ein«, sagte er. »Die Aids-Hilfe macht nächsten Samstag einen Kostümball.« Er warf mir einen bedeutsamen Blick zu. Er hatte sich am Ende doch von Manolo breitschlagen lassen. In wenigen Wochen würde der Charity-Kalender der Aids-Hilfe erscheinen, mit Tarik als Monat März.

»Das beste Kostüm wird prämiert. Wir gehen als der junge Siegfried und Roy, tragen Glitzeranzüge mit schwarz-weißen Tigerstreifen, Perücken, Goldketten und künstliches Brusthaar und wollten fragen, ob wir Suffragette ausleihen können.«

10 Treiblesgsälz hat nichts mit dem Treibhauseffekt zu tun, sondern es handelt sich dabei um (rote) Johannisbeermarmelade. Die besten Gsälzmacherinnen auf der ganzen Welt sind übrigens die Landfrauen.

»Aber nur, wenn's keine Umstände macht«, ergänzte Manolo.

»Suffragette ist eine Katze. Kein weißer Tiger!«, entgegnete Lila und wirkte mal wieder ziemlich genervt von Tarik.

»Sie ist eine Tigerkatze. Meinst du, wir könnten sie dazu bringen, durch einen Reifen zu springen, wenn wir auf der anderen Seite eine Dose Whiskas »Lamm in Gelee« deponieren? Das würde sicher Eindruck machen. Echte Tiger sind leider schwer zu kriegen.« Lila stöhnte.

»Warum nehmt ihr nicht Wutzky?«, warf ich schnell ein, bevor die Stimmung in den Keller ging. »Der macht mehr her. Ihr könntet ihm ein falsches Tigerfell umhängen.« Wutzky, der eigentlich gerade pennte, öffnete die Augen und guckte böse, als er seinen Namen hörte. Seit der Geschichte mit dem Schnaps war unser Verhältnis etwas angespannt.

Tarik schüttelte empört den Kopf. »Ich hasse Hunde! Außerdem ist das Vieh so fett, dass es in Manolos altem Hula-Hoop-Reifen stecken bleiben würde!«

Leon tippte mit dem Zeigefinger auf seine Armbanduhr. »So, genug gequatscht, nun sollten wir wirklich weitermachen. Sonst kommt mein perfekt ausgeklügelter Zeitplan durcheinander, und wir sind nicht rechtzeitig in der Reinsburgstraße.«

»Leon hat Decken, Trageriemen und eine Sackkarre organisiert. Gestern hat er alle seine Kisten mit farbigen Punkten gekennzeichnet, damit wir nachher wissen, in welches Zimmer sie sollen«, sagte Martin anerkennend. »Roter Punkt Bad, blauer Punkt Küche und so weiter. Natürlich ist er heute Morgen, als wir von Schwieberdingen kamen, noch schnell in die Wohnung und hat dort auch die Räume mit Punkten markiert, aber erst nachdem er ein Schild in den Hausflur gehängt hat: »Wegen unseres Umzugs könnte es heute etwas lauter werden. Wir freuen uns auf unsere neuen Nachbarn, Line & Leon.‹ Außerdem hat er in jedem Zimmer mit Kreppband Kreuze auf den Boden gemacht, dahin, wo die Kisten gestapelt werden sollen, damit man nicht alles zubaut. Und auf jeder Kiste ist ein Kleber mit genauer Auflistung, was drin ist. Den Parkplatz direkt vorm Haus hat er natürlich schon gestern Abend abgesperrt. Bist du auch so gut organisiert, Line? Dann sind wir ruck, zuck fertig.«

Ich wurde rot. Mit diesem hyperorganisierten Alptraum würde ich also ab sofort eine Wohnung und mein Leben teilen! »Vielleicht ein klitzekleines bisschen weniger gut«, murmelte ich.

Eineinhalb Stunden später saß ich eingequetscht zwischen Manolo und Tarik in Manolos ausgebeultem Transporter, den wir als Umzugswagen benutzten. Leon fuhr in seinem Golf hinter uns drein, gefolgt von Martins SUV und Lilas Ente. Die Pkws transportierten die kleineren Kisten. Da alle mitgeholfen hatten, waren wir mit Packen und Abbauen schnell fertig gewesen. Niemand hatte mir Vorwürfe gemacht. Leon hatte erst theatralisch gestöhnt und dann gegrinst, obwohl sein Zeitplan nun komplett aus dem Ruder gelaufen war und er Herrn Tellerle Bescheid geben musste, dass wir später kommen würden. Die einzige Komplikation hatte sich dadurch ergeben, dass Tarik das Ausräumen meines Kleiderschranks mit Ausmisten verwechselte und bei jedem Kleidungsstück eine Diskussion mit mir anfing, ob ich es nicht lieber in die Altkleidersammlung geben wollte.

»Ich geh auch neue Klamotten mit dir shoppen, Line!«, versicherte er und hielt einen Pulli hoch, den ich seit Monaten vermisste. Die Motten hatten ihn in einen Pullunder mit Lochmuster verwandelt.

Manolo belud den Transporter mit konzentrierten Handgriffen, ohne sich helfen zu lassen. Er trug ein Muscle-Shirt, das nicht unbedingt dem grauen Novembertag entsprach. Schweißtropfen glänzten auf seinen Oberarmmuckis. Tarik stand mit offenem Mund vor der Ladefläche und sah aus, als würde er vor lauter Bewunderung gleich anfangen zu sabbern wie die Babys. Endlich waren wir mit allem fertig.

»Ich geh noch mal kurz hoch«, murmelte ich. »Dauert nicht lang.« Leon nickte verständnisvoll. Ich lief die Treppen hinauf. Leer wirkte mein Zimmer plötzlich riesig. Wie gern hatte ich hier gewohnt, und wie sehr würde mir alles fehlen, Wutzky, der Köter, mal ausgenommen! Jetzt musste ich richtig heulen. Lila kam herein, und wir umarmten uns noch einmal fest. Ich angelte den Hausschlüssel aus meiner Jeanstasche und hielt ihn Lila hin. Sie schüttelte den Kopf.

»Behalt ihn«, flüsterte sie. »Für Notfälle.«

Eigentlich war es gar nicht so schrecklich weit vom Stuttgarter Osten in die Reinsburgstraße, aber wegen des dichten Einkaufsverkehrs dauerte die Fahrt endlos. Vorsichtig bugsierte Manolo den Transporter in den Hinterhof unseres ehemaligen Mietshauses. Ich kletterte heraus und wartete, dass Leon, der vorne am Straßenrand parkte und bei Herrn Tellerle geklingelt hatte, uns von innen die Tür zum Hof öffnete. Er hatte sein Leon-Grinsen im Gesicht.

»Was ist denn?«, fragte ich.

Leon ging nicht darauf ein.

»Kommst du mit hoch, Kellerschlüssel bei Herrn Tellerle holen? Er würde sich bestimmt freuen, seine ehemalige Nachbarin zu sehen.«

»Bist du sicher? Immerhin habe ich damals seinen Lieblings-Goldfisch Max durch Überfütterung umgebracht.«

»Das ist ja nun schon ein paar Jährchen her. Er wird dir mittlerweile verziehen haben!«

Gemeinsam kletterten wir hinauf in den dritten Stock. Wie seltsam war es, nach der langen Zeit wieder in dem Mietshaus zu sein, in dem Leons und meine Geschichte begonnen hatte! Im dritten Stock stand die Tür offen. Frau Müller-Thurgau stand in ihren rosa Doris-Day-Pantöffelchen im Türrahmen und rauchte. Wie damals trug sie einen rosa Jogginganzug und sah aus wie ein Baumkuchen auf Storchenbeinen. Allerdings waren die Baumringe etwas breiter geworden und die Falten auf ihrem sonnenstudiogebräunten Gesicht etwas tiefer. Sie strahlte Leon an.

»Guten Tag, Frau Müller-Thurgau«, sagte ich verwirrt. »Wir haben uns offensichtlich im Stockwerk vertan.«

»Noi, noi, Frau Praetorius«, gab Frau Müller-Thurgau zurück. »Mir wohnad jetzt zamma em dritte Stock, dr Herr Dellerle ond i. Abr bloß aus rein brakdische Erwägonga! A Alders-Wohngemeinschaft! Mir hen boide bloß so a kloine Rente, wissad Se. Des langd net zom Läba ond net zom Sterba. Ond i muss oin Stock weniger weit nuff. Mitem Aldr wird mr halt a weng kurzatmig.« Sie formte ihren Mund zu einem Oval und blies drei perfekte Rauchringe in die Luft.

»Natürlich«, erwiderte ich. Deshalb hatte Leon so gegrinst! Frau Müller-Thurgau und Herr Tellerle waren zusammengezogen!

»Wie ich gehört habe, haben Sie und Herr Tellerle Frau Praetorius damals Bescheid gegeben, dass ich auf dem Weg zum Flughafen bin«, sagte Leon, machte eine angedeutete Verbeugung und zog ein in Papier eingeschlagenes Päckchen aus der Manteltasche. »Ohne Sie beide wären wir vielleicht gar nicht mehr zusammen. Dafür wollte ich mich recht herzlich bedanken, mit einem kleinen Gruß aus China. Direkt von der Chinesischen Mauer.« Schleimer! Gleich würde Frau Müller-Thurgau Leon vor lauter Begeisterung feucht abknutschen! Sie steckte sich die Zigarette in den Mundwinkel und wickelte das Geschenk aus. Eine goldene chinesische Glückskatze kam zum Vorschein. Die Katze winkte neckisch die Asche weg, die auf sie fiel.

»A Kätzle! Vo de Chinesa! On wenka dud's au! Isch des abr nett! Isch die abr schee!«, rief Frau Müller-Thurgau entzückt aus. »Wartad Se gschwend!«

Sie verschwand in der Wohnung. Leider lehnte sie die Tür an, so dass ich nicht sehen konnte, wie sich die beiden in der Wohnung arrangiert hatten. Nach kurzer Zeit kam sie mit einem großen Pappteller zurück, der mit Alufolie umwickelt war.

»Äpfelkucha«, erklärte sie. »Wenn ihr schaffad wie die Bronnabutzer, noo isch gut gässa halb gschafft![11] Dr Herr Dellerle isch ibrigens scho im Keller.« Sie öffnete die Arme, als wolle sie Leon umarmen. Dann ließ sie sie wieder fallen, schüttelte ihm ausgiebig die Hand und ließ ihn schwören, regelmäßig vorbeizuschauen, nun, da wir nur ein paar Straßen entfernt voneinander wohnen würden. Die Verabschiedung von mir fiel deutlich weniger enthusiastisch aus.

»Du wusstest Bescheid, du Ratte«, raunte ich auf dem Weg nach unten und knuffte Leon in die Seite.

»Natürlich wusste ich Bescheid, schließlich war ich gestern schon wegen der Kisten hier«, grinste Leon. »Ich wollte dir die Überraschung nicht verderben.«

»Und du hast ihr wirklich eine Glückskatze aus China mitgebracht?«, fragte ich ungläubig.

»Die Glückskatze habe ich gestern im Katzenladen in der Rotebühlstraße gekauft, also quasi um die Ecke. Aber so hat sich Frau Müller-Thurgau doch viel mehr gefreut.«

»Haben die beiden jetzt etwas miteinander oder teilen sie sich nur die Wohnung? Als Paar kann ich sie mir wirklich nicht vorstellen.«

Leon zuckte mit den Schultern. »Das wird wohl ihr Geheimnis bleiben. Vielleicht bitten sie mich beim nächsten Mal herein.«

»Du könntest behaupten, du willst so schrecklich gern mal wieder das Aquarium sehen.«

Wir gingen hinaus in den Hof. Die anderen Helfer schleppten eifrig Kisten und Möbel vom Keller hoch, stellten sie vor dem

11 Der Beruf des Brunnenputzers ist heutzutage etwas aus der Mode gekommen, doch der Schwabe an sich umschreibt damit noch immer eine anstrengende körperliche Tätigkeit, eben »Schaffa«. Und mit Schaffen kennt sich der Schwabe ja bekanntlich aus. Nach dem Schaffen ist er stolz darauf, »halba hee« zu sein, also halb tot. Ein besonders schönes Kompliment macht man der Schwäbin, wenn man anerkennend feststellt, dass sie »arg abgschafft« aussieht.

Transporter ab, und Manolo lud alles fachmännisch ein. Herr Tellerle stand mit einem großen Kehrwochenbesen in der Hand wie angewurzelt vor der Hoftür, so dass alle um ihn herumeiern mussten, und beäugte misstrauisch das Geschehen. Im Gegensatz zu Frau Müller-Thurgau hatte er sich kein bisschen verändert. Kaum erblickte er Leon, streckte er ihm ohne Begrüßung den Besen hin.

»I han denkt, Sie hen bestimmt koin Bäsa drbei, om nochher des Kellerfach grindlich zom Ausfäga«, sagte er. »Noo sen Sie froh ond dankbar, wenn Sie mein Bäsa leiha dirfad. On mei Kutterschaufel on mein Kehrwisch.«

Leon warf mir einen fragenden Blick zu. Manchmal versagten in entscheidenden Momenten seine dialektalen Fähigkeiten.

»Herr Tellerle sagt, er leiht dir gerne seinen Besen, sein Kehrblech und seinen Handfeger, um nachher das Kellerfach gründlich zu reinigen, weil du bestimmt vergessen hast, das alles mitzubringen, und ist sich zudem sicher, dass dich sein hilfsbereites Angebot mit großer Freude erfüllt«, sagte ich betont langsam.

»*Dich* verstehe ich sehr gut«, gab Leon zurück und grinste.

12. Kapitel

Denn so ein alter Harung
der hat Erfahrung

Eine Viertelstunde später hielten wir vor unserer neuen Bleibe in der Gutenbergstraße. Was hatten wir Schwein gehabt! Drei Tage bevor Leon aus China wiederkam – ich hatte mich mittlerweile in ein flatterndes Nervenbündel verwandelt –, hatten Lila und Harald eine Wohnung besichtigt, die zum Verkauf stand. Sie inspizierten gerade die Lackschäden an der Badewanne, als der Besitzer spontan beschloss, dass er in diesen unsicheren Zeiten sein Betongold lieber behalten und die Wohnung vermieten und nicht verkaufen würde. Lila hatte blitzschnell reagiert und Leon und mich als die idealen Mieter angepriesen. Weil der Vermieter möglichst wenig Aufwand betreiben wollte, um jemanden zu finden, unterschrieb ich einen Tag später den Mietvertrag.

Hurra, Leon und ich zogen wieder in den Westen! Und die Miete war auch noch erschwinglich! Das war die gute Nachricht. Gut war auch, dass das Polizeirevier, das früher an der Ecke zur Schwabstraße gelegen hatte, offensichtlich umgezogen war. Die weniger gute Nachricht war, dass unsere neue Bleibe leider in ein paar klitzekleinen Details von unseren Kriterien abwich. Ich hatte mir eine renovierte Wohnung mit Aufzug und Balkon und ohne Kehrwoche gewünscht. Bekommen hatten wir stattdessen eine unrenovierte Wohnung ohne Aufzug und ohne Balkon, dafür war die Kehrwoche zentraler Bestandteil des Mietvertrags.

Leons größter Wunsch war dagegen ein Stellplatz gewesen, weil er im zugeparkten Stuttgarter Westen nicht jeden Abend stundenlang um die Häuser fahren wollte, wenn er von Bosch in Schwieberdingen kam. Leider hatte auch das nicht geklappt. Bisher hatten wir noch nicht einmal einen Anwohner-Parkausweis. Aber letztlich war das alles nicht so wichtig. Wir hatten ein Dach über dem Kopf und knubbelten uns nicht länger in der Neuffenstraße, das war die Hauptsache!

Manolo hielt auf der Straße vor dem Haus. Alle Parkplätze waren belegt. Er machte die Warnblinkanlage an und kurbelte das Fenster hinunter.

»Hast du nicht gesagt, du hast einen Parkplatz blockiert?«, knurrte er zum Fenster hinaus.

»Jemand hat meine Absperrung entfernt!«, rief Leon ärgerlich von draußen hinein. »Dabei hatte ich da, wo der chromglänzende Mini mit den Rallyestreifen steht, dick und fett auf zwei Kartons geschrieben ›Wegen Umzug frei halten‹ und eine Schnur dazwischengespannt!«

»Unverschämter Kerl!«, schimpfte Manolo.

»Der typische Minifahrer ist weiblich, um die dreißig und attraktiv«, gab Tarik zurück.

»Dann fahre ich eben vor die Hofeinfahrt, auch wenn am Tor steht, man soll die Ausfahrt frei halten. Dafür gibt's eh keinen Grund, im Hof stehen nur Mülleimer und Fahrräder. Und ihr anderen müsst schauen, wo ihr euch hinstellt.« Manolo begann mit einem komplexen Rangiermanöver. Martin parkte seinen SUV quer vor dem Mini und einer Familienkutsche. Weil auch auf der anderen Straßenseite alles zugeparkt war, blieb Leon und Lila nichts anderes übrig, als sich jeweils vor eine Ausfahrt zu stellen.

Wir stiegen aus. Ein alter Mann im grauen Mantel mit einer grünen Schiebermütze und einer großen schwarzen Sonnenbrille, die genauso wenig zu dem grauen Novembertag passen wollte wie Manolos Muscle-Shirt, schlurfte mit einem kleinen weißen Hund herbei, der aussah wie ein Wischmop. Er blieb stehen und deutete mit seinem Stock auf Manolos Transporter, auf dem »Grabmale-to-go Manolo« stand und darunter: »Grabsteine für alle Gelegenheiten, Gedenksteine für Tiere«. Bestimmt wollte er sich darüber beschweren, dass das Auto den Gehweg blockierte!

»Isch ebbr gschdorba?«, fragte er und schüttelte besorgt den Kopf. »Am helllichte Samschdich!«[12]

»Nein, nein«, wehrte ich ab. »Keine Sorge, wir ziehen nur um.«

»Neie Nochbor!«, rief der Mann entzückt. »I ben dr Herr Glaser. Aber älle sagad bloß Heiner zu mir, des langt. Manche sagad au der Greana Heiner, wie der Schuttberg en Weilimdorf, wega der Mitz.« Er tippte sich an seine grüne Mütze. »Ond mei Hondle hoißt Schorle. Schorle, sag Grieß Gott!« Schorle stellte sich auf seine Hinterbeine, machte drei Hüpfer rückwärts, dass die Zotteln nur so flogen, drehte sich dann einmal um sich selber und wurde dafür mit einem Hundeleckerli belohnt.

»Freut mich sehr. Ich bin die Line. Schorle, wie das Weinschorle?«, fragte ich eifrig. Schließlich wollte man sich gut stellen mit den neuen Nachbarn! Der Grüne Heiner nickte.

»Schorle wie weiß, sauer. Wenn ihr ebbes brauchad, an gude Rat, a Dässle Kaffee, a Zigarettle, a Schnäpsle, a Schorle, i ben nägschd door! Zwoidr floor! I mach grad an Volkshochschulkurs ›Englisch for rüschdige Uhus‹«, ergänzte er, als er meinen leicht verwirrten Blick sah.

»Uhus?«, fragte ich.

»Onder hondert.«

»Ach«, sagte ich. »Ist ja interessant. Gibt's denn da genug Nachfrage?«

Heiner nickte und grinste verschmitzt. »Ha no! Kaum Kerle, weil en meim Aldr isch mr eher dod, abr soo viel nette Mädla om die achtzig! Du bisch meh an Bivi, oder?«

12 Samschdich klingt in nichtschwäbischen Ohren möglicherweise wie der Name eines orientalischen Linsengerichts. Tatsächlich bezeichnet es nur den Wochentag Samstag.

»Bifi?«

»Bis vierzig.« Er grüßte und schlurfte mit Schorle weiter. Dann drehte er sich noch mal um.

»Mir kenndad amol a Karaoke-Party macha! I ben voll ausgrischded!«

»Gern, Heiner!«, rief ich zurück. »Tschüss, Schorle!«

Das ließ sich ja wunderbar an! Eine Karaoke-Party mit dem Grünen Heiner würde bestimmt lustig werden. Ob wohl alle Nachbarn so nett waren? Ich sah mich um. Während ich erste nachbarschaftliche Beziehungen gepflegt hatte, hatten die anderen mit dem Ausladen des Transporters begonnen. Manolo stand breitbeinig auf der Ladefläche und reichte Tanja Regalbretter.

»Grüner Punkt«, kommentierte er. »Wohnzimmer.« Tanja klemmte sich die Bretter unter einen Arm, kam dann zu mir, deutete mit der freien Hand auf ein Ladenfenster etwas weiter oben an der Straße und zwinkerte mir verschwörerisch zu.

»Isch des abr gschickt, Line«, flüsterte sie laut. »Brautkloider, glei iber d' Schrdoß! I gang gern mit dir mit, dass dr Leon Di net vorher sieht! Außerdem isch an Maa bei so ebbes bloß em Weg. So a Brautkloidle, doo brauchd's an Harong mit Erfahrong! I sag bloß: Schleier, Onderrock, Strompfbändle, Klatsch!«

»Klatsch?«, fragte ich verwirrt.

»A klois Handdäschle, des hoißd mr Klatsch!«

»Im Moment ist hochzeitsmäßig eigentlich nichts geplant, Tanja«, murmelte ich.

Tanja lachte.«Doo han i de Leon geschdern Obend noch drei Bier abr anderschd verschdanda!«, rief sie fröhlich. Dann marschierte sie mit den Regalbrettern los. Ach du liebe Güte, was sollte das denn heißen? Hatte Leon etwa Tanja und Martin gegenüber fallenlassen, dass er heiraten wollte? Noch bevor wir überhaupt einen Tag zusammengewohnt hatten?

Manolo räumte auf der Ladefläche herum. Schweißtropfen glänzten auf seinen Oberarmmuckis. Allerliebst!

»Das Zeug hier ist alles viel zu schwer für dich, das ist was für uns Männer«, sagte er. Wie gut, dass sich Tarik in Manolo verliebt hatte! Jemand, der normalerweise Grabsteine herumschleppte, war der ideale Umzugshelfer und würde sich nicht mit einem schwachen Rücken herausreden.

»Diese Kiste solltest du zum Beispiel mir überlassen«, fuhr Manolo fort. »Da steht *Steine* drauf.«

»Steine? Wieso zieht Leon Steine um?«

Manolo hob die Kiste an. »Keine Ahnung. Du bist doch seine Freundin. Ich kann dir aber versichern, dass Steine drin sind, wo Steine draufsteht, weil mit Steinen kenne ich mich aus. Wie wär's hiermit? Die Kiste ist zwar groß, aber nicht so schwer, und soll wie die Steine in den Keller.«

Er streckte mir eine von Leons Kisten aus der Reinsburgstraße hin. Wirklich leicht war sie nicht, ich konnte sie gerade so tragen. Es raschelte. Bestimmt alte Schulhefte oder Unikram, von dem Leon sich nicht trennen konnte.

»Was ist denn da drin?«, fragte ich. Manolo schielte auf den Aufkleber.

»Da steht *Liebesbriefe* drauf«, erwiderte er.

»Liebesbriefe?«, echote ich leicht alarmiert.

»Mmm. Sind die etwa nicht von dir?«

»Äh – nein. Ich glaube nicht, dass ich Leon überhaupt schon einmal einen Brief geschrieben habe. Nur Mails.«

»Die Kiste ist schon ziemlich vergilbt«, kommentierte Manolo. »Das sind bestimmt alte Briefe, irgendeine Jugendliebe, da mach dir mal keinen Kopp.«

Ich wankte mit der Kiste in den Keller, stellte sie ab und betrachtete nachdenklich den Aufkleber. Das Wort *Liebesbriefe* stand in sorgfältigen, großen Lettern darauf geschrieben, und darunter, kleiner und in Klammern: Ex-Freundinnen. Die Kiste war fest mit Paketband verschlossen.

Ein ganzer riesiger Karton voller Liebesbriefe von Ex-Freundinnen? Die warf man doch normalerweise weg! Oder man verbrannte sie! Man hob vielleicht einen Brief auf, maximal zwei. Aber einen ganzen Karton voll? Das war doch nicht normal! Und von wie viel Ex-Freundinnen redeten wir hier eigentlich? Und von welchem Zeitraum? Die einzige Ex-Freundin von Leon, die ich kannte, war seine Sandkastenfreundin Yvette. Hatte er etwa schon im Sandkasten Liebesbriefe geschrieben? Wenn er schon so ordentlich war, hätte er doch auch noch Jahreszahlen draufschreiben können! Yvette, 1984. Britta, 1997–98. Manuela, 1998–2001. Und wieso war die Kiste zugeklebt, während alle anderen nur zugefaltet waren? Ich verstaute die Kiste in der hintersten Ecke unseres Kellerabteil. Dann lief ich hinauf in den vierten Stock. Dort herrschte hektisches Treiben. Kisten wurden gestapelt, Möbel gerückt, man hörte Keuchen und gedämpfte Befehle. Lila hatte sich in das Zimmer zurückgezogen, das einmal unser Schlafzimmer werden sollte, und stillte die Zwillinge synchron.

»Brauchst du was?« Sie schüttelte den Kopf.

»Hoffentlich taucht Harald bald auf, dann kann einer die Zwillinge nehmen und der andere kann helfen. Ich will mich auch unbedingt noch kurz mit Tanja unterhalten, sie hat doch auch Zwillinge. Nimm für alle Fälle meinen Autoschlüssel mit«, sagte sie. »Er liegt da drüben auf der Windeltasche. Falls jemand aus der Ausfahrt rausfahren will.«

Ich stopfte mir den Schlüssel der Ente in die Gesäßtasche meiner Jeans. Leon war in der Küche und ruckelte gerade den Kühlschrank an die richtige Stelle. Schweiß stand ihm auf der Stirn. Zum Glück war er allein.

»Leon!«, zischte ich leise, damit die anderen nichts mitbekamen. Schließlich ging das nur uns beide etwas an. Trotzdem musste es rasch geklärt werden. Es war nicht gut, wenn sich in einer Beziehung Konflikte aufstauten, Umzug hin oder her.

»Ja?«, gab Leon zerstreut zurück.

»Ich wollte dich nur kurz was fragen.«

»Ja?« Der Kühlschrank wackelte. Das war nicht besonders erstaunlich. Der alte Linoleumboden in der Küche war komplett uneben. Leon nahm ein Stück Pappe und schob es unter die linke Kühlschrankseite. Dann legte er sich auf die rechte Seite und lugte unter den Kühlschrank.

»Also wegen dieser Kiste.«

»Vielleicht müsstest du das ein klitzekleines bisschen präzisieren«, gab Leon von unten zurück. »Wir haben es im Moment mit weit mehr als einer Kiste zu tun, schätze ich.«

»Diese Kiste von dir, die ich vorher in den Keller getragen habe. Da steht drauf *Liebesbriefe*.«

»Hm ja. Und weiter?« Leon stopfte eine etwas dünnere Pappe unter die rechte Kühlschrankseite.

»Na ja … ich meine ja nur. Es ist eine ziemlich große Kiste.«

»Gibst du mir noch ein Stück Pappe? Der Kühlschrank wackelt immer noch.«

Ich riss ein Stück Pappe vom Karton und reichte es Leon.

»So viele Briefe von Ex-Freundinnen?«

»Ich bin 33 Jahre alt. Meinst du nicht, dass es normal ist, dass sich da ein paar Briefe angesammelt haben?«

»Vielleicht. Ich habe nie Briefe geschrieben«, murmelte ich.

»Also ich schon«, sagte Leon und drehte sich auf dem Boden auf den Rücken. »Ich hatte eine Zeitlang eine Wochenendbeziehung, als ich in Kiel studiert habe. Sie lebte in Berlin … Da fing das mit den Mails ja gerade erst so an, und Handy hatten wir beide keins. Viel zu teuer. Wir haben uns seitenweise Briefe geschrieben. Einfach wunderschön.«

Wer jetzt? Die Ex-Freundin oder die Briefe? Leons Stimme war nur noch ein Flüstern. Er hatte die Arme unter dem Kopf verschränkt, lag auf dem welligen Linoleum wie auf einer Blumenwiese und starrte nach oben durch die fleckige Decke hindurch in die Ferne. Oder war es die Vergangenheit? Auf jeden Fall war sein Blick nebelumflort. Woran erinnerte er sich gerade? An einen romantischen Kuss auf einem Segelboot auf der Kieler Förde? An eine innige Umarmung am Brandenburger Tor? Ich räusperte mich. Der Nebel löste sich auf.

»Davon hast du mir nie erzählt«, bemerkte ich. »Außerdem steht da Ex-Freundinnen im Plural. Nicht, dass du denkst, ich bin eifersüchtig oder so.«

Leon sah mich belustigt an. »Wenn ich etwas zu verbergen hätte, dann hätte ich »FH Kiel Fertigungstechnik I« auf die Kiste geschrieben. Ich werde wegen meiner vergangenen Lieben kein schlechtes Gewissen haben. Und das erwarte ich von dir auch nicht.«

»Musst du ja auch gar nicht«, sagte ich sofort. »Ich bin schließlich die Großzügigkeit in Person.« Trotzdem. Irgendwie schien es da dunkle, unbekannte Seiten in Leons Vergangenheit zu geben, von denen ich keine Ahnung hatte! Nicht nur ich hatte Geheimnisse, auch er! Und dann war da noch die mysteriöse Kiste mit den Steinen!

»Line, wir stecken mitten im Umzug. Meinst du nicht, wir sollten das zu einem späteren Zeitpunkt diskutieren? Ich erzähle dir gern mehr. Wir müssen jetzt die Waschmaschine holen. Du könntest uns um die Ecken dirigieren, damit wir das Treppenhaus nicht zerlegen.« Leon stand auf, klopfte sich die Knie ab, gab mir einen raschen Kuss und wuschelte mir durchs Haar. »Du bist mir schon so eine«, murmelte er und grinste. »Ich trommel mal die Jungs zusammen. Kommst du dann runter?« Er zog ab.

Tanja marschierte herein und deutete auf die Kisten mit unserem Küchenkram.

»I han's a bissle em Kreiz on däd eich d' Kiche eireima, wenn's rechd isch«, sagte sie. Sie streckte beide Arme auf Schulterhöhe nach vorne und hielt sie an die Küchenschränke. »I ben dodal sysdemadisch. Älles, was mr jeden Dag brauchd, uff Achselhöh oder dronder, Flodde Lodde[13], Fondue, Hoißer Schdoi, Kirschentstoiner, Raclette, Pfitzaufform ond Waffeleise höher nuff ond alphabetisch von lenks noch rechts.«

13 Tanja will nicht etwa eine leicht frivole Dame im Schrank verstecken, sondern ein Passiergerät zum Selbermachen von Epfelbrei (Apfelkompott), eben die »Flotte Lotte«, die früher in keinem schwäbischen Haushalt fehlen durfte.

»Das haben wir alles nicht«, wandte ich ein. »Wir haben mehr so eine Art Campingausrüstung. Eine Pfanne, drei Töpfe, Eierbecher, Senfgläser, gehäkelte Topflappen von Dande Dorle und etwas Besteck.«

»Des Sach kriagd mr älles zur Hochzich!«, rief Tanja triumphierend aus.

Ich floh die Treppe hinunter. Leon, Martin, Tarik und Manolo hatten sich dicke Arbeitshandschuhe übergestülpt und luden gerade schimpfend und stöhnend Leons Waschmaschine aus, ein nicht mehr ganz taufrisches, sauschweres Ding. Was war ich froh, dass ich eine Frau war und den Männern den schweren Scheiß überlassen konnte!

»Line, du gehst hinter uns her und passt auf, dass wir nirgendwo andotzen«, ordnete Leon an. Die Männer begannen den Aufstieg durchs Treppenhaus. Die erste Ecke. Eigentlich war mein Job der viel verantwortungsvollere!

»Höher!«, rief ich. »Mehr nach rechts!« Die Waschmaschine wackelte, die Männer fluchten. Ach, was sah Leon sexy aus, wenn ihm der Schweiß hinunterrann, auch ohne Oberarmmuckis! Und dann trug er auch noch sein schnuckliges HSV-Shirt, auf dem »Alle Mann auf Kurs« stand! Draußen hupte es.

»Da ist wohl irgendeins unserer Autos im Weg«, keuchte Leon.

»Das muss dann eben mal kurz warten«, sagte ich. Die zweite Ecke.

»Mehr nach links!«, rief ich. »Höher!« Jetzt hatten wir es in den ersten Stock geschafft.

»Kurz absetzen!«, befahl Manolo.

»Auf keinen Fall absetzen!«, keuchte Martin. »Sonst kriegen wir das Ding nicht mehr hoch!«

»Das wär ganz schlecht«, grinste Tarik. Alle vier fingen an zu kichern. Die Waschmaschine begann gefährlich zu schwanken.

»Nicht lachen!«, wimmerte Leon. Nun lachten alle vier so sehr, dass ihre Schultern bebten. Die Waschmaschine rutschte ab und krachte mit einem lauten Rums auf den Boden. Tarik, Martin und Manolo warfen sich wiehernd und keuchend über das Gerät. Leon kniete sich hin und untersuchte leicht betreten den Schaden. Eine tiefe Macke zeichnete sich im Holzboden ab. Er zückte sein Handy und schoss ein Foto.

»Halb so schlimm«, murmelte er. »Wir haben ja eine Super-Premium-Spezial-Haftpflicht.«

»Kindsköpfe«, kommentierte ich tadelnd und stemmte die Hände in die Seiten. Herrlich. Etwas war schiefgegangen, und ausnahmsweise waren nicht ich und das Katastrophen-Gen schuld!

»Hebt – an!«, befahl Manolo. Die nächste Ecke.

»Näher zum Geländer!«, rief ich. Wir waren kurz vor dem zweiten Stock. Das gelegentliche Hupen draußen hatte sich in ein rhythmisches Dauerhupen verwandelt.

»Mehr nach rechts! Noch mehr!« Die Waschmaschine schwankte nach rechts.

»Noch mehr?«, ächzte Manolo.

»Ja!«

Manolo spannte seine Oberarmmuckis an und drückte die Waschmaschine von unten nach rechts oben.

»Aber doch nicht soo viel!«, kreischte ich. Zu spät. Die rechte Ecke der Waschmaschine krachte in die Wand neben der Wohnungstür im zweiten Stock. Glücklicherweise hing genau dort ein massives Kehrwochenschild. Das Schild brach in der Mitte auseinander und polterte zu Boden. Der Nagel klirrte hinterher. Die Jungs keuchten.

»Ausbalancieren!«, ordnete Manolo an. »Nicht absetzen!« Langsam beruhigte sich die schwankende Maschine. Das Hupen draußen hatte sich in ein mehrstimmiges Hupkonzert verwandelt.

»So ein Mist!«, fluchte Leon, rot im Gesicht.

»Das Hupen, die Wand oder das Kehrwochenschild?«, fragte ich. »Ich hätte nie gedacht, dass ich mal dankbar bin für die Kehrwoche.«

»Line, du musst sofort runter. Autos wegfahren!«

»Das ist jetzt aber nicht so meine Stärke! Vor allem nicht bei fremden Autos. Vor allem nicht der Rückwärtsgang!« Das Hupen draußen war jetzt so laut wie bei einer türkischen Hochzeit. Leider fehlte die Braut.

»Das hilft jetzt alles nichts. Wo sind eure Autoschlüssel?«

»Rechte Gesäßtasche!«, schnaufte Martin.

»Brusttasche meines Muscle-Shirts!«, erklärte Manolo.

»An der Totenkopf-Kette um meinen Hals!«, ächzte Tarik.

»Dein Mercedes ist doch gar nicht hier!«, rief Manolo. »Du hattest Angst, er kriegt eine Delle ab.«

Ich fummelte die Schlüssel aus den diversen Taschen.

»Beeil dich, Line!«, rief Leon. »Du musst uns schließlich noch zwei Stockwerke hinaufdirigieren!«

»Das kann ich doch übernehmen«, gurrte eine Stimme. Die Wohnungstür war aufgegangen. Im Türrahmen lehnte eine Frau um die dreißig mit kurzen, verwuschelten Haaren und langen nackten Beinen, die aus einem Oversize-T-Shirt mit Katzenmotiv herausragten. In der Hand hielt sie ein Latte-macchiato-Glas. Sie blickte auf das zerlegte Kehrwochenschild neben ihren nackten Füßen mit den blaulackierten Nägeln und gähnte herzhaft. Dann gab sie dem Minibesen, der vom Schild gefallen war, mit dem Fuß einen kleinen Schubs.

»So deutlich hättet ihr eure Meinung zur Kehrwoche nicht kundtun müssen.«

»Die Mini-Fahrerin«, keuchte Tarik.

»Die uns den Parkplatz geklaut hat!«, ergänzte Manolo. Er war der Einzige, dem es überhaupt nichts auszumachen schien, dass er gerade Small Talk machte, während er eine Waschmaschine schleppte.

»Sorry. Ich kam mitten in der Nacht vom Salsatanzen heim, es hat geregnet, nirgends ein Parkplatz, da konnte ich echt nicht mehr groß rumgurken. Ich meine, es ist November!« Sie machte einen kräftigen Hüftschwung, so dass ihr T-Shirt hochrutschte und für eine Millisekunde einen schwarzen String-Tanga freigab. »Ich bin übrigens Daniela. Dani reicht. Wer von euch zieht denn hier ein?«

Zieh du dir erst mal was an, dachte ich böse.

»Meine Freundin Line und ich«, schnaufte Leon und machte eine Bewegung mit dem Kinn zu mir hin. »Ich bin Leon. Ich schätze, wir verzeihen dir noch mal.«

»Genau, wir wollen nicht nachtragend sein. Wenn du uns zur Entschädigung jetzt hilfst …«, japste Martin.

»Dann lasst mal sehen, was ihr waschmaschinenmäßig so draufhabt, Jungs«, sagte Dani und stellte ihren Kaffee in der Tür ab. Leon kicherte zur Antwort albern. Martin straffte die Schultern, soweit es die Waschmaschine erlaubte. Vier Augen klebten an Danis langen Beinen fest. Ich stöhnte innerlich. Das war jetzt nicht wahr, oder? Plauder- und Flirtstündchen mit Waschmaschine auf dem Arm? Zum Glück war ich nicht eifersüchtig. Und wegen der dämlichen Ziege tobte da draußen das Verkehrschaos!

»Ich geh dann mal«, murmelte ich. »Autos wegparken.« Niemand schenkte mir Beachtung.

Ich lief die Treppe hinunter, die Taschen ausgebeult von den vielen Schlüsseln. Das Hupen war mittlerweile ohrenbetäubend. Die Leute stellten sich aber auch an! Ich rannte hinaus in den Hof und blieb wie angewurzelt stehen. In den Keller. Am besten lief ich in den Keller, verschanzte mich hinter der Kiste mit den Liebesbriefen und schloss die Augen. Vielleicht gab es auch irgendwo um die Ecke ein nettes Café?

Ein DHL-Transporter kam nicht an Martins Geländewagen vorbei. Zurückstoßen konnte er nicht, weil sich hinter ihm schon eine Schlange gebildet hatte. Nach vorne konnte er eigentlich auch nicht, weil sich in der Gegenrichtung die Autos bis hinunter zur Schwabstraße stauten. Soweit ich sehen konnte, hatte sich die vorher noch völlig unschuldige Gutenbergstraße in die Brennerautobahn an einem Freitagnachmittag zum Sommerferienbeginn von Nordrhein-Westfalen verwandelt. Warum stiegen die Leute nicht aus und spielten Federball, anstatt pausenlos zu hupen! Das war aber noch nicht alles. Auch aus den beiden Ausfahrten, die von Leons Golf und Lilas Ente blockiert wurden, wollten Autos heraus. Lilas grüne Ente war zudem von einer Traube Menschen umlagert, die durch die Fenster lugten und die Kotflügel tätschelten. Das war nichts Neues. Es gab einfach nicht mehr so viele Modelle »I fly bleifrei« aus dem Jahr 1986.

Mir lief der Panikschweiß herunter. Die Gutenbergstraße war ein einziges Chaos aus Autos, Hupen, heruntergekurbelten Scheiben und Gebrüll, und ich ganz allein war dafür verantwortlich, dieses Chaos zu beenden! Die Waschmaschine war erst im zweiten Stock, außerdem flirteten die Jungs mit Dani, das konnte dauern. Priorisieren. Ich musste vor allem Priorisieren! Priorität Nr. 1 hieß: Auf keinen Fall durfte ich die wütenden Autofahrer wissen lassen, dass ich die Schlüssel von allen drei Wagen hatte. Noch war ich niemandem aufgefallen. Wenigstens konnte Manolos Transporter bleiben, wo er war! Als Erstes musste der Geländewagen weg! Ich tastete nach den Schlüsseln und bereitete mich auf einen Sprint vor.

»Hi. Ihr seid die Neuen aus dem vierten Stock, oder?« Hinter mir stand plötzlich ein Typ. Er hatte zwei kleine Kinder im Schlepptau, die Helme trugen und Kuscheltiere im Arm hielten, und steuerte auf mich zu. Ich konnte jetzt wirklich keinen nachbarschaftlichen Small Talk machen! Ich nickte nur.

»Dann ist das euer Umzugswagen?«, fragte er. Sollte ich jetzt priorisieren oder die Wahrheit sagen?

»Leider«, sagte ich.

»Es ist nur so, wir haben den Radanhänger für die Kids hinten im Hof und wollen auf den Wochenmarkt. Meinst du, ihr könntet die Kiste mal kurz wegstellen, sonst komme ich nicht raus. Der Markt ist bald vorbei.«

»Kein Problem«, sagte ich matt. »Ich muss nur mal kurz die anderen drei Autos wegfahren.« Ohne seine Antwort abzuwarten, stürzte ich auf die Straße zu Martins Geländewagen und fummelte im Laufschritt einen Schlüssel aus der Hosentasche. Natürlich war es der falsche. Nächster Versuch. Wieder nichts. Andere Hosentasche. Endlich! Schnell rein ins Auto! Warum hörten die Autofahrer nicht auf zu hupen und zu schimpfen, sie konnten doch sehen, dass ich mich redlich bemühte! Das machte einen ja total nervös! Ich startete und legte den ersten Gang ein. Ging doch super! Langsam anfahren! Der Geländewagen machte einen Hüpfer nach hinten. Leider stand da Manolos Transporter, aber ich rumste ihn nur ein bisschen mit der Stoßstange an. Ich rührte eine Weile im Getriebe herum, bis ich den ersten Gang fand, und tastete mich dann im Schritttempo am Gegenverkehr vorbei. Die Gesichter der Fahrer waren rot. Es war eng. Sehr eng, weil die Ente und der Golf die Straße noch schmaler machten, und die Entenfans, die die Ente von allen Seiten mit Handys fotografierten und miteinander fachsimpelten, nur sehr widerwillig aus dem Weg gingen. Warum musste Martin auch so ein dickes Angeberteil fahren! Außerdem hatte es zu nieseln begonnen, und ich fand den Scheibenwischer nicht. Ich warf einen Blick in den Rückspiegel. Ein neues Auto hatte sich hinten in die Kolonne eingereiht. Ganz eindeutig ein Polizeiauto. Bloß nicht drüber nachdenken, sonst würde ich noch panischer werden!

Wohin jetzt mit der blöden Karre? Da war eine Einfahrt in einen riesigen Hof. Nichts wie rein! Und da gab es sogar Parkplätze! Warum hatten wir das nicht früher gesehen? Ich stellte den SUV auf den nächstbesten Parkplatz gleich neben der Einfahrt, sprang heraus und sprintete geduckt über den Gehweg zurück, um den Zorn der Autofahrer nicht auf mich zu lenken. Zum Glück sah mich der DHL-Fahrer nicht. Er hatte vor lauter Verzweiflung die Hände vors Gesicht geschlagen. Der Stau war nämlich immer noch genauso heftig wie vorher, weil Ente und Golf zu weit auf die Straße ragten und verhinderten, dass DHL-Transporter und Gegenverkehr aneinander vorbeikamen.

Als Nächstes die Ente, die konnte ich wenigstens bedienen! Ich machte mich bereit, über die Straße zu rennen. Eine Frau marschierte die Gutenbergstraße hinunter, sie hatte die Daumen in die Hosentaschen eingehakt, schlängelte sich zwischen den Autos durch, näherte sich jetzt dem DHL-Transporter und sah sehr, sehr böse aus. Ich kannte diese Frau. Sie trug Uniform.

Wie ein Hase rannte ich hakenschlagend in den Hof hinter Manolos Transporter und warf mich in die Lücke zwischen Restmüll- und Papiertonne. Dort kauerte ich mich zusammen. Es war einfach unfassbar! Sie gehörte doch zum Polizeirevier Ost? Hatte sie mich gesehen? Neben der Papiertonne tauchte der Typ mit den kleinen Kindern auf. Er zog an der Hand einen Radanhänger hinter sich her.

»Spielst du Verstecke?«, fragte das kleine Mädchen zutraulich. »Dürfen wir mitspielen?«

»Nein«, keuchte ich.«Tut mir leid. Ich mache nur – ein Päuschen.«

»Alles soweit okay?«, erkundigte sich der Typ und sah mich mitleidig an.

»Äh … ja«, antwortete ich und zuckte panisch zurück, weil Vanessa jetzt direkt vor der Hofeinfahrt stand, misstrauisch den Umzugswagen beäugte und einen Notizblock aus der Tasche zog.

»Das mit dem Wegfahren?«

»Kann noch einen klitzekleinen Moment dauern«, murmelte ich und machte mich klein. Er seufzte.

»Kannst ja im ersten Stock klingeln, wenn es so weit ist«, sagte er, ließ den Anhänger stehen und verschwand mit den Kindern im Hauseingang. Das Mädchen drehte sich noch mal um und warf mir einen enttäuschten Blick zu.

Ein schweißüberströmter Leon erschien Sekunden später in der Haustür und machte eine Vollbremsung, so dass Martin, Tarik und Manolo in ihn hineinrempelten. Fassungslosigkeit machte sich auf den Gesichtern breit.

»Wo ist Line?«, brüllte Leon.

»Wo sind die Autoschlüssel?«, brüllten Manolo und Martin.

»Pscht!«, machte ich. »Ich bin hier!«, aber alle vier stürzten blindlings hinaus auf die Straße.

»Sind Sie hier verantwortlich? Sie können doch nicht wegen eines Umzugs die komplette Gutenbergstraße lahmlegen!«

Ich spähte hinter der Papiertonne hervor und zuckte sofort wieder zurück. Vanessa hatte sich den Jungs in den Weg gestellt, die Hände in die Seiten gestemmt, und guckte jetzt direkt in meine Richtung. Auf der Straße begannen Verhandlungen. Ich fummelte das Handy aus der Hosentasche und wählte fieberhaft Leons Nummer. Vorsichtig streckte ich den Kopf um die grüne Tonnenwand. Leon drehte sich suchend um sich selbst, zog das Handy aus der Tasche und drückte das Gespräch weg, ohne auch nur hinzugucken. Das war doch zum Heulen!

»Line! Wo bist du?«

Ich hatte es genau gesehen. Vanessa war von oben bis unten zusammengezuckt, als sie ihn den Namen Line rufen hörte! Sie blickte Leon alarmiert und wütend an! In der Haustür erschien jetzt Dani, immer noch ohne Beinbekleidung, wippte auf ihren nackten Füßen und blickte neugierig hinaus auf das Chaos.

»Dani!«, zischte ich.

Sie sah sich suchend um.

»Hier, hinter der Tonne!«

Dani hüpfte barfüßig näher.

»Was machst du denn da?«, grinste sie.

»Pscht, nicht so laut! Ich brauche deine Hilfe! Die Polizistin. Sie darf mich nicht sehen! Bitte sag Leon, er soll ganz schnell an sein Handy gehen, aber die Polizistin darf es nicht mitkriegen!«

»Aber klar doch!« Dani lief trotz des Novemberniesels barfuß hinaus auf die Straße, zog Leon beiseite, legte ihm zutraulich den Arm um die Schulter und murmelte ihm etwas ins Ohr. Nun wurde ich aber ganz schön sauer hinter meiner Tonne. Okay, ich hatte sie zwar um einen Gefallen gebeten, aber musste sie sich deshalb gleich so an Leon ranschmeißen? Sie kannte ihn grad mal zehn Minuten! Das Hupen wurde wieder lauter. Dani löste sich von Leon, stellte sich in die Mitte der Straße zwischen zwei Stoßstangen, zog das T-Shirt nach unten und knickste in alle Richtungen. Die Entenfans pfiffen und applaudierten. Vanessa stöhnte laut. Dani lief zurück in den Hof, zwinkerte mir zu und verschwand im Treppenhaus.

Leon sah vollkommen verwirrt aus. Immerhin ging er an sein Handy.

»Line! Wo – «

»Sag jetzt nichts mehr!« zischte ich. »Hör mir nur zu! Ich sage nur: Katastrophen-Gen! Und vor allem, sprich mich ab jetzt mit Caroline an! Laut und deutlich! Ca-ro-line!«

Leon sah sich ratlos nach allen Seiten um.

»Ich verstehe überhaupt nichts, Li… äh, Caroline. Wir brauchen dringend die Autoschlüssel, hier ist das volle Verkehrschaos!«

»Leon. Geh von dieser Polizistin weg, bitte! Wir … wir haben eine Vorgeschichte.«

»Kleinen Moment«, sagte Leon nonchalant zu Vanessa. »Wenn Sie mich einen Augenblick entschuldigen würden. Meiner Freundin … Caroline scheint es schlecht geworden zu sein.« Er ging ein paar Meter weg. »Wo bist du?«, flüsterte er.

»Im Hof! Hinter der Papiertonne! Nicht herschauen, die Polizistin darf mich nicht sehen!«

Leon begann hysterisch zu glucksen. »Entschuldige«, keuchte er. »Der Umzugsstress. Wie komme ich jetzt an die Autoschlüssel?«

»Sag Tarik, er soll die Schlüssel holen. Du lenkst sie ab. Sie muss in die andere Richtung gucken!«

Leon ging zu Tarik hinüber, der das Straßenchaos fleißig mit dem Handy fotografierte. Dann stellte er sich wieder neben Vanessa, deutete auf die Ente und zwang sie so, sich in die andere Richtung zu drehen. Sekunden später schlenderte Tarik entspannt heran und stellte sich scheinbar unbeteiligt neben die Mülltonnen. Er streckte den Arm zwischen Restmüll- und Papiertonne, und ich drückte ihm die Schlüssel in die Hand.

»Schätzchen, ich verstehe zwar nicht ganz, was du da machst, aber ich habe schon ein paar nette Fotos für Facebook gemacht.«

»Sag Manolo, er muss auch wegfahren«, zischte ich.

Es dauerte noch ein paar Minuten, bis Ente und Golf aus dem Weg geräumt waren. Der Stau löste sich nur langsam auf. Vanessa verschwand aus meinem Blickfeld. Ich kauerte vorsichtshalber weiter hinter der Tonne. Der Nachbar mit den Kindern erschien wieder, und Manolo machte Platz für den Fahrradanhänger. Das kleine Mädchen schlüpfte zwischen die Tonnen, legte mir die Hand auf den Arm und flüsterte: » Heile, heile Segen.«

»Äh, wieso?«, fragte ich verwirrt.

»Papa sagt, es geht dir nicht gut.« Dann hüpfte sie davon.

Irgendwann stand Leon vor mir und zog mich auf die Füße und in seine Arme.

»Du Ärmste«, murmelte er. »Du bist ja ganz kalt und nass. Es tut mir so leid, dass du den ganzen Stress abgekriegt hast.« Einen Augenblick standen wir nur da und hielten uns fest. Ich war fix und fertig, dabei hatte ich noch keine einzige Kiste hochgetragen!

»Ist sie weg?«, fragte ich. Leon ließ mich los und zog eine Visitenkarte aus der Hosentasche.

»Polizeimeisterin Vanessa Bach? Ja, sie ist weg. Sie hat uns nur verwarnt, kein Bußgeld wegen Verkehrsbehinderung.«

»Darf ich mal die Visitenkarte sehen?«

Vanessa Bach. Hurra, Vanessa trug Simons Namen! Ich hatte die Ehe nicht dauerhaft verhindert! Das war die gute Nachricht. Die schlechte Nachricht war, dass Vanessa zum Polizeirevier Gutenbergstraße gehörte. Das bedeutete, dass sie mir jederzeit über den Weg laufen konnte! Zweifelsohne war das Katastrophen-Gen wieder aktiv. Sonst hätte sich Vanessa nicht ausgerechnet wieder das Polizeirevier in der Gutenbergstraße ausgesucht. Vielleicht hatten Simon und Vanessa entschieden, dass es besser war, an unterschiedlichen Stellen zu arbeiten, jetzt, da sie verheiratet waren?

»Lernst du die Visitenkarte auswendig?«, fragte Leon belustigt.

»Äh … nein, natürlich nicht.«

»Ich würde vorschlagen, wir bestellen jetzt erst mal Pizza für alle. Ich glaube, nach dem Schreck können wir alle eine Pause gebrauchen. Lila und Tanja sicher auch.«

Pizza! Hurra! Das Beste an einem Umzug waren die Pausen!

Der Rest des Umzugs verlief ohne Zwischenfälle.

»Wir gehn dann mal«, sagte Martin am späten Nachmittag. »Wir müssen die Zwillinge vom Kindergeburtstag abholen und sind spät dran. Line hat mir ja beschrieben, wo das Auto steht.«

»Vielen Dank noch mal für eure Hilfe. Wir machen bestimmt bald eine Einzugsfete«, antwortete Leon und schüttelte Martin die Hand.

»Adele!«, strahlte Tanja und küsste mich auf die Wange. »Läbad eich guad ei! On Line, du woisch, gell …« Sie intonierte die ersten vier Töne des Hochzeitswalzers. Dann zischten beide samt Tupperdose ab.

»Was meinte sie denn damit?«, fragte Leon.

»Sie scheint zu glauben, dass du ganz wild drauf bist, mich zu heiraten«, erwiderte ich scheinbar beiläufig.

Leon prustete vor Lachen.«Wie kommt sie denn darauf?«

»Keine Ahnung«, murmelte ich. Einerseits war es ja beruhigend, dass Tanja sich irrte, andererseits war ich jetz fast ein bisschen beleidigt. Schließlich hatte mir Leon schon einmal einen Antrag gemacht, allerdings mit dem verwirrenden Hinweis, dass er den Antrag nicht wirklich ernst meinte, ich ihm jedoch jederzeit mitteilen könnte, wenn ich dafür bereit wäre, dass er mir einen ernst gemeinten Antrag machte. So ganz kapiert hatte ich es bis heute nicht.

Leons Handy klingelte.

»Das ist Martin«, sagte er. »Martin? Kein Problem, sie steht hier neben mir.« Er reichte mir sein Handy.

»Line, sagtest du nicht, du hättest mein Auto gleich ums Eck in dem Hof abgestellt, wo hinten dieser Bioladen ist, Plattsalat?« Martin klang nervös.

»Ja, genau. Gleich der erste Parkplatz, wenn man reinfährt, rechts. Ich war ja so froh, dass der frei war!«

»Da steht kein Geländewagen. Im ganzen Hof steht kein Geländewagen. Nur eine Menge Autos von Stadtmobil. Auf dem Parkplatz, den du beschrieben hast, steht ein roter Transporter. Und an der Wand davor hängt ein Schild ›Reservierter Parkplatz Kleinbus‹, mit einem Bild von einem Abschleppwagen.«

13. Kapitel

Underneath your clothes
there's an endless story

Ich saß verschwitzt, verdreckt und erschöpft auf Leons Sofa. Unserem Sofa, um genau zu sein. Die Abdeckplane klebte an meinem Hintern. Ich blickte starr geradeaus auf Tisch und Stühle, eine Insel im Chaos der unausgepackten Kisten, und versuchte mir einzubilden, es sei gemütlich. Unsere Umzugshelfer hatten uns endgültig unserem Schicksal überlassen. Martin hatte bei der Polizei angerufen und dort erfahren, wo er sein Auto abholen konnte, und Leon hatte ihn und Tanja hingefahren. Da sich die Haftpflichtversicherung vermutlich weigern würde, die Kosten für den Abschleppwagen zu übernehmen, hatten wir beschlossen, das Geld aus unserer noch einzurichtenden gemeinsamen Haushaltskasse zu nehmen und Tanja und Martin bei Gelegenheit ins *Chiquilín* einzuladen, eine argentinische Kneipe an der nächsten Ecke, die wir sowieso testen wollten. Ich war ein bisschen bekümmert. Dass von den Hunderten von Polizisten, die es in Stuttgart gab, ausgerechnet Vanessa aufgetaucht war, war eindeutig dem Katastrophen-Gen zuzuschreiben. Dabei hatte es sich in letzter Zeit so ruhig verhalten! Musste es sich gerade jetzt wieder aktivieren, wo ich mit Leon zusammenzog? Leon selbst hatte meine peinlichen Aktionen zwischen den Tonnen mit Humor genommen.

»Du konntest ja wirklich nichts dafür, dass alle vier Autos gleichzeitig im Weg waren«, tröstete er mich.

Er wurschtelte in der Küche herum. Dann tauchte er plötzlich im Türrahmen auf, in der Hand eine geöffnete Flasche Sekt, zwei Plastikbecher und eine Tüte Chips.

»Ich habe gedacht, wir feiern unseren Einzug und stoßen auf unsere gemeinsame Zukunft an«, sagte er stolz.

»Leon, wie süß von dir!«, rief ich entzückt aus. Ich wusste es. Dieser Sekt war der Auftakt zu einer langen Reihe romantischer Abendessen, mit denen Leon mich ab sofort verwöhnen würde! Er setzte sich zu mir aufs Sofa, schenkte uns ein und riss die Chipstüte auf.

»Auf uns!« Leon hob seinen Plastikbecher und stieß mit mir an.

»Auf uns!«, rief ich und trank mit einem Schluck den halben Becher leer. Leon sah mir tief in die Augen und lächelte sein wunderbares Lächeln, das ich so viel lieber mochte als sein Grinsen. Er streckte den Arm nach mir aus. Gleich würde er mich umarmen und küssen, und dann würden wir Kisten Kisten sein lassen und auf der Plastikplane … Ich schloss die Augen halb und spitzte die Lippen in freudiger Erwartung. Sofaspontansex, wie sehr hatte ich das vermisst!

»Ich bin auch schrecklich müde«, seufzte Leon. »Mir hängt der Zeitunterschied noch in den Knochen.« Sein Arm senkte sich in die Chipstüte. »Vor lauter Hektik haben wir noch gar nicht über die Renovierung gesprochen. Wir sollten überlegen, wie wir das angehen. Das wird noch eine Menge Arbeit.«

»Äh … ja.« Ich öffnete die Augen wieder. »Wollen wir uns nicht erst ein bisschen einleben und dann renovieren? Schließlich bist du gerade erst aus China zurückgekommen.« Ich rückte ein bisschen näher an Leon heran und ging in einen verführerischen Wimpern-Klimper-Modus.

»Wir müssen ja nicht alles auf einmal machen, aber im Bad fallen die Kacheln von der Wand, der uralte Linoleumboden in der Küche riecht giftig und wellt sich so, dass man ständig drüberfällt, und die ganze Bude könnte frische Tapeten und Farbe gebrauchen.«

Oje. Das klang irgendwie mehr nach Renovieren am Feierabend als nach Romantik! Da musste ich so schnell wie möglich gegensteuern. »Ach, so schlimm ist es doch gar nicht«, sagte ich betont fröhlich. »Wir müssen es ja nicht so perfekt haben wie Tanja und Martin in ihrem Einfamilienhaus im Neubaugebiet von Schwieberdingen!« In diesem Augenblick löste sich auf der anderen Seite des Wohnzimmers eine Tapetenbahn und rollte in Zeitlupe nach unten. Wir sahen fasziniert zu. Aus dem Bad ertönte ein Klirren.

»Die nächste Fliese«, murmelte Leon. »Renovieren. Wie organisieren wir das?«

»Nun, ganz einfach. Wir schmeißen unsere gesammelten Renovierungsfähigkeiten zusammen. Du hast hundert Prozent, ich null. Gibt zusammen fünfzig. Müsste doch genug sein, oder? Ich dachte, ich könnte dir immer die passenden Dübel, Nägel und Fliesen anreichen. Wie eine Zahnarzthelferin oder eine OP-Assistentin. Statt eines Mundschutzes tragen wir eine Staubmaske.«

»Im Baumarkt gibt es spezielle Workshops für Frauen«, fuhr Leon unbeirrt fort. »Da lernt man alles, tapezieren, Fliesen legen, Wände streichen. Du bist schließlich emanzipiert und gibst dich nicht mit der Rolle der Assistentin zufrieden, oder?«

»Natürlich bin ich emanzipiert. Aber ich habe erst kürzlich in einer Sozpäd-Zeitschrift von Lila gelesen, wie wichtig es für Männer ist, dass sie geschützte Räume haben, wo sie mit anderen Männern mal wieder so richtig Mann sein dürfen. *Male bonding* nennt man das! Also überlasse ich dir, Martin und Manolo irgendeinen geschützten Raum zum Renovieren und koche in der Zwischenzeit ein leckeres Chili con carne sin carne.«

»Zufällig gibt es schon nächsten Donnerstagabend einen Workshop im ›Mach's selber‹-Baumarkt in Korntal-Münchingen. Du musst nur eine Mail schicken, um dich anzumelden, mit dem Betreff ›Wenn Frauen mit dem Hammer hauen‹.«

»Das ist ja toll!«, heuchelte ich. »Könnte besser nicht passen!«

Trotz des Umzugstresses hatte Leon einen Renovierungsworkshop für mich rausgesucht? Er schien ganz heiß aufs Renovieren zu sein! Warum war er nicht heiß auf mich? Wir tranken beide unsere Becher leer, und Leon goss nach. Ich kitzelte ihn ein bisschen am Ohr. Normalerweise machte ihn das total an. Leon gab mir einen Kuss, gähnte wieder, rückte dann ein Stückchen von mir weg und sah mich forschend an.

»Sag mal …« Oje. »Diese Sache mit der Polizistin heute. Was steckt da eigentlich dahinter?«

Jetzt. Jetzt war der richtige Moment gekommen, Leon die Geschichte mit Simon zu beichten! Der Umzug war gelaufen, wir waren allein, und Vanessa lieferte mir eine Steilvorlage! Und hatte Lila nicht darauf gedrungen, dass ich es Leon noch heute sagte? Man sollte ein gemeinsames Leben nicht mit einer Lüge beginnen!

»Vanessa, tja, wie soll ich sagen … Fast immer, wenn ich mit der Polizei zu tun hatte, war Vanessa mit im Spiel«, stotterte ich. Vanessa und Simon, um genau zu sein. Ich musste jetzt endlich Simon erwähnen! »Sim- sie kennt mich also.« Und Leon und Simon kannten sich auch! »Ich verstehe nicht, woher sie so plötzlich aufgetaucht ist. Das Polizeirevier Gutenbergstraße ist doch weggezogen. Aber auf ihrer Visitenkarte stand's auch drauf.«

»Das Polizeirevier Gutenbergstraße ist weggezogen und befindet sich jetzt ein Stück weiter oben in der Gutenbergstraße«, antwortete Leon trocken.

»Oh«, sagte ich. »Das ist - nicht ganz so ideal.« Genauer gesagt war es das Grauen! Wieso musste Vanessa ausgerechnet in unserer Straße arbeiten? Das hieß doch, wir konnten uns jederzeit über den Weg laufen!

»Was ist daran so schlimm? Du wirst doch nicht mit Fahndungsbefehl gesucht.«

»Äh … nein. Ich fürchte, ich muss da etwas weiter ausholen. Sollen wir uns das nicht für einen passenderen Augenblick aufsparen? Vielleicht mal bei einem romantischen Abendessen?«

Leon zuckte mit den Schultern. »Wieso findest du es im Moment unpassend? Wir haben genug geackert für heute.« Er lehnte sich zurück und sah mich erwartungsvoll an.

Mist, Mist, Mist! Das würde uns doch den Rest des Abends versauen! Und die nächsten Tage mit dazu! Aber dann hatte ich es wenigstens hinter mir. Ich holte tief Luft. In diesem Augenblick klingelte Leons Handy. Er warf einen Blick darauf.

»Sorry, da muss ich ran. Meine Mutter«, erklärte er. »Sie will bestimmt wissen, wie der Umzug gelaufen ist. Hildchen!«, rief er entzückt ins Telefon.

Ich hatte längst kapiert, dass Leon alles stehen- und liegenließ, wenn seine Mutter anrief, aber noch nie war ich so froh darüber gewesen wie jetzt.

Weil wir beide so erledigt waren, schafften wir es nicht mehr, das Bett aufzubauen, zogen stattdessen die Plastikfolie vom Schlafsofa und holten am nächsten Morgen ausgiebig den Sofasex nach. Herrlich! Um uns herum ein Meer unausgepackter Kartons, und wir kuschelten auf unserer Sofainsel! Irgendwann knurrte mir schrecklich der Magen. Leon schnarchte neben mir immer wieder sanft weg. Ich kitzelte ihn.

»He, du.«

»Mmm.«

»Hörst du meinen Magen knurren?«

»Natürlich höre ich deinen Magen knurren. Es klingt, als wäre ein Tiger im Bett.« Leon öffnete langsam ein Auge.

»Wie wär's mit Frühstück? Es ist kurz vor zwölf.«

»Frühstück mit Tiger? Aber gern«, antwortete Leon und öffnete das zweite Auge. »Ich fürchte nur, wir haben vergessen einzukaufen. Wir haben nur trockene Cornflakes. Die letzte Milch ist gestern für den Nachmittagskaffee draufgegangen.«

»Tss. Bei mir ist das ja normal, aber wie kann jemand, der so gut organisiert ist wie du, das Einkaufen vergessen?«, fragte ich.

Leon seufzte.«Ich habe den perfekten Umzug organisiert. Na

ja, beinahe. Da war keine Energie mehr übrig für den Tag danach.«

Der Tag danach. Der Tag, nachdem ich über Vanessa gestolpert war. Wieder eine Steilvorlage.

»Ich muss dir ein Geständnis machen«, sagte ich aus einem Impuls heraus und richtete mich nervös auf.

»Tatsächlich«, murmelte Leon. »Da bin ich aber gespannt.« Er legte den Arm um mich und zog mich wieder an sich.

»Ich – ich lasse immer meine Socken neben der Kaffeemaschine liegen. Und zwar die gebrauchten.« Ich brachte es nicht über die Lippen. Nicht, wenn ich nackt an Leon gekuschelt lag.

»Und ich sortiere die Teller und Tassen in der Spülmaschine nach Größe, Farbe und Hersteller«, antwortete Leon. »Alle weiteren Macken werden wir im Laufe der Zeit von allein rausfinden. Und wir zerbrechen uns jetzt auch nicht den Kopf darüber, was wir machen, wenn Arminia dich nach Leipzig schicken will. Viel dringender, wie lösen wir das Frühstücksproblem? Wenn wir irgendwo in ein Café gehen, kommen wir nicht mehr zum Ausräumen.«

»Wie wäre es, wenn wir eine Pizza bestellen?«, schlug ich eifrig vor.

»Zum Frühstück? Klingt nicht so prickelnd. Außerdem haben wir gestern Mittag Pizza gehabt.«

»Nun, wir könnten ja einfach eine andere Pizza nehmen. Ich hatte gestern die ›Pizza Mafia‹. Heute könnte ich mich für ›Pizza Padrino‹ erwärmen. Wenn du ›Berlusconi‹ nimmst, machen wir halbe-halbe. Ich kann eigentlich immer Pizza essen.«

»Hat Lila uns nicht Kartoffeln zum Einzug geschenkt?«, fragte Leon.

»Hat sie, wobei die Kartoffeln mehr so symbolisch waren. Vor allem hat sie uns ein Kartoffel-Maßband geschenkt. Sie hat Angst, ich esse nur noch Junkfood, wenn sie keine Dinkelbratlinge mit Magerquark-Dip mehr für mich macht, und Kartoffeln sind ja soo gesund. Meint Lila.«

»Ein Kartoffel-Maßband. Aha.« Leon grinste. Er sah superschnuckelig aus mit seinem leicht verwuschelten, leicht lockigen Haar. Er hatte auch auf der Brust ein paar Löckchen, aber nicht so Orang-Utan-mäßig wie manche Männer, sondern gerade richtig. Wenn ich der Linie des Haars nach unten folgte, dann … Kartoffeln. Wir redeten über Kartoffeln.

»Genau, weil ich immer gesagt habe, ich kann keine Kartoffeln kochen, weil ich nie weiß, wie lange die brauchen, und immer fest- und mehlig kochend verwechsle. Jetzt habe ich keine Ausrede mehr. Man legt das Maßband um eine durchschnittlich große Kartoffel, und dann kann man anhand des Kartoffelumfangs die Kochzeit am Maßband ablesen. Die perfekt gekochte Kartoffel bekommt man, wenn man weiß, um welche Sorte es sich handelt. Ackersegen kocht zum Beispiel länger als Krumme Emma. Das guckt man dann auf einer alphabetischen Liste nach, auf der auch steht, ob sich Walkiria, Kunigunde oder Knollenschön am besten für Bratkartoffeln, Pellkartoffeln oder Salat eignen. Wobei ich Kartoffelsalat sowieso Profis wie Dorle überlasse.«

»Wir könnten Bratkartoffeln machen.«

»Mit Ketchup. Und dazu eine Dose Sardinen? Gute Idee!«

Herrlich! Andere Leute aßen langweiliges Gsälzbrot zum Frühstück! Wie gut, dass Leon und ich flexibel waren!

In diesem Augenblick ertönte ein Klingeln.

»Was war das?«, fragte ich beunruhigt.

»Unsere Türklingel.« Leon sprang aus dem Bett und fuhr hastig in seine Boxershorts. Das war bestimmt Dani-ohne-Hose, die Leon mal wieder ein bisschen in den Arm nehmen wollte.

»Ach du liebe Güte. Was machen wir jetzt?«

»Wir gehen an die Sprechanlage und betätigen bei Bedarf den Türöffner«, sagte Leon und verschwand im Flur. Kurz darauf kam er ins Wohnzimmer zurückgerannt und packte seine Jeans, die auf dem Boden lag.

»Du hast genau vier Stockwerke Zeit, bevor deine Familie hier durch die Tür kommt!«

»Die hätten ja vielleicht auch mal vorher anrufen können!«, jammerte ich, sprang auf, schnappte meine dreckigen Klamotten vom Vortag und raste ins Bad.

»Überraschung!«, ertönte es kurz darauf. Ich stolperte aus dem Bad. Meine Schwester Katharina, meine Nichte Lena, ihr kleiner Bruder Salomon, Dande Dorle und Karle marschierten zur Tür herein. Lena lief auf mich zu und umarmte mich. Dorle schnaufte wie eine Dampflok. Selbst für eine Einundachtzigjährige, die sich mit Haus- und Gartenarbeit fit hielt, waren vier Stockwerke kein Pappenstiel.

»Brod ond Salz!«, strahlte sie und streckte mir einen dicken Laib Bauernbrot und ein Salzfässchen hin. »Mir hen geschdern Bachetse em Backhäusle ghett.«

»Und dazu selber gemachte Erdbeermarmelade von uns«, sagte Katharina und küsste mich auf die Wange. »Und noch ein gutes Stück Butter und einen Liter Milch. Wir dachten, ihr seid vielleicht nicht zum Einkaufen gekommen. Alles Gute zum Einzug! Wir kommen hoffentlich nicht ungelegen? Wir haben Dorle und Karle vom Sonntagsgottesdienst abgeholt und bleiben auch nicht lang.«

»Aber nein, aber nein! Das ist ganz lieb von euch!«, rief ich. Wir standen alle ein bisschen verlegen herum und waren gerührt. Das passierte in meiner dysfunktionalen Familie höchst selten. Eine weitere Tapetenbahn löste sich von der Wand. Alle starrten wie hypnotisiert darauf.

Leon räusperte sich. »Soll ich euch die Wohnung zeigen?«, fragte er. »Im Moment ist es leider noch etwas chaotisch.« Er winkte den anderen, ihm zu folgen. Nur Lena blieb zurück.

»Willst du nicht Wohnung gucken, Lena?«, fragte ich. Sie legte den Finger auf die Lippen.

»Ich muss dir schnell was erzählen«, flüsterte sie. »Papa will wieder zu uns zurückkommen!«

Das waren wirklich Neuigkeiten. Jetzt nur nichts Falsches sagen!

»Freust du dich denn nicht darüber?«, fragte ich vorsichtig.

»Freuen, hallo? Seit Papa von Gärtringen nach Böblingen gezogen ist, macht er am Wochenende viel mehr mit mir. Früher war er voll geizig, jetzt fährt er plötzlich mit mir in den Europa-Park. Mama glaubt, wir wollen Papa wiederhaben, aber sie heult doch immer noch heimlich wegen diesem Max in Amerika. Was will sie da von Papa? Ich bin vielleicht noch nicht in der Pubertät, aber ich bin nicht doof.«

»Lena, ich glaube, niemand käme auf die Idee, dass du doof bist.« Eigentlich war Lena als Erwachsene auf die Welt gekommen.

»Wenn Mama was zu dir sagt, dann red es ihr bloß aus!«

»Ich glaube nicht, dass ich so schrecklich viel Einfluss auf sie habe«, sagte ich.

Lena schüttelte den Kopf. »Mama ist es überhaupt nicht egal, was du denkst!«, erklärte sie und sprang dann davon, um sich der Wohnungsbesichtigung anzuschließen. Hmm. Wie kam Lena darauf, dass Katharina Wert auf meine Meinung legte? Wir waren uns zwar wegen der Geschichte mit ihrem New Yorker Lover Max etwas nähergekommen, aber über persönliche Dinge redeten wir nur selten. Sekunden später kam Katharina ins Wohnzimmer. Jedes Mal, wenn ich sie sah, musste ich mich erst wieder daran gewöhnen, dass ich eine Schwester hatte, die aussah wie Audrey Hepburn. Die Welt war einfach ungerecht!

»Die Wohnung ist …« Sie lächelte aufmunternd und suchte nach Worten. Aus dem Bad ertönte das mittlerweile schon vertraute Klirren.

»… in einem grauenhaften Zustand«, ergänzte ich.

»Schon, aber da kann man was draus machen! Immerhin habt ihr ein extra Klo! Und es muss ja nicht für ewig sein!«

»Tut mir leid, dass ich mich schon so lange nicht mehr bei dir gemeldet habe«, murmelte ich.

»Du hattest ja auch viel um die Ohren.«
»Wie geht es dir?«
»Frank will mich wiederhaben.«
»Oh«, sagte ich, weil mir nichts Intelligenteres einfiel, obwohl Lena mich vorgewarnt hatte. Ich konnte ja wohl schlecht laut sagen: Klar will er dich wiederhaben, welcher Mann wollte nicht die schönste Frau zwischen Nord- und Südpol wiederhaben, bloß leider ist er ein Ekelpaket und wird es immer bleiben, und du solltest froh sein, dass du ihn los bist. Da Katharina jedoch einen etwas qualifizierteren Kommentar von ihrer Schwester erwartete, räusperte ich mich und sagte: »Willst du ihn denn auch wiederhaben?«
»Ich weiß es nicht. Einerseits denke ich, für die Kinder wäre es das Beste. Sie vermissen ihren Vater einfach schrecklich. Lena kann ganz gut damit umgehen, aber Salo fehlt eindeutig ein männliches Rollenmodell, er ist ja praktisch nur von Frauen umgeben, das sind die Erzieherinnen im Kindergarten, ich und Dorle.«
»Aber die Kinder allein können doch kein Grund sein«, wandte ich ein. »Was ist mit dir?«
Katharina hatte mir irgendwann gestanden, dass sie Frank eigentlich nie wirklich geliebt hatte. Sie seufzte.
»Ich weiß es nicht. Den Frank von früher, den will ich wirklich nicht mehr. Aber den Frank von heute … er geht ja in Böblingen in diese Männergruppe, »Harter Kerl sucht weichen Kern«, und redet über seine Gefühle, und das hat ihn irgendwie ziemlich umgekrempelt. Wir haben losen Kontakt. Er bemüht sich total um mich. Er hat mir Blumen geschickt. Er hat mir sogar ein Gedicht geschrieben. Okay, das Gedicht war fürchterlich, es kamen ziemlich viele Rosen, Tulpen, Nelken und Sonnen drin vor, die gingen munter unter, aber immerhin hat er sich mir zuliebe hingesetzt. Jetzt will er mich zum Essen einladen. Ich habe noch nicht zugesagt.«
»Das … das ist ja schön«, sagte ich matt. Frank entdeckte jetzt

also auch seine weichen Seiten, so wie Tarik? Es fiel mir schwer zu glauben, dass er sich so grundlegend geändert haben sollte, aber wer war ich schon, dass ich das beurteilen konnte? Ich hatte Frank ewig nicht gesehen, und mit Langzeitbeziehungen kannte ich mich sowieso nicht aus. Ich dachte an das Gespräch mit Lena.

»Ist es nicht am allerwichtigsten, dass du selber glücklich bist? Davon haben die Kinder doch viel mehr. Sie wollen bestimmt nicht, dass du dich aufopferst und Frank nur ihretwegen zurückkommt!«

»Weißt du was, Line«, flüsterte Katharina. »Ich weiß schon gar nicht mehr, wie sich das anfühlt, Glück. Das letzte Mal glücklich war ich, als ich Max in New York besucht habe, und gleichzeitig war ich traurig, weil ich wusste, es gibt keine Zukunft für uns. Seither verschwimmt irgendwie alles. Ich vermisse ihn immer noch soo sehr.« In ihren Augen standen Tränen. »Aber vielleicht muss ich mich einfach mit der zweiten Wahl zufriedengeben. *If you can't be with the one you love, love the one you're with.* Kennst du den Song?«

Aaarrgg!! Nicht. Schon. Wieder!

»Ja«, murmelte ich. »Ich denke, ich habe den Song schon mal gehört.«

Wir schoben im Wohnzimmer noch ein paar Kisten beiseite und machten Kaffee. Dank Tanja war wenigstens die Küche eingeräumt. Leon und ich stürzten uns voller Heißhunger auf das Bauernbrot, während die anderen eine Packung Kekse leermampften, die wir im Schrank gefunden hatten und an die sich weder Leon noch ich erinnern konnten.

»Doo hendr abr no an Haufa Gschäfd«, sagte Dande Dorle und deutete auf die sich munter kringelnde Tapete.

»Line macht am Donnerstag einen Baumarktworkshop für Frauen«, erklärte Leon stolz.

Tatsächlich? Ich konnte mich gar nicht erinnern, dass ich schon zugestimmt hatte!

»Was isch au des?«, fragte Dorle.

»Nun, da lernt sie tapezieren, streichen und Fliesen verlegen, eben alles, was wir dringend in der Wohnung machen müssen, und es sind keine Männer dabei, die alles besser wissen.«

Dorle seufzte. »Hosch's em net gsagt?« Sie sah mich mitleidig an.

»Was hat sie mir nicht gesagt?« Jetzt blickte Dorle Leon mitleidig an.

»Wenn mei Line an Nagel en d' Wand schlägt, kracht's Haus dromrom zamma. Kadaschdrofe-Gen.«

Karle sagte wie immer nicht viel. Er war einfach nur da. Trotzdem war deutlich zu spüren, wie sehr Dorle und Karle miteinander verbunden waren. Jeder, der sie so nebeneinandersitzen sah, hätte sofort gewusst, dass ein starkes Band sie zusammenhielt und nur der Tod sie trennen würde. War das bei Leon und mir auch so? Sah man uns an, dass wir zusammengehörten? Oder konnte man in mein verrücktes Hirn gucken und sehen, dass dort nicht nur viele kleine und große Zweifel nervös herumflatterten, sondern auch ein Jahrhundertkuss, den ich nicht von Leon bekommen hatte? Unsere Generation hatte es beziehungsmäßig viel schwerer. Bei uns herrschte einfach viel mehr Durcheinander als bei Dorle und Karle!

»Mir missad jetzt glei ganga«, kündigte Dorle an. »I mach no Bsuchsdienschd em Aldeheim. Die alte Leit fraiad sich emmr so, grad am Sonndich.«

»Die alten Leute?«, fragte ich und konnte mir das Grinsen nicht verkneifen.

»Dorle ist nicht alt«, warf Katharina ein. »Sie fühlt sich jedenfalls nicht alt.«

»Die Leit em Aldeheim sen gwieß net so gut beinander wie i!«, rief Dorle empört.

»Du könntest einen Englischkurs bei der VHS machen«, entgegnete ich und dachte an den Grünen Heiner. »Englisch für rüstige Uhus.« Dorle schüttelte empört den Kopf.

»Gang mr weg. I mach ›Pontius Pilates fir alde Knocha‹. Des langt.«

»Sag mal, Leon, arbeitest du eigentlich auch an deinen weichen Seiten?«, fragte ich, als sich die Tür hinter meiner Familie geschlossen hatte. Irgendwie schien das ja gerade Thema zu sein. Vielleicht war Leon in China heimlich in einer Männergruppe gewesen und hatte es mir nur nicht erzählt? Er pikste sich mit dem Mittelfinger in sein Bäuchlein.

»Ich verspreche dir hoch und heilig, ich werde bald wieder an meinen weichen Seiten arbeiten. Zu viel chinesisches Bier, zu wenig Sport. Ich muss dringend wieder mehr joggen. Du könntest mitkommen.«

»Das meine ich nicht. Du warst also nicht in einer Männergruppe von Bosch?«

»Bosch in Wuxi ist eine einzige Männergruppe. Und jetzt sollten wir den Schrank im Schlafzimmer einräumen. Morgen früh brauche ich was Anständiges zum Anziehen.«

Wir hatten die Fächer im Schrank aufgeteilt. Ich klappte den Deckel der Umzugskiste auf, in die Tarik meine Klamotten geräumt hatte. »Wer schneller fertig ist!«, rief ich, leerte die Kiste aus, kickte sie zur Seite, packte den Klamottenhaufen und stopfte alles in mein Schrankfach.

»So findest du ja nie, was du suchst«, sagte Leon kopfschüttelnd.

»Ich suche ja auch nie. Ich angle einfach das oberste Teil raus und ziehe es an. Siehst du, so.« Ich schloss die Augen, griff blind in den Schrank, zog das oberste Teil heraus und guckte leicht betroffen auf die verwaschene lange Unterhose, die ich an kalten Tagen zum Radfahren anzog.

Leon bückte sich gemächlich zu seiner Kiste hinunter, nahm in jede Hand ein Paar graue, zusammengelegte Strümpfe und setzte sie in dem Schrank ab. Die nächsten beiden Paare, diesmal schwarz, setzte er exakt daneben. Dann trat er einen Schritt zurück und begutachtete liebevoll sein Werk.

»Faszinierend«, murmelte ich. »Wie kriegst du das so akkurat hin?«

»Ich stelle mir vor, ich pflanze holländische Tulpenzwiebeln in ein Beet.«

»Soll ich dir eine Gießkanne bringen, damit du die Strümpfe eingießen kannst?«

14. Kapitel

Ich drehe schon seit Stunden
hier so meine Runden

Nun wohnten Leon und ich schon seit fast fünf Tagen zusammen und hatten noch kein einziges Mal romantisch zu Abend gegessen! Stattdessen kamen wir beide müde von der Arbeit nach Hause und räumten dann noch Kisten aus oder bauten Regale auf, bis wir irgendwann völlig kaputt ins Bett fielen. Eigentlich erzählte ich in der Agentur nicht so gern privaten Kram, aber diesmal berichtete ich so ausführlich von Leons Rückkehr, dem Umzug und unserer gemeinsamen Wohnung, dass Arminia die Augen verdrehte und süffisant fragte, ob sie wohl bald nach einer Schwangerschaftsvertretung für mich suchen sollte. Es war mir egal. Hauptsache, sie kapierte, dass sie mich auf keinen Fall nach Leipzig schicken konnte!

Leon kurvte fast jeden Abend im Kreis herum, bis er endlich einen Parkplatz ergatterte, und rannte dann zwischen zwei Kisten immer mal wieder mit Kleingeld zum Auto, um einen neuen Parkschein zu lösen, weil er noch immer keinen Anwohner-Parkausweis hatte. Am Dienstagabend kickte er mit seinen Kumpels von der Bosch-Fußballgruppe und ging anschließend in Schwieberdingen in die Kneipe. Herrlich. Endlich hatte ich mal einen Abend für mich. Schließlich hatte ich noch nie mit einem Freund zusammengewohnt! Ich brauchte auch mal Freiräume, zum Beispiel, um ungestört »Biene Maja« auf Nostalgie-TV zu gucken und danach noch ein bisschen »Black Beauty«

dranzuhängen! Ich räumte ein paar Kisten aus und machte es mir dann mit einer großen Packung Gummibärchen vor dem Fernseher gemütlich.

Nach drei Episoden hatte ich genug von Maja und Willi. Ich beschloss, durch die Wohnung zu spazieren, um mich ein bisschen einzuleben. Dafür hatte ich bisher gar keine Zeit gehabt. Küche. Flur. Klo. Schlafzimmer. Flur. Badezimmer. Klirr. Wohnzimmer. Flur. Küche. Leider klappte es mit dem Einleben überhaupt nicht, ich wurde nur schrecklich nervös dabei.

»Ich lebe mich jetzt ein, ich lebe mich jetzt ein, und ich rufe nicht schon wieder Lila an«, murmelte ich. Dann raste ich zum Telefon, um Lila anzurufen. Als ich den Hörer in der Hand hielt, fiel mir ein, dass sie heute ihre Eltern in Cannstatt besuchte und über Nacht bei ihnen blieb. Ich konnte mich natürlich vollkommen lächerlich machen und bei ihren Eltern anrufen, wie ein Kind, das Heimweh hatte. Lila fehlte mir so schrecklich! In der Neuffenstraße hatten wir fast jeden Abend gemeinsam verbracht, vor allem, seit die Zwillinge auf der Welt waren. Natürlich konnte ich das Leon gegenüber niemals zugeben. Schließlich hatte ich mir mehr als alles auf der Welt gewünscht, dass er aus China zu mir zurückkehrte! Monatelang hatte ich mich nach Leon gesehnt, jetzt sehnte ich mich nach Lila. Wieso war es eigentlich so schwer, zufrieden zu sein?

Kurz nach elf schloss Leon die Wohnungstür auf. Eigentlich wäre mir danach gewesen, zur Tür zu rennen und ihn abzuknutschen, als käme er von einer wochenlangen Expedition ins tibetische Hochland zurück. Stattdessen warf ich mich mit einem Hechtsprung aufs Sofa und schnappte mir irgendeine der herumliegenden Zeitschriften. Schließlich wollte ich nicht so bedürftig wirken.

»Hallo, Süße. Es ist schön, zu dir nach Hause zu kommen. War der Abend lang?«

»Aber nein!«, rief ich lässig. »Ich habe mich eingelebt. Total erfolgreich. Und wir haben schließlich eine moderne Beziehung! Es ist doch wichtig, dass jeder von uns sein eigenes Hobby pflegt!«

»Was hast du eigentlich für ein Hobby?«, fragte Leon, stellte die Sporttasche ab, setzte sich zu mir aufs Sofa und küsste meinen Nacken. »Fußball? Liest du deshalb seit neuestem den ›Kicker‹ und hältst ihn falsch rum?«

»Was ich für ein Hobby habe? Ein brandneues. Heimwerken!«

Eigentlich hatte ich Leon den Baumarkt-Workshop ausreden wollen. Bei mir war doch sowieso Hopfen und Malz verloren! Da es Leon aber so wichtig zu sein schien, im Bad mittlerweile fast alle Wandkacheln abgefallen waren und man in einer Beziehung Kompromisse machen musste, hatte ich beschlossen, meinen inneren Widerstand aufzugeben und dem Thema Renovieren meine volle Aufmerksamkeit zu widmen. Ich war ja so ein wahnsinnig reflektierter Mensch! Nun war Donnerstag und damit Workshop-Tag, und am kommenden Samstag würde ich um halb acht aus dem Bett springen und rufen: »Genug gekuschelt. Wo ist der Werkzeugkasten?«

Weil der Baumarkt weitab vom Schuss im Industriegebiet von Korntal-Münchingen lag, hatte mir Leon seinen Golf geliehen. Bestimmt war bei dem Workshop »Wenn Frauen mit dem Hammer hauen« nicht allzu viel los. Welche Frau schlug sich schon freiwillig den Feierabend im Baumarkt um die Ohren, und das auch noch um halb neun am Abend, wenn sie stattdessen gemütlich daheim auf dem Sofa »Downton Abbey« gucken konnte? Kurz nach halb parkte ich. Wieso standen da so viele Autos? Der Haupteingang war geschlossen. Ich fand eine offene Seitentür.

Ungefähr sechzig Frauen drängelten sich mit Plastik-Sektgläsern in der Hand zwischen Stehtischen und schnatterten durcheinander. Ach du liebe Zeit, wo kamen die denn alle her? Eine junge Baumarkt-Mitarbeiterin mit einem Clipboard in der Hand begrüßte mich strahlend und hakte meinen Namen ab. Sie trug ein Polo-Shirt, auf dem eine Frau abgebildet war. Die Frau auf dem Bild sah aus wie eine Mischung aus Dande Dorle und Freiheitsstatue. Sie war rundlich, trug eine Kittelschürze wie eine schwäbische Hausfrau bei der Kehrwoche, reckte einen muskelbepackten, tätowierten Arm steil nach oben und hielt statt einer goldenen Fackel einen Hammer in der Hand.

»Herzlich willkommen zu unserem Workshop *Wenn Frauen mit dem Hammer hauen*!«, rief die junge Baumarkt-Mitarbeiterin. »Ich bin Doris, eine der Teamerinnen des heutigen Abends. Unser ganzes Team möchte dafür sorgen, dass du dich bei uns wohl fühlst, und du kannst dich an jeden wenden, der ein Hammer-T-Shirt trägt. Wir fangen mit einer kleinen Runde gemeinsamem Chillen an. Bitte bedien dich. Alles kostenlos!« Sie machte eine ausschweifende Handbewegung hin zu den langen Tischen, die zwischen aufgestapelten Farbpötten auf der einen und Plastik-Weihnachtsbäumen auf der anderen Seite aufgebaut waren. Rotkäppchen-Sekt, Orangensaft, Cola, Berge von Knabberzeugs und belegte Brötchen standen bereit, dazwischen sorgten Efeupflänzchen und Usambaraveilchen für Auflockerung. Eigentlich hatte ich schon zu Abend gegessen. Trotzdem schnappte ich mir ein Schinkenbrötchen mit Gürkchen drauf und ein Plastikgläschen mit Sekt.

»Das habt ihr aber hübsch vorbereitet«, lobte ich.

»Ist ja auch kein Problem«, sagte Doris und kicherte. »Die Tapeziertische sind aus der Abteilung Tapeten, die Tischdecke ist eigentlich eine Blümchentapete, und die Pflanzen verkaufen wir morgen wieder in der Gartenabteilung.«

»Und alles umsonst?«, fragte ich und biss in das Schinkenbrötchen.

Doris nickte und raunte verschwörerisch: »Frauen sind ein riesiges, unerschlossenes Kundinnenpotenzial für Baumärkte. Shoppen im Baumarkt statt in der Boutique heißt die Devise! Wir denken auch über schicke Cafés nach, wo man sich mit Kinderwagen und der besten Freundin zum Frühstücken trifft und beim Latte macchiato über Dübel und Schrauben fachsimpelt!«

Mit dem angebissenen Schinkenbrötchen und dem Sekt in der Hand gesellte ich mich zu den anderen Frauen an den Stehtischen. Die meisten standen in Cliquen beisammen, stopften Süßigkeiten in sich hinein und quatschten miteinander. Offensichtlich war das mehr so ein ausgelagerter Mädelsabend, zu dem man sich nicht alleine anmeldete. Ich fühlte mich ein bisschen verloren. Warum hatte ich nicht Paula und Suse gefragt, ob sie mitkommen wollten? Das wäre viel lustiger gewesen.

Ein hochgewachsener Mann in Jeans und Hammer-Hemd, der genauso strahlte wie Doris, nahm ein Mikro in die Hand und klopfte darauf. Es rumpelte. »Teschd – Teschd – Teschd«, rief er laut. »One, two, sree, oins, zwoi, drei!« Die Gespräche verstummten.

»Also, i ben dr Teamerleiter Michael ond i däd eich gern älle rechd herzlich begrießa bei onserm Workshop *Wenn Fraue mit em Hammer haued* em ›Mach's selber‹-Hoimwerkermarkt em scheena Induschdriegebiet von Korntal-Münchinge mit Blick uff de ›Grüne Heiner‹. Mir dädad eich jetzt gschwend saga, was ihr älles macha kennad. Ihr kennad nadierlich jederzeit a Päusle macha, ond a bissle chilla en onserer Laonsch-Äréa.« Neben den Stehtischen waren Lounge-Möbel, Liegestühle, ein Plastikplanschbecken und eine Plastikpalme aufgebaut. »Ond jetzt will i eich noo de Teamer Kevin vorschdella. Des isch onser Diedschei fir heit Obend. Weil wer will, der koo au abhotta.« DJ Kevin winkte und strahlte auch. Er war klein und dick und saß hinter einem Tisch, auf dem eine Anlage und verschiedene Lampen standen.

Michael zählte jetzt in Windeseile auf, welche Workshops man besuchen konnte, und erklärte, welcher Teamer sie zwischen welchen Regalen anbot. Er redete so schnell, dass ich gar nicht mitkam. Ich verstand nur Bohren, Parkett verlegen und Popodusche, dabei musste ich doch wissen, wo der Fliesenworkshop war, und was war überhaupt eine Popodusche? Kaum hatte Teamerleiter Michael seine Begrüßung beendet, schwärmten die Frauen schnatternd in alle Richtungen aus und verschwanden zwischen den Baumarktregalen. Woher wussten die alle, wo sie hinmussten? Zurück blieben halb geleerte Gläser, zerknüllte Einwickelpapierchen und ich. Ich nahm mir erst einmal in aller Ruhe ein weiteres Glas Sekt und ein paar Gürkchen. Schließlich musste ich mich erst ein bisschen einleben. Plötzlich heulte laute Discomusik los. Rosa Spots flackerten über den Baumarktboden. Teamer Kevin grinste mich hinter seiner Anlage an. Sein Kopf auf dem dicken Hals zuckte rhythmisch. Er erinnerte mich an eine Schildkröte.

»Na, keine Lust auf Heimwerken?«, brüllte er mir zu.

»Doch, doch, aber man muss sich ja erst ein bisschen warmlaufen«, gab ich zurück.

»Da helf ich dir doch gern dabei!«, rief Kevin. Erstaunlich behende sprang er auf, rannte um seinen Tisch herum und griff sich im Vorbeilaufen einen Wischmop von einem Ständer mit Sonderangeboten.

»You're the one that I want!«, jaulte er, wackelte aufreizend mit den Hüften und schwenkte dazu den Mop im Kreis. Dann streckte er den Arm nach oben und schleuderte den Wischmop wie einen Speer von sich, und ehe ich mich's versah, packte er mich und schlenkerte mich wild herum.

»Lass mich los!«, japste ich und versuchte, Abstand zwischen mich und den kugelrunden Bauch zu bringen. »Ich muss Fliesen verlegen!«

»I better shape up, 'cause you need a man«, krähte Kevin unbeirrt weiter, hielt mich fest umklammert, galoppierte mit mir los und machte vor einem Regal mit Tesa-moll eine Vollbremsung.

»Shape up und nimm deine Wurstfinger von mir, du Arsch!«, rief ich empört und trat ihm kräftig auf den Fuß.

»Nix Arsch. John Travolta!«, kicherte Kevin, ließ mich endlich los, warf sich vor mir auf beide Knie, riss die Arme nach oben und simulierte mit den Händen Warnblinklichter. Neben der Plastikpalme in der Lounge-Area stand Teamerchef Michael und klatschte entzückt Beifall.

»Onser Kevin isch halt a echte Onderhaldongsbomb!«, rief er. »Der war scho Animateur em Robinson-Club en Mäck-Pomm, des merkt mr halt glei!«

Ich wankte kommentarlos davon. Wo war der blöde Fliesen-Workshop? Im Mittelgang saß eine Frau in Jeans auf der Klobrille einer Toilette, die laute Brummgeräusche machte, und lauschte konzentriert einem Mitarbeiter, der von einem Fünf-Stufen-Föhn schwärmte. Das musste die Popodusche sein. Ich lugte in den Gang zwischen dem ersten und dem zweiten Hochregal. Dort saß ein gutes Dutzend vermummter Gestalten im Halbkreis um drei nackte Stellwände herum. Die Frauen trugen seltsame weiße Schutzanzüge mit Kapuzen. Neben den Stellwänden stand eine Frau in einem Malerkittel voller Farbflecken. Ihr Gesicht war tief zerfurcht.

»Willst du noch einsteigen?«, fragte sie. »Dann solltest du auch einen Einwegoverall anziehen. Das hier ist der Workshop Wände verputzen.«

Das konnte sicher auch nicht schaden, wenn ich an unsere selbstabrollenden Tapeten dachte. »Ich guck erst mal ein bisschen zu«, sagte ich und stellte mich hinter die Stühle.

»Wir sind grade bei der Vorstellungsrunde. Jede sagt kurz ihren Namen und warum sie diesen Workshop machen will. Ich stell mich noch mal kurz vor, also ich bin die Conny. Ich hab früher auch nie gemalert, aber dann hab ich meinen Job als Staubsaugervertreterin verloren und musste es für den Workshop hier lernen, weil irgendeinen Job braucht man halt, gell! Du warst, glaube ich, die Nächste.« Sie deutete auf eine der vermummten Frauen.

»Hallo, ich bin die Julia. Wir haben ein altes Bauernhaus in Markgröningen gekauft und müssen alles renovieren.«

Conny nickte. »Die Nächste, bitte.«

»Sara, Hallöle! Wir haben das mittelalterliche Anwesen einer Weinbauernfamilie in Besigheim gekauft, und ich will meinem Mann, unserem Gärtner und dem Au-pair-Mädchen beweisen, dass ich das auch kann. Mit dem Renovieren, meine ich.«

»Ich ben d' Stefanie. Mir hen a Oifamiliehaus am Killesberg kauft ond wellad die Wänd em Ankleidezimmer frisch verputze ond de Pool neu fliesa, drom muss i nochher no zom Fliesaworkshop.«

»Ich bin Line, und wir haben zwei Zimmer, Küche, Bad im Stuttgarter Westen gemietet und müssen renovieren.«

Tiefe Seufzer entwichen den Kapuzen. Einige der Frauen drehten sich zu mir um und starrten mich mit einer Mischung aus Faszination und Horror an. Gleich würden sie ihre Geldbeutel herauskramen und mir Eineuromünzen in die Hand drücken.

»So, genug Laberrhabarber, jetzt legen wir los!«, rief Conny und klatschte fröhlich in die Hände. »Ich mach's einmal vor, dann tut ihr euch leichter. Einfach rollern lassen!« Sie tauchte eine Walze in einen Eimer, streifte die Farbe ab und begann, über eine der Stellwände zu walzen. Danach sah die Wand aus wie das Alpenpanorama von der Seite, weiße Spitzen in verschiedenen Höhen. Conny drehte sich um. Ihr Gesicht war mit Farbspritzern garniert.

»Das sieht jetzt erst mal voll hässlich aus«, erklärte sie vergnügt. »Man braucht da ein bisschen Erfahrung. Also nicht frustriert sein, wenn's nicht gleich klappt. Jetzt heißt es walzen, walzen, walzen, bis die Struktur so aussieht, wie wir sie haben wollen. Jede Walze bringt ihre eigene Struktur mit! Und nicht nachtanken!« Die Walze rollerte über die Wände und hinterließ tiefe Furchen, die an Connys Gesicht erinnerten. »Ihr könnt auch ein Schneckle setzen!« Conny machte einen Halbkreis mit der Rolle. Dann trat sie einen Schritt zurück und begutachtete ihr Werk.

»Das sieht ja immer noch voll hässlich aus«, murmelte sie. »Blöde Walze. Bringt offensichtlich eine Scheißstruktur mit. Wenn uns das noch nicht gefällt, dann nehmen wir eben den Pinsel!« Sie donnerte die Walze in die Ecke und schnappte einen Pinsel. Damit wischte sie nun wie wild über die Fläche, dass die Farbe nur so spritzte. Es tropfte weiß von ihrer Nase.

»Das sieht ja immer noch vollkommen beschissen aus!«, rief sie wütend. »So will doch kein Mensch wohnen. Dann nehmen wir eben die Finish-Walze!« Sie warf den Pinsel über die Schulter hinter sich, schnappte sich eine herumliegende Walze, hielt sie an der Rolle fest und rammte den Griff in die Stellwand. In der Mitte der Alpen gähnte jetzt ein Vulkankrater. »Dir werd ich's zeigen!«, brüllte sie. »Dich mach ich fertig!« Sie riss die Stellwand vom Ständer, donnerte sie mit beiden Händen auf den Boden und trampelte darauf herum. Ein paar der Frauen auf den Stühlen vor mir quiekten erschrocken, sprangen auf und redeten aufgeregt durcheinander.

»Ich HASSE diesen Job. Warum tapeziert ihr nicht einfach, ihr blöden Einfamilienhauskühe!«, brüllte Conny die vermummten Frauen an. Die Discomusik wurde plötzlich lauter. Von der anderen Seite kam Teamerchef Michael mit langen Schritten herbeigeeilt, die Hände beschwichtigend erhoben. Ich machte, dass ich davonkam.

Ein paar Regale weiter fand ich auf der rechten Seite endlich den Fliesenworkshop. Ein Teamer im Hammer-T-Shirt stand neben zwei Frauen, die eifrig eine Übungswand fliesten, als bekämen sie es bezahlt. Die Wand war schon zur Hälfte fertig und sah pi-co-bello aus.

»Sehr schön«, lobte der Teamer. »Und jetzt die Schmuck-Bordüre! Hallo«, begrüßte er mich. »Ich bin der Teamer Thomas. Hat Ihr Mann auch seinen Bonus als Banker in ein altes Bauernhaus auf dem Land investiert? Oder wollen Sie Ihren Wellness-Bereich neu fliesen?«

»Nein, nicht wirklich«, murmelte ich. »Es geht mehr so um eine Mietwohnung im Stuttgarter Westen, wo die Badfliesen von der Wand fallen.«

»Dann sind Sie hier genau richtig. Probieren Sie's doch einfach mal aus. Sie werden sehen, es ist ganz leicht.« Er reichte mir eine schmucklose weiße Fliese und deutete auf eine jungfräuliche Wand. »Anpirschen und dann auf Fugenbreite wegziehen«, sagte er.

»Anpirschen? Unser Bad ist zu klein, um sich anzupirschen«, gab ich verwirrt zurück.

»Nicht anpirschen. Anknirschen! Man schiebt die Fliese so dicht an die anderen, dass es knirscht, und zieht sie dann erst weg.« Ich knirschte die Fliese an und ließ sie los. Sie stürzte ab. Es klirrte fast wie bei uns zu Hause.

»Sie haben den Superkleber vergessen«, sagte Teamer Thomas geduldig und schob die Scherben mit dem Fuß beiseite. »Wir arbeiten hier mit der Floating-Methode. Erst Superkleber mit der Zahntraufel auf die Wand geben, dann durchkämmen, dann anknirschen. Übrigens nehmen Sie am besten eine Edelstahl-Spezialtraufel mit halbrunder Zahnung.«

»Natürlich, was denn auch sonst!«, heuchelte ich.

»Und dann nicht mit der Nase an der Fliese kleben, sondern von weiter weg gucken, weil es sonst schief wird.« Thomas reichte mir eine frische Fliese.

Ich pirschte mich an, knirschte den Traufel an die Superwand, kämmte alles gründlich durch und klebte die Fliese mit der Nase an. Dann trat ich zurück. Die Fliese hing so schief wie der Schiefe Turm von Pisa.

»Übung macht den Meister!«, kommentierte Thomas aufmunternd. »Gleich noch mal anknirschen!«

Ich pirschte und knirschte verbissen weiter. Das konnte doch nicht so schwer sein! Fünf Fliesen später begutachtete ich mein Werk. Die Fliesen tanzten fröhlich durcheinander wie Wäsche im Wind. Die anderen beiden Frauen hatten mittlerweile fertig gefliest und guckten äußerst selbstzufrieden auf ihre perfekte Übungswand und herablassend auf meine Wäscheleine.

»Sehr … hübsch«, log Thomas. »Ich glaube, wir sollten den Fliesenkleber noch mal kurz durchrühren. Wollen Sie das machen? Einfach den Bohrer mit dem Rührquirl in den Kleber halten. Stellen Sie sich vor, Sie backen einen Kuchen und rühren den Teig.«

Ich war mir nicht so sicher, ob ich wollte. Andererseits wollte ich nicht feige sein. Ich tauchte den Rührquirl in den Eimer und schaltete den Bohrer ein. Nichts passierte. Thomas hatte sich weggedreht und plauderte munter mit den beiden Frauen. Ich fummelte ein bisschen am Bohrer herum und fand einen zweiten Schalter. Der Bohrer jaulte auf wie ein Porsche-Motor, und der Rührquirl kam endlich in Gang. Ging doch! Der Rührquirl wurde schneller. Sehr schnell. Der Quirl rührte, was das Zeug hielt. Jetzt musste der Teig doch fertig sein! Ich ließ die Taste am Bohrer los. Der Quirl quirlte weiter, der Bohrer begann in meinen Händen zu zucken, ich konnte ihn kaum noch halten, der Höllenquirl nahm noch mehr Fahrt auf, und es fing an zu spritzen. Teamer Thomas fuhr herum, als erste graue Fetzen auf seine Haare und den Rücken seines Hammer-T-Shirts klatschten. Die beiden Frauen, ebenfalls getroffen, schrien auf und sprangen hastig zur Seite.

»Abstellen!«, brüllte Thomas. Ein großer Fetzen Superkleber klatschte gegen seine Stirn.

»Geht nicht!«, brüllte ich zurück. Superkleberteilchen flogen in alle Richtungen, sie landeten auf meinen Klamotten, in meinen Haaren und in meinem Gesicht. Ich schaffte es nicht, den Quirl aus der zähen Masse zu ziehen, der Sog nach unten war so stark wie ein Presslufthammer, mein ganzer Körper zitterte von der Erschütterung, und ich keuchte vor Anstrengung. Plötzlich packte mich jemand an den Schultern und riss mich nach hinten, und endlich löste sich die Bohrmaschine aus dem Eimer, ich ließ sie fallen und stürzte auf den Rücken, aber ich fiel weich. Der Rührquirl drehte sich alleine weiter, machte noch ein bisschen Lärm und Sauerei und erstarb endlich.

»Entschuldigen Sie«, murmelte Thomas von unten in mein Ohr. »Mir fiel keine andere Lösung ein.«

Ich rollte mich von ihm herunter und auf die Füße. Meine Arme schmerzten. Ich war von oben bis unten mit grauem, klebrigem Superkleber überzogen. Thomas sah nicht viel besser aus.

»Es tut mir leid«, murmelte ich und reichte ihm die Hand, um ihm aufzuhelfen.

»Das war die Turbotaste am Bohrer«, seufzte Thomas, ergriff meine Hand und kam auf die Füße. Nur mit Mühe brachten wir unsere Hände wieder auseinander.

»Ich backe nie Kuchen«, erklärte ich.

Thomas reichte mir eine Rolle Küchenkrepp und wischte sich selber Kleber aus dem Auge. »Ich fürchte, der Superkleber ist so super, dass er schnell hart wird«, sagte er. »Am besten gebe ich ihnen noch Terpentin mit. Für zu Hause.« Er reichte mir eine Dose.

Ich versuchte, mir den Kleber aus dem Gesicht zu wischen. Thomas hatte recht. Das Zeugs wurde sehr schnell hart. Es klebte nicht nur an Thomas und mir, sondern auch an den Stellwänden, dem Fußboden und den umliegenden Regalen. Die beiden Frauen wischten verbissen an sich herum und warfen mir vorwurfsvolle Blicke zu, dabei hatte es sie am wenigsten erwischt. Mimöschen!

»Was für eine Sauerei«, sagte ich entschuldigend zu Thomas. Er zuckte mit den Schultern.

»Wenn Frauen mit dem Hammer hauen, dann fliegen eben schon mal die Fetzen. Nicht so schlimm.«

Ich schlich zum Ausgang und hoffte, dass niemand mich beachtete, superkleberüberzogen wie ich war. Aus dem Lautsprecher drang jetzt »Je t'aime«. Auf der Tanzfläche wiegten sich die Frauen vom Workshop »Wände verputzen« selbstvergessen in ihren Schutzanzügen. Kevin tanzte eng umschlungen mit Sara vom mittelalterlichen Anwesen in Besigheim. Teamerchef Michael war am Mischpult eingenickt. Conny stand allein an einem Stehtisch, kippte Rotkäppchen-Sekt in sich hinein und winkte mir schwankend zu. Am Ausgang stand Teamerin Doris mit einem Haufen Plastiktaschen unter dem Arm.

»Auf Wiedersehen!«, rief sie munter. »Ich hoffe, es hat dir gefallen, und du kommst bald wieder, um einzukaufen und viel

Geld auszugeben! Für jede Kundin gibt es noch ein Präsent, wahlweise eine Papageienzange oder ein Moosgummifugbrett! Fürs Fliesen!«

»Danke, nein«, wehrte ich ab. »Das mit dem Anpirschen, das ist einfach nicht so meins.«

15. Kapitel

Ich besuche voller Hoffnung jeden neuen Haarsalon der Stadt
und es findet sich ein Meister, der aus meinem Haar ein
Prachtgebilde macht
das Haar hält eine Stunde, längstens zwei
nach diesem Zeitpunkt lässt es stark nach
und schon liegt es wieder flach

Warst du beim Friseur?«, fragte Suse mich am nächsten Morgen.

»Äh … nein«, murmelte ich und langte automatisch an mein Haar. Nach dem Baumarkt-Workshop waren Leon und ich bis weit nach Mitternacht damit beschäftigt gewesen, den gehärteten Superkleber von mir herunterzukratzen. Ein paar meiner Haarsträhnen waren so verklebt, dass sie nicht mehr zu retten waren. Erst versuchten wir es mit dem Terpentin von Teamer Thomas und dann mit Nagellackentferner. Nichts funktionierte, so dass Leon die Haarsträhnen abschneiden musste. Nun sah ich aus wie ein stellenweise gerupftes Hühnchen und musste eigentlich dringend einen Friseurtermin ausmachen. Außerdem hatte ich so viel an mir herumgeschrubbt, dass die Haut im Gesicht und an den Händen ganz rot war und juckte. Die Jeans, die ich am Abend getragen hatte, war komplett hinüber. Immerhin hatte Leon eingesehen, dass er mich aus den Fliesenarbeiten, die für den Samstag geplant waren, lieber heraushielt und das Bad besser mit Manolo und Martin renovierte. Okay, damit entsprachen wir zwar dem Rollenklischee, aber mehr Leute passten sowieso nicht ins Bad! Und irgendjemand musste ja den Springer machen, Brezeln mit Butter bestreichen, Kaffee kochen, Telefonate annehmen, Dani-ohne-Hose abwimmeln und den richtigen Radiosender einstellen!

Arminia war noch nicht im Büro. Das war ungewöhnlich. Das ungeschriebene Arminia-Gesetz Nr. zwölf lautete: »Arminia kommt morgens als Erste, damit nicht hinter ihrem Rücken über sie getratscht wird und sie das pünktliche Eintreffen aller Angestellten überwachen kann.« Leider waren Benny und Philipp schon da, sonst wäre das die perfekte Gelegenheit für ein längst fälliges konspiratives Treffen der drei Musketiere mit d'Artagnan gewesen.

»Ich war nicht beim Friseur, aber hast du eine neue Jeans, Suse? Schick.« Suse wurde wie immer rot. Die Jeans betonte ihre schlanke Taille, deren Existenz sie bisher unter schlabbrigen Blusen verborgen hatte. Suse hatte sich in den letzten Wochen eindeutig verändert. Sie hatte sich einen ganzen Stapel neue Klamotten angeschafft, die nicht schlabberten. Sogar ein kurzer Rock war dabei. Früher hatte sie ihre Haare mit einem billigen Gummi zu einem struppigen Pferdeschwanz zusammengebunden. Dann war sie eines Morgens mit einem schicken, fransigen Kurzhaarschnitt erschienen. Sie trug jetzt auch fast täglich Lippenstift. Vielleicht hatte sie eine Typberatung gemacht?

»Sie ist verknallt!«, mailte Paula d'Artagnan.

»Sie kriegt aber nie Anrufe, und sie guckt auch nicht alle zwei Minuten auf ihr Handy!«, schrieb ich zurück.

»Vielleicht sucht sie einen neuen Job, weil sie so viel mit Benny zusammenarbeitet und Schiss hat, Arminia schickt sie nach Leipzig?«, spekulierte Micha.

Ich sah an mir herunter und seufzte. Chucks, Jeans, Kapuzen-Schlabber-Shirt, aber keins von der coolen Sorte. Nichts Figurbetontes und nicht mal ein Hauch von Make-up. Durch Suses Aufstieg war ich in unserer Agentur outfitmäßig eindeutig auf den vierten und letzten Rang abgerutscht und nun von allen Frauen am schlechtesten gestylt. Arminia war immer total aufgebrezelt, selbst wenn keine Kunden kamen, und Paula war zwar chronisch klamm, hatte aber ein Händchen dafür, in Secondhand-Läden supersexy Klamotten aufzustöbern. Vielleicht sollte ich Leon fragen, ob ich auch mehr aus meinem Typ machen musste? Mein struppiges dunkles Haar blond färben? Superkurze Shorts mit Löchern am Hintern kaufen?

Die Tür wurde aufgerissen, und wir fuhren wie auf Kommando herum. Arminia stürmte mit offenem Mantel herein, das Gesicht hochrot, das normalerweise makellos sitzende Haar ein einziges wildes Durcheinander.

»Es ist ein Skandal!«, brüllte sie anstelle eines Grußes. »Benny. Hör so-fort auf zu telefonieren. Wir müssen reden! Jetzt! Gleich!« Sie schlüpfte aus ihrem Mantel und warf ihn im Vorbeigehen auf Suses Schreibtisch, ohne Suse auch nur eines Blickes zu würdigen. Vor einiger Zeit hatte Arminia seltsamerweise aufgehört, mit Benny zu flirten. Sie behandelte ihn jetzt genauso herablassend wie uns andere auch. Natürlich spekulierten die Musketiere per Mailkonferenz heftig darüber, ob irgendetwas zwischen den beiden vorgefallen war. Vielleicht hatte Benny sie auflaufen lassen? Benny beendete hastig sein Telefonat, ließ das Handy fallen, sprang auf und eilte hinter den Paravent. Micha drehte sich um und tauschte bedeutsame Blicke mit Suse und mir.

»Also, wenn sie meint, dass ich ihr blödes Teil aufhänge, dann hat sie sich aber geschnitten«, raunte Suse und schob den Mantel mit spitzen Fingern an den Rand ihres Schreibtischs. Wow! Noch vor ein paar Wochen wäre sie mit dem Mantel über dem Arm kommentarlos zur Garderobe geschlichen. Philipp starrte geradeaus auf seinen Bildschirm und tat so, als ginge ihn das alles nichts an.

»Ich mach dir einen Kaffee, Arminia, wenn du so gestresst bist!«, rief Paula und rannte vom Kopierer in die Kaffeeküche. Sie erhielt keine Antwort. Hinter dem Paravent war Arminias erregtes Gemurmel zu hören. Ich sah das winzige Fläschchen in Paulas Händen, die Tasse, die sie Arminia Minuten später brachte. Das Gemurmel verstummte schlagartig. Paula tauchte wieder auf und zwinkerte uns verschwörerisch zu.

Eine halbe Stunde später marschierte Benny mit versteinertem Gesicht zurück an seinen Platz. Arminia postierte sich neben ihrem Paravent und bellte: »In den Besprechungsraum! Sofort! Und zwar alle!«

»Feldwebel«, murmelte Micha, als er neben mir herstolperte. »Warum geht sie nicht zur Bundeswehr?«

»Die Tropfen haben versagt«, flüsterte ich zur Antwort. Wir setzten uns. Benny starrte nach oben an die Decke und signalisierte eindeutig: Stellt mir ja keine blöden Fragen. Dann stolzierte Arminia herein und baute sich am Kopfende auf. Sie sah böse aus. Sehr böse. Ihr ganzes Gesicht war eine einzige, bitterböse Falte, immun gegen jede Botoxspritze.

»Asbest«, knurrte sie ohne jegliche Einleitung. »Das ganze Haus asbestverseucht. Verzögerung: Nicht absehbar. Bennys Umzug nach Leipzig: Auf unbestimmte Zeit verschoben. Zusammengefasst: Eine einzige Riesenscheiße.« Sie ließ sich in ihren Chefsessel fallen und atmete schwer. Niemand sagte etwas.

Philipp beugte sich vor.«Gehe ich recht in der Annahme, dass du von dem theoretisch fertig sanierten Altbau aus der Gründerzeit in der Leipziger Südvorstadt sprichst, in den Benny in allernächster Zukunft mit einem weiteren, noch zu bestimmenden Mitarbeiter / einer Mitarbeiterin dieser Agentur einziehen sollte?«, fragte er schon fast beiläufig.

Arminias Gesichtsausdruck wurde noch böser. »Von was denn sonst?«, fauchte sie.

Philipp lehnte sich zurück, trommelte mit allen zehn Fingern auf der Tischplatte herum und sah sehr zufrieden aus. »Das kann dauern«, seufzte er schließlich. »So eine Asbestsanierung, das geht nicht von heut auf morgen. Und was da alles schiefgehen kann! Da bleiben wir wohl alle zusammen noch ein Weilchen hier in unserem schönen Stuttgart.«

Arminia rollte langsam ihre Finger zu Fäusten zusammen und dann wieder auseinander, als bereite sie sich darauf vor, Philipp an die Gurgel zu gehen. Sie riss den Mund auf. Gleich würde sie loskeifen. Dann klappte sie den Mund plötzlich wieder zu. Ihre Gesichtszüge glätteten sich wie von Zauberhand. »Nun, vielleicht finden wir ja eine Übergangslösung. Eine Zwischenmiete, zum Beispiel.« Sie wandte sich an Benny. »Denk doch mal drüber nach. Vielleicht fällt dir noch was ein. Und dann sprechen wir noch mal darüber. In aller Ruhe.« Sie tätschelte Bennys Arm.

»Aber … aber gern, Arminia«, stotterte Benny verdattert.

Arminia lächelte. Sie blickte vor sich hin, als sei sie völlig in Gedanken. Dann fing sie an, leise vor sich hin zu summen. Es klang wie »Hänschen klein ging allein«. Philipps Kinnlade fiel herunter und blieb unten. Arminia summte sonst nie!

»Und wenn wir dich noch ein Weilchen bei uns haben, Benny-Schätzchen, dann freuen wir uns natürlich.«

Benny starrte Arminia völlig verunsichert an und wusste offensichtlich nicht, ob sie es ironisch meinte. Paula trat mir vor lauter Begeisterung unter dem Tisch gegen das Schienbein. Ich gab den Tritt weiter an Suse, und die wahrscheinlich an Micha, der offensichtlich zu doof war, um Philipp nicht zu kicken, weil der kurz darauf zusammenzuckte und Micha böse ansah. Schließlich hatte er keine Ahnung von der Geschichte mit den Rescue-Tropfen und wusste nicht, warum er gekickt wurde!

Arminia lehnte sich zurück und blickte in die Runde. »Nun wisst ihr also Bescheid. Hamburg hat mich heute Morgen daheim angerufen. Ärgerlich, das Ganze, aber wir können es ja nicht ändern. Wenn wir schon beieinandersitzen, gibt es noch etwas zu besprechen?«

»Ich muss heute pünktlich gehen«, murmelte ich. »Wir müssen in den Baumarkt, weil wir morgen Fliesen verlegen.«

»Aber natürlich, das ist doch kein Problem. Was macht die Schwäbische Albschaf-Kampagne? »

»Äh … ich bin dran«, stotterte ich.

»Gut. Ich hoffe, ihr geht heute alle pünktlich. Schließlich ist Freitag.« Suse schnappte nach Luft, Benny rutschte so weit nach vorn auf seine Stuhlkante, dass er gleich herunterfallen würde, und Micha bekam einen nervösen Kicheranfall. »Ende der Besprechung«, erklärte Arminia. »Schönen Tag und dann ein schönes Wochenende, und am Montag sehen wir uns in alter Frische wieder und reden weiter.« Noch immer summend segelte sie aus dem Raum.

Ein paar Sekunden sagte niemand etwas. Unfassbar, welche Veränderungen die Tropfen bei Arminia auslösten! »Was ist denn mit der passiert?«, heuchelte ich, damit Benny und Philipp keinen Verdacht schöpften.

»Ja, seltsam, nicht wahr«, sagte Philipp. Dann sah er Paula, Micha, Suse und mich der Reihe nach an, ohne dabei eine Miene zu verziehen. »Man könnte fast meinen, sie hätte irgendwas geschluckt.« Ach du liebe Zeit! Hegte Philipp etwa einen Verdacht? Bloß schnell ablenken! Ich wandte mich an Benny. »Tut mir echt leid, mit dem Büro«, sagte ich hastig. »Also nicht dass wir dich loswerden wollen. Aber es bringt ja erst mal alle deine Pläne durcheinander.«

Benny sagte nichts, zuckte nur mit den Schultern und stand dann auf. Wir anderen folgten.

Minuten später, ich hatte gerade angefangen zu arbeiten und mir fest vorgenommen, mich durch nichts, aber auch gar nichts ablenken zu lassen, blinkte eine Mail von Paula mit dem Betreff »Alarm! Und jetzt???« rechts unten auf meinem Bildschirm auf. Okay, das war zu wichtig, um es zu ignorieren. Paula hatte von Philipp eine Mail bekommen und an Micha, Suse und mich weitergeleitet. »Ich bin nicht blöd, Paula. Was hast du Arminia in den Kaffee getan? Wenn du es mir nicht sagst, gebe ich Arminia Bescheid, dass ihr alle unter einer Decke steckt und ihr heimlich irgendwelches Drogenzeugs in den Kaffee mischt.« Oje. Offensichtlich kriegte Philipp mehr mit, als er sich anmerken ließ. Dabei hatte er doch so konzentriert auf seinen Bildschirm gestarrt!

»Der macht sich doch bloß wichtig. Dumm stellen!«, schrieb ich zurück. »Schreib ihm Tropfen, was für Tropfen?«, mailte Micha. »Lass dich nicht erpressen, du weißt von nichts!«, ergänzte Suse. Paula ging wieder an den Kopierer. Sie schien völlig entspannt, obwohl Philipp ihr mit den Blicken folgte.

Was für ein Vormittag! Was für Neuigkeiten! Etwas Besseres als eine Asbestverseuchung hätte uns doch gar nicht passieren können! Niemand würde in absehbarer Zeit nach Leipzig strafversetzt werden. Ich war so begeistert, dass es mir schwerfiel, mich zu konzentrieren, aber irgendwie schaffte ich es doch noch, an dem neuen Projekt zu arbeiten, das mir Arminia vor ein paar Tagen zugeschustert hatte. Die Wanderschäfer auf der Schwäbischen Alb hatten sich zusammengetan und die Agentur *Friends & Foes* mit einer Imagekampagne beauftragt, da sie wegen zu niedriger Fleisch- und Wollpreise immer größere Probleme hatten, zu überleben. Die Imagekampagne sollte auf der Messe »Slow Schaf« präsentiert werden. »Du weißt doch, was Schafe sind? Mäh-mäh?«, hatte Arminia süffisant gefragt, um mir noch mal reinzuwürgen, dass ich nicht gewusst hatte, was Food-Drucker waren. Letztlich konnte ich darüber ja nur froh sein, denn sonst würde ich jetzt anstelle von Suse schräg vor mir neben Benny am PC sitzen und mich von ihm zulabern lassen, wie man Ideen in bahnbrechende Kampagnen mit superoriginellen Strichmännchen umsetzte!

Ich hatte schon eine Idee für ein Filmchen für die Albschäfer. Ein superattraktiver Schäfer mit Dreitagebart, Schäfermantel und schweren Stiefeln würde mit einem wolligen Schäflein auf dem Arm und einem schwarz-weiß gefleckten Bordercollie an der Seite über die Wacholderheide hinweg bedächtig in den Sonnenuntergang stapfen. Weit hinten am Horizont konnte man die Burg Hohenzollern, weichgezeichnet, im Licht der untergehenden Sonne gerade noch erahnen. Alternativ würde der superattraktive, aber leider einsame Schäfer auf dem ehemaligen Münsinger Truppenübungsplatz gedankenverloren im Lagerfeuer herumstochern, einen Schluck Kaffee aus der Blechtasse nehmen, in den Sternenhimmel blicken und sich dann in eine Decke wickeln, während der Bordercollie die Schafe hütete. Dazu vielleicht Musik von Ennio Morricone? Schließlich war es höchste Zeit, dass die Alb ein bisschen sexier wurde.

Vielleicht ließ sich Benny breitschlagen, den Schäfer zu spielen, nachdem er sowieso aussah wie Hugh Jackman? Die Schäfer hatten kein besonders großes Budget. Ich hatte auch eine Fernseh-Show kurz vor der Landesschau vorgeschlagen, »The Shepherd«, aber es schien nicht genug Single-Schäfer im heiratsfähigen Alter zu geben.

Ich sah mich um und seufzte. Im Augenblick wirkte die Agentur *Friends & Foes* fast normal. Niemand wäre auf die Idee gekommen, dass es hier meistens völlig bekloppt zuging. Ob es woanders besser war?

»Vielleicht sollte ich mich nach einem neuen Job umsehen«, sagte ich zu Leon, als wir ein paar Stunden später unseren Einkaufswagen durch den »Mach's selber«-Baumarkt schoben. Doris, die Teamerin vom Abend zuvor, hatte mir am Eingang enthusiastisch zugewunken. »Das wird nicht besser mit Arminia, Rescue-Tropfen hin oder her.«

»Immerhin habt ihr jetzt alle erst mal eine Galgenfrist wegen Leipzig«, gab Leon zurück. »Aber auf Dauer wirst du mit Arminia sicher nicht glücklich werden, da gebe ich dir recht. Du könntest dich ein bisschen umschauen, ohne dir Stress zu machen. Oder du …« Er brach ab.

»Ja?«

»Ach, nichts.« Wir hatten die Fliesenabteilung erreicht.

»Edelstahl-Spezialtraufel mit halbrunder Zahnung, das ist es, was wir brauchen«, erklärte ich. Leon grinste.

»Ohne dich wären wir aufgeschmissen. Was willst du für Fliesen haben?«

»Toskana-Landhaus-Stil, natürlich. Edel und schlicht.«

»Cotto ist teuer. Das lohnt sich vielleicht irgendwann mal für ein Eigenheim, aber nicht für eine Mietwohnung, wo der Vermieter klipp und klar gesagt hat, dass das Renovieren unsere Sache ist.«

»Ach, wer will schon ein Eigenheim. Ich sag dir, die Frauen mit Eigenheim gestern bei dem Workshop Wände verputzen, die waren allesamt so was von spießig!«

»Es ist doch nicht jeder automatisch ein Spießer, bloß weil er ein Eigenheim hat!«, gab Leon zurück. »Das sind doch alles Vorurteile, Line!« Wieso klang er so genervt?

»Ist doch auch egal«, sagte ich besänftigend. »Schließlich haben wir kein Eigenheim, sondern eine Mietwohnung. Nehmen wir halt irgendwas Billiges.«

Wir einigten uns auf einfache weiße Fliesen, stopften alles, was wir sonst noch benötigten, in den Einkaufswagen, fuhren nach Hause und schleppten alles in den vierten Stock. Danach kochte ich uns meine legendäre Nudelsuppe. Leon war ungewöhnlich still, aber als ich ihn fragte, warum, sagte er nur, die Arbeitswoche sei so stressig gewesen, und setzte sich mit einer Flasche Flens vor den Fernseher.

16. Kapitel

Heitzudag moint jeder, er muaß modiviera
Andre in ihr'm Läbä omananderstiera
Bisch mol faul ond willsch de oifach hänga lassa
Glei kommt oiner, dem will des partout net bassa
Fängt scho wieder a, mit seine Sprüch zu nerva
So von wega sich net hänga lassa derfa
Bloß weil i mol a bissale mein Frieda such
Kommt 'r wieder mit dem bleda Spruch:
Auf geht's! Auf geht's! Frisch an Zwerg!
Auf geht's! Auf geht's! Frisch an Zwerg!

Am nächsten Morgen saßen wir um halb acht beim Frühstück. Martin und Manolo wollten schon um acht mit den Fliesenarbeiten im Bad anfangen, weil beide am Nachmittag noch was vorhatten. Besonders romantisch war das frühe Aufstehen nicht. Wir hatten nicht mal Zeit zum Knutschen, von Fummeln und Samstagmorgensex überhaupt nicht zu reden. Überhaupt war unsere erste Woche kein bisschen romantisch und leidenschaftlich, sondern vor allem anstrengend ausgefallen. Ich war entsetzlich müde. Immerhin blieb uns der Sonntag, da hatten wir bisher gar nichts vor. Weil ich dringend dagegen ansteuern musste, dass Paarleben nur aus frühem Aufstehen, Arbeiten, Stress und Renovieren bestand, hatte ich den geheimen Plan, den ganzen Tag mit Leon im Bett zu verbringen: Sex, Frühstück im Bett, Sex, Mittagessen im Bett, Sex, und nach dem Kaffee konnte man dann allmählich ans Aufstehen denken, bevor man dann beim Tatort auf dem Sofa kuschelte. Hurra!

»Woran denkst du?«, fragte Leon.

»Äh – an die Edelstahl-Spezialtraufel. Willst du noch Toast?«
Leon nickte. Wir waren zu spät dran gewesen, um zum Bäcker zu

gehen. Ich schob zwei Scheiben labberiges Toastbrot in den Toaster. »Nachher hole ich Brezeln beim Bäcker Bosch. Der ist zwar ein bisschen weiter weg, hat aber die besten Brezeln weit und breit. Dann könnt ihr irgendwann ein gemütliches Päuschen machen.«

»Ich wusste gar nicht, dass du einen Toaster hast«, sagte Leon. »Made in West Germany. Kann es sein, dass der schon ein bisschen älter ist?«

»Der muss so ungefähr fünfunddreißig Jahre alt sein, funktioniert aber hervorragend. Ehrlich gesagt hab ich das Ding komplett vergessen und erst beim Umzug wiedergefunden. Dorle hat den Toaster irgendwann geschenkt bekommen und an mich weitergegeben, weil sie meinte, so neumodisches Zeug würde bei ihr bloß rumstehen.«

Es klingelte.

»Zehn vor acht«, seufzte Leon. »Das ist bestimmt Martin. Der kommt gern mal zu früh.«

Ein paar Minuten später platzte Martin in farbverspritzten Klamotten zur Tür herein, einen Werkzeugkasten in der Hand.

»Morgen!«, rief er dynamisch. »Grüßle von Tanja, und sie wünscht uns viel Erfolg!«

»Wieso bist du so früh schon so wach?«, beklagte ich mich.

»Früh? Wieso früh? Die Zwillinge haben uns um sechs geweckt, und um sie von Kika abzuhalten, hat Tanja Frühstück gemacht, und dann bin ich losgefahren. Um die Zeit ist wenigstens kein Verkehr auf der B 10.«

»Super«, murmelte ich.

»Das kann doch auch schön sein«, erklärte Leon und sah mich durchdringend an. »So ein Frühstück mit den Lieben im Eigenheim.« Er schob sich das letzte Stück Toast in den Mund. Was hatte er bloß auf einmal mit dem Eigenheim, wo wir doch gerade erst in eine Mietwohnung gezogen waren!

»Die Rechnung vom Abschleppunternehmen ist gekommen«,

sagte Martin, legte einen Briefumschlag auf den Tisch und ließ sich auf einen Stuhl fallen.

»Das überweisen wir natürlich gleich«, erwiderte Leon. »Kannst du dich darum kümmern, Line?«

»Klar«, antwortete ich lässig. »Onlinebanking. Dauert nur ein paar Minuten. Aber erst hole ich Brezeln.«

»Du machst Onlinebanking?«, fragte Martin erstaunt.

»Ja, klar. Wieso wundert dich das?«

»Ach, nur so. Ich hätte irgendwie gedacht, im Internet mit Passwörtern und Geld herumhantieren, das ist schließlich nicht ganz ohne Risiko, und bei dir geht ja gern mal was schief.«

»Was soll denn das heißen?«, fragte ich empört. Nur weil wegen mir sein blödes Geländewagenteil abgeschleppt worden war, hielt er mich für ein Sicherheitsrisiko?

»Sorry, sorry«, meinte Martin und hob beschwichtigend die Hände. »War nicht so gemeint.« Es klingelte wieder. Er schien erleichtert und sprang auf. »Auf geht's, auf geht's, frisch an Zwerg!« Er eilte mit dem Werkzeugkasten Richtung Bad.

»Du hast ihm doch nicht etwa vom Katastrophen-Gen erzählt?«, flüsterte ich. Leon schüttelte ernsthaft den Kopf. »Das würde ich nie tun, das weißt du doch. Ich weiß nicht, wie er darauf kommt. Auf dem Land sind die Männer einfach konservativer. Bestimmt erledigt er auch Tanjas Bankkram.«

»Als ob ich ein Problem mit Passwörtern hätte! Ich geh jetzt die Brezen holen.«

Ich stopfte den Geldbeutel in eine Stofftasche, schlüpfte in meinen Parka und lief die Treppe hinunter. Im dritten Stock kam mir Manolo im Blaumann entgegengestapft.

»Morgen!«, rief er dynamisch. »Grüße von Tarik, und er wünscht uns viel Erfolg!«

»War er denn überhaupt schon wach?«, fragte ich erstaunt. Manolo schüttelte den Kopf. »Nein. Das hat er mir gestern Abend gesagt. Sozusagen auf Vorrat.«

Im ersten Stock war die Wohnungstür weit offen. Davor stand

das kleine Mädchen mit einem Stoffhasen unter dem Arm. Es trug einen Schlafanzug und war barfuß.

»Spielst du heute wieder Verstecken hinter der Mülltonne?«, erkundigte es sich zutraulich. »Dann würde ich mitspielen.«

»Äh … heut mal nicht«, gab ich zurück. »Was machst du denn hier im Flur, ist dir nicht kalt?«

»Mein Papa und mein Bruder schlafen noch, und mir ist langweilig. Ich gucke, wer so kommt und geht. Die Dani macht das auch immer. Aber um die Zeit schläft die auch.«

»Und deine Mama, was macht die?«

»Ich hab keine Mama.«

Herzzerreißend! Ein alleinerziehender Vater und zwei unschuldige Halbwaisen! Bestimmt war die Mutter bei der Geburt gestorben. Oder der Krebs hatte sie hinweggerafft!

»Gehst du zum Bäcker? Darf ich mit?«

Ich schüttelte den Kopf. »Das geht leider nicht. Du bist ja gar nicht angezogen. Und wenn dein Papa aufwacht und du bist nicht da, macht er sich Sorgen. Willst du nicht lieber wieder reingehen, sonst erkältest du dich noch. Du könntest …« Ich stockte. Beinahe wäre mir herausgerutscht: Kika gucken. Aber Tanja und Martin standen sogar um sechs auf, um die Zwillinge vom Fernsehen abzuhalten. Es war wichtig, Kinder pädagogisch anzuleiten, auch wenn sie einem nicht gehörten! Damit leistete man doch auch einen Beitrag für die Gesellschaft! Das Mädchen war bestimmt nicht älter als vier. »Du könntest ein Bilderbuch ansehen«, schlug ich schließlich enthusiastisch vor. »Pettersson und Findus, das hast du doch bestimmt?« War das überhaupt ein Bilderbuch?

Das Mädchen sah mich an, als hätte ich sie nicht mehr alle. »Bilderbücher? Da muss man ja von Hand die Seiten umblättern! Außerdem kann ich lesen, seit ich drei bin!« Dann hellte sich ihr Gesicht auf. »Aber Papa hat ein neues iPhone. Er denkt, ich kenne das Passwort nicht, aber ich hab aufgepasst. Ich lad mir ein paar mp3s runter und schick sie mir dann per Bluetooth auf mein Handy. Dann hab ich neue Musik für den Kindergarten.« Sie sah auf einmal sehr vergnügt aus, hüpfte zurück in die Wohnung und knallte die Tür zu. Auweia. Hoffentlich sagte sie dem alleinstehenden Vater nicht, das sei meine Idee gewesen, und er schickte mir die Rechnung!

Ich holte das Rad aus dem Hinterhof, fuhr die Gutenbergstraße hinunter und bog dann nach links in die Schwabstraße ein. Am Markt auf dem Bismarckplatz herrschte schon reger Betrieb. Unfassbar, dass es Menschen gab, die es normal fanden, mitten in der Nacht einzukaufen! Und beim Bäcker Bosch reichte die Brezelschlange auch schon bis auf die Straße! Ich kaufte eine große Tüte Brezeln und machte mich auf den Rückweg. Als ich aus unserem Hinterhof trat, sprang mir ein kleiner weißer Hund entgegen.

»Schorle!«, rief ich entzückt. Im Gegensatz zu Wutzky mochte ich Schorle. Hinter dem Hund schlurfte der Grüne Heiner heran. Er zog einen klapprigen Einkaufstrolley mit Blümchenmuster hinter sich her.

»Guda Morga, Line. Hau ar ju? Send'r ferdich eigrichtet? Wann kommet er amol zom Karaoke? Wie wär's mit heit Obend?«

»Hallo, Heiner! Wir renovieren das Bad. Wahrscheinlich sind wir heute Abend zu kaputt.« Zumindest Leon. »Wie wär's mit nächsten Samstag?«

»Nägschda Samschdich gang i zom Tanztee ens Feierwehrhaus noch Heslach. Doo gibt's an Haufa nette Mädla om die siebzig. Die wällad emmr Walzr danza, on die Männer wellad net. Schee bled. I lass nix abrenna, seit i Witwer ben.« Er zwinkerte mir zu. »Manche sagad, i ben dr beschde Walzerdänzer vo Schduagert.«

»Hmm, dann vielleicht doch heute? Ich rede mit Leon und melde mich dann. Soll ich kurz anrufen?« Schließlich war die Pflege der nachbarschaftlichen Beziehungen genauso wichtig wie das Renovieren! Vielleicht sogar noch wichtiger!

»Mir kennad ja scho om siebene saga. Noo wird's net so spät. Mei Delefo woiß i net auswendig. But I stand in the Delefobuch. Kosch d' Nommr au guhgla.«

»Mach ich. Ich geb nachher gleich Bescheid.«

Leichtfüßig lief ich die Treppe hinauf. Zumindest die ersten anderthalb Stockwerke. Danach war ich so außer Atem, dass ich mich an die Wand lehnen und nach Luft schnappen musste. Ich musste dringend mal wieder mit Leon joggen gehen! Zum Glück war niemand im Flur unterwegs. Aus unserer Wohnung drangen Klopf- und Klirrgeräusche. Die Badtür war zu. Wie passten die da überhaupt zu dritt rein? So groß war das Bad doch gar nicht. Und brauchte man für das Zuschneiden der Fliesen nicht Platz um sich herum? Ich bückte mich und spähte durchs Schlüsselloch. Leider konnte ich rein gar nichts erkennen.

»Huhu!«, flötete ich durchs Schlüsselloch. »Die Brezeln sind da!«

»Jetzt nicht!«, klang es dreistimmig aus dem Bad. Offensichtlich funktionierte das *male bonding* hervorragend. Ich ging in die Küche, kochte eine große Kanne Kaffee, füllte ihn in eine Thermoskanne und bestrich die Brezeln mit Butter. Und jetzt? Zum Kistenauspacken hatte ich keine Lust. Am liebsten hätte ich es mir mit dem Schmöker »Der Flachswickler« auf dem Sofa gemütlich gemacht, der mir beim Kistenauspacken in die Hände gefallen war, aber was, wenn die schwer schuftenden Jungs aus dem Bad kamen und mich beim Faulenzen ertappten? Das Klopfen hatte aufgehört. Ich schlich mich zur Badtür, um zu lauschen. Von drinnen ertönte albernes Gekicher. Was machten die da? Nach Anknirschen klang es nicht.

Um wenigstens etwas zur allgemeinen Produktivität beizutragen, beschloss ich, die Abschleppgebühr zu überweisen. Früher hatte ich immer einfache Passwörter gehabt, die ich mir gut merken konnte, so was wie 123 oder mein Geburtsdatum, aber wegen der vielen Skandale um die gehackten Mailadressen und Accounts hatte ich alle meine Passwörter geändert, und jetzt waren sie saucool. Mich kriegten die Hacker nicht mehr! Dafür war ich viel zu clever. Ich war den Empfehlungen gefolgt und kombinierte jetzt die Anfänge von Gedichten mit Zahlen. Für das Onlinebanking hatte ich mich für Goethe entschieden, schließlich war ich eine Intellektuelle. FgidEsdFaLg plus Leons Geburtstag – Tag und Monat am Anfang und das Geburtsjahr am Schluss. Ich gab das Passwort ein. Passwort falsch, bekam ich als Meldung. Bestimmt hatte ich mich mit der Groß- und Kleinschreibung vertan, das passierte ja ganz schnell. Leons Handy klingelte. Sein Problem. Kurz darauf klingelte der Festnetzanschluss. Das konnte ich jetzt gar nicht brauchen! Ich ließ Computer Computer sein und marschierte zum Telefon.

»Hallo, Line, hier is Hilde. Wie geht's denn so? Habt ihr euch schon eingelebt? Leon geht gar nich an sein Handy.« Sie klang besorgt. Bevor wir zusammengezogen waren, war mir nicht klar gewesen, dass Leon so enge familiäre Bande zu seiner Mutter unterhielt. Jeden zweiten, dritten Abend rief sie ihn an, befragte ihn in großer Ausführlichkeit und berichtete ihrerseits haarklein von ihrem Leben in Hamburg-Eppendorf. Ich mochte Hilde ja gern, trotzdem war ich froh, dass sie in der Regel auf dem Handy anrief, so dass ich nicht in die Verlegenheit kam, mit ihr Small Talk machen zu müssen. Leon fand die häufigen Telefonate offensichtlich normal. »Ruft deine Mutter deine Schwester auch so oft an?«, fragte ich ihn einmal. Leon schüttelte nur den Kopf und schien auch dies in keinster Weise bemerkenswert zu finden. Meine Eltern riefen mich dagegen nur in Notfällen an.

»Keine Sorge, Hilde, hier ist alles okay. Leon ist mit zwei Freunden im Bad und fliest.«

»Und, kochst du was Feines? Leon isst doch so gern Tote Oma. Ich hab dir doch mal das Rezept gegebn.«

»Äh … nein. Es gibt Butterbrezeln, keine Tote Oma. Soll ich Leon holen?«

»Du kannst ja kuckn, ob er mal eben ans Telefon kommn kann. Vaddi und ich machen heut einen Ausfluch mit der Eppendorfer SPD. Da kann ich nich mehr später anrufn.«

Hinter der Badtür war es jetzt totenstill. Ich klopfte. »Leon? Leon, deine Mutter ist am Telefon. Gehst du ran oder rufst du sie später zurück?«

Die Badtür wurde abrupt geöffnet. Noch ehe ich etwas erkennen konnte, hatte mir Leon schon das Telefon aus der Hand gerissen und die Tür wieder zugeknallt. Dabei hatte ich ihn doch noch wegen des Karaoke fragen wollen! Und wieso klopfte ich eigentlich an meine eigene Badtür? »Mein liebes gutes Muttchen du!«, hörte ich Leon ins Telefon jauchzen. Wo waren wir denn hier, bei Erich Kästner oder was? Dabei war Leon doch total unbelesen! Bestimmt würde er nur ganz kurz telefonieren, um die anderen beiden nicht warten zu lassen. Ich tigerte vor dem Bad auf und ab. Passwort. Ich war dabei gewesen, das Passwort für das Onlinebanking einzugeben. Aber jetzt musste ich erst mal dringend aufs Klo. Als ich aus dem Klo kam, lag das Telefon vor der geschlossenen Badtür. Ohne zu klopfen, riss ich die Türe auf.

In der mit Malervlies abgedeckten Badewanne lagen die heruntergeschlagenen Fliesen, das Zuschneidegerät, die Tüte mit dem Superkleber und ein leerer Eimer, ohne dass ihnen jemand Beachtung schenkte. Martin und Leon hockten vor dem Klo auf dem Fußboden, mit Manolo in der Mitte. Eine Dinkelacker-Flasche, die Leon gerade noch in der Hand gehalten hatte, verschwand blitzartig hinter seinem Rücken, während die anderen beiden ihr Bier vor sich stehen hatten. Bier morgens um neun gehörte offensichtlich zum *male bonding* beim Heimwerken dazu. Bis vor einer Sekunde schienen die drei auf Manolos Monster-Handy gestarrt zu haben, auf dem »Live and let die« dudelte. Jetzt starrten sie schuldbewusst auf mich.

»Und, seid ihr zufrieden mit der Edelstahl-Spezialtraufel?«, fragte ich süffisant.

»Wir machen nur ein kleines Päuschen«, antwortete Manolo hastig.

»Bis sich der Staub vom Runterkloppen verzogen hat«, erklärte Martin.

»Bis vor einer Minute hat man gar nichts gesehen«, ergänzte Leon. »Manolo wollte uns nur kurz sein neues Tablet vorführen. Das Display ist gestochen scharf, einfach unglaublich! Manolo hat ein paar Filmchen drauf von seinen neuesten Grabstein-Kreationen für die Halbhöhenwelt.«

»Die Killesberg-Witwen wollen jetzt alle QR-Codes auf dem Grabstein eingraviert haben«, erzählte Manolo eifrig. »Den Code liest man mit einer App auf dem Handy ein und kommt dann direkt auf die Homepage des Verstorbenen. Dort kann man Trauernachrichten hinterlassen, die Biographie nachlesen, alte Fotos ansehen oder die Lieblingsmusik des Verstorbenen anhören, *Likes* für den Verstorbenen klicken, mit der hinterbliebenen Witwe chatten oder über ein Paypal-Konto Grabschmuck bestellen. Aber jetzt müssen wir wirklich mit Quatschen aufhören und weitermachen.« Manolo schob das Monster-Handy in die Brusttasche seines Blaumannes, rappelte sich vom Boden hoch und zog dann die anderen beiden nach oben. Alle drei sahen mich leicht vorwurfsvoll an.

»Ich geh ja schon! Ich muss dich bloß noch was fragen, Leon. Ich hab vorher den Heiner getroffen, unseren Nachbarn. Er lädt uns für heute Abend zum Karaoke ein, um sieben. Ich hab gesagt, ich muss dich erst fragen, weil du vielleicht zu kaputt bist, nach der stressigen Renovierungsaktion.« Ich machte eine Bewegung Richtung Bierflaschen. Leon schüttelte den Kopf.

»Nein, das würde ich schon noch hinkriegen. Manolo hat netterweise angeboten, unsere alten Fliesen später zum Wertstoffhof in Degerloch zu fahren, weil er selber noch Abfall wegbringen muss. Hast du denn Lust hinzugehen?«

Ich nickte eifrig.

»Es ist doch nett, wenn es sich gut anlässt mit den Nachbarn. Ich meine, mit Herrn Tellerle und Frau Müller-Thurgau sind wir ja nie so richtig warm geworden. Also wenn du einverstanden bist, dann sage ich ihm, dass wir kommen.« Leon nickte und wandte sich dann dem Sack mit dem Superkleber zu.

Ich ging zurück an den Computer. »Log-in Zeit abgelaufen«, sagte die Bank-Seite. »Bitte laden Sie die Seite neu.« Da ich jetzt sowieso wieder von vorn anfing, suchte ich zuerst »Heiner Glaser« im Onlinetelefonbuch und gab Heiner Bescheid, dass wir kommen würden. Er schien sich ehrlich zu freuen, erwähnte noch »a oifachs Nachtessa« (Hurra!) und meinte, wir bräuchten nichts mitzubringen. Dann ging ich zurück auf die Seite vom Onlinebanking und versuchte zum zweiten Mal, das Passwort einzugeben. Wieder eine Fehlermeldung. Das war doch nicht zu fassen! Ich schrieb mir für alle Fälle das Gedicht auf ein Blatt Papier. FgidEsdFaLg. Fest gemauert in der Erden steht die Form aus Lehm gebrannt. Die Glocke von Goethe. Moment. War das überhaupt Goethe? Ich googelte. Das war Schiller. Mist! Ich hatte aber ganz sicher ein Gedicht von Goethe genommen. Der Zauberlehrling! HdaHsdew! Das war's! So ein klitzekleiner Lapsus konnte doch jedem mal passieren! Ich gab das Passwort ein. Wann hatte Leon noch mal Geburtstag? 24. Juli. Das Telefon klingelte wieder. Arrggg!!!

»Mädle, i han bloß froga wella, hend 'r eich scho oigläbd?«

Dande Dorle. Die hatte noch gefehlt im Samstagssortiment. Zum Glück rief sie nicht so oft an wie Leons Mutter.

»So schnell geht's dann doch nicht, Dande Dorle. Leon fliest gerade mit zwei Freunden das Bad.«

»Du musch abr net helfa, des hot er hoffendlich verschdanda? Sonschd däd i's em nomol erklära. Mit em Kadaschdrofe-Gen, moin i.«

»Ich glaube, das ist nicht nötig, das hat er begriffen«, sagte ich hastig. Mein Haar sah immer noch ziemlich gebeutelt aus.

»Was dusch kocha? I fend, an Oidopf isch emmr gschickd beim Schaffa. Odr an Goisburger Marsch. Odr a Flädlesupp?« Mütter und Großtanten aus Nord und Süd schienen ein grenzenloses Vertrauen in meine Kochkünste zu haben. Leider völlig unbegründet.

»Äh …nein, es gibt weder Eintopf noch Gaisburger Marsch. Ich habe gerade Butterbrezeln geschmiert.«

»Ha, des langd doch net, wemmr feschde schaffa dud! Doo brauchd's doch ebbes Rechds!«

»Keine Sorge, Dande Dorle, die Jungs verhungern schon nicht. Wie geht es dir und Karle?«

»Ha, 's zwickd on zwackd halt doo ond dort amol. Meh beim Karle wie bei mir. Net schlemm. Mir send halt nemme de Jengschd ond am liebe Herrgott dankbar. Wann kommad er amol zom Essa?«

»Im Moment ist alles ein bisschen stressig«, sagte ich hastig. Jetzt hieß es extrem aufpassen, um unseren Sex-Sonntag nicht zu gefährden! »Wenn wir mit Renovieren fertig sind, kommen wir gern mal.«

»Ha, ihr werdad doch net morga am heiliga Sonndich renoviera?«

»Nein, aber …«

»No kennad er au zom Essa komma! Odr hend 'r ebbes Bessers vor als Sauerbroda, Spätzle ond Salat bei dr alda Dande?«

»Ja, äh, nein, ich meine, natürlich nicht. Ich … ich besprech's mit Leon. Ich kann ihn grad nicht unterbrechen, weil er so hochkonzentriert fliest. Vielleicht ist er morgen auch einfach zu müde, nachdem er den ganzen Tag gefliest hat«, heuchelte ich.

Mist! Mist! Mist! Ich legte das Telefon genervt beiseite. Ich liebte zwar Dorles Essen, aber doch nicht ausgerechnet morgen! Jetzt blieb mir nur noch, Leon zu instruieren, dass er den total Erschöpften spielte. Das bedeutete leider, dass ich meinen geheimen Sex-Plan offenlegen musste. Aber zuerst musste ich zurück an den Computer. Jetzt würde ich mich durch nichts, aber wirklich gar nichts vom Onlinebanking ablenken lassen! Ich gab den Zauberlehrling ein. Jetzt noch Goethes, Quatsch, Leons Geburtstag. Der 24. Juli. Oder war es der 25.? Wenn man zu viel über etwas nachdachte, das man eigentlich wusste, dann wusste man es plötzlich nicht mehr! Ich konnte jetzt ja wohl schlecht ins Bad gehen und Leon vor Martin und Manolo fragen, wann er noch mal Geburtstag hatte. Wie peinlich war das denn? Martin würde das doch brühwarm Tanja erzählen, und außerdem würde es ihn in seinem Vorurteil bestätigen, dass ich mir keine Passwörter merken konnte! 24. Juli. Ich war mir ganz sicher. »Falsches Passwort. Aus Sicherheitsgründen wurde Ihr Onlinekonto gesperrt, da wir nach dreimaligen Log-in-Versuchen einen Fremdzugriff nicht ausschließen können. Bitte wenden Sie sich an Ihre Bankfiliale.« Das war doch unfassbar!! Heute war Samstag. Vor Montag konnte ich niemanden anrufen! Ich beschloss, die Klappe zu halten und die Angelegenheit klammheimlich am Montag zu regeln. Heute wurde sowieso nichts mehr überwiesen.

Ein paar Stunden später wurde die Badtür aufgerissen, und eine wilde, dreistimmige Fanfare ertönte. »Fertig!«, rief Manolo triumphierend. Martin und Leon marschierten aus dem Bad, damit ich hineingehen und die neuen Fliesen unter Manolos sachkundiger Führung bewundern konnte.

»Das ist aber hübsch geworden«, lobte ich. »Und so schön gerade! Man sieht, dass ihr beim Anknirschen nicht mit der Nase an der Fliese geklebt habt!«

»Wir kehren noch schnell den Dreck zusammen und dann können wir endlich die Butterbrezeln essen«, sagte Leon. »Und du, hast du dich gelangweilt?«

»Äh … nein«, gab ich zurück. »Nach deiner Mutter haben noch Dorle, Tanja, meine Schwester Katharina und Lila angerufen. Alle wollten wissen, ob wir uns schon eingelebt haben, und alle haben sich schreckliche Sorgen gemacht, ob ihr auch nicht verhungert. Deine Mutter hat Tote Oma, Dorle Eintopf, Tanja Maultaschen, Katharina Pizza und Lila Dinkelauflauf vorgeschlagen.«

»Dann bist du sicher nicht dazu gekommen, das Geld für den Abschleppwagen zu überweisen?«, fragte Leon.

»Äh … doch, aber …«

»Ich wollte dir nur noch kurz sagen, dass es mir ganz peinlich ist, dass ich dir nicht zugetraut habe, dass du dir ein Passwort merkst, Line«, fiel mir Martin ins Wort. »Das war echt Macho.«

»Kein Problem«, antwortete ich matt. Das Telefon klingelte schon wieder.

»Dann gehe ich mal zur Abwechslung ran«, sagte Leon. »Hallo, Tante Dorle!« O nein. Ich hatte doch noch gar keine Gelegenheit gehabt, Leon zu instruieren! Weil ich vor Manolo und Martin schlecht leidenschaftlichen Sex simulieren konnte, legte ich die Handflächen aneinander, den Kopf seitlich darauf, schloss die Augen und öffnete und schloss den Mund, als ob ich schnarchte, um Erschöpfung anzudeuten. Als ich die Augen wieder öffnete, sah Leon mich nur verständnislos an. »Nein, wir sind schon fertig mit Fliesen! Müde? Nein, wieso? Ob wir morgen zum Mittagessen kommen? Aber gern! Oder, Line? Dann müssen wir nicht selber kochen, wo es hier doch noch ziemlich chaotisch ist!«

Ich stöhnte leise. Ade, Sex-Sonntag.

»Es gibt irgendeinen sauren Braten, soweit ich das verstanden habe«, meinte Leon und legte den Hörer beiseite. »Habt ihr in Schwaben auch süße Braten, weil sie das extra erwähnt hat? Und warum hast du eigentlich nach Luft geschnappt wie ein Fisch auf dem Trockenen?«

»Ach, nichts.« Nichts, was ich laut sagen konnte. Nichts, außer dass man als Paar offensichtlich zum öffentlichen Gut wurde und Sex und Romantik mit Zähnen und Klauen verteidigen musste!

Ein paar weitere Stunden später bereiteten wir uns auf den Besuch beim Grünen Heiner vor. Leon kam gerade aus dem Bad, das ich gründlich geputzt hatte, um auch meinen Teil zum fleißigen Samstag beizutragen. Wie immer hatte er sich das Handtuch um die Hüften geschlungen. Ein paar Tropfen glänzten auf seiner Brust. Allerliebst.

»So eine Butterbrezel hält irgendwie nicht lang vor. Ich krieg langsam Hunger«, sagte er.

»Ich auch«, gab ich zurück und schielte auf das Handtuch. Leon grinste. Ich schlug mir gegen die Stirn. »Wie blöd. Wir haben gar kein Mitbringsel. Heiner hat zwar gesagt, er hat alles da, aber so ganz mit leeren Händen aufzukreuzen ist doch ein bisschen peinlich. Der Edeka an der Ecke Schwabstraße müsste noch aufhaben. Ich könnte noch rasch ein Fläschchen Wein holen.«

»Dann kommen wir zu spät«, erwiderte Leon. »Im Kühlschrank ist eine Flasche Champagner. Die können wir dem Heiner mitbringen.« Er ging in die Küche und kam mit einer Flasche extrem edel aussehendem französischem Champagner zurück.

»Champagner? Wieso haben wir Champagner im Kühlschrank?«

Leon druckste herum. »Also eigentlich ... eigentlich wollte ich dich heute Abend mit einem romantischen Abend überraschen, nachdem wir die letzten Tage nur rumgehetzt sind und gar keine Zeit füreinander hatten. Ein bisschen runterkommen, nur wir beide. Kerzen, Champagner und was Leckeres zum Essen.«

Das konnte doch nicht wahr sein! »Aber warum hast du mir denn nichts gesagt?«, rief ich entgeistert.

»Nun ja, erstens wollte ich dich überraschen, und zweitens waren wir mitten im Fliesenchaos, und du wolltest schnell eine Antwort. Außerdem schien es dir so wichtig zu sein, die nachbarschaftlichen Beziehungen zu pflegen, da wollte ich dich nicht enttäuschen. Ich dachte, du willst lieber weggehen, als daheim rumzusitzen. Immerhin ist Samstag.«

Seit Tagen wünschte ich mir einen romantischen Abend nur mit Leon, und nun hatte ich ihn selber ruiniert! Ich hätte doch viel lieber mit ihm Champagner getrunken, als mit dem Grünen Heiner Karaoke zu machen! Ich konnte sowieso nicht singen. Und Leon sah so verdammt sexy aus, bloß mit dem Handtuch! Aber jetzt war es zu spät.

»Aber der romantische Abend läuft uns ja nicht weg, oder?«, bemerkte Leon versöhnlich.

»Nein, natürlich nicht«, murmelte ich. »Ich muss noch mal schnell.« Ich rannte aufs Klo. Dort knüllte ich mit dem Klopapier herum und biss ein paarmal ins Handtuch, um meine Enttäuschung loszuwerden. Dann malte ich mir Lippenstift auf, holte tief Luft und kam würdevoll wieder herausmarschiert. Leon zog sich gerade an.

»Und ich wollte morgen eigentlich einen Sex-Tag«, platzte ich heraus. »Deswegen wollte ich nicht, dass du Dorle zusagst.«

»Ein Sex-Tag«, flüsterte Leon. »Was für eine fabelhafte Idee. So ein blödes Missverständnis aber auch.« Er guckte auf seine Uhr. »Fünf vor sieben. Den Sex müssen wir verschieben. Heute Nacht oder morgen früh …«

»Line«, raunte Leon eine halbe Stunde später.

»Ja?«

»Du hast mir nicht gesagt, dass der Grüne Heiner geschätzte fünfundachtzig ist.«

»Aber ihr habt euch doch schon mal gesehen!«

»Haben wir nicht.«

»Ach. Ich dachte.«

»Und ich dachte, der Heiner ist entweder ein typischer West-Hipster mit Vollbart und Wollmütze oder ein Alt-Achtundsechziger in Jeans und Pink-Floyd-T-Shirt.«

»Nicht ganz. Er ist Witwer. Früher war er bei Hahn+Kolb in Feuerbach.«

»Und wo sind die anderen Gäste?«

»Ich glaube, es gibt keine.«

Leon seufzte.

»Hast du dir's anders vorgestellt?«, flüsterte ich.

»Nun ja, ich hatte so die Vorstellung, wir lernen hier noch mehr Leute aus der Nachbarschaft kennen. Dani zum Beispiel, oder den aus dem ersten Stock mit den kleinen Kindern. Oder sonst jemanden hier aus dem Haus.«

»Ich hab schrecklichen Hunger«, murmelte ich.

»Ich auch. Sicher bereitet der Heiner gerade etwas Leckeres vor, sonst wäre er nicht so lange in der Küche.« Leon drückte aufmunternd meine Hand. »Was typisch Schwäbisches? Maultaschen. Bestimmt gibt's Maultaschen mit Kartoffelsalat, da muss man nicht groß kochen. Er sieht mir jetzt nicht so aus wie der große Hausmann.«

Auf Dani-ohne-Hose konnte ich wirklich verzichten. Aber die tragische Geschichte des Kindsvaters hätte mich brennend interessiert. Wir saßen nebeneinander auf abgewetzten Stühlen an einem alten Holztisch in Heiners Esszimmer, während Heiner in der Küche klapperte, und blickten auf ein riesiges Plakat, auf dem sieben nicht mehr ganz junge Herren sehr munter vor der Kulisse eines grünen Bergsees saßen. Sie trugen Lederhosen, Westen, weiße Hemden und dazu seltsame karierte Kurzkrawatten, die am unteren Ende ausgefranst waren. Hatten die »Kastelruther Spatzen« nicht auch bloß so getan, als ob sie singen konnten?

Stolz hatte Heiner uns seine Karaoke-Anlage vorgeführt, die aus zwei riesigen Lautsprecherboxen, einem DVD-Player, einem Laptop und mehreren Mikrofonen bestand und deutlich moderner als der Rest der Wohnung war. Irgendwie hatte ich versäumt, mir Gedanken darüber zu machen, ob der Heiner und wir karaokemäßig zusammenkommen würden. Am Alkohol würde es jedenfalls nicht liegen. Vor uns standen, säuberlich aufgereiht, der Champagner, jeweils eine Flasche Württemberger Rot- und Weißwein, schwäbische Viertelesgläser mit grünem Henkel und Sprudel. »Zom Schorlemacha«, hatte der Heiner gesagt, und Schorle hatte gebellt. Jetzt lag der Hund auf einem zotteligen Teppich, von dem er sich nicht besonders unterschied. Auf jeden Fall musste ich erst etwas essen, ehe ich Alkohol trank! Heiner tauchte in der Tür auf. In der einen Hand hielt er ein Glasschälchen mit sauren Gürkchen, in der anderen eine Tüte Salzstangen. Er guckte verlegen.

»I han a klois Problem«, murmelte er. »I han Läbrwurschdbrot schmiera wella, mit saure Gürkla druff, abr jetzt isch 's Brot schimmelig. I han guckd ond guckd, abr sonschd isch nix em Haus. Jetzt däds halt Gürkla ohne Brot gäba. Aber zom Drenka gibt's gnug! Ond vielleicht fend i no a baar Silberzwiebla.«

»Das ist doch nicht schlimm«, heuchelte ich. »Wir haben gut zu Mittag gegessen, nicht wahr, Leon?«

Leon nickte eifrig. Wir konnten doch unseren neuen Nachbarn nicht gleich beim ersten Treffen bloßstellen, auch wenn wir nur eine Brezel zu Mittag gegessen hatten!

»No ben i abr froh«, sagte der Heiner sichtlich erleichtert. »Solla mr glei ofanga mit Karaoke?« Er schob sich die schwarze Sonnenbrille von der Stirn ins Gesicht und griff eifrig nach Fernbedienung und Mikrofon. »I kennt ›Dräna bassad net zu dir‹ vo de Spatza senga oder ›Scheene Maid‹. Was isch eich liebr?«

17. Kapitel

Schön ist die Liebe im Hafen,
schön ist die Liebe zur See!
Einmal im Hafen nur schlafen,
sagt man nicht gerade ade!
Schön sind die Mädels im Hafen,
treu sind sie nicht, aber neu!
Auch nicht mit Fürsten und Grafen
tauschen wir Jungens, ahoi!

Ich saß im Büro und hatte sauschlechte Laune. Kein Wunder. Der Samstagabend bei Heiner war zwar sehr, sehr lustig gewesen, aber ich hatte ein komplett romantik- und sexfreies Wochenende hinter mir! Nachdem der Grüne Heiner die Karaoke-Session mit »Tränen passen nicht zu dir« eröffnet hatte, hatte Leon mit »Wir holen den Mount Everest nach Sylt« gekontert. Leider war ich dann dran.

Um mir Mut anzutrinken, kippte ich ein Glas Champagner hinunter. Der einzige Song aus Heiners Karaoke-Liste, den ich kannte, war »Wir lagen vor Madagaskar«. Nachdem Schorle den ganzen Song durch in höchsten Tönen jaulte, als stünde ich auf seinem Schwanz, der Heiner versuchte, unauffällig sein Hörgerät auszuschalten und Leon ziemlich lange brauchte, um das Lied überhaupt zu erkennen, wurde ich von weiteren Karaoke-Pflichten entbunden. Leon und Heiner lieferten sich daraufhin ein Songduell, während ich mich entspannt zurücklehnte und abwechselnd Leons warmen Tenor und Heiners leicht kratzigen Bass genoss. Leon kannte erstaunlich viele norddeutsche Schlager. »Die Windjammer jammern« wurde von Heiner mit »Sternschnuppen im Haar« beantwortet. Leon schlug mit »Schön ist die Liebe am Hafen« zurück und zwang uns, dazu zu schunkeln, was Schorle zum Anlass nahm, auf zwei Beinen durchs Wohnzimmer zu hüpfen. Weil ich nicht sang, trank ich einfach etwas mehr und bestrich für Mensch und Hund Gürkchen, Silberzwiebeln und Salzstangen mit Senf, damit es etwas gehaltvoller wurde. Allmählich versank Heiners Wohnzimmer im Küstennebel. Als es gegen Mitternacht klingelte und Heiner sachlich feststellte: »Des isch beschdemmd d' Bolizei«, krabbelte ich für alle Fälle unter den Tisch, weil ich mich vor Vanessa fürchtete. Es waren aber zwei mir völlig unbekannte Beamte. Dass es so was überhaupt noch gab!

»Herr Glaser, Sie müssen doch nicht schon wieder die Hundert-Meter-Reichweite Ihrer Mikrofone ausreizen!«, klagte der eine und lehnte Heiners herzliche Einladung zu Silberzwiebeln und Schorle dankend ab. Der Zweite ließ sich dann aber doch noch dazu überreden, mit Heiner im Duett »Tausend Rosen später« zu singen, aber erst nachdem der die Anlage leiser gestellt hatte. Irgendwann weckte mich Leon, weil ich mit Schorle neben mir unter dem Tisch eingeschlafen war.

Am Sonntagmorgen hatten wir beide einen Kater, von Sex konnte keine Rede sein, wir schafften es mit Müh und Not, uns zu Dorle zum Mittagessen zu schleppen und gerade so viel zu essen, dass wir sie nicht beleidigten, und abends fielen wir völlig erschöpft ins Bett. Nun saß ich in der Agentur und versuchte, nicht ständig dran zu denken, dass Leon und ich in der einen Woche, die wir nun zusammenwohnten, kein einziges Mal Sex gehabt hatten. Das war doch kein guter Anfang! Wir waren doch nicht schon seit 29 Jahren verheiratet! Ob Leon sich auch Gedanken machte? Schließlich war er ein Mann! Plötzlich baute sich Arminia auf der anderen Seite meines Schreibtisches auf.

»Ich weiß, du hast wahn-sinnig viel zu tun, aber falls es dein Zeitplan erlaubt, die Albschäfer treffen sich heute Abend um 20

Uhr in Münsingen im ›Wilden Widder‹ zum Schäfer-Stammtisch und hätten gern noch heute das Angebot für die Image-Kampagne, um zu entscheiden, ob sie unsere Dienste in Anspruch nehmen oder nicht.« Sie stützte sich mit beiden Händen auf meinem Schreibtisch ab und bewegte sich mit dem Oberkörper drohend auf mich zu. Gleich hatte ich ihren in eine Seidenbluse gepackten Monsterbusen im Gesicht!

»Die Alb, Line, ist vielleicht nicht New York. Aber die Alb erwacht gerade aus dem Dornröschenschlaf, entdeckt ihr touristisches Potenzial und braucht dafür Werbung. Und da ist tatsächlich Potenzial. Warte mal ab, wenn erst die Schweizer wegen des billigen Euro kommen und die Japaner Schloss Lichtenstein entdecken! Alblinsen, Biosphärengebiet, Schokolade, Seife, Hotels und Restaurants. Das kann unser Potenzial werden, weil man sich auf der Alb untereinander kennt. Wenn die Schäfer mit uns zufrieden sind, werden sie's am Stammtisch weitersagen. Also versau mir diesen Job nicht. Haben wir uns verstanden?«

»Natürlich«, murmelte ich. »Schäfer. Schokolade. Seife. Ein Rie-sen-po-ten-zial.« Der Monsterbusen verschwand wieder aus meinem Gesicht. Ich stürzte mich in die Arbeit. Wenigstens war ich so von unserem Sexleben abgelenkt! Zum Glück war ich schon relativ weit mit dem Kostenvoranschlag und musste die Positionen für die Kampagne nur noch zusammenstellen. Imagebroschüre, Facebook, Banner, Printwerbung, Postkarten für das Biosphärenzentrum in Münsingen und natürlich das Image-Filmchen. Wegen des Onlineauftritts musste ich leider den übel gelaunten Philipp zu Rate ziehen. Zum Glück war das hottiflotti abgehakt, und ich konnte einen Schreibtisch weiterwandern, zu Micha, um über die Grafik zu sprechen. Ich packte einen Stapel Fotos und Broschüren von Lämmern, Schafen und Hirten neben sein Keyboard.

»Ich bin mittendrin«, flüsterte er in verschwörerischem Ton.

»Mittendrin, äh, in was?«, fragte ich.

»Na, in der Patientenstudie. Jeden Morgen und Abend nehme ich Tabletten gegen das Katastrophen-Gen. Einmal die Woche skype ich mit Professor Simpson. In ein paar Wochen fliege ich nach Yale. Fünf-Sterne-Hotel, Vollpension, Cocktailempfang an der Uni, Essen im berühmten Mory's und am Rande ein paar Untersuchungen. Es läuft einfach super. Hast du es nicht bereut?«

»Nein. Nein, ich habe es nicht bereut, dass ich nicht wie du Pillen mit völlig unberechenbaren Nebenwirkungen einwerfe«, flüsterte ich genervt zurück. »Außerdem verhält sich mein Katastrophen-Gen gerade völlig ruhig. Können wir jetzt über die Albschäfer reden?«

Am späten Nachmittag war ich mit allem fertig und hatte über der Arbeit mein Sexleben komplett vergessen! Ich beschloss, das Angebot noch eine halbe Stunde liegenzulassen, dann noch einmal am Stück durchzulesen und erst danach abzuschicken. So machte man das ja, wenn man clever war, weil sich doch immer noch irgendwelche Flüchtigkeitsfehlerchen einschlichen! Zur Überbrückung bearbeitete ich meine Mails. Da war einiges liegengeblieben.

Um halb sieben stellte ich das Rad im Hof in der Gutenbergstraße ab und marschierte hinauf in den vierten Stock. Leon war natürlich noch nicht zu Hause. Eigentlich gab es überhaupt keinen Grund, warum man nicht an einem Montagabend nach einem leckeren Essen Sex haben konnte! Ich öffnete die Kühlschranktür. Butter, Salami, Gürkchen. Bitte keine Gürkchen! Da würde ich wohl noch mal kurz zum Supi an der Schwabstraße müssen. Hoffentlich hatten die aphrodisierende Lebensmittel! Ich legte Leon einen Zettel hin: »Bin was Leckeres einkaufen und gleich zurück! Kuss, Line.« Dann stellte ich die Parkscheibe, die wir immer benutzten, um uns gegenseitig mitzuteilen, wann wir zurück sein würden, auf halb acht, schnappte mir einen Einkaufsbeutel und sauste die Treppe hinunter. Es war einfach toll, mit mir zusammenzuleben! Umsicht, Initiative und Drandenken zeichneten mich aus. Drandenken. Ich machte eine Vollbremsung. War da nicht noch irgendwas? Mir wurde heiß und kalt. Ich hatte nicht mehr dran gedacht, das Angebot an die Schäfer rauszuschicken! Arminia würde mich umbringen! Viertel vor sieben. Um acht war der Stammtisch. Sofort zurück in die Agentur! Keine Zeit für Öffis. Wo war das nächste Taxi? Ich rannte wie die Bekloppte aus dem Haus, die Gutenbergstraße hinunter, bog nach rechts ab in die Schwabstraße, raste weiter zum Taxistand an der Ecke Schwab/Rotebühl, riss die Tür des wartenden Taxis auf und warf mich auf den Rücksitz.

»Schnell«, keuchte ich. »Ins Heusteigviertel!«

Der Taxifahrer drehte sich unendlich langsam zu mir um und zwirbelte an seinem Schnurrbart. »Des isch jetz net Ihr Ernschd«, brummte er. »I stand dohanna seit Schdonda rom, ond jetzt wellad Sie bloß en Heuschdeig?«

»Tut mir leid. Können Sie bitte trotzdem schnell losfahren?«

»Mir kenndad a klois Omwägle macha. Ibr de Flughafa. Odr wenigschdends de Färnsähturm?«

»Nein, nein, nein! Ich will so schnell wie möglich in die Heusteigstraße!«

»Wissad Sie, wie schwer mir Taxifahrer 's en Schduagerd hen?«, klagte der Mann und rollte gemütlich die Rotebühlstraße hinunter. Sobald eine grüne Ampel in Sichtweite kam, fuhr er ein bisschen langsamer, damit die Ampel Zeit hatte, um auf Rot zu springen. Das klappte hervorragend. AAARGGG! Ich saß hinten und schwitzte. Endlich hielten wir vor der Agentur. 24 Euro 50 für die paar Meter! Ich drückte ihm 25 Euro in die Hand und sprang aus dem Wagen. Zehn nach sieben!

Ich legte den Kopf in den Nacken und starrte hinauf zum zweiten Stock. Aus unserem Büro drang ein schwacher Lichtschein. Das musste nicht unbedingt bedeuten, dass Arminia noch da war.

Weil sich Einbrüche in Stuttgart in letzter Zeit so häuften, hatte sie eine Lampe mit Zeitschaltuhr eingerichtet, die die halbe Nacht leuchtete. Und selbst wenn Arminia so spät noch arbeitete, konnte ich mich vielleicht hineinschleichen, ohne dass sie mich hinter ihrem Paravent bemerkte? Ich musste es riskieren. Wenn sie mich erwischte, musste ich ihr eben die Wahrheit gestehen. Immerhin wusste sie dann, dass ich pflichtbewusst genug war, um den vergessenen Job doch noch zu erledigen.

Ich zog meine Chucks aus, ließ sie unten stehen und lief die Treppe hinauf zu unserem Loft. Die Tür war nur angelehnt. Hurra, das Schicksal meinte es gut mit mir, und ich musste nicht den Schlüssel lautstark im Schloss herumdrehen! Andererseits bedeutete es, dass Arminia noch da war. Ich schlüpfte durch die Tür und zog sie leise hinter mir zu, ohne sie ganz zu schließen. Arminia hatte ihre Schreibtischlampe an. Hinter ihrem Paravent zeichneten sich zwei Silhouetten ab, wie bei einem Schattenspiel, und ich hörte gedämpfte Stimmen. Oje, Arminia hatte Kundenbesuch, und das um diese Zeit? Oder war jemand aus Hamburg da? Auf jeden Fall ein Mann. War Benny nicht vor mir gegangen?

Auf Zehenspitzen schlich ich zu meinem Schreibtisch. Vor lauter Drandenken hatte ich meinen Computer nicht mal ausgemacht. Sehr gut, das sparte kostbare Zeit. Mit fliegenden Fingern öffnete ich das Angebot. Arminia kicherte albern. Arminia kicherte? Arminia kicherte nie, außer sie stand unter Rescuetropfen-Einfluss. Sie lachte höchstens mal hämisch. Kichern hatte die überhaupt nicht im Programm! Da fehlte ihr doch komplett die Software! Und nun klirrten auch noch Gläser. Um Himmels willen. Da stimmte doch was nicht! Fieberhaft las ich das Angebot durch, aber es fiel mir schwer, mich zu konzentrieren, mit dem seltsamen Kichern und Klirren im Hintergrund. Plötzlich verstummten die Geräusche. Ich speicherte das Angebot ab, rief meine Mails auf und warf einen schnellen Blick zum Paravent. Arminia stand seitlich, hatte die Arme nach oben gestreckt, und jemand zog ihr die Klamotte über den Kopf! Der Jemand fummelte weiter an ihrem Oberkörper herum, und ihre großen Brüste ploppten heraus! Und dann hörte ich Keuchen! Und schmatzendes Knutschen! Die beiden Silhouetten verschmolzen zu einem dicken, keuchenden Klops! Um Himmels willen. Arminia hatte Sex! Auf ihrem Schreibtisch! Ich musste sofort hier raus. Wenn sie mich erwischte, würde sie mir das nie verzeihen. Wahrscheinlich war das ihr erster Sex in den letzten fünfundzwanzig Jahren! Mit irgendeinem Kunden! Oder mit dem Hausmeister! »Sehr geehrter … schicke Ihnen wie besprochen das Angebot …« Meine zitternden Finger flogen über die Tasten. Anhang einfügen! Hinter dem Paravent bewegte sich der Silhouettenklops wild auf dem Schreibtisch hin und her, Dinge polterten zu Boden, ein Glas zerschellte.

»Gib's mir, du versauter Schweinebär!«, quietschte Arminia in höchsten Tönen.

»Du bist so unglaublich scharf!«, stöhnte der Mann.

Senden. Das war geschafft. Jetzt musste ich nur noch unbemerkt hier raus. Ich klickte auf »Herunterfahren«. Dideldum-dei. Aaaah! Ich hatte den Sound vergessen, den der PC beim Herunterfahren machte!

»Was war das?«, hörte ich Arminias argwöhnische Stimme. Ich hielt die Luft an. Wie blöd konnte man sein? Ich hätte den Computer doch einfach anlassen können!

»Da ist nichts«, antwortete die Männerstimme laut und ungeduldig. »Lass uns weitermachen!«

Jetzt erstarrte ich erst recht. Diese Stimme! Nein, das konnte nicht sein. Der Computer war aus. Ich hängte mir meine Tasche um, ging hinunter auf alle viere und krabbelte Richtung Ausgang. Schubeldudelschubeldumm. Mein Handy zeigte lautstark an, dass ich eine SMS bekommen hatte. Raus! Raus! Raus! Nur noch zwei Meter bis zur Tür! Ich stieß mit dem Kopf gegen etwas. Das Etwas war ein paar Schienbeine über Turnschuhen, geschätzte Größe 43. An den Turnschuhen hingen zwei Beine in Jeans mit offenem Reißverschluss. Und ganz obendran an einem nackten Oberkörper klebte der Kopf von Philipp. Er beugte sich unendlich langsam zu mir herunter. Dann verzog sich sein Gesicht zu einem Lächeln.

»Pipeline Praetorius. Ich schwöre dir, wenn du irgendjemandem auch nur ein Sterbenswörtchen verrätst, drehe ich dir höchstpersönlich den Hals um.«

3. Teil

Es wird böse enden

Martin in
»Zur Sache, Schätzchen«

18. Kapitel

Still don't know what I was waitin' for
And my time was runnin' wild

Ein ungewöhnlich warmer Winter war nahtlos in einen sehr warmen Frühling und einen sehr heißen Juni übergegangen. Nun wohnte ich schon seit ein paar Monaten mit Leon zusammen, und ganz im Gegensatz zum Wetter kam es mir vor, als sei die Welt in dieser Zeit eingefroren. Nicht die große Welt, da schienen Weltpolitik, Seuchen und die Klimakatastrophe immer nur noch schlimmer zu werden. In meiner kleinen Welt dagegen herrschte Stillstand und Stress. Die Einzigen, die uneingeschränkt glücklich zu sein schienen, waren Dorle und Karle. Ansonsten hatte sich nichts geklärt.

Ich lebte in der permanenten Angst, nach Leipzig abgeschoben zu werden, weil ich Arminia und Philipp in flagranti ertappt hatte. Noch immer gefror mir das Blut in den Adern, wenn ich daran dachte, welchen Preis Philipp dafür bezahlt hatte, damit Arminia nur ja nicht ihn nach Leipzig schickte. Wegen seiner Drohung hatte ich niemandem in der Agentur davon erzählt, obwohl Micha, Suse und Paula immer wieder fragten, warum mich Arminia plötzlich mit Eiseskälte behandelte, während Philipp mich komplett ignorierte. Der war mittlerweile Vater einer kleinen Tochter, total übernächtigt und deshalb permanent schlecht gelaunt. Bestimmt hatte er auch ein sauschlechtes Gewissen. Mit Arminia Sex zu haben! Igitt! Nur um sich bei ihr einzuschleimen! Benny war schlecht gelaunt, weil er in Stuttgart festklebte und seine neue Funktion als Chef nicht antreten konnte. Die Asbestsanierung in dem Altbau in der Leipziger Südvorstadt zog sich hin. Die drei Musketiere und d'Artagnan hielten zwar zusammen, aber das reichte nicht aus, um die schlechte Stimmung im Büro wettzumachen.

Das war aber noch nicht alles. Auch zwischen Katharina und Frank herrschte Stillstand, weil Katharina sich nicht entscheiden konnte, ob Frank wieder bei ihr einziehen sollte oder nicht. Lena hielt mich telefonisch auf dem Laufenden und war schrecklich genervt von ihrer Mutter. Zum ersten Mal in ihrem Leben brachte sie schlechte Noten heim. Tarik und Manolo lebten in einer Holterdiepolterbeziehung mit vielen ungeklärten Fragen. Am schrecklichsten aber war, ich hatte noch keinen einzigen romantischen Abend mit Leon verbracht! Ständig kam irgendetwas dazwischen. Im Moment vor allem die Fußball-WM. Als glühender Fußballfan sah Leon sich die meisten Spiele mit Bosch-Kollegen beim Public Viewing im Biergarten im Schlosspark an. Ab und zu ging ich mit, der Stimmung wegen, aber einmal sprang ich auf und brüllte wie eine Bekloppte vor Begeisterung, als Deutschland gegen Ghana spielte, nur um dann festzustellen, dass alle anderen sitzen geblieben waren und mich Hunderte Fußballfans entgeistert ansahen, weil Ghana das Tor gemacht hatte. Danach hatte ich keine Lust mehr auf Public Viewing. Wegen der späten Anpfiffzeiten kam Leon oft erst mitten in der Nacht heim.

Meist kam ich in eine leere Wohnung, weil Leon noch im Berufsverkehr steckte oder direkt zum Fußballgucken ging. Es war dann so schrecklich still. In der Neuffenstraße dagegen hatte mit den Zwillingen, Harald, Wutzky und Suffragette immer das pralle Leben geherrscht. Oft rief ich Lila kurz an, aber es war nicht dasselbe. Nach Hause kommen, gemütlich in der Küche sitzen, einen lauwarmen Kaffee aus der Thermoskanne trinken und mit Lila den Tag durchhecheln, das fehlte mir schrecklich. Natürlich konnte ich auch alles, was mich beschäftigte, mit Leon besprechen. Aber es war anders. Manchmal sagte Leon einfach gar nichts, wenn ich ihm etwas erzählte, und wenn ich ihn fragte, warum er schwieg, dann sagte er, dass er erst mal darüber nachdenken musste. Tage später gab er mir eine Antwort, dabei wusste ich da meist schon gar nicht mehr, um was es ging. Männer kapierten einfach nicht, dass Frauen manchmal einfach nur etwas loswerden wollten. Frauen mussten nie tagelang nachdenken, und Lila musste ich fast nie etwas erklären!

Sie hatte ihre Elternzeit verlängert, weil die Zwillinge sie noch immer komplett absorbierten. Seit der Geburt hatte sie keine einzige Nacht durchgeschlafen und wirkte sehr erschöpft, und wenn ich abends noch kurz bei ihr vorbeischaute oder wir noch einen kleinen Spaziergang im Park der Villa Berg machten und uns auf eine Bank setzten, konnte ich froh sein, wenn sie nicht mitten im Satz wegpennte. Ich konnte es ihr nicht zum Vorwurf machen, aber sie schien nie richtig da zu sein. Mit Tarik war es ähnlich. Er war mein zweitengster Vertrauter gewesen, als Leon in China arbeitete. Nun war er entweder mit seiner Arbeit oder mit Manolo beschäftigt und gab mir auf die Frage, wie es ihm beziehungstechnisch ging, immer nur ausweichende Antworten. Gemütliche Kochabende, wo wir uns alle trafen und bis tief in die Nacht aßen, tranken und alberten, schienen wir kaum mehr hinzukriegen, weil ständig irgendjemand nicht konnte.

Du hast vielleicht Probleme, schalt ich mich manchmal selber, wenn ich das Gefühl hatte, dass es mir nicht reichte, meine Freizeit vor allem mit Leon zu verbringen. Wir hatten uns zusammengerauft. Ich vergaß meine stinkenden Socken jetzt auf dem Fernseher anstatt neben der Kaffeemaschine, und Leon räumte ständig hinter mir her, aber weder er noch ich regten uns darüber auf. Leon, Martin und Manolo hatten die Wohnung so weit renoviert, dass sie jetzt eigentlich ganz gemütlich war. Es war schön, abends nach Hause zu kommen in die traute Zweisamkeit, so es sie denn gab. Sogar das Katastrophen-Gen produzierte nur überschaubares Chaos. Einmal wollte ich Leon morgens mit gekochten Eiern überraschen, legte mich wieder ins Bett und vergaß die

Eier aus gutem Grund wieder, und als das ganze Wasser verdampft war, explodierten sie, und die Eierteile klebten überall in der Küche, aber das war genauso wenig dramatisch wie der Finger, mit dem ich in Leons schicken Pürierstab geriet (ich drückte versehentlich auf den »An«-Knopf, als ich gerade gemahlene Haselnüsse herauskratzte, aber man musste es nicht mal nähen, es war nur eine ziemliche Sauerei). Ich hatte schon immer den Verdacht gehabt, dass Leon eine beruhigende Wirkung auf das Katastrophen-Gen hatte. Nur gut, dass ich mich nicht auf die dubiosen Experimente dieses amerikanischen Professors eingelassen hatte!

Eigentlich war mein Leben großartig. Eigentlich. Wenn ich allerdings ganz ehrlich zu mir war, dann musste ich mir eingestehen, dass ich mich fühlte, als ob ich auf etwas wartete. Ich wusste nur nicht, auf was. Manchmal dachte ich daran, dass Tarik behauptet hatte, ich hätte mich noch gar nicht richtig für Leon entschieden, und dann ärgerte ich mich ganz schrecklich über Tarik und schob den Gedanken ganz schnell beiseite. Manchmal fiel mir auch Simon ein und der Jahrhundertkuss und die gesprengte Hochzeit, und dann fing mein Herz an zu rasen, und meine Hände wurden schweißnass. Wie es Simon wohl ging? Lebte er mit Vanessa zusammen? War er glücklich? Natürlich hatte ich Leon die ganze Geschichte immer noch nicht gebeichtet. Vanessa war mir seit dem Umzug nicht mehr über den Weg gelaufen.

Leon dagegen schien mit unserem Leben völlig zufrieden zu sein. Er war mit seiner Abteilung nach Renningen umgezogen, ins neue Forschungszentrum von Bosch, und war begeistert von der Aufbruchstimmung, die dort herrschte. Er arbeitete viel, war meistens gut gelaunt, und deshalb behielt ich meine Gedanken für mich. Schließlich hatte ich unsere Beziehung mit meinen endlosen Zweifeln schon oft genug ins Chaos gestürzt!

Eines Samstagmorgens im Frühsommer saßen wir beim Frühstück. Ich blätterte durch die »Neue Revue«, die ich auf einem

Sitz in der U-Bahn gefunden hatte. Leon las die Zeitung. Dann seufzte er.

»Was ist los?«, fragte ich.

»Schau dir mal die Wohnungspreise in Stuttgart an. Alles unbezahlbar. Ich fürchte, wenn wir mal was Eigenes haben wollen, müssen wir aus der Stadt raus. Hier ist alles einfach viel zu teuer.«

»Aus der Stadt raus?« Das konnte er doch nicht ernst meinen!

»Nun ja, nachdem ich jetzt nach Renningen pendle, könnten wir ja irgendwo in die Richtung ziehen … es ist eigentlich ganz hübsch da draußen im Heckengäu …. die Zinsen liegen auf Rekordtief … ein kleines Häusle, vielleicht mit Gärtchen … mit S-Bahn-Anschluss natürlich.« Leon hatte die Augen geschlossen, als sähe er alles schon genau vor sich, und lächelte selig.

»Aber Leon, ich will nicht aus der Stadt raus!«, wehrte ich unglücklich ab. »Ich wohne gern in Stuttgart. Und dann würde ich Lila gar nicht mehr sehen!«

»Du würdest ja nach wie vor in Stuttgart arbeiten und könntest sie jederzeit besuchen. Außerdem kann es doch gut sein, dass Harald und Lila selber in den Speckgürtel ziehen.«

Ich schüttelte heftig den Kopf. »Lila will auf jeden Fall im Stadtzentrum bleiben. Sonst wird es mit ihrer Arbeit schwierig, wenn sie wieder in Teilzeit einsteigt. Und ich will auch nicht aufs Land!«

»Dann werden wir wohl bis ans Ende unseres Lebens zur Miete wohnen müssen.«

»Wir sind doch gerade erst hier eingezogen. Denk mal an die Mühe, die ich hatte, eine Wohnung zu finden! Und das Renovieren und Einrichten! Und da denkst du schon wieder an Umzug?«, rief ich fassungslos. »Außerdem weiß ich doch noch gar nicht, ob Arminia sich nicht an mir rächt und mich nach Leipzig schickt. Was machen wir dann? Und mir macht es nichts aus, in Miete zu wohnen!«

»Mir auch nicht. Vorerst. Aber die Mieten in Stuttgart steigen nun mal ständig. Langfristig gesehen wäre es schon sehr sinnvoll, etwas zu kaufen. In Stuttgart werden wir uns das nicht leisten können. Vor allem …«, Leon machte eine Pause, »…wenn wir mal Platz für Kinder brauchen.«

Daher wehte also der Wind! Panik stieg in mir hoch. Ich sah mich an einem einsamen Sandkasten in einem Ort mit -ingen sitzen. Renningen, Dätzingen, Döffingen. Um mich herum Tausende von Einfamilienhäusern mit einsamen Sandkästen, an denen weitere einsame, verzweifelte Mütter saßen, die von ihrem Einzelkind einen Sandkuchen gebacken bekamen und sich fragten, ob sie jemals wieder irgendetwas anderes tun würden. Morgens würde ich mit dem Kind auf dem Arm am Fenster stehen und Leon hinterherwinken, der zu Bosch fuhr. Am Wochenende würden wir Grillabende machen, so wie Tanja und Martin. Wir würden unseren Urlaub nach dem Abholtermin der Gelben Säcke richten. Irgendwann würde ich morgens aufwachen und hätte das erste Moos angesetzt.

»Ich … ich bin noch nicht so weit«, stotterte ich. Ich schwitzte und war auch ein bisschen böse. Warum musste Leon unser gemütliches Samstagsfrühstück versauen?

»Ich weiß«, sagte Leon. »Ich will dich ja auch nicht drängen. Bloß … ich hätte wirklich gern Kinder. Und es wird nicht einfacher. Klar, du bist erst zweiunddreißig, aber bei Bosch gibt es eine Sekretärin, die ist neununddreißig, und sie versucht jetzt seit zwei Jahren schwanger zu werden, und es klappt einfach nicht. Organische Gründe gibt es nicht, sie haben sich beide durchchecken lassen. Jetzt fangen sie an, über unterstützende Maßnahmen nachzudenken. Hormone und so.«

»Woher weißt du das alles?«, fragte ich entgeistert.

»Nun, sie hat es mir beim Mittagessen erzählt.« Leon redete mit den Sekretärinnen in der Kantine über Schwangerwerden und Hormonbehandlung? »Es beschäftigt sie nun mal«, ergänzte er achselzuckend.

»Und hast du erwähnt, dass du auch gern Kinder hättest?«

»Natürlich, ich meine, wenn sie mir etwas anvertraut, dann ist es ja normal, dass ich ihr auch was anvertraue, oder? Das erwarten Frauen doch immer von einem, sonst sind sie beleidigt.«

Ich verschluckte mich an meinem Kaffee und bekam einen Hustenanfall. Leon redete mit einer Sekretärin darüber, dass er gern Kinder wollte, bevor er mit mir darüber sprach? Das war ja wohl nicht zu fassen!

»Was hat der Hausmeister dazu gemeint, und hast du's die-Bosch-Zünder-Redaktion auch schon veröffentlichen lassen?«, rief ich wütend.

»Nein, natürlich nicht. Aber glaub mir, Line, ich weiß auch nie so richtig, wann und wie ich das Thema ansprechen soll, weil du so empfindlich drauf reagierst!«, gab Leon ärgerlich zurück. »Für dich ist alles automatisch spießig, egal, ob Eigenheim oder Kinder kriegen. Es muss ja auch nicht morgen sein, aber ich will wenigstens, dass du mal drüber nachdenkst, ob du es dir überhaupt vorstellen kannst!«

»Aber wir sind doch noch gar nicht so lange zusammen! Und wir wohnen erst seit ein paar Monaten in derselben Wohnung!«

»Schon. Aber es klappt doch gut! Und wenn man schon ein paar Jährchen älter ist, wenn man sich kennenlernt, muss man eben auch schneller solche Entscheidungen treffen! Außerdem bist du sowieso nicht glücklich in deinem Job!«

Die Zornesröte stieg mir ins Gesicht, und ich warf mein angebissenes Brötchen zurück auf den Teller.

»Ich krieg doch keine Kinder, bloß weil ich unglücklich im Job bin!«, zischte ich empört. »Nur um Arminia zu entkommen!«

»Nein, aber vielleicht ist es ein günstiger Zeitpunkt! Du steigst eine Weile aus und suchst dir dann einen besseren Job!«

»Leon«, flüsterte ich. »Du weißt, dass ich die Zwillinge wirklich knuffig finde. Aber ich bin jedes Mal froh, wenn ich sie wieder bei Lila abgeben kann und keine Gefahr für Leib und Leben mehr besteht! Stell dir das doch mal vor, wenn ich ein eigenes Kind hätte, und das mit dem Katastrophen-Gen! Das ist einfach unverantwortlich!«

»Line, das Katastrophen-Gen kann ja wohl nicht ernsthaft der Grund sein, auf Kinder zu verzichten!«, rief Leon erregt.

»Doch! Das ist mir einfach zu riskant!«

Leon schüttelte den Kopf. »Sei doch ehrlich, Line. Du drückst dich vor der Entscheidung! Du hast jetzt schließlich Erfahrung mit Babys!«

»Ja. Und mit Beziehungen, die gewaltig unter Babys leiden! Mit Kindern hat man keinen Sex mehr!«

»Woher weißt du das?«

»Frag Lila!«

»Aber vor den Babys hat man Sex. Und zwar jede Menge!«

Wir funkelten uns bitterböse an. Endlich seufzte Leon und legte seine Hand auf meine. »Genau das wollte ich vermeiden«, murmelte er. »Es tut mir leid. Lass uns nicht streiten, okay?« Er beugte sich über den Esstisch und küsste mich. Mein Ärger schnurzelte zusammen.

»Versprichst du mir, dass du dir wenigstens mal Gedanken zu dem … dem Thema machst?«

»Na schön«, flüsterte ich. »Wenn dir das … das Thema so wichtig ist.« Leon nickte.

»Schon komisch. Normalerweise sind es doch die Frauen, die ihre biologische Uhr ticken hören und drauf drängen, Kinder zu kriegen.«

»Normale Frauen haben auch kein Katastrophen-Gen«, gab ich störrisch zurück. Leon sah mich an und sagte nichts mehr, aber in seinem Blick konnte ich lesen, dass er die Sache mit dem Katastrophen-Gen für eine Ausrede hielt. Er stand auf, räumte das Frühstücksgeschirr zusammen und marschierte Richtung Küche. Dies war der erste Sommer, den wir gemeinsam verbrachten, doch anstatt das Paarleben einfach zu genießen und die Zukunft auf uns zukommen zu lassen, was sowieso das einzig Vernünftige war, was man mit der Zukunft anstellen konnte, musste Leon alles kaputt machen, indem er superanstrengende Themen wie »Umzug aufs Land« und »Kinderkriegen« auf die Tagesordnung setzte! Leon kam zurück ins Wohnzimmer, schnappte sich den »Kicker« und verschwand auf dem Klo. Das würde ein Weilchen dauern. Ich raste zum Telefon.

»Hallo, Harald. Wie geht's euch?«

»Die Zwelleng hen boide d' ganze Nacht durch gspuckt, on d' Lila isch fix on fertig. Aber 's Gretle hot sich geschdern ganz alloi am Kicheschrank hochzoga! I glaub, die laufd bald.« Er klang sehr stolz.

»Soll ich lieber später noch mal anrufen?«

»Noi, noi, d' Lila wenkt, i soll ihr 's Delefo gäba. Adele.«

»Hallo, Line.« Lila klang schrecklich erschöpft. Wahrscheinlich war das nicht der richtige Augenblick, um ihr die Ohren mit meinen eigenen Problemchen vollzuheulen.

»Du Ärmste. Hast du überhaupt geschlafen?«, fragte ich mitfühlend. Ein tiefer Seufzer war die Antwort.

»Kaum. Harald muss gleich los zu seiner Samstagmorgen-Sprechstunde mit Prosecco, deshalb wollte ich ihn nachts nicht einspannen. Wenigstens schlafen sie jetzt beide. Ich wollte nur kurz was frühstücken, dann leg ich mich wieder hin und hoffe, sie wachen nicht gleich wieder auf. Und du?«

»Ach, ich wollte nur kurz Hallo sagen«, log ich.

»Komm schon, Line. Was ist los?«

»Leon will aufs Land ziehen und Kinder kriegen«, platzte ich heraus.

»Das wundert mich nicht besonders. Wenn das so weitergeht, ziehen wir auch aufs Land«, antwortete Lila. »Es ist einfach unmöglich, in Stuttgart ein familientaugliches Häuschen zu finden.«

»Das ist jetzt nicht dein Ernst, oder?«, erwiderte ich fassungslos. »Ich habe Leon gegenüber Stein und Bein geschworen, dass du niemals aus Stuttgart wegziehen würdest!«

»Freiwillig bestimmt nicht. Aber hast du dir mal angesehen, was ein Haus in Stuttgart kostet? Oder eine schöne große Wohnung mit Garten? Das fängt bei einer halben Million Euro an. Wo sollen wir die hernehmen? Und Sozialpädagoginnen werden gerade überall gesucht.« Sie gähnte. »Lass uns am Montag weiterreden, dann bin ich hoffentlich ausgeschlafener, und die Zwillinge sind wieder gesund. Kommst du nach der Arbeit vorbei?«

»Klar. Soll ich was für dich einkaufen?«

»Nein, nicht nötig. Ich habe gestern Großeinkauf gemacht, erst auf dem Markt am Ostendplatz und dann beim Bio-Supermarkt.«

Das war doch nicht zu fassen. Anstatt von meiner Ankündigung geschockt zu sein, überlegte Lila selber, ins Umland zu ziehen! Wahrscheinlich würde sie mit Harald und den Zwillingen an einer S-Bahn-Endhaltestelle landen und wir an der entgegengesetzten. Kirchheim und Herrenberg, oder Weil der Stadt und Backnang, eineinhalb Stunden Fahrzeit ein Weg. Wie oft würden wir uns dann noch sehen?

Ich verbrachte ein unruhiges Wochenende. Leon schien unsere Diskussion vergessen zu haben und war entspannt wie immer, aber in mir wuchs die Panik. Nachts hatte ich Alpträume von Babys, die mir im Hausflur vom Arm fielen, wie Bälle die Treppenstufen hinunterhüpften und dann aus meinem Blickfeld verschwanden. Ich musste dringend mit Lila reden!

Lila hatte beim Umzug gesagt, ich sollte meinen Schlüssel für das Häuschen behalten. Das war praktisch, weil sie manchmal schlecht die Haustür öffnen konnte, wenn sie mit den Zwillingen beide Hände voll zu tun hatte. Das war aber nicht der einzige Grund, warum ich insgeheim froh darüber war. Der Schlüssel gab mir das Gefühl, noch ein zweites, altes Zuhause zu haben, wohin ich zur Not flüchten konnte, sollte die Welt, die ich mit Leon teilte, untergehen. Trotzdem klingelte ich wie immer, damit Lila wusste, dass ich anrückte. Nichts rührte sich. Seltsam. Ich klingelte ein weiteres Mal und schloss dann die Haustür auf. Es war still. Totenstill. »Lila?«, rief ich laut. »Lila, bist du oben?« Langsam wurde es mir ein bisschen unheimlich. Ich riss die Küchentür auf, und unwillkürlich entfuhr mir ein spitzer Schrei.

Die Küche sah aus, als hätte soeben ein blutiges Massaker stattgefunden. Wände und Fußboden waren mit roten Spritzern und Klecksen überzogen. Hellrot. Karottenrot. Zwei umgekippte Plastikteller und zwei bunte Löffel lagen auf dem Boden. Dazwischen krabbelten die Zwillinge. Alles an ihnen war rot und verschmiert. Karottenbrei auf dem Strampelanzug, im Gesicht, in den Haaren und auf den Händen. Sie wirkten nicht unglücklich, bloß ein bisschen ratlos. Gretchen sah mich an, lachte, setzte sich aufs Hinterteil und streckte ihre Ärmchen nach mir aus. Wutzky lag auch im Karottenbrei, schlabberte ab und zu ein bisschen daran herum und wirkte genauso ratlos. Lila saß am Küchentisch, hatte den Kopf auf die verschränkten Arme gelegt und blickte nicht auf. Einmal, ein einziges Mal hatte ich sie so erlebt, damals, als Harald sich von ihr getrennt hatte, ohne zu wissen, dass sie schwanger war. Lila war nicht jemand, der mal eben den Kopf hängen ließ. Sie war eine Kämpferin.

Ich setzte mich neben sie und legte ihr den Arm um die Schulter.

»So schlimm?«, murmelte ich.

»Schau's dir doch an, das Karottenmassaker«, flüsterte sie, ohne den Kopf zu heben.

»Aber … aber so was passiert nun mal, wenn Kinder in die Karottenphase kommen. Oder?« Ich kannte mich ja auch so wahnsinnig gut mit Karottenphasen aus.

»Klar«, antwortete Lila und hob ein klitzekleines bisschen den Kopf. Auf ihren Wangen vermischte sich Karottenpampe mit Tränen. »Das ist total normal. Es ist total normal, dass man Zwillinge hat, die, anstatt Karotten zu essen, anfangen, mit dem Löffel in den Brei zu patschen und die Wände vollzuspritzen, und irgendwann schmieren sie sich den Brei aus teuren Demeterkarotten gegenseitig ins Gesicht und in die Haare, und dann schmeißen sie die Teller runter und finden das wahnsinnig witzig. Und du stehst daneben, und die Tränen laufen dir übers Gesicht, weil du sowieso mit den Nerven am Ende bist, schließlich hast du seit

Monaten keine Nacht mehr als drei Stunden am Stück geschlafen, wenn überhaupt, und du willst ihnen eine scheuern vor lauter Wut und Frust, dabei bist du nicht nur die Mutter, sondern auch ausgebildete Sozialpädagogin, und du weißt genau, dass es klitzekleine, unschuldige Wesen sind, die die Welt und den Karottenbrei für sich entdecken, und dann fühlst du dich auch noch wie das letzte Schwein, weil du dich nicht unter Kontrolle hast und sie doch eigentlich so liebst, dass es kaum auszuhalten ist.«

Immerhin sah Lila mich jetzt an.

»Natürlich ist es jetzt hart. Ich meine, die meisten Mütter sind mit einem Baby voll ausgelastet. Da ist es doch klar, dass Zwillinge wahnsinnig stressig sind. Aber irgendwann werden sie doch auch größer, und es wird einfacher.« Ich fand, dass meine Worte ziemlich banal klangen, aber mir fiel nichts Besseres ein. Außerdem gab es da doch noch diesen Spruch mit den kleinen Kindern und den kleinen Sorgen und den großen Kindern und den großen Sorgen, aber das war jetzt wahrscheinlich eher unpassend. »Komm, ich mach uns einen Kaffee, und dann putze ich die Küche.« Ich wollte aufstehen, aber Lila hielt mich am Arm zurück.

»Weißt du, was das Schlimmste ist?«, flüsterte sie. »Ich habe kein Selbstwertgefühl mehr. Ich kann mir nicht mehr vorstellen, wie das ist, einen Arbeitstag zu bewältigen. Sich mit Kollegen und kriminellen Kids rumzuärgern, nervige Telefonate mit dem Jugendamt zu führen … Geschweige denn, einen Arbeitstag plus Zwillinge auf die Reihe zu kriegen. Mein Leben besteht nur noch aus Haushalt und Babys, Müttertreffs und Kinderkleidermärkten. Ich bin nicht mehr ich selbst. Ich bin ein Putzlappen und ein Babyfläschchen, eine Windel, ein Einkaufswagen und eine Demeterkarotte. Und obwohl wir uns vor den Kindern geschworen hatten, die Verantwortung zu teilen, habe ich das Gefühl, alles hängt nur an mir. Wir wollten es anders und besser machen, und es ist komplett in die Hose gegangen. Harald verbringt mehr Zeit in der Praxis als vor der Geburt. Er kommt in der Mittagspause oft nicht heim, obwohl er mit dem Fahrrad in fünf Minuten hier wäre. Stattdessen geht er mit den Kollegen zum Italiener. Klar, ist ja auch entspannter. Und wenn er abends oder am Wochenende zu Hause ist, übernimmt er schon eine Menge, er wickelt und kocht und füttert und putzt, aber danach verwendet er wahnsinnig viel Energie drauf, die Facebook-Seite der Babys zu aktualisieren, damit er vor anderen Leuten mit seinen tollen Kids angeben kann, anstatt die Zeit zu nutzen, um mit mir zu reden oder mich einfach mal in den Arm zu nehmen. Scheißfacebook, ich kann dir gar nicht sagen, wie viel Zeit das frisst. Wir sind das wandelnde Klischee von Eltern, die in die Babyfalle getappt sind und nicht mehr aus ihr herauskommen. Dabei haben wir vorher alles so wahnsinnig reflektiert. Wir haben uns geschworen, einmal die Woche einen Babysitter zu organisieren und einen romantischen Abend zu zweit zu verbringen. Weißt du, wie viel romantische Abende es seit der Geburt der Zwillinge gab? Keinen einzigen. Die wenigsten Babysitter wollen Zwillinge betreuen, und irgendwie kommt ständig was dazwischen. Und von Sex erzähle ich dir erst gar nichts, weil es nichts zu erzählen gibt. Es ist einfach soo bitter. Wir machen es genau wie alle anderen. Genauso, wie wir es nicht machen wollten.«

Das mit dem romantischen Abend kam mir bekannt vor. Zu allem anderen konnte ich nicht viel beitragen, aber Lila schien auch keine Antwort zu erwarten. Sie redete weiter wie ein Wasserfall.

»Wir nölen uns ständig nur noch an. Wenn ich zu Harald sage, dass ich mir mehr Unterstützung von ihm wünsche und mich alleingelassen fühle, reagiert er zwar verständnisvoll, aber dann argumentiert er, dass er sich neben seinem Job auch noch um seine pubertierenden Töchter kümmern muss, weil seine Frau sonst wahnsinnig wird. Seine *Frau*. Ich schwöre dir, er hat das Wort benutzt. Die Ex-Frau, wegen der wir uns getrennt haben, weil er noch mal mit ihr geschlafen hat. Er hat zwar gleich gemerkt, was ihm da rausgerutscht ist, und er hat sich tausendmal entschuldigt, trotzdem fand ich's total verletzend.«

Gretchen und Oskar waren unter den Tisch an unsere Füße gekrabbelt und blickten uns vorwurfsvoll an. Automatisch nahm ich Gretchen hoch, während Lila Oskar schnappte. Sofort hatte ich Karottenbrei auf meiner Jeans.

»Aber Lila, warum hast du denn nie was gesagt? Ich dachte, es läuft gut. Ich meine, mir war schon klar, dass du müde und erschöpft bist, aber dass es so schlimm ist …«

»Ich habe es ja selber nicht gemerkt. Dass es mir so schlechtgeht. Dass ich nicht mehr kann. Dass sich was ändern muss, weil ich sonst zusammenbreche.«

»Ich könnte Harald anrufen und ihn bitten, dass er herkommt. Oder sollen wir putzen, und du redest später mit ihm?«

»Wenn es dir nichts ausmacht … ich würde lieber aufräumen und später mit Harald reden, wenn ich mich ein bisschen beruhigt habe. Jetzt würde ich sowieso bloß heulen und ihm Vorwürfe machen. Aber das hier werde ich dokumentieren.« Lila schoss im Sitzen ein paar Fotos mit ihrem Handy. Dann wuschen wir ungefähr eine Stunde lang Wände und Fußboden, Tisch und Stühle, Zwillinge und Hund. Irgendwann hatten wir auch die letzten Karottenspuren beseitigt. Ich machte endlich Kaffee, und wir setzten uns, jeder ein Baby auf dem Arm, das entspannt an einer Flasche nuckelte. Wutzky schlief in der Ecke. Die Haustür wurde aufgeschlossen, und Harald kam herein. Er blieb in der Tür stehen.

»Isch des schee«, seufzte er. »So friedlich. Doo kennt mr fascht neidisch werda, wemmr vom Schaffa kommt.«

»Ich geh dann mal«, sagte ich.

19. Kapitel

It was 1989, my thoughts were short, my hair was long
Caught somewhere between a boy and man
She was seventeen and she was far from in-between
It was summertime in Northern Michigan

Am nächsten Tag fiel es mir schwer, mich im Büro auf die Kampagne für die Albschäfer zu konzentrieren, obwohl ich von der Casting-Agentur über uns eine Liste mit äußerst attraktiven Schauspielern bekommen hatte, die sie mir für die Rolle des Schäfers am Lagerfeuer in dem Image-Filmchen empfahlen. Benny hatte den Job leider naserümpfend abgelehnt, obwohl er damit vielleicht groß rausgekommen wäre.

Ich klickte mich durch die Liste der schnuckeligen Schäferkandidaten, unschlüssig, ob ich lieber einen wikingermäßig blonden oder einen geheimnisvoll dunkelhaarigen Schäfer haben wollte. Leider sah man auf den Fotos nicht, wie ausgeprägt die Oberarmmuckis der Kandidaten waren, dabei sollten die doch unter dem wallenden Schäfermantel herausgucken, wenn der Schäfer das Lämmchen in den Sonnenuntergang bei Burg Hohenzollern oder Schloss Lichtenstein trug.

Der Abend bei Lila ging mir nicht mehr aus dem Kopf. Wegen der Karotten-Katastrophe hatten wir über »das Thema« gar nicht gesprochen, aber das war auch nicht mehr nötig. Meine schlimmsten Befürchtungen hatten sich bestätigt. Das war es also, was Kinder mit Beziehungen anrichteten! Und dazu brauchte es nicht einmal ein Katastrophen-Gen! Aber mussten Leon und ich nicht schon höllisch aufpassen, dass der Alltag nicht die Beziehung ruinierte? Die Hege und Pflege unserer kinderlosen Beziehung hatte im Moment absolute Priorität vor dem Nachdenken über Nachwuchs. Ein romantischer Abend musste her, so schnell wie möglich! In der Mittagspause kaufte ich Hähnchenschlegel und Weißwein und deponierte beides im Kühlschrank im Büro. Ich liebte Hähnchenschlegel! Abends würde ich dazu ein passendes Rezept im Internet suchen, ausführlich studieren, am nächsten Tag die restlichen Zutaten einkaufen und Leon abends mit geballter Romantik überraschen! Die blöde WM war ja zum Glück endlich vorbei.

Ich klickte mich zu Hause gerade durch endlos viele Hähnchen-Rezepte, als sich der Schlüssel im Schloss drehte. Schnell wechselte ich zur Wettervorhersage von wetter.com. Der Juli würde kalt und verregnet bleiben. Beste Voraussetzungen für einen Kuschelabend!

Leon kam ins Wohnzimmer geschlendert. Eigentlich war er tausendmal attraktiver als die blöden Schäferschauspieler! Mein Herz machte einen kleinen Hüpfer, als ich an den romantischen Abend dachte.

»Hallo, Süße. Wie war dein Tag? Bevor ich's vergesse, ich bin morgen Abend nicht zu Hause«, sagte er. »Aber vielleicht ist es dir ja sogar ganz recht, wenn du mal deine Ruhe hast.« Er beugte sich über mich und wuschelte mir durchs Haar. Ich wuschelte zurück und versuchte, mein Entsetzen zu verbergen. »Endlich kannst du tun und lassen, was du willst. Du kannst die Klotür offen stehen lassen, stundenlang mit Lila telefonieren und mehrere Folgen von ›Girls‹ hintereinander gucken, ohne dass ich dich störe. Oder den Grünen Heiner einladen. Bloß bitte fackel die Wohnung nicht ab.« Er grinste.

»Morgen«, erwiderte ich betroffen. »Äh – du kannst das nicht zufällig auf einen anderen Abend legen?«

»Schlecht«, sagte Leon bedauernd. »Ich treffe mich mit Claudia. Sie ist auf Geschäftsreise und nur heute und morgen in Stuttgart, aber heute hat sie ein Essen mit ihren Kunden. Warum, hab ich irgendeinen Termin vergessen?«

»Äh … nein«, antwortete ich und versuchte krampfhaft, meine Enttäuschung zu verbergen. Ich konnte doch meinen Plan nicht verraten! Und wer war überhaupt diese Claudia, dass Leon wegen ihr unser romantisches Abendessen platzen ließ?

»Claudia, Claudia … hast du mir von der schon mal erzählt?«, fragte ich, so beiläufig ich nur konnte. Auf keinen Fall durfte ich mir anmerken lassen, dass es mich brennend interessierte, wer Claudia war. In unserer Partnerschaft ließen wir einander Freiräume und legten uns nicht an die Kette. Da konnte man sich doch auch mal allein mit dem anderen Geschlecht verabreden, das war überhaupt kein Problem! Ich traf mich schließlich auch mit Tarik! Allerdings war der mittlerweile schwul. Claudia war vermutlich ein alter Kumpel aus Leons Hamburger Zeiten. Bestimmt waren sie im Eppendorfer Gymnasium zusammen in der Informatik-AG gewesen. Alles rein platonisch. Claudia hatte immer diese viel zu dicke Brille getragen. Klein und pummelig war sie auch. Vielleicht sogar lesbisch? Und warum sagte Leon nichts?

»Claudia«, antwortete er endlich. »Ich habe dir doch schon von ihr erzählt.«

Ich war mir ganz sicher, dass ich den Namen Claudia noch nie aus Leons Mund gehört hatte.

»Echt? Kann mich gar nicht dran erinnern.«

»Doch, doch, beim Umzug. Meine Wochenendbeziehung Kiel–Berlin, als ich studiert habe. Das war Claudia.«

»Die mit den Liebesbriefen«, sagte ich langsam.

Leon hatte schon wieder diesen vernebelten Blick. Wie beim Umzug! So guckte man doch nicht, wenn man einfach nur befreundet war! Es war nicht zu fassen. Ich wollte Leon ein romantisches Abendessen kochen, stattdessen wärmte er eine Ex-Flamme auf!

»Und, was habt ihr so vor?«, fragte ich und versuchte, möglichst lässig zu klingen.

»Wir wollten essen gehen, haben aber noch nichts Genaues

ausgemacht. Claudia wollte sich noch mal melden, wenn sie hier ist. Es macht dir doch nichts aus, oder?«

»Aber nein! Es ist nur … weil wir uns in letzter Zeit so wenig gesehen haben … vielleicht könntest du sie auch hierher einladen? Sie will doch sicher wissen, wie du so wohnst. Ich könnte was Nettes für uns drei kochen. Ich hab schon lang kein *Chili con carne sin carne* mehr gemacht.« Das war ein Test! Nun würde sich zeigen, ob Leon mit Claudia allein sein wollte!

»Line, das ist wirklich lieb von dir, aber glaub mir, du würdest dich nur langweilen, wenn wir unsere alten Geschichten aus der Studienzeit aufwärmen. Das will ich dir eigentlich ersparen.« Er sah mich forschend von der Seite an. »Du bist doch nicht eifersüchtig, oder? Da ist nichts mehr zwischen Claudia und mir, das ist so viele Jahre her. Wir sind Freunde geblieben, sonst nichts.«

»Ich bitte dich, Leon«, wehrte ich ab, während alles in mir schrie, natürlich bin ich eifersüchtig. Ich bin eifersüchtig wie die Sau! Ich will mein romantisches Abendessen! Aber das würde ich doch nie zugeben! Wir haben schließlich eine moderne, vertrauensvolle Beziehung! Laut sagte ich: »Da steh ich doch drüber. Aber so was von!«

Leon grinste sein Leon-Grinsen. »Siehst du, genau das habe ich zu Claudia gesagt«, dozierte er. »Sie war nämlich ganz besorgt, ob es dir auch nichts ausmacht, aber ich hab gesagt, mein Linchen lässt mich auch mal alleine ziehen. Es ist einfach schön, dass wir eine moderne, vertrauensvolle Beziehung haben!«

In diesem Augenblick klingelte Leons Handy, das auf dem Esstisch lag. Er sprang hastig auf. Noch nie hatte ich ihn so spurten sehen, wenn sein Handy klingelte. Nicht mal, wenn seine Mutter anrief!

»Ach, Claudia! Gut angekommen? Gerade haben wir von dir gesprochen … Nein, nein, ich habe Line nur von dir erzählt … Tatsächlich? Herzlichen Glückwunsch! Nicht dass ich was anderes von dir erwartet hätte … Wirklich? Tolle Idee, vielen Dank! … Da muss ich erst mal recherchieren, so gut kenne ich mich ja in Stuttgart nicht aus … Nein, Line hat kein Problem damit … Moment, ich frag sie …« Leon ließ das Handy sinken.

»Claudia sagt, sie hat heute eine dicke Erfolgsprämie bekommen und will morgen Abend feiern. Sie will mich irgendwohin schick zum Essen ausführen und meint, du bist natürlich herzlich mit eingeladen. Willst du nicht doch mitkommen?«

Erst war ich nicht mit eingeladen und dann doch? Ich sollte mein romantisches Abendessen mit Leon gegen einen Abend zu dritt mit irgendeiner Schnalle aus Leons Vergangenheit eintauschen, die beiden würden in nostalgischen Erinnerungen an ihre Segeltörns auf der Kieler Förde schwelgen und mich völlig vergessen, und am Ende würde Claudia lässig Ihre Bonus-Hunderter auf den Tisch blättern und sagen: » Sorry, hab's nicht kleiner«? Ich hatte schließlich auch meinen Stolz!

»Nein, nein«, antwortete ich hastig. »Amüsiert euch ruhig ohne mich.« Dann zischte ich ins Klo, um das Telefonat nicht länger mit anhören zu müssen, und nahm im Vorbeigehen mein Handy mit. Im Klo lief ich wütend vor dem Waschbecken auf und ab und versuchte, mich zu beruhigen und die Situation zu analysieren, wie es einem reflektierten, beziehungserfahrenen Menschen wie mir gut anstand. Es gab keinen Zweifel, dass Leon mich nicht hatte dabeihaben wollen. Claudia wiederum hatte mich nur der Form halber gefragt, damit es so aussah, als wolle sie nichts von Leon. Wahrscheinlich war sie gerade frisch von ihrem Freund getrennt und wollte jetzt herausfinden, ob mit Leon noch irgendetwas lief. Warum hatte der Claudia bisher nie erwähnt? Ich war naiverweise davon ausgegangen, dass nur seine Sandkastenfreundin Yvette, mit der er mich einmal betrogen hatte, eine wichtige emotionale Rolle in seinem Leben gespielt hatte. Yvette war jetzt aber in China und stellte keine Gefahr mehr dar. Nun musste ich mich möglicherweise darauf einstellen, dass weitere Ex-Freundinnen auf der Lauer lagen und versuchten, Geschäftstermine in Stuttgart zu bekommen! Ich musste mich also nicht nur für Claudia wappnen, sondern auch eine Strategie für den Umgang mit massenhaft auftauchenden Ex-Freundinnen entwickeln! All diejenigen, deren Liebesbriefe Leon aufbewahrt hatte!

Ich legte das Ohr an die Klotür. Nichts war zu hören. Leon tuschelte doch nicht etwa mit seiner Ex? Konnte das nicht bis morgen warten? Ich lief wieder auf und ab. Dann nahm ich das Handy und rief Lila an.

»Hallo, Lila«, flüsterte ich.

»Hi, Line, alles klar? Bist du heiser?«

»Nein, nein. Ich bin auf dem Klo und muss leise reden, wegen Leon.«

»Was ist denn los?«

»Leon trifft sich morgen mit seiner Ex!«, wisperte ich empört.

»Mit Yvette?«

»Nein. Mit Claudia. Claudia aus seinen Studienzeiten. Seine Wochenendbeziehung Kiel–Berlin.«

»Na dann. Ist ja schon ein Weilchen her. Und weiter?«

»Sie führt ihn total schick zum Essen aus!«

»Hast du es zufällig herausgefunden?«

»Nein, natürlich nicht. Claudia hat sogar gefragt, ob ich mitkommen will.«

»Und was hast du gesagt?«

»Dass sie sich ruhig ohne mich amüsieren sollen.«

Lila stöhnte. »Line, ganz im Ernst. Du benimmst dich reichlich albern. Warum gehst du nicht einfach mit, anstatt dich vor Eifersucht zu zerfleischen?«

»Ich wollte Leon morgen mit einem romantischen Abendessen überraschen!«

»Er hat das Abendessen mit dir abgesagt, um sich stattdessen mit Claudia zu treffen?«

»Nein, natürlich nicht. Es sollte doch eine Überraschung sein!«

Lila stöhnte wieder. »Dann kannst du ihm wohl kaum einen Vorwurf machen! Line, dir ist wirklich nicht zu helfen. Ich muss jetzt leider aufhören. Ich mache gerade Babymassage bei Mozartmusik.«

»Hast du dich mit Harald ausgesprochen?«, warf ich gerade noch rechtzeitig ein.

»Das erzähle ich dir mal in Ruhe.«

Klick. Ich starrte auf das Telefon. Dann lief ich wieder im Klo auf und ab. Wieso hatte Lila so wenig Verständnis gezeigt? Weil sie wie immer recht hatte. Warum hatte ich nicht einfach ja gesagt? Nun ließ ich mir nicht nur ein feudales Abendessen durch die Lappen gehen, ich würde auch noch allein zu Hause sitzen und vor lauter Eifersucht grün anlaufen! Wie bescheuert war das denn? Früher war ich nie so eifersüchtig gewesen! Was war denn auf einmal mit mir los? Vielleicht telefonierte Leon noch, und ich konnte ihm signalisieren, dass ich doch mitwollte? Ich riss die Klotür auf. Leon saß mit dem Rücken zu mir am Laptop und tippte eifrig.

»Claudia hat einen Superjob als Unternehmensberaterin und verdient entsprechend. Sie hat gesagt, ich soll mir ein richtig teures Lokal aussuchen, um unser Wiedersehen zu feiern. Ich muss erst mal recherchieren, wo man da so hingeht.« Leon klang geradezu euphorisch. »Da gibt's zum Beispiel die Speisemeisterei im Schloss Hohenheim. Klingt richtig edel, die haben sogar einen Stern. Aber ob man da so kurzfristig einen schönen Tisch für zwei kriegt?«

Wiedersehen feiern? Schöner Tisch für zwei? Mir blieb der Mund offen stehen. Statt meine schlichte, mit viel Liebe gekochte Hausmannskost zu essen, würde Leon mit seiner Ex-Schnalle in einem feudalen Schuppen, den wir beide uns niemals leisten würden, an teurem Champagner nippen und Austern schlürfen? Das war doch wohl der Gipfel! Dann fiel mir wieder das Gespräch mit Lila ein. Ich war selber schuld. Jetzt würde ich nicht mehr damit ankommen, dass ich doch mitwollte. Schließlich hatte ich auch meinen Stolz.

Ich stand in einer riesigen Küche und spülte Berge von Geschirr ab. Ich spülte und spülte, meine Hände waren schon ganz rot, aber der Geschirrberg wurde einfach nicht kleiner, sondern schien auf geheimnisvolle Weise nachzuwachsen. Ich wurde immer panischer, doch je schneller ich spülte, desto höher türmte sich das dreckige Geschirr. Da schwang die Küchentür auf, und ein Kellner im Anzug mit Fliege kam mit einem gewaltigen Servierwagen hereingefahren, auf dem sich Schüsseln und Teller mit Essensresten türmten. »Schnell, wir brauchen sauberes Geschirr, Leon und Claudia sind erst bei Gang 54 von 213 Gängen!«, brüllte er. Dann packte er mit beiden Händen eine riesige Flasche Champagner, größer als die Magnumflaschen bei der Siegerehrung in der Formel 1, und stürzte damit aus der Küche. Ich rannte mit tropfenden Händen hinter ihm her und spähte durch das Guckloch in der Schwingtür hinaus ins Restaurant, und da saßen Leon und Claudia, hielten Händchen, sahen sich im Kerzenschein verliebt an und schienen den Kellner, der Champagner nachgoss, überhaupt nicht zu bemerken, und als ich mich wieder zu dem Geschirrberg drehte, da war er längst ins Unendliche gewachsen und fing an zu wanken, und ich rannte zurück und reckte die Arme nach oben, um den Turm zu stabilisieren, aber es war schon zu spät, Teller, Tassen und Gläser stürzten auf mich herab und begruben mich unter sich, es klirrte und schepperte …

Ich fuhr hoch und haute auf den scheppernden Wecker. Das Bett neben mir war leer, und die Dusche rauschte. Das war ungewöhnlich. Normalerweise kuschelten wir morgens vor dem Aufstehen ein paar Minuten. Und ausgerechnet heute kuschelte Leon nicht? Jetzt reicht's aber, Line, schalt ich mich. Du bist vollkommen paranoid. Du liebst Leon, er liebt dich, er trifft eine alte Freundin, Punkt, aus. Leon kam mit einem Handtuch um die Hüften aus dem Bad. Ich konnte ja nur froh sein, dass er nicht mitkriegte, was für ein Scheiß sich in meinen Gedanken und Träumen abspielte! Hoffentlich entwickelten Apple, Google oder die NSA niemals Gedankenleseprogramme! Leon beugte sich über mich und küsste mich. Ich zupfte spielerisch an seinem Handtuch, und es glitt zu Boden.

»Line, das ist gefährlich«, murmelte Leon.
»Ich seh's«, flüsterte ich. Jetzt war ich ganz beruhigt.
»Ich muss leider los«, gab Leon zurück, sammelte das Handtuch auf und marschierte zum Kleiderschrank, um sich als Erstes ein Paar schwarze Socken aus seinem Sockenbeet zu holen.

Ich schaffte es, mich in der Agentur auf die Schäfer-Models zu konzentrieren und fast gar keine Zeit mehr mit Gedanken an Leons Verabredung zu verschwenden. Jedenfalls nicht mehr als ein, zwei Stunden. Den ganzen Tag konzentriert zu arbeiten, das war doch sowieso unmöglich! Diese Manager, die angeblich 14 Stunden am Stück schufteten, die waren doch bestimmt total ineffektiv und machten heimlich Sudokus auf ihrem privaten Klo! Ich starrte geradeaus ins Nichts, tippte mit den Fingern blind auf meiner Tastatur herum, damit nicht weiter auffiel, dass ich nicht arbeitete, und versuchte mir vorzustellen, wie Claudia wohl aussah. Bestimmt total sexy. Nordisch blond, endlos lange Beine und Brüste wie Bowlingkugeln. Eine echte Elblette mit Gucci-Handtäschchen. Oder klein, schnuckelig und anschmiegsam wie die »Kleine Meerjungfrau?« Auf jeden Fall das komplette Gegenteil von mir! Mein Blick blieb an Micha am Schreibtisch vor mir hängen. Der war heute auch nicht gerade sexy. Er trug ein schwarzes Wollmützchen und sah ein bisschen aus wie Armin Petras, der Stuttgarter Theaterschlumpf. Micha trug sonst nie Mützchen. Außerdem war es draußen bumsheiß. Schweiß tropfte vom Mützenrand in Michas Nacken. Er schien meinen Blick zu spüren und drehte sich zu mir um.

»Hast du Ohrenschmerzen, Micha?«, wisperte ich. »Oder warum trägst du bei dieser Hitze eine Mütze?«

Micha stand auf, schlenderte zu meinem Schreibtisch und schaute vorsichtig in alle Richtungen. Dann lupfte er an beiden Ohren den Rand des Mützchens. Er sah nicht aus wie der Theaterschlumpf, sondern wie ein echter Schlumpf! Beide Ohren waren leuchtend hellblau, als habe sie jemand angemalt. Alle paar Sekunden blinkten sie schwach.

»Gestern waren sie schweinchenrosa«, flüsterte er. »Und vorgestern fluoreszierend grün, wie ein Leuchtmarker. Medikamente-Nebenwirkung. Aber das kann ich ja niemandem zeigen außer dir, sonst hält man mich für bekloppt, deshalb das Mützchen. Hab's schon mit Professor Simpson besprochen. Besonders verständnisvoll war er nicht gerade. Er sagt, ich soll mir keine Sorgen machen, in ein paar Tagen geht es von alleine weg. In ein paar Tagen? Hat der eine Ahnung, wie ich schwitze, wenn ich unter Leuten bin?«

»Tut es weh?«, fragte ich teilnahmsvoll.

Micha schüttelte stumm den Kopf, zog die Mütze wieder über beide Ohren und hastete zurück an seinen Schreibtisch, weil hinter Arminias Paravent der Stuhl rückte. Was war ich froh, dass ich mich nicht einem verrückten Professor als Versuchskaninchen zur Verfügung gestellt hatte, um das Katastrophen-Gen loszuwerden, sonst würde ich jetzt auch mit farbigen Ohren herumlaufen! Außerdem waren bei Micha bisher nicht die allerkleinsten positiven Veränderungen zu beobachten. Nach wie vor stolperte er, verschüttete, machte kaputt, ließ fallen oder fiel versehentlich auf jemanden drauf.

»Sljfakl tu34u dkdj wefwße+fd kjdlkv ksl fsaö«, erklang Arminias süffisante Stimme plötzlich hinter mir. »Das klingt äußerst kreativ, Line, was ich da auf deinem Bildschirm lese. Mich würde brennend interessieren, was es bedeutet!«

20. Kapitel

You don't bring me flowers anymore

Ein paar Stunden nach dem kleinen peinlichen Zwischenfall mit Arminia kletterte ich in der Gutenbergstraße hinauf in den vierten Stock, wild entschlossen, einen entspannten, ungestörten Abend zu genießen und meine Hobbys zu pflegen. Ich musste mich nur zwischen »Girls« und »In aller Freundschaft« entscheiden. New York gegen Sachsenklinik. Ich schloss die Wohnungstür auf und stellte meine Umhängetasche und die Einkaufstüte im Flur ab.

»Hallo, Süße!«, hörte ich Leons dumpfe Stimme. »Ich bin im Bad!« Schon wieder?

»Du bist zu Hause?«, entgegnete ich erstaunt. Normalerweise kam Leon doch viel später von der Arbeit!

»Wir haben eine Reservierung für 19 Uhr«, rief Leon durch die Tür. »Damit wir genügend Zeit haben für das Mehrgänge-Menü.« Natürlich. 213 Gänge brauchten eben ihre Zeit.

Es klingelte. »Das wird das Taxi sein! Machst du mal auf?«

»Taxi?«

»Ja, Claudia hat gesagt, ich soll mir ein Taxi nehmen und sie dann im Hotel abholen. Damit ich was trinken kann und weil Hohenheim ein bisschen vom Schuss liegt. Die Rechnung geht natürlich auf sie.«

Leon kam aus dem Bad gestürzt. Er wirkte aufgeregt, trug seine beste Jeans, ein weißes Hemd mit seinem schicksten Jackett darüber und hatte sein lockiges Haar mit Gel verwegen gelegt. Das machte er sonst nie. Er besaß gar kein Gel, also musste er meines geklaut haben. Er hatte auch seine schwarzen Schuhe gewienert. Er küsste mich rasch. Er roch nach Aftershave. Aftershave? Wann hatte Leon das letzte Mal After Shave aufgelegt, als er mit mir ausgegangen war? Gingen wir überhaupt aus?

»Die Speisemeisterei war eigentlich voll, aber Claudia hat es doch noch irgendwie geschafft, einen Tisch zu kriegen. Typisch. Ich muss los«, erklärte er hastig und wuschelte mir zum Abschied noch mal durchs Haar. »Warte nicht auf mich, es könnte spät werden. Und versprich mir, dass du dir einen schönen Abend machst, okay? Tschüss, Schätzle!« Und schon war er weg.

Ich folgte ihm in den Flur, weil er die Wohnungstür nicht richtig zugemacht hatte. Leon lief mehrere Stufen auf einmal nehmend die Treppe hinunter. Ich ließ mich schwer aufs Sofa fallen. Ich. Würde. Nicht. Eifersüchtig. Sein. Ich sprang wieder auf. Ich tobte vor Eifersucht! Leon hatte doch ganz offensichtlich ein schlechtes Gewissen gehabt! Und er hatte auch mit keinem Wort erwähnt, dass es ihm leidtat, dass ich nicht mitkam! Und dieses ständige Haargewuschel, als ob ich ein Hündchen wäre! Und wenn jemand, der kein Schwäbisch konnte, ein -le an ein Wort hängte, dann klang das einfach total bescheuert! Ich brauchte dringend was zu essen. Aus Trotz hatte ich heute alle fehlenden Zutaten für das romantische Abendessen eingekauft. Nun hatte ich eben vier bildhübsche Hähnchenschlegel ganz für mich allein! Ich marschierte mit der Tüte mit den Lebensmitteln in die Küche. In der Spüle stand ein in Papier eingeschlagener Blumenstrauß im Wasser. Ein ziemlich großer Blumenstrauß. Mein Ärger schmolz so schnell dahin wie ein Stück Markenbutter in der Sahara. Leon hatte mir als kleines Trostpflaster Blumen gekauft! Wie süß war das denn? Bestimmt war der Strauß wunderschön!

Der Schlüssel drehte sich im Schloss, und Leon stürzte herein.

»Hast du den Blumenstrauß gesehen?«, schnaufte er, völlig außer Atem.

»Ja!«, rief ich entzückt.

Jetzt war Leon sogar extra noch mal zurückgekommen, um ihn mir zu überreichen! »Du hast nur vergessen, ihn auszuwickeln!« Ich hielt ihm den tropfenden Blumenstrauß hin.

»Ich nehm ihn eingewickelt mit. Ich saß schon im Taxi, da fiel's mir ein. Ich muss mich ja schließlich irgendwie bei Claudia für die teure Einladung bedanken!«

Er riss mir den Strauß aus der Hand. Zwei Sekunden später schlug die Wohnungstür wieder zu.

Ich stand da wie vom Donner gerührt. Meine Hände tropften, meine Wangen glühten, und aus meinen Ohren begann es zu rauchen. Das war mir schon ewig nicht mehr passiert! Ich rannte zum Laptop, fuhr ihn hoch und googelte: »Ex-Freundinnen treffen«. Ich suchte eine Weile, dann fand ich auf der Homepage der Online-Partnervermittlung »Dream partners forever« eine kostenlose Ratgeberseite zu verschiedenen Beziehungsthemen.

Hilfe, mein Freund trifft sich noch immer mit seiner Ex!
Wenn die Ex als Damoklesschwert über der neuen Beziehung baumelt.

Trifft sich Ihr Partner (P) weiterhin mit seiner Ex-Partnerin (EP), dann kann das verschiedene Gründe haben. Entweder, die Beziehung zur EP ist emotional noch nicht abgeschlossen und der P hegt weiterhin Gefühle für die EP, oder der P erlebt in der neuen Beziehung Defizite und versucht diese (meist unbewusst) durch die EP zu kompensieren. Besonders problematisch wird es, wenn der P der neuen Partnerin (NP) das Treffen mit der EP verheimlicht. Auch wenn das Treffen an sich harmlos ist und dabei keine Zärtlichkeiten ausgetauscht werden, zeugt es doch davon, das der P im geheimen Treffen ein gewisses Prickeln verspürt, das er mit der NP nicht mehr empfindet.
Sollte die NP den P verdächtigen, sich heimlich mit seiner EP zu treffen, so ist ein klärendes Gespräch unverzüglich anzuraten.

Sollte sich der Verdacht bestätigen, dann sollte dringend nach Gründen gesucht werden, warum der P a) das Treffen verheimlicht und b) überhaupt die EP treffen will. Nur so hat die neue Beziehung eine langfristige Chance. Auf keinen Fall sollte die NP ihrem Misstrauen gegenüber dem P nachgeben, indem sie zum Beispiel sein Handy kontrolliert, eingegangene Anrufe auf dem Festnetz überprüft oder alte Liebesbriefe liest.

Okay, Leon hatte mir das Treffen nicht verheimlicht. Trotzdem. Empfand er etwa kein Prickeln mehr mit mir? In letzter Zeit hatte er heiße Küsse zur Begrüßung und zum Abschied durch kumpelhaftes Haarwuscheln ersetzt. Was hatte das zu bedeuten? War unsere Beziehung schon nach wenigen Monaten für Leon langweilig geworden? Und warum telefonierte er ständig mit seiner Mutter? Nur gut, dass die Ratgeberseite davor warnte, dem P hinterherzuspionieren. Schließlich war mir schon der Gedanke gekommen, heimlich Leons alte Liebesbriefe an Claudia zu lesen! Aber einen solchen Vertrauensbruch durfte ich auf keinen Fall begehen!

Ich googelte »Haarwuscheln« und »feste Beziehung«.

»Haarwuscheln ist kein Grund zur Beunruhigung, sondern ein Zeichen dafür, dass die Phase des Verliebtseins und der wilden Leidenschaft in einer Beziehung vorüber ist. Haarwuscheln steht für liebevollen, vertrauten Umgang mit dem Partner. Nun wird sich zeigen, ob aus Verliebtsein Liebe wird.«

Verliebtsein und Leidenschaft vorüber? AARRGG!!! Und was, wenn aus Verliebtsein keine Liebe wurde, weil blöderweise in diesem Moment die Ex-Freundin auftauchte? War Leon frustriert, weil ich ihm in der Kinderfrage noch keine Rückmeldung gegeben hatte und weil ich keine Lust hatte, aufs Land zu ziehen? Suchte er deshalb Ablenkung? Das Telefon klingelte.

»Hallo, Line, hier ist Tarik.«

»Hallo, Tarik!«, rief ich entzückt. Tarik hatte sich schon längere Zeit nicht mehr bei mir gemeldet.

»Und, was machst du so?«

»Ich laufe gerade vor Eifersucht grün im Gesicht an, weil Leon sich mit seiner Ex-Freundin Claudia in der Speisemeisterei zu einem romantischen Abendessen trifft, dabei wollte ich eigentlich ein romantisches Abendessen für ihn kochen. Die vier Hähnchenschlegel werde ich jetzt also allein verputzen.«

»Hähnchenschlegel. Hast du eben vier Hähnchenschlegel gesagt? Für dich allein?«

»Ja. Und nach dem Essen werde ich mich in yogimäßiger Selbstbeherrschung üben, damit ich nicht in den Keller renne und heimlich Leons und Claudias alte Liebesbriefe lese.«

»Wirf die Pfanne an, ich bin schon unterwegs. Und nach dem Essen lesen wir zusammen die Briefe.«

Hurra! Ich würde den Abend nicht damit verbringen, mich selbst zu zerfleischen! Ich würde mit Tarik Hähnchenschlegel essen und Liebesbriefe lesen! Ich lief in die Küche und schnitt eine Zwiebel klein. Theoretisch jedenfalls, praktisch schnitt ich sie eher groß, während mir die Tränen übers Gesicht liefen. Ich haute die Zwiebelstücke ins heiße Öl. Fett spritzte hoch, und ich sprang zurück. Ich hatte Leon mit *Coq au vin* überraschen wollen ein raffiniertes, edles und ausgesprochen romantisches, da französisches Gericht, das ich bei chefkoch.de gefunden und ausgedruckt, aber leider noch nie gekocht hatte. Erst mal an Tarik zu üben war vielleicht gar keine schlechte Idee. Und wenn wir die Liebesbriefe heimlich zu zweit lasen, war es bestimmt nicht so tragisch, oder? Vier Augen waren nicht so schlimm wie zwei. Es klingelte.

»Bist du geflogen?«, fragte ich, als Tarik in die Küche schlenderte, eine Flasche Wein abstellte und mich küsste. Zum zweiten Mal an diesem Abend badete ich in Aftershave, bloß war dieses deutlich intensiver.

»Die Aussicht auf Fleisch hat mich beflügelt. Du bist tatsächlich grün im Gesicht«, stellte Tarik sachlich fest. »Interessant, vor allem in der Kombination mit dem Rauch aus deinen Ohren. Das muss ich mir merken und bei Gelegenheit künstlerisch verarbeiten. Außerdem brennen deine Zwiebeln gerade an. Soll ich übernehmen? Mit Fleisch kenne ich mich aus.« Tarik warf seine schwarzen Haare zurück, band sie mit einem Gummi zusammen, zog seinen Totenkopfring vom Finger und legte ihn aufs Fensterbrett.

»Warum nicht?«

Beim Zuschauen lernte man doch auch eine Menge! Das war fast wie eine Kochshow im Fernsehen!

»Holst du Weingläser? Dann könnten wir neben dem Kochen schon mal ein Schlückchen trinken. Ich habe einen australischen Shiraz mitgebracht.«

»Klingt edel. Wir haben es leider noch nicht geschafft, Weingläser zu kaufen. Wir müssten Wassergläser oder meine alten Senfgläser nehmen.«

»Für eine Achtzig-Euro-Flasche wären Weingläser zwar besser, aber was soll's.«

Achtzig Euro? Großartig! Da brauchte ich ja auf Leon und die Speisemeisterei überhaupt nicht mehr neidisch zu sein! Tarik öffnete die Flasche und goss Wein in zwei Wassergläser. Wir stießen an.

»Auf die Liebe«, sagte Tarik. »Möge sie nun hetero, homo oder Horrorszenario sein.« Er seufzte, prostete mir zu und nahm einen tiefen Schluck Wein.

Während Tarik Hähnchenschlegel anbriet, Reis aufsetzte und wie ein Profi Möhren, Paprika und Pilze in Stücke schnippelte, erzählte ich ihm haarklein die Geschichte von Claudia.

»Ich habe Angst, dass Leon ein Abenteuer sucht, weil er mit mir unglücklich ist. Er will nämlich aufs Land ziehen«, schloss ich. »Und er will Kinder.«

»Was ist daran so schlimm? Ich will auch Kinder. Wir müssen unbedingt mal wieder ein Treffen mit Lila arrangieren. Sie fehlen mir schrecklich, die lieben Kleinen.« Mit einem verliebten Blick schob Tarik die Hähnchenschlegel in den Ofen und prostete mir dann mit seinem Wasserglas zu.

»Ich weiß nicht«, sagte ich, während ich die Teller aus dem Schrank holte. »Kinder haben so – so etwas Endgültiges. Du kannst sie schließlich nicht einfach wieder abgeben. Und der Partner ist dann irgendwie auch endgültig. Im Idealfall.«

»Willst du denn nicht mit Leon zusammenbleiben?« Tarik kramte im Gewürzregal.

»Doch, natürlich. Aber ich würde lieber erst noch ein paar Jahre die Zweisamkeit genießen. Eine Beziehung mit Kindern ist doch ganz anders als eine ohne. Ich sehe schließlich an Lila, wie sehr es sie umgekrempelt hat. Sie hat gerade die Megakrise. Das will doch gut überlegt sein!«

»Es kriegt ja nicht jeder gleich Zwillinge. Ich würde sofort Zwillinge adoptieren oder ein Kind von einer Leihmutter austragen lassen.«

»Was hält Manolo denn von Kindern?«

Tarik lachte bitter auf. »Du glaubst doch nicht im Ernst, dass ich das Thema anspreche? Im Moment geht es eher um die Frage, ob wir zusammenbleiben, als um Kinder.«

»Ach, tatsächlich?«, gab ich betroffen zurück. Mir war zwar klar gewesen, dass es zwischen Tarik und Manolo immer wieder kriselte, aber dass es so schlimm war …

»Manolo ist dauerbeleidigt, weil ich ihn noch immer nicht meinen Eltern vorgestellt habe. Aus seiner Sicht stehe ich nicht zu ihm. Abends hängt er meist im *Rubens* ab. Er fragt mich zwar immer, ob ich mitgehen will, aber ich habe meist keine Lust. Die Schwulenszene dort, das ist eine eingeschworene Gemeinschaft, das ist einfach nicht mein Ding. Ständig reden sie über Diäten und Abnehmdrinks.« Tarik schaufelte je zwei Hähnchenschlegel und dick Soße auf die Teller. »Andererseits verbindet uns so viel. Manolo ist auch Künstler, sozusagen der führende Grabsteinkünstler Deutschlands. Er versteht meine Arbeit. Ich muss da gar nichts erklären. Und er versteht auch mich. Meistens jedenfalls.«

Tarik trug die Teller ins Wohnzimmer. Ich folgte ihm mit dem Reis.

»Haben deine Eltern denn immer noch nichts mitgekriegt? Trotz des riesigen Medienrummels um das Kalenderblatt im Aidshilfe-Kalender?«

Tarik schüttelte den Kopf. »Toi, toi, toi. Meine Eltern lesen ja nur *Hürriyet* und schauen türkisches Fernsehen. Da ist zum Glück nichts gekommen. Den Bericht in der *BILD* und meinen Talkshow-Auftritt bei *Anke hat Zeit* haben sie verpasst.«

»Vielleicht solltest du trotzdem mit ihnen reden«, entgegnete ich vorsichtig. »Wenn es Manolo so wahnsinnig viel bedeutet ...«

»Ich bin das einfach nicht gewohnt ... eine feste Beziehung«, sagte Tarik düster. »Diese Ansprüche. Diese Diskussionen. Dieses ›Du-machst-immer dies-und-das-statt-dem-und-dem‹. Das ist mir zu anstrengend. Affären zu haben war viel einfacher. Wenn's mir zu eng wurde, schwupps, habe ich die Sache beendet. Vielleicht ist das einfach mehr mein Modell? Ich könnte mir ja eine Leihmutter organisieren und allein ein Kind aufziehen. Zusammen mit einem knackigen Kindermädchen natürlich.« Er grinste sein altes Macho-Grinsen.

»Aber willst du denn nicht mit Manolo zusammenbleiben?«

»Touché«, gab Tarik zurück. »Eigentlich schon. Eigentlich will ich mit Manolo zusammenbleiben, so wie du mit Leon. Aber eben nur eigentlich. So ganz sicher bin ich mir da nicht. Und du auch nicht.«

»Was soll das heißen«, rief ich entgeistert. »Natürlich will ich mit Leon zusammenbleiben!«

»Line-Schätzchen. Das nehme ich dir nicht ganz ab. Wenn du mal in einem stillen Momentchen dein kleines Herzchen ganz ehrlich befragst, kommst du vielleicht zu einem anderen Ergebnis.« Tarik nahm noch einen ordentlichen Schluck Wein und wischte sich den Mund mit einem Stück Küchenrolle ab.

»Wie meinst du das?«, fragte ich leicht verschnupft.

»Da musst du schon selber draufkommen. Und nun ab in den

Keller, Liebesbriefe lesen. Schließlich wissen wir nicht, wie lange wir Zeit haben.«

Ich trug die Teller zurück in die Küche, räumte sie in die Maschine und holte erst mal tief Luft. Wieso kam Tarik auf die Idee, ich würde nicht mit Leon zusammenbleiben wollen? Das war doch völliger Schwachsinn. Natürlich wollte ich das! Nur Kinder wollte ich noch nicht! Tarik wollte im Grunde nur von seinen eigenen Problemen ablenken. Aber davon würde ich mir jetzt nicht den Abend verderben lassen.

Ich nahm den Schlüssel vom Brett, und wir liefen die fünf Stockwerke hinunter in den Keller. Tarik stemmte die schwere Tür auf, und ich drückte auf den Lichtschalter. »Drittes Abteil links«, sagte ich. »Leider ist die Kiste ganz hinten unten.«

Ich öffnete das Vorhängeschloss. Regalbretter, ein alter Schreibtischstuhl, Leons Mountainbike.

»Hier drunter.« Ich deutete auf den Kistenturm. Tarik hob die oberste Kiste vom Stapel.

»Was ist denn da drin?«, keuchte er.

»Leons Steinesammlung«, erklärte ich. In diesem Augenblick ging das Licht aus.

»Und was ist jetzt los?«, hörte ich Tarik schimpfen.

»Schwäbischer Hausbesitzer. Das Kellerlicht geht ganz schnell wieder aus, damit die Leute nicht zu lange hier unten herumlungern, wilde Feten feiern und Gemeinschaftsstrom verplempern. Hab ich leider nicht mehr drangedacht. Ich versuche, den Lichtschalter zu finden.« Es war zappenduster. Mein Schienbein knallte gegen ein Radpedal, und ich jaulte auf. Ich humpelte aus unserem Kellerraum und tastete mich weiter nach rechts, dahin, wo ich den Lichtschalter vermutete.

»Beeil dich!«, keuchte Tarik. Plötzlich stieß er einen markerschütternden Schrei aus, dann rumpelte es, gefolgt von türkischen Flüchen. Endlich fand ich den Lichtschalter, haute drauf und eilte zurück zu Tarik. Der lag stöhnend und zappelnd unter der Kiste mit den Steinen. Das war bestimmt die Strafe für unsere Spionage! Ich schob die Kiste zur Seite und half ihm auf die Beine. Sogar im trüben Kellerlicht konnte ich sehen, dass er kreidebleich war.

»Hast du dir weh getan?«

»Eine Spinne. Eine Spinne ist mir im Dunkeln über die Hand gelaufen!«, jammerte Tarik. »Tarantula persönlich. Sie muss riesig gewesen sein! Bestimmt eine Vogelspinne aus einer Bananenkiste!«

»In einem schwäbischen Keller werden auch Vogelspinnen bei der wöchentlichen Kehrwoche – zack – mit dem Besen erschlagen. Du hast doch nicht etwa Angst vor Spinnen?«

Der große, mächtige Tarik, der als Freizeitboxer, ohne mit der Wimper zu zucken, andere k. o. schlug, fürchtete sich vor Spinnen?

»Das … ist mein Geheimnis, Line! Niemand weiß davon, nicht mal Manolo. Meine Achillesferse, gewissermaßen. Wehe, du behältst das nicht für dich!«

»Tarik, diese Aktion steht unter keinem guten Stern. Wir werden bestraft, weil wir die Kiste aufmachen wollen. Das ist wie bei Indiana Jones und der Bundeslade! Lassen wir's lieber sein!«

»Quatsch«, knurrte Tarik. »Das ist eine Spinnenphobie, keine Bestrafung!« Er räumte die zweite Kiste aus dem Weg. »Na also. Liebesbriefe. Am besten nehmen wir die ganze Kiste mit nach oben. Wir müssen ja das Klebeband wieder so hinpfriemeln, dass Leon keinen Verdacht schöpft. Nachher kleben wir frisches drauf.«

Keinen Verdacht schöpft? Nun bekam ich ein wirklich schlechtes Gewissen. In Leons privatem Kram herumzuschnüffeln und dann den Karton wieder so zu präparieren, dass er nichts merkte, das war doch total daneben! Aber Tarik hatte die Kiste schon hochgehoben und ging vor mir die Treppe wieder nach oben. Im zweiten Stock flog die Tür auf. Dani. Zur Abwechslung war sie angezogen. Wenn man ein langes Shirt über einer hautengen schwarzen Leggings und nackte Füße mit knallgrün angemalten Zehennägeln als angezogen bezeichnen konnte.

»Aha«, gurrte sie. »Der schwarze Mann ist wieder im Haus. Heute mal mit Kiste statt mit Kühlschrank.« Sie grinste Tarik aufreizend an. »Wollt ihr zur Abwechslung nicht hereinkommen, anstatt die Wand zu demolieren? Ich hab zufällig einen Prosecco kaltgestellt. Für spontane Anlässe wie diesen.«

Schnaufend setzte Tarik die Kiste ab. Schnell stellte ich mich schützend davor, damit Dani den Aufkleber nicht lesen konnte.

»Danke, das ist nett, aber wir haben leider keine Zeit«, sagte ich. »Wir müssen ... endlich diese Kiste einräumen. Küchenkram. Raclette, Heißer Stein und so.«

»Küchenkram? Wieso steht dann Liebesbriefe drauf?«

»Weil ... weil das eine gebrauchte Kiste ist. Da waren früher mal Liebesbriefe drin.«

Jetzt log ich auch noch! Dabei ging das Dani überhaupt nichts an! Und wenn sie aus irgendwelchen Gründen Leon davon erzählte, flogen wir auf! Tarik warf sein Haar zurück. Das bedeutete, dass er in seinen Flirtmodus ging. Der aktivierte sich noch immer automatisch und schien komplett unabhängig davon zu funktionieren, dass Tarik schwul und fest gebunden war. Er beugte sich zu Dani vor und flüsterte: »Liebesbriefe sind etwas Wunderbares. Leider sind sie so ausgestorben wie Dinosaurier. Heutzutage schicken sich die Leute ja nur noch SMS oder twittern irgendwelche Bagatellen. To-tal unromantisch. So ein echter Brief dagegen, am besten ein handgeschriebenes, selbst verfasstes Gedicht, in einem schönen Umschlag mit Rosenparfüm besprüht, mit der Sondermarke ›Romeo und Julia‹ drauf ...« Tarik seufzte hingerissen. Ich stöhnte innerlich. Ausgerechnet Tarik, der Tag und Nacht irgendwelchen Mist twitterte, hielt Vorträge über Liebesbriefe! Dani schien sichtlich beeindruckt und lächelte entrückt.

»Bloß leider sind hier keine Liebesbriefe drin, sondern Küchenutensilien. Ciao!«

Tarik hatte die Dramaturgie seines Abgangs genau geplant. Mit einem triumphierenden Lächeln und einem kräftigen Ruck hob er die Kiste an. Krrrrrtsch. Der Kistenboden öffnete sich wie die Schaufel eines Baggers und Tarik wurde von Briefen und Briefumschlägen überflutet. Einige Briefbündel schlitterten in rasantem Tempo die Treppen hinunter. Tarik guckte betroffen auf den Briefberg zu seinen Füßen. Dani guckte nachdenklich. Sie bückte sich und nahm einen Brief in die Hand. »An meinen Knuffi-Knödel, den schnuckeligsten der Welt. Küchenutensilien. Soso. Ich geh dann mal Klebeband holen.«

»Ich wusste es«, zischte ich, als sie verschwunden war. »Ich wusste, dass wir bestraft werden!«

»Quatsch. Das ist ein morscher alter Karton, keine Bestrafung!« Tarik stellte den leeren Karton ab. Ich lief die Treppe hinunter, um die Briefe einzusammeln. Die waren wohl gebündelt gewesen, aber durch den Sturz waren die morschen Gummis gerissen, so dass die Briefe jetzt einzeln umherflatterten. Außerdem hatten einige Eselsohren bekommen. Mist, Mist, Mist!

»Das kriegen wir nie mehr so sortiert, wie es vorher war!«

Dani tauchte mit Klebeband auf. Tarik drehte die Kiste um, klappte den Boden wieder ein, und Dani klebte alles schön ordentlich wieder zusammen. Dann stopften wir die Briefe zurück in die Kiste. Natürlich ließ es sich Dani nicht nehmen, beim Einsammeln zu helfen und noch mehr neugierige Blicke auf die Briefe zu werfen.

»Dann noch einen schönen Abend«, spottete sie. »Mit euren Küchenutensilien.«

»Danke«, entgegnete Tarik munter und machte eine tiefe Verbeugung so dicht vor Dani, dass er beim Aufrichten beinahe ihr Gesicht streifte. Dass er sie nicht küsste, war noch alles. Dani grinste. Tarik grinste. Ich stöhnte. Unhörbar, natürlich.

»Wieso flirtest du mit der Zimtzicke?«, knurrte ich, als sich die Wohnungstür hinter Tarik schloss. »Sie wird brühwarm alles Leon erzählen!«

»Ach, so schlimm ist sie doch gar nicht. Sie ist einsam.« Tarik stellte die Kiste im Wohnzimmer ab und löste vorsichtig das Klebeband. Ich hielt den Atem an. Der Karton war zwar schon von unten aufgewesen, aber vielleicht würde uns der Fluch des Pharaos in dem Moment treffen, wenn Tarik den Deckel aufklappte? Würden tödliche Blitze herausfahren? Nichts geschah.

»Am besten nehmen wir Briefbündel, die nicht auseinandergefallen sind«, schlug Tarik vor. »Hier steht Sabine drauf und auf dem hier Sylvie. Nach wem suchen wir noch mal?«

»Claudia.«

»Hier. Claudia. Und die auch. Und die. Alles Claudia. Ziemlich viel Claudia.«

Tarik nahm ein mit rosa Bändchen umwickeltes Bündel heraus, löste vorsichtig das Band und faltete den obersten Brief auf.

»Vielleicht sollten wir es doch lieber lassen«, murmelte ich.

»Jetzt?«, fragte Tarik und wedelte mit dem Brief vor meiner Nase auf und ab. »Nach all dem Aufwand? Und Tarantula?«

»Nun lies schon.«

»Mein Hasipupsi, es war so bärchenmäßig schön mit dir am letzten Mausewochenende.« Hmm. Leon belegte mich nie mit Kosenamen aus der Tierwelt! »Es ist so schrecklich langweilig an der Uni. Ach mein Schmusipuh, wärst du nur bei mir und würdest mir mein Herzchen buttern und mein Mündchen mit Schokoladenguss überziehen.«

»Wer soll jetzt wem das Herzchen buttern?«, fragte ich. War das ein Liebesbrief oder ein Backrezept?

»Keine Ahnung. Da steht als Unterschrift nur ›Dickes Knutschi vom Bummsebärchen‹.« Ich stöhnte. Ein Bummsebärchen war doch bestimmt ein Mann. Aber das konnte nicht ernsthaft von Leon stammen! Leon hatte überhaupt keine poetische Ader! Er las nur den »Kicker« und die Fernsehzeitschrift rtv! War das früher etwa anders gewesen? Hatte er heimlich Gedichte geschrieben oder gelesen? »Immer mehr legen ihre Gefühle in die Tiefkühltruhe. Ob sie glauben, dadurch die Haltbarkeit zu verlängern« von Kristiane Allert-Wybranietz zum Beispiel? Tarik kicherte und faltete den nächsten Brief auf.

»Mein allerliebster Pumucklschnuckel …«

Über unseren Köpfen sprühten Funken, dann tat es einen dumpfen Schlag, und die Wohnung lag im Dunkeln. Jetzt war ich es, die laut kreischte und sich an Tarik festklammerte. »Tarik! Ich wusste es. Die Götter bestrafen uns! Pumucklschnuckel war das Stichwort!«

»Pumucklschnuckel, so ein Quatsch«, gab Tarik im Dunkeln gereizt zurück. »Da ist nur die Birne futsch gegangen und der Strom ausgefallen! Wo ist der Sicherungskasten?«

»Im Hausflur!« Tarik verschwand. Sekunden später ging das Licht überall wieder an, nur im Wohnzimmer blieb es dunkel. Das war unsere letzte richtige Sechzig-Watt-Birne gewesen! Ab jetzt mussten wir die bescheuerten Energiesparlampen benutzen! Natürlich war das eine Strafe! Zum Glück hatte Leon, ordentlich wie er war, einen Vorrat in der Küche angelegt. Tarik schraubte die neue Birne ein. Langsam wurde es ungemütlich hell im Wohnzimmer. Tarik hockte sich auf den Boden und faltete den nächsten Brief auseinander. Ein Foto fiel heraus. Tarik betrachtete es nachdenklich.

»Nicht schlecht«, murmelte er.

»Zeig her!«, rief ich und riss Tarik das Foto aus der Hand. Es war das Porträt einer jungen Frau mit langen braunen Haaren, perfekten Zähnen und einem Lächeln, so breit wie das von Julia Roberts. Quer über das Foto stand geschrieben: »Für mein Marderzähnchen – forever, dein Haselmuckelchen«. Mit diesem Haselmuckelchen saß das Marderzähnchen jetzt also beim Abendessen in der Speisemeisterei. Ich. Würde. Nicht. Eifersüchtig. Sein. Ich hatte schließlich auch meine Qualitäten! Außerdem war die Frau heute 15 Jahre älter, hatte dreißig Kilo zugelegt und Krähenfüße um die Augen! Und dass Leon nur zwei Kosenamen für mich im Repertoire hatte, nämlich Süße und Schätzle und nicht Hasipupsi, hieß überhaupt nicht, dass er mich deshalb weniger liebte! Tarik las mir vergnügt noch ein paar Briefe vor und hielt mir weitere Fotos von Claudia unter die Nase, braungebrannt im weißen Bikini am Strand, Hintern und Brüste wohlgerundet, aber mir war die Lust vergangen. Mir wurde immer mulmiger dabei, in Leons Vergangenheit und Intimleben herumzuschnüffeln.

»Lass uns die Kiste wegräumen«, sagte ich schließlich. Wir bündelten die Briefe, so gut es eben ging, mit neuen Gummis, packten alles wieder sorgfältig ein, klebten frisches Klebeband darum und brachten den Karton zurück in den Keller. Wenn Leon die Kiste jemals aufmachte, würde ihm garantiert auffallen, dass alles durcheinander war. Andererseits rührte man Kisten in Kellern in der Regel sowieso nie an.

Später, nachdem Tarik sich verabschiedet hatte, lag ich im Bett und konnte nicht schlafen, obwohl ich mir fest vorgenommen hatte, nicht auf Leon zu warten, aber ich war a) eifersüchtig, hatte b) noch immer ein schlechtes Gewissen und machte mir c) Sorgen. Tarantula, Dani und die Glühbirne! Hatte ich nicht drei Zeichen bekommen, die Finger von Dingen zu lassen, die mich nichts angingen? Dann dachte ich an das Gespräch mit Tarik. Ich liebte Leon, natürlich. Aber war ich mir wirklich ganz, ganz sicher, dass ich den Rest meines Lebens mit ihm verbringen wollte? Es gab doch so viele Männer zur Auswahl! Vielleicht gab es einen, der viel besser zu mir passte und der auch nicht so scharf war auf Kinder und Eigenheim? Leon und ich hatten uns auf natürlichem Wege kennengelernt. Das war doch mittlerweile total unnatürlich! Vielleicht sollten wir uns für alle Fälle bei Parship anmelden und einen Persönlichkeitstest machen, um zu überprüfen, ob Parship uns als potenzielle Partner vorgeschlagen hätte und wie hoch unsere prozentuale Übereinstimmung gewesen wäre, wenn wir uns im Internet kennengelernt hätten? Nur so als Absicherung? Und warum steckten alle um mich herum in der Krise? Lila und Harald, Tarik und Manolo. Vor einem guten Jahr hatten wir alle in der Küche in der Neuffenstraße gesessen und gefeiert, weil sich unsere gescheiterten Beziehungen wieder eingerenkt hatten. Harald hatte sich mit der hochschwangeren Lila versöhnt, und Leon war extra aus China angereist, nachdem ich den Kontakt zu ihm abgebrochen hatte. Tarik hatte uns Manolo vorgestellt. Wie glücklich waren wir alle an jenem Abend gewesen. Warum war es nur so schwer, das Glück zu halten?

Irgendwann kam Leon. Natürlich platzte ich schier vor Neugierde, wie der Abend verlaufen war! Trotzdem tat ich so, als schliefe ich längst. Sonst würde Leon ja fälschlicherweise denken, ich sei eifersüchtig! Leon schlief sofort ein und schnurpste leise vor sich hin. Was hatte er gegessen? Wie war es mit Claudia gewesen? Waren Kosenamen aus der Tierwelt gefallen? Würden sie sich wiedersehen? Und wie doof war ich eigentlich, dass ich ihn nicht einfach gefragt hatte? Nun konnte ich erst recht nicht einschlafen.

Schubeldudelschubeldumm. Eine SMS, mitten in der Nacht? »Manolo ist gerade mit dem Taxi ins Hotel gefahren. Das war's dann wohl.«

O Shit.

21. Kapitel

Ojalá se te acabe la mirada constante
La palabra precisa la sonrisa perfecta
Ojalá pase algo que te borre de pronto

Guten Morgen, mein Ameisenbärchen! Willst du nicht aufstehen?«

Ich hatte die Augen fest geschlossen. Irgendwas stimmte nicht. Bloß was? Ich riss die Augen weit auf. Leon hatte mich Ameisenbärchen genannt. Ameisenbärchen? Wieso das denn? Wieso nicht Schätzle oder Süße? Leon stand vor dem Bett, fix und fertig angezogen, beugte sich über mich und küsste mich zärtlich.

»Wieso gehst du schon?«, fragte ich schlaftrunken.

»Weil es kurz nach halb acht ist und ich zur S-Bahn muss!«

»Wieso hast du mich nicht früher geweckt?«

»Ich hab's versucht, aber du hast ganz fest geschlafen.«

»Wie war's mit … wie hieß sie doch noch gleich … Claudia?«

»Super!« Leon strahlte über beide Backen. »Das Essen war der Hammer! Ich erzähl dir alles heute Abend. Tschüs, mein Laubfröschlein!« Er küsste mich noch mal und segelte dann Richtung Tür.

Ich stöhnte. Jetzt hatte ich weder Einzelheiten zum gestrigen Abend bekommen noch wusste ich, warum Leon plötzlich Kosenamen aus der Tierwelt benutzte, so wie früher mit Claudia! Vielleicht gab es ja so etwas wie Retroromantik? »Bei einem Treffen mit der EP stellt der P fest, dass ihm die Romantik, die er in früheren Tagen mit der EP verspürt hat, grundsätzlich abhandengekommen ist, weil er älter und desillusionierter geworden ist.

Unbewusst überträgt der P jetzt die Romantik aus den Zeiten mit der EP auf die NP.«

Ich musste das heute Abend unbedingt googlen! »Ameisenbärchen« und »Laubfröschlein« waren zwar nicht unbedingt romantische Kosenamen aus der Tierwelt, aber immer noch besser als »meine kleine Kaulquappe«, »meine schnuckelige Stechmücke« oder »meine süße Blindschleiche«. Und warum war Leon so schrecklich gut gelaunt? Hatte er sich etwa frisch verliebt? In eine alte Liebe? Mein Handy klingelte. Tarik. Um kurz nach halb acht?

»Hallo, Tarik, was ist los?«, fragte ich.

»Hast du meine SMS nicht bekommen?«

Jetzt fiel es mir wieder ein.«Es tut mir soo leid«, sagte ich. »Soll ich heute Abend vorbeikommen, um dich zu trösten? Habt ihr euch gestritten? Mitten in der Nacht?«

»Wir kamen gleichzeitig nach Hause, und dann fing es an. Gestritten ist gar kein Ausdruck. Dass die Nachbarn nicht die Polizei gerufen haben, grenzt an ein Wunder. Und leidtun braucht dir gar nichts. Ich bin total erleichtert. Endlich habe ich meine Ruhe wieder. Und meine Wohnung! Heute Abend holt Manolo seinen Kram, zieht zu einem Kumpel, und die Sache ist erledigt.«

»Aber … aber bist du denn nicht traurig?«, fragte ich schockiert.

»Kein bisschen. Das Ganze war ein einziger riesiger Fehler.«

»Wieso bist du überhaupt schon wach?«

»Weil ich die ganze Nacht nicht geschlafen habe.« Tarik war erleichtert, hatte aber die ganze Nacht keine Auge zugetan?

»Wollte dir nur kurz Bescheid geben, dass ich jetzt wieder mehr Zeit habe. Es kann aber ein Weilchen dauern, bis ich mich melde. Ich spüre, wie mich eine Woge der Inspiration überkommt. Tschau!«

Eine Woge der Inspiration bedeutete bei Tarik, dass er Tag und Nacht bis zum Umfallen arbeiten würde. Bestimmt kam er so am besten über den Trennungsschmerz hinweg. Auch wenn er vorgab, keinen zu verspüren. Manolo war doch ein total netter Kerl gewesen! Und das sollte plötzlich alles ein Riesenfehler gewesen sein? Ich musste das unbedingt mit Leon besprechen.

»Ich habe den Eindruck, Tarik belügt sich selber«, schloss ich am selben Abend meinen Bericht und wickelte noch ein paar Spaghetti auf die Gabel. Ich hatte mir vorgenommen, mich diplomatisch geschickt über den Umweg Tarik an Claudia heranzutasten. »Vielleicht sollte ich ihm das noch mal sagen?«

»Wenn es so wäre, wäre es natürlich traurig. Du kannst daran vermutlich nichts ändern, da muss er schon selber draufkommen«, sagte Leon achselzuckend und nahm noch einen Schluck Bier. »Ich hoffe auch, dass es die beiden noch mal hinkriegen. Aber du kannst Tariks Beziehung nicht retten.«

»Hat er nicht unsere Beziehung gerettet, als du in China warst?«

Leon grinste. »Er hat uns geholfen, das schon. Gerettet haben wir sie dann aber selber. Apropos: Wie geht's Lila und Harald?«

»Lila hat eine Nacht ohne die Zwillinge bei ihren Eltern verbracht und endlich mal wieder am Stück geschlafen. Danach haben sie sich ausgesprochen. Harald hat es wahnsinnig leidgetan, ihm war nicht klar, wie schlecht es Lila geht. Sie haben wohl einfach nicht richtig ehrlich miteinander geredet. Die Putzfrau, die in der Praxis putzt, kommt jetzt einen Nachmittag die Woche in die Neuffenstraße. Außerdem klappt es wahrscheinlich zum 1. September mit einem Platz in der Kinderkrippe gegenüber der Zahnarztpraxis, wenn auch erst mal nur ein paar Stunden die Woche. Bei ihr geht es also aufwärts, während es bei Tarik abwärtsgeht. Ach, und das Beste ist, Harald will Lila ein kinderfreies Mädelswochenende in einem Wellness-Hotel im Schwarzwald schenken. Rat mal, mit welchem Mädel!«

»Ehrlich miteinander zu sein, das ist, glaube ich, das Geheimnis. Nur wenn man immer ganz aufrichtig zueinander ist, steht man auch schwierige Zeiten durch. Wie gut, dass wir immer ehrlich sind miteinander, nicht wahr, Line?« Leon sah mich forschend an. War das jetzt eine Testfrage, oder was?

»Äh … klar«, stotterte ich. Ehrlichkeit, ausgerechnet heute nach der Liebesbriefschnüffelei. Vermintes Gelände!

»Tut sich was bei Haralds Haussuche?«, fragte Leon weiter.

»Nein. Lila befürchtet, dass sie langfristig … aus Stuttgart rausmüssen, weil sie hier nichts finden.« Aufs Land ziehen! Kinder kriegen! *Das* Thema! Noch mehr vermintes Gelände! »Wie war's denn nun mit Claudia?«, erkundigte ich mich hastig. »Du hast ja noch gar nichts erzählt!«

»Es war einfach toll. Das Essen! Die Atmosphäre! Der Wein!«, schwärmte Leon und schien sofort abgelenkt vom *Thema*.

»Wie viel Gänge?«

»Sechs, und dann noch Kaffee. Als Hauptgang haben wir Dorade in der Salzkruste für zwei Personen gegessen. Claudia hat sich den Abend wirklich was kosten lassen! Champagner zum Auftakt! Verschiedene Weine zum Essen! Und obwohl wir uns schon ewig nicht mehr gesehen hatten, kam es mir so vor, als sei gar keine Zeit vergangen!«

»Ach«, sagte ich.

»Alte Freunde kennen einen doch am besten!«

»Tatsächlich.«

»Irgendwann haben sich sogar ein paar Leute nach uns umgedreht, weil wir alte Anekdoten ausgepackt und total viel gelacht haben!«

»Wie schön.«

»Wir haben aber auch über ernste Themen geredet. Claudia hat sich gerade von ihrem Freund getrennt.«

Hatte ich es doch geahnt! Freund futsch, da guckt man sich gleich mal ganz unverbindlich um, wen man bei sechs Gängen so ein bisschen aufwärmen kann! Das Telefon klingelte.

»Das ist bestimmt mein liebes Muttchen«, sagte Leon, klang entzückt und sprang flugs zum Hörer. Irgendwann musste ich mit Leon darüber reden, warum er so wahnsinnig gern und ausführlich mit Muttchen telefonierte und ob er nicht doch etwas in unserer Beziehung vermisste. Siehe Claudia! Ich räumte die Teller zusammen. Das konnte dauern.

»Langsam, Lena, langsam! Ich versteh kein Wort. Ich geb dich weiter an Line.« Leon reichte mir den Hörer. »Deine Lieblingsnichte.«

»Hallo, Lena-Schatz, alles in Ordnung?«

Früher hatte ich oft mit Lena telefoniert, mittlerweile hielt sie das in Zeiten von WhatsApp für völlig überflüssig und mich für schrecklich altmodisch, weil ich kein WhatsApp hatte. Deswegen war ich auch überhaupt nicht mehr auf dem Laufenden, wie es gerade zwischen meiner Schwester und Frank aussah. Dorle hatte mir beim letzten Telefonat gesagt, sie hätte Katharina ins Gewissen geredet, es noch einmal mit Frank zu versuchen, weil die Kinder ihren Vater brauchten, aber Katharina konnte sich einfach nicht entscheiden.

»Line, du wirst nicht glauben, was gerade passiert ist. Mama ist übel ausgeflippt!«

»Ach du liebes bisschen. Was ist passiert?«

Ich presste den Hörer ans Ohr und warf Leon bedeutungsvolle Blicke zu.

»Also, letztes Wochenende hat Mama gesagt, sie muss mit mir reden, und sie war ganz feierlich und gleichzeitig total nervös, und ich hab mir schon gedacht, was jetzt kommt, und dann hat sie mir eröffnet, dass Papa heute probeweise wieder einzieht, weil er sich in dieser Männergruppe total geändert hat, und jetzt wird alles ganz toll, und sie freut sich riesig, auch für uns, weil für uns ist es ja das Allerbeste, und die Familie ist die Familie und sie will keine alleinerziehende Mutter sein, aber sie hat überhaupt nicht so ausgesehen, als ob sie sich riesig freut …« – Lena musste endlich Luft holen. Oje. »Und dann hat sie mich gefragt, wie ich das finde. Ich soll es ihr ganz ehrlich sagen. Und dann hab ich ihr gesagt, dass ich es gar nicht so schlimm finde, dass Papa weg ist, weil wir es zu dritt eigentlich total nett haben, Mama, Salo und ich, und Mama ist viel entspannter, und vorher war immer nur schlechte Stimmung, weil sie sich immer nur mit Papa gestritten hat, und da hat sie mir eine gescheuert.«

Herrje! Ich kannte Katharina vor allem kontrolliert bis unterkühlt. Und nun schlug sie Lena! Und auch noch aus diesem Grund!

»Mama hat mir noch nie eine gescheuert, nicht mal, als ich klein war und die Feuerwehr gerufen habe und gesagt hab, unser Haus brennt ab, weil ich wissen wollte, wie lang die brauchen.« Lena klang jetzt sehr sachlich. »Ich hab aber nicht geheult. Es hat ihr dann auch gleich total leidgetan, und sie hat mich umarmt und sich tausendmal entschuldigt und mir zehn Euro Taschengeld extra gegeben. Ich hab sie nur angeguckt und gedacht, Geld als Entschuldigung, hallo, wie bescheuert ist das denn, aber ich hab nichts mehr gesagt, weil sie eh schon so durch den Wind war, und das Geld behalten.«

Was für ein kluges Kind.

»Und sie war die ganze Woche über total aufgeregt, aber sie hat niemandem sonst was gesagt, klar, weil natürlich jeder versucht hätte, ihr das auszureden, außer Dande Dorle, und vorhin hat es geklingelt, und Mama hat aufgemacht, sie war total gestylt, und ich bin auch zur Tür, um zu gucken, was jetzt passiert, und da stand Papa mit einem Haufen Koffer und seinem Mountainbike und hat gestrahlt. Und unter dem Arm hatte er sein blödes Schnuffelkissen, das Mama immer schon gehasst hat, so ein völlig verratztes Teil.« Lena holte wieder Luft.

»Und dann? Nun sag schon, Lena!«

Ich war vor lauter Aufregung vom Stuhl gehüpft und lief mit dem Hörer am Ohr im Kreis. Leon warf mir amüsiert-fragende Blicke zu.

»Und dann …« Lena machte eine Pause, um die Spannung zu erhöhen, »dann hat Mama wie hypnotisiert auf das Schnuffelkissen gestarrt und ohne Vorwarnung die Haustür zugeknallt. Und Papa stand draußen! Und sie hat durch die Tür gebrüllt, dass das alles ein schrecklicher Irrtum ist, und sie will nicht, dass Papa wieder einzieht, und es tut ihr furchtbar leid, und dann ist sie ins Schlafzimmer gerannt und hat sich eingeschlossen und wahrscheinlich heult sie jetzt.«

»Lena, das ist ja nicht zu fassen! Und Frank? Was hat der dann gemacht?«

»Papa hat Sturm geklingelt, und erst hat er Mamas Namen gerufen, und als nichts passiert ist, hat er meinen gerufen, und ich habe dann nur durch die Haustür gerufen, dass Mama sich im Schlafzimmer eingesperrt hat und es wohl besser ist, wenn Papa jetzt geht. Dann bin ich in die Küche und hab zum Fenster rausgeguckt, und gegenüber haben die Nachbarn gestanden und haben auch geguckt, und Papa war knallrot im Gesicht und hat geschrien, ich lass mich doch nicht so verarschen, und irgendwann hat er seine Koffer und das Rad und das Schnuffelkissen wieder ins Auto geladen und ist weggefahren.«

»Ach Lena. Es tut mir so leid. Soll ich kommen, damit du nicht allein bist? Vielleicht kann ich mit Katharina reden?«

»Ich glaub nicht, dass sie im Moment mit irgendjemandem reden will.«

»Und Salomon?«

»Der hat erst ein bisschen geheult, weil alle so rumgebrüllt haben und Papa nicht reinkam, und jetzt spielt er bei mir im Zimmer mit seinem Playmo, und nachher mach ich Popcorn für ihn in der Mikrowelle, das liebt er, und dann bring ich ihn ins Bett. Ist ja nicht das erste Mal.«

»Eigentlich ist das nicht dein Job. Aber du machst das alles so gut. Ich bin sehr stolz auf dich!«

»Ich bin ja bloß froh, dass Mama rechtzeitig kapiert hat, dass das nichts wird, wenn Papa wieder einzieht.«

Armer Frank. Fast tat er mir ein bisschen leid.

»Soll ich Dorle Bescheid geben? Oder gibt es eine Freundin von Katharina, die du anrufen könntest?«

»Also Dorle auf keinen Fall. Die lässt sich dann sofort von Karle zu uns kutschieren und redet Mama wieder ins Gewissen, und das wär Mama bestimmt zu stressig. Und so eine richtige Freundin hat Mama eigentlich nicht, mehr so Bekannte, andere Mütter und so. Ich glaube, sie braucht jetzt vor allem Ruhe.«

Katharina hatte keine richtige Freundin? Das war auch eine Neuigkeit.

»Wenn du irgendwas brauchst, oder wenn ich doch kommen soll, dann melde dich, Lena, versprichst du mir das?«

»Versprochen. Aber keine Sorge. Ich komm schon klar. Du kannst Mama ja morgen mal anrufen.«

Ich legte den Hörer beiseite. Mittlerweile hatte Leon sich aufs Sofa gesetzt und las den »Kicker«. Ich ließ mich auf seine Knie fallen, und er jaulte auf.

»Dieses Kind«, seufzte ich. »Warum war dieses Kind nie ein Kind, sondern immer schon erwachsen?«

»Nun erzähl erst mal.«

»Erzählen? Du hast doch mitgehört!«

»Deine Hälfte, ja. Die war aber nicht besonders aufschlussreich.«

»Tsss. Das muss man sich eben ein bisschen zusammenreimen.«

»Ich könnte mir vorstellen, dass es heute schon die zweite Beziehung ist, die kein glückliches Ende genommen hat. Aber das ist natürlich nur eine vage Vermutung. Ich bin ein phantasieloser Ingenieur, schon vergessen?«

»Schon«, murmelte ich und dachte an die blumigen Liebesbriefe. »In den wirklich wichtigen Momenten des Lebens mangelt es dir aber nicht an Phantasie.« Damit sprang ich auf und zog Leon hinter mir her ins Schlafzimmer. Ich musste mein Terrain abstecken. Wenn ich Leon bis zur Besinnungslosigkeit daran erinnerte, dass er ein Bummsebärchen war, vergaß er Claudia bestimmt.

Ein paar Tage später schloss ich nach einem Besuch bei Lila in der Neuffenstraße gerade mein Rad auf, als sich ein dunkler Schatten von der Hauswand löste und ins Licht der Straßenlaterne trat. Simon! Mir blieb beinahe das Herz stehen. Aber es war nicht Simon.

»Tarik! Du hast mich zu Tode erschreckt. Was machst du hier? Warum bist du nicht reingekommen?«

»Ich wollte ja. Aber irgendwie war mir nicht nach Gesellschaft«, murmelte Tarik.

»Wie geht es dir? Hattest du einen kreativen Schub?«

Eigentlich konnte ich die Frage selber beantworten. Tarik, der sich normalerweise einer gesunden Gesichtsfarbe erfreute, war bleich. Auch wenn man nicht viel von seinem Gesicht sah, weil er offensichtlich aufgehört hatte, sich zu rasieren. Der dunkle Bart gab ihm ein noch wilderes Aussehen als sonst, unter den Augen zeichneten sich dunkle Ringe ab, seine Schultern hingen schlaff nach unten. Tarik, der Obermacho, der coole Künstler, dem die Welt zu Füßen lag, war fix und fertig.

»Kreativer Schub? Dass ich nicht lache. Mir geht's beschissen«, flüsterte er. »Ich habe gedacht, wenn Manolo weg ist, bin ich total erleichtert. Die ewige Streiterei, die ständige Ungewissheit, wie's mit uns weitergeht, das hat mich völlig zermürbt. Ich habe wirklich geglaubt, wenn das erst mal vorbei ist, dann kehre ich einfach zurück in mein altes Leben, als wäre nichts gewesen. Hier ein Flirt, dort eine Affäre, egal, ob Mann oder Frau, was sich eben so ergibt, und vor allem nichts, wo jemand seine Zahnbürste bei mir deponiert. Aber …« Er schwieg, raufte sich die Haare und tigerte vor mir auf und ab.

»Aber was?«, fragte ich vorsichtig.

»Es funktioniert nicht. Ich war felsenfest davon überzeugt, ich könnte die Zeit mit Manolo einfach ausradieren. Aber so ist es nicht. Das alte Leben, ich finde nicht zurück. Es schmeckt schal. Ich habe keine Lust auf Affären, weil ich das Gefühl habe, Manolo zu betrügen. Ich bin die ganze Zeit schlecht gelaunt. Ich meine, wir haben viel gestritten. Aber wir hatten auch Phasen, da waren wir uns derart nahe, wie ich es noch nie zuvor erlebt habe. So ein stilles Einverständnis. So ein Zusammensein, wo man dem anderen nichts erklären muss, und es ist einfach gut. Und wir haben unglaublich viel gelacht. Auch über uns selber und unsere bescheuerten Streitereien.« In Tariks Augen standen Tränen. Ich hatte einen Kloß im Hals.

»Du liebst ihn«, flüsterte ich.

Tarik nickte. »Seltsam, nicht wahr. Ich habe noch nie jemanden geliebt. So richtig, meine ich. Ich hab's Manolo auch nie gesagt, weil ich dachte, so etwas kann man nicht sagen, es ist zu abgedroschen. Richtig begriffen habe ich es sowieso erst, als er weg war. Und jetzt fehlt er mir so schrecklich. Mir fehlt sogar, seine staubigen Blaumänner mit spitzen Fingern aufzusammeln und in den Wäschekorb zu werfen.«

Irgendwie schienen sich Homo- und Hetero-Beziehungen nicht allzu sehr zu unterscheiden.

»Aber vielleicht geht es Manolo ja genauso! Warum rufst du ihn nicht an und sagst ihm ehrlich, was du für ihn empfindest?«

Ich war absolut super darin, anderen Leuten Beziehungsratschläge zu erteilen!

Tarik schüttelte müde den Kopf. »Manolo ist ja derjenige, der gegangen ist. Ich hatte ihn gebeten, zu bleiben und es noch einmal zu versuchen, aber er wollte nicht. Als er weg war, habe ich mir geschworen, was auch passiert, ich werde mir mein letztes bisschen Stolz bewahren und ihn nicht anbetteln, zurückzukommen.« Stolz. Ich kannte das so gut. Damit stand man sich hervorragend selber im Weg. Suffragette strich mir um die Beine.

»Wollen wir nicht doch noch einen Moment reingehen zu Lila? Sie würde sich sicher freuen. Du warst doch schon ewig nicht mehr hier. Die Zwillinge sind noch wach.«

Tarik schüttelte den Kopf.

»Was hast du jetzt vor?«

»Ich bin ja kein besonders origineller Fall. Mir geht's auch nicht anders als Millionen Menschen vor mir, deren Beziehung in die Brüche gegangen ist. Nur hatten die in meinem Alter vielleicht etwas mehr Übung als ich. Ich werde also das tun, was alle tun, nämlich leiden wie ein Hund, und irgendwann darüber hinwegkommen. Und um den Prozess zu beschleunigen …« Er seufzte.

»Ja?«

»… gehe ich wahrscheinlich weg aus Stuttgart.«

Ich erschrak. Lila zog vielleicht ins Umland, und Tarik wollte ganz abhauen? Und ich blieb ohne Freunde zurück!

»Tarik! Wieso das denn? Du hast doch hier deine Arbeit. Ich meine, so eine Professur wie an der Kunstakademie, die kriegst du doch woanders nicht so schnell! Und deine tolle Wohnung am Weißenhof! Und … deine Freunde.« Ich schluckte.

Tarik nickte. »Ich weiß. Ich habe mich auch noch nicht endgültig entschieden. Bloß, als Künstler kann ich überall in der Welt arbeiten. Vielleicht nicht gerade Istanbul, so wie Erdogan grad drauf ist, aber ich könnte mir New York vorstellen oder Kuba, da passiert grad unheimlich viel. Ich könnte einen Tapetenwechsel gebrauchen, so als Inspiration. Da hätte ich nicht ständig die Befürchtung, Manolos Transporter könnte plötzlich vor meinem Mercedes auftauchen. Die Wohnung würde ich zwischenvermieten, die kriege ich schnell los.« Er legte mir den Arm um die Schulter. »Und natürlich würde ich dich sehr vermissen, Zuckerschnäuzchen. Aber es gibt ja Skype.«

»Davon hatte ich wirklich genug, als Leon in China war«, gab ich düster zurück. »Bei Skype merkt man nur die ganze Zeit, wie schrecklich es ist, dass der andere nicht wirklich da ist.«

»Dann musst du eben doch anfangen, mir auf Twitter zu folgen«, sagte Tarik und zum ersten Mal grinste er. Ich war richtig erleichtert. Tarik küsste mich auf beide Wangen, dann ging er ein paar Schritte die Straße hinunter, stieg in seinen Mercedes und brauste davon. Ich sah ihm hinterher. Mir war wehmütig zumute. Unser Freundeskreis schien immer mehr auseinanderzubrechen. Freundschaften und Beziehungen waren so schrecklich fragil! Noch heute Abend würde ich mit Leon einen Termin für unseren romantischen Abend festlegen.

22. Kapitel

Du bist das Beste, was mir je passiert ist
es tut so gut, wie du mich liebst
Ich sag's dir viel zu selten
es ist schön, dass es dich gibt

Vergnügt lief ich hinauf in den vierten Stock. Hurra! Der große Tag war da! Nach all den Monaten klappte es endlich mit unserem romantischen Abendessen! Ich freute mich schon den ganzen Tag darauf. Arminias schlechte Laune konnte mir überhaupt nichts anhaben. Seit Tagen geplant! Nur Leon und ich, ganz alleine! Weil der schwarze String-Tanga, den ich mal selber aus einer kastenförmigen Unterhose gebastelt hatte[14], leider gefatzt war, hatte ich mir sogar extra bei Kaufhof einen neuen besorgt, um das sich hoffentlich anschließende Schmusestündchen etwas zu befeuern. Das winzige Stückchen Stoff war nicht nur sauteuer gewesen, es klebte mir auch schon den ganzen Tag zwischen den Pobacken und juckte, aber das musste ich der Erotik wegen eben in Kauf nehmen. Außerdem hatte ich für alle Fälle schon vor Stunden mein Handy abgestellt, damit nur ja nichts dazwischenkam. Leon war bestimmt schon zu Hause, hatte den Tisch liebevoll gedeckt, die Kerzen angezündet und empfing mich mit einem Gläschen Champagner, einem Schälchen Oliven und einem verheißungsvollen Kuss an der Tür. Vielleicht sollte ich ihm den String-Tanga schon zum Aperitif vorführen?

Ich schloss die Wohnungstür auf. Mein Herz klopfte ein bisschen schneller, was nicht nur vom sportlichen Treppensteigen

14 Siehe Bastelanleitung im »Spätzleblues«

kam. Ich ließ Tasche und Jacke fallen. Leon war nirgends zu erblicken. Das Glas Champagner auch nicht. Das Wohnzimmer sah genauso aus, wie ich es am Morgen verlassen hatte, und auf dem Esstisch lag noch nicht einmal Dande Dorles weiße Tischdecke. Auch in der Küche schienen keinerlei Vorbereitungen im Gange zu sein. Nirgends lagen aphrodisierende Lebensmittel wie Kaviar, Austern oder Erdbeeren herum. Von Romantik keine Spur. War Leon etwa bei der Arbeit aufgehalten worden? Oder war das die neue Sachlichkeit?

Da ging die Klotür auf. Leon kam mir entgegen. Leider sah er gar nicht so aus, als sei er besonders romantisch gestimmt. Er wirkte eher genervt. Rasch küsste er mich. »Du hattest das Handy nicht an«, stellte er fest.

»Ja, um unseren romantischen Abend nicht zu gefährden«, erklärte ich eifrig. Leon nickte.

»Wahrscheinlich hast du zehn Nachrichten von Tarik drauf. Auf jeden Fall drei von mir.«

»Wieso, ist was passiert?«, fragte ich alarmiert. Romantisches Abendessen. Ich wollte mein romantisches Abendessen, keine Notrufe von Tarik!

»Ich bin vor einer guten Stunde nach Hause gekommen, da waren schon zwei Nachrichten von Tarik auf dem Anrufbeantworter, und seit ich zu Hause bin, hat er ungefähr fünfmal angerufen. Ich habe dann versucht, dich auf dem Handy zu erreichen.«

»Ach du liebe Güte! Was ist denn los?«

»Das weiß ich nicht. Er heult.«

»Er heult?«

»Er heult, und es ist nichts Vernünftiges aus ihm herauszubekommen, außer dass du bitte sofort kommen sollst. Er konnte es nicht fassen, dass es Menschen gibt, die ihr Handy abstellen.«

»Ich rufe ihn erst mal an. Dann sehen wir weiter.«

»Das wird nicht viel bringen. Er redet nicht in vollständigen Sätzen. Das Beste wird sein, du fährst einfach hin.«

»Aber … aber unser romantischer Abend!«, rief ich unglücklich. Leon seufzte.

»Den müssen wir eben noch mal verschieben. Als ich Tariks Nachrichten abgehört habe, war mir gleich klar, dass es klüger ist, nicht mit den Vorbereitungen fürs Essen zu beginnen, vor allem, nachdem ich wusste, wie dreckig es ihm gerade geht. Ich friere die Sachen ein. Und der Champagner bleibt einfach im Kühlschrank.«

»Leon, es tut mir so leid! Jetzt bist du extra früher nach Hause gekommen. Und ich habe mich so auf unseren Abend gefreut!«

»Ich weiß. Mir tut es auch leid, Süße. Aber Tarik klang wirklich verzweifelt. Und Freunde in der Not lässt man nicht hängen, oder?«

»Nein«, murmelte ich. »Offensichtlich geht es ihm jetzt noch schlechter. Und du bist wirklich nicht böse?«

Leon schüttelte den Kopf. »Nicht böse, nur enttäuscht. Aber das ist höhere Gewalt.«

»Du bist ein Schatz.« Ich zog ihn zu mir heran, und wir küssten uns etwas ausführlicher und leidenschaftlicher als vorher. Jetzt hatte ich erst recht keine Lust, zu Tarik zu eilen, aber dann schob mich Leon sanft von sich.

»Mach dich lieber auf den Weg. Willst du das Auto nehmen? Ich habe allerdings ziemlich lang gebraucht, um einen Parkplatz zu finden.« Ich schüttelte den Kopf. »Dann fahre ich später nur stundenlang um die Häuser. Ich nehme die Bahn. Der romantische Abend ist ja sowieso hinüber. Was wirst du jetzt machen?«

Leon zuckte mit den Schultern. »Muddi anrufen. Ein bisschen fernsehen. ›Kicker‹ lesen. Mach dir keine Gedanken, ich komme schon klar.« Er schob mich sanft zur Tür und wuschelte durch mein Haar. AARRGG!! Ich wollte kein Haarwuscheln. Ich wollte nicht, dass die Phase des Verliebtseins und der ungezügelten Leidenschaft in unserer Beziehung vorüber war. Ich wollte ein romantisches Abendessen und zum Abschluss wilden Sex auf dem

Esstisch zwischen den leer geschlürften Austern und der Champagnerflasche!

Ich rannte die Treppe hinunter auf die Straße und warf einen raschen Blick nach oben. Dani hockte mit angezogenen Beinen und ohne Hose auf ihrem Fenstersims und rauchte. Eine Viertelstunde später saß ich in der S-Bahn zum Hauptbahnhof und schaltete das Handy ein. Tarik hatte viermal versucht, mich anzurufen, und achtmal gesimst, dass ich ihn dringend zurückrufen sollte. Ich war gleichzeitig sauer, todunglücklich und besorgt. Natürlich ließ man Freunde in der Not nicht im Stich. Aber musste diese Not ausgerechnet dann eintreten, wenn Leon und ich endlich unseren romantischen Abend zelebrieren wollten? Nur gut, dass Leon so verständnisvoll war!

Noch immer böse stieg ich am Hauptbahnhof um in die U 12 und fuhr weiter zum Killesberg. An der Haltestelle »Stadtbibliothek« drängelten sich die Menschen, die vom Shopping im Monster-Einkaufscenter »Milaneo« kamen. Teenies mit unzähligen Primark-Tüten unter dem Arm glotzten uns durch die Scheiben der Stadtbahn an, als seien wir Fische im Aquarium. Ich glotzte böse zurück. Fast niemand stieg ein. Die unterirdische Haltestelle »Killesberg« war schon fast gespenstisch ruhig. Früher, bevor die Messe an den Flughafen gezogen war, hatten sich hier die Menschen gedrängelt. Auf dem Weg zur Weißenhofsiedlung verpuffte mein Ärger allmählich. Heute Abend war es zur Abwechslung endlich mal richtig Sommer, Tarik war mein Freund, benötigte meine Hilfe und hatte schon einmal meine Beziehung zu Leon gerettet. Da musste man eben die eigenen Bedürfnisse selbstlos hintanstellen. Früher hatte er zwar überhaupt nie geheult, aber da war er auch noch nicht schwul gewesen, und ohne triftigen Grund würde er mich ja wohl nicht anrufen!

An der Kunstakademie vorbei lief ich zu den Wohnblöcken am Ende der Straße und drückte auf die Klingel, auf der nur »Tarik« stand. Der Türsummer ging, und ich kletterte das schmale Treppenhaus hinauf ins oberste Stockwerk. Tarik lehnte im Türrahmen. Seine Augen über dem wild wuchernden Bart waren rot und verquollen. In der Hand hielt er ein paar zerknüllte Papiertaschentücher.

»Tarik«, rief ich erschrocken. In einem solchen Zustand hatte ich den Ex-Supermacho noch nie gesehen! Er warf sich laut aufschluchzend in meine Arme und klammerte sich an mich wie ein Ertrinkender. Ich fiel beinahe um. Schließlich war Tarik alles andere als ein halbes Hemd. »Was ist passiert?«

»Manolo. Es … es ist einfach unglaublich«, hickste Tarik. Er hatte Schluckauf. »Ich musste es dir gleich erzählen. Wieso hattest du das Handy nicht an?«

»Was ist unglaublich? Du machst mich ja ganz nervös!«

»Komm rein. Du wirst es gleich mit eigenen Augen sehen.«

Tarik zog mich hinter sich her in seine Wohnzimmeresskücke, streckte den Arm aus und deutete auf den Bereich zwischen den beiden weißen Sofas. Dort standen auf einer Steinplatte zwei Türme aus dunklem, glänzendem Stein mit blauen Flecken in der Maserung. Der rechte Turm ähnelte von der Form her dem Fernsehturm. Auf dem Korb stand in verwackelten Buchstaben »Tarik« und Tariks Geburtsdatum. Auf dem linken Turm war oben eine Art viereckiges Vogelhäuschen, auf dem etwas eingraviert war, was ich nicht klar identifizieren konnte. Auf dem Häuschen thronte majestätisch eine von Tariks schwarzen Katzen. Ich verstand überhaupt nichts.

»Ist das ein Kunstobjekt?«, fragte ich vorsichtig. »Gehört die Katze dazu?«

Tarik schüttelte ungeduldig den Kopf und hickste erneut.

»Das ist natürlich ein Grabstein. Den habe ich gestern geliefert bekommen. Von Manolo!«

Ach du liebe Güte. Manolo schickte Tarik einen Grabstein? Als letzten Gruß? Deutlicher konnte ein Steinmetz ja wohl nicht signalisieren, dass er eine Beziehung endgültig begraben hatte! Kein Wunder, dass Tarik heulte.

»Das … das tut mir so schrecklich leid«, murmelte ich.

»Es tut dir leid?« Tarik hörte mit einem Schlag auf zu heulen, hickste und riss die rotgeweinten Augen vor Verwunderung weit auf. »Wieso das denn? Schließlich steht mein Name drauf! Und mein Geburtsdatum!«

»Ich hab's gesehen.«

Wie konnte Manolo nur so zynisch sein? Mitfühlend tätschelte ich Tariks Hand. Der stand ganz offensichtlich unter Schock und redete deshalb völligen Stuss. Das war ja auch kein Wunder. Gut, dass ich den romantischen Abend geopfert hatte, um mich um ihn zu kümmern! Ich zog die Jacke aus. »Komm, setz dich erst mal hin, ich mach dir einen türkischen Mokka. Den trinkst du doch so gern. Mit viel Zucker. Danach fühlst du dich sicher besser.«

Tarik schüttelte wild den Kopf, dass sein Haar nur so flog.« Line – verstehst du denn nicht? Ich habe mich nie besser gefühlt. Ich heule vor Glück und Freude! Wir haben uns gestern versöhnt! Ich kann's nur immer noch nicht fassen!« Er hickste. »Der Mann meines Lebens ist zu mir zurückgekehrt! Da können doch mal die Gefühle mit einem durchgehen, nach all der Anspannung und Ungewissheit!«

»Manolo schickt dir einen Grabstein mit deinem Namen drauf, und anschließend versöhnt ihr euch? Ich kapiere gar nichts!« Hatte mir Tarik nicht erst vor ein paar Tagen die Ohren vollgeheult, wie schlecht es ihm ging?

»Aber ich hab's sofort kapiert! Es ist ja nicht nur der Grabstein«, flüsterte Tarik. »Übrigens ein echtes Designer-Stück. Aus Arabella-Blau, asymmetrisch und assoziativ. Darin lag schon die erste Botschaft, von einem Künstler an einen Künstler! Manolo hat angefangen, für die Halbhöhenwitwen Grabsteine mit QR-Code zu gestalten, hatte ich dir davon erzählt? Sehr cool. Nun, wie du siehst, ist auf diesem Grabstein, da, wo die Katze draufsitzt, auch ein Code eingraviert. Ich wusste natürlich sofort Bescheid. Die App hatte ich auch schon. Ich musste nur noch mit dem Smartphone den QR-Code einlesen. Und dann kam ich auf diese Internetseite …« – Tariks Tränen flossen wieder. Er hickste jetzt in einem fort und konnte nicht weitersprechen. Stattdessen hielt er mir sein Smartphone unter die Nase. Auf dem Display war der Korb des Fernsehturms zu sehen, ganz in Rot. Rosarote Rosen schwebten durchs Bild. Dazu erklang Klaviergeklimper. Richard Clayderman.

»Der Fernsehturm.« Langsam begriff ich. Dort hatte Tarik Manolo seine Liebe erklärt, unter Zuhilfenahme einer nicht unerheblichen Menge rosaroter Rosen. Tarik hickste zur Antwort und schwenkte sein Smartphone auf und ab. »Du bist das Beste, was mir je passiert ist …«, sang jetzt Silbermond.

»Lauter Liebesbotschaften von Manolo an mich. Ist das nicht die ultimative Romantik?« Tarik hatte aufgehört zu hicksen und leuchtete jetzt vor Glück wie eine Laterne.

»Das ist wirklich … total romantisch«, log ich, während mir gleichzeitig ein Schauer über den Rücken lief. Ich war vermutlich schrecklich altmodisch, weil es nicht so ganz meiner Vorstellung von Romantik entsprach, Grabsteine von Ex-Lovern mit QR-Codes ins Wohnzimmer geliefert zu bekommen, aber da Tarik ganz offensichtlich völlig ergriffen war, hielt ich lieber die Klappe. Hauptsache, die beiden waren wieder ein Paar! Und dass mich diese Glücksbotschaft meinen eigenen romantischen Abend mit Champagner und Kerzenschein gekostet hatte, darüber dachte ich jetzt lieber gar nicht nach!

»Bist du gestern noch zu ihm gefahren?«, fragte ich. Schließlich hatte ich ein Recht auf die ganze Geschichte.

Tarik nickte. »Er war in der Werkstatt, und wir haben uns ausgesprochen. Ich habe Manolo gesagt, dass ich Angst hatte vor einer festen Beziehung, weil ich das bisher einfach nicht kannte. Dann hat Manolo gesagt, dass er zu dem Schluss gekommen ist, dass er kein Recht hatte, mir wegen meiner Eltern Druck zu machen. Dann habe ich gesagt, dass ich in nächster Zeit mit meinen Eltern sprechen werde. Und dann haben wir eine ganze Weile nichts mehr gesagt. Es war nur ein bisschen kalt in der Werkstatt.« Tarik kicherte.

»Was machst du jetzt mit dem Grabstein?« Ich wanderte im Kreis um das Ding herum.

»Ich wollte ja eigentlich ein Baumgrab«, erklärte Tarik. »Mit einer schönen Lichtinstallation als Zeremonie. Aber jetzt werde ich wohl noch mal umdisponieren. Ich bin ja schließlich flexibel und tolerant. Dieser Grabstein wird erst einmal im Wohnzimmer stehen bleiben, als Kunstobjekt und Zeichen der Versöhnung.«

Liebevoll tätschelte er den Fernsehturm. Ein Grabstein, da, wo andere Leute einen harmlosen Couchtisch plazierten? Das war doch mal eine originelle Idee.

»Vielleicht stelle ich ihn auch mal aus. Irgendwann wird er auf meinem Grab stehen. Sonst nichts. Keine Blumen, kein Kränze, kein Gedöns. Nichts soll von ihm ablenken. Nur der Grabstein und schwarze Erde.«

»Tarik, das klingt jetzt vielleicht kleinlich, aber du bist offiziell Muslim, auch wenn du nicht besonders religiös bist. Da könnte es mit einem christlichen Begräbnis schwierig werden«, wandte ich ein und ließ mich auf eines der Sofas fallen. Die Katze sprang vom Turm herunter und rollte sich neben mir zu einer Kugel zusammen.

»Ich will ja gar kein christliches Begräbnis, nur ein christliches Grab. Falls es nicht anders geht, muss ich eben konvertieren«, sagte Tarik achselzuckend. »Friedhöfe werden immer weniger in Anspruch genommen, da sind die froh über jeden Toten, der bei ihnen ein Plätzchen bucht. Ich muss es ja meinen Eltern nicht sagen. Aber erst mal lass ich mir meinen Bart wieder abrasieren. Den hab ich mir nur aus Kummer wachsen lassen, aber damit ist es ja nun vorbei.« Er strahlte. »Wenn ich es mir genau überlege, gehe ich vielleicht lieber in den türkischen Friseursalon in der Tübinger Straße und lasse mir den Bart dort nass abnehmen.«

Tarik strich sich über den Bart und zwinkerte mir zu. In dem Salon hatte er damals Manolo zum ersten Mal getroffen. Dann schneuzte er sich.

»So, jetzt hab ich aber genug geflennt! Ich sag dir, das ist vielleicht anstrengend, wenn man das ganze Leben ein Macho war und plötzlich anfängt, die weichen Seiten in sich zu entdecken! Wie ist das eigentlich bei Leon?«

»Der macht immer nur Witze, wenn ich mit ihm über seine weichen Seiten reden will.«

»Tss. Gar nicht gesund! Ich werde ihn bei Gelegenheit darauf ansprechen. Wenn ich mir's so überlege, Macho und weiche Seiten, das widerspricht sich eigentlich nicht. Alle suchen doch händeringend nach dem neuen Mann! Ich könnte ein Buch darüber schreiben. »›Tarik. Vom Macho zum Neuen Mann. Die Geschichte einer Wandlung.‹ Mit einem Foto von mir vorne drauf, etwa so.« Tarik klemmte sich im Stehen die geballte Faust mit dem Totenkopfring am Mittelfinger unters Kinn und guckte nachdenklich in die Ferne.

»Neuer Mann klingt wie neue Kartoffeln«, wandte ich ein.

»Dann eben ›Tarik, die sanfte Revolution‹. Zum Buchstart ein großes Interview in der *BILD?* Ratgeber und Biographien von Promis verkaufen sich super! Am besten noch mit einem Anhang mit Rezepten für vegane Gerichte … Ich bräuchte nur noch etwas mehr Hintergrundwissen. Vielleicht machen Leon und ich mal ein Männerwochenende zusammen? Irgendwas mit Feuerlaufen, Boxen und Emotionalarbeit, wo jeder Mann am Ende seine eigene Gefühlslandkarte mit nach Hause nimmt.«

»Das … das kannst du ihm ja mal vorschlagen«, sagte ich. »Da freut er sich sicher. So eine Gefühlslandkarte kann man ja immer gebrauchen.«

»Und nun wird gefeiert! Wein, Bier, Cognac oder Champagner? Also ich plädiere für Champagner. Dazu könnte ich uns an meinem neuen Food-Drucker eine Pizza ausdrucken, Vier Jahreszeiten oder Salami. Oder soll ich Sushi bestellen? Manolo wird in einer guten Stunde hier sein. Er würde sich bestimmt freuen, dich zu sehen.«

Tarik schlenderte in Richtung offene Küche. Ich zögerte. Er

war seine frohe Botschaft losgeworden und kam ohne mich zurecht. Sollte ich so schnell wie möglich wieder nach Hause zu Leon fahren? Aber der romantische Abend war jetzt sowieso hinüber. Und wenn Tarik ihn schon ruiniert hatte, konnte er mich zur Entschädigung wenigstens einladen.

»Auf jeden Fall Champagner«, sagte ich.

Ein paar Stunden später begleiteten mich Tarik und Manolo zur Haltestelle Killesberg. Wir liefen in leichten Schlangenlinien über die Straße. Tarik und Manolo hatten mich untergehakt und machten ab und zu »Engele, Engele, flieg« mit mir. Vor allem aber sangen wir »Rote Rosen aus Athen«. Eigentlich sollte es einstimmig sein, es klang dann aber irgendwie sehr wohlklingend mehrstimmig, deswegen sangen wir es gleich noch einmal ein bisschen lauter, damit andere auch etwas davon hatten, aber als wir zum zweiten Mal sangen, »der Tag erwacht, die Sonne, die kommt wieder«, gingen auf einmal gleich mehrere Fenster auf, und die Leute brüllten etwas von »Ruhestörung«, »Polizei«, und »Das heißt doch Weiße Rosen, ihr Penner«. Killesberg-Spießer, was wollte man da anderes erwarten? Tarik hatte mich eigentlich nach Hause fahren wollen, aber das fand ich dann doch zu riskant für seinen Führerschein. Manolo blickte auf sein Smartphone.

»Die VVS-App sagt, wir müssen uns beeilen«, rief er. »Die letzte Bahn fährt gleich.«

Wir stolperten die Treppe zur Haltestelle hinunter, waren aber eher langsam, weil wir zu viel Champagner intus hatten. Manolo winkte heftig, damit der Fahrer nicht ohne mich abdüste. Wir umarmten uns schnell, dann ließ ich mich erschöpft auf den Sitz fallen. Ich war der einzige Fahrgast. Ich winkte Manolo und Tarik zum Abschied zu, aber die hingen jetzt auf einer Bank und knutschten wild. Ich seufzte zufrieden. Wenigstens ein gelöster Liebesfall! Und Tarik würde nicht aus Stuttgart wegziehen, hurra!

Am Hauptbahnhof erwischte ich gerade noch die letzte S-Bahn. Ich hatte Leon eine SMS geschickt, dass sich Tarik und Manolo versöhnt hatten, wir noch ein bisschen feierten und er sich keine Sorgen machen sollte, wenn ich später kam. Dass es nun allerdings so spät werden würde … Hoffentlich war Leon nicht aufgeblieben und wartete sehnsüchtig auf mich! Ich schleppte mich in den vierten Stock. Aus Danis Wohnung klang gedämpfte Musik. Meine Beine waren schwer, und mir war ein bisschen schlecht. Wie viele Flaschen Champagner hatten wir eigentlich getrunken? Ich musste mich einen Moment gegen den Türrahmen lehnen, ehe ich die Wohnungstür aufschließen konnte. Alles war dunkel und still. Leon schlief bestimmt schon seit Stunden. Jetzt hatte ich den String-Tanga ganz umsonst angezogen, und Leon wusste noch nicht einmal, dass es ihn gab!

Weil ich unbedingt noch ein paar Gläser Wasser gegen den sich anbahnenden Kater trinken musste, ging ich in die Küche. Dort standen zwei benutzte Sektgläser. Ich stutzte. Wir hatten keine Sektgläser. Neben den Gläsern stand eine leere Flasche Champagner und daneben wiederum eine leere Flasche Rotkäppchen-Sekt. Schlagartig war ich wieder nüchtern. Ich riss erst die Kühlschranktür auf, dann das Drei-Sterne-Kühlfach. Der Kaviar. Wo war der schweineteure russische Kaviar, den Leon von unserem Haushaltsgeld gekauft hatte? Für unseren romantischen Abend? Da war kein Kaviar. Ich guckte in den Gelben Sack. Obendrauf lag eine leere Dose, auf der »Russian Kaviar« stand. Das war doch wohl nicht zu fassen! »Ich friere die Sachen ein«, hatte Leon gesagt. »Der Champagner bleibt einfach im Kühlschrank«, hatte Leon gesagt. Er hatte doch wohl nicht allein aus zwei Gläsern getrunken und sich mit dem zweiten Glas selber zugeprostet, während er mit Muddi telefonierte? Und dazu Kaviar gelöffelt, so wie andere Leute Chips in sich hineinstopften? War irgendeine Ex-Freundin auf Business-Trip spontan aufgekreuzt, mit einer Flasche Rotkäppchen-Sekt unter dem Arm? Claudia … vielleicht Claudia? Und wo kamen überhaupt die Sektgläser her?

Schnell kippte ich ein paar Gläser Wasser hinunter, putzte mir dann rasch die Zähne und schlich ins Schlafzimmer. Es roch stark nach Alkohol. Das war ja eklig! Ich stellte das Fenster schräg. »Schnurps-püh.« Leon schnarchte vor sich hin, wie er es immer tat, nur vielleicht ein bisschen lauter als sonst. Ich zog mich aus und schlüpfte ins Bett. Dann stupste ich ihn vorsichtig an. Nichts passierte. Nur das Schnurps-püh verstummte für einen Moment. Ich stupste Leon ein bisschen mehr. Er seufzte und drehte sich dann auf die andere Seite.

»Leon?« Ich rüttelte ihn ein bisschen an der Schulter.

»Hmmja …« Leon schnarchte weiter. Und jetzt? Wenn ich nicht erfuhr, mit wem Leon Champagner getrunken hatte, würde ich die ganze Nacht nicht schlafen. Das war meiner Gesundheit nicht zuträglich. Und unserer Beziehung auch nicht. Auf jeden Fall musste Leon erfahren, dass ich daheim war. Nicht dass er noch in Alpträumen in dunklen Fluren Türen aufriss, mich nicht fand und dann schweißgebadet aufwachte!

»Leon? Ich bin zu Hause. Nur damit du Bescheid weißt!«

»Hmmja schön.« Schnurps-püh.

»Leon, wach auf!« Ich rüttelte ihn ein bisschen kräftiger.

»Iswaspassiert …«, fragte Leon schlaftrunken.

»Wir müssen reden!«, sagte ich entschlossen und drückte auf den Schalter meiner Nachttischlampe. Leon blinzelte mich aus halb geschlossenen Augen an.

»Wiespätiseswasislos?«

»Halb zwei. Leon, der Champagner ist weg! Und der Kaviar!«, platzte ich heraus.

»Hmmja. Hamwirgetrunknungegessnwargansnett.«

»Wir? Wer ist wir?«

»Na, wir beide. Duweißschon.«

»Nein, weiß ich nicht!«

»Schlafn. Mussweiterschlafn. Sususuvielsekt.«

»Das rieche ich! Du bist betrunken!«

»Nichnurich. Duhasauchnefahne.«

»Leon! Mit wem hast du den Champagner getrunken?«

»Na, mit der ohne Hose ausm zweitn Stock. Wieheißienochgleich … heiß … sieisheiß …«

»Dani!«, rief ich empört. Sie hatte mich gesehen, als ich aus dem Haus gegangen war! Kaum drehte ich Leon den Rücken zu, schmiss sie sich an ihn ran, machte einen auf Rotkäppchen, das sich im Haus verlaufen hatte, trank meinen Champagner und aß meine Portion Kaviar? Und Leon fand sie auch noch heiß! »Und, hatte sie eine Hose an?«, fragte ich böse.

»Natürlich hatte sie eine Hose an!« Endlich öffnete Leon seine Augen vollständig und setzte sich im Bett auf. Auf einmal schien er hellwach. »Was soll der Scheiß? Der romantische Abend ist nicht wegen mir geplatzt, sondern wegen deinem Freund Tarik! Soll ich etwa hier herumsitzen und Däumchen drehen?«, knurrte er ärgerlich.

»Natürlich nicht! Aber du musst ja nicht gleich unseren Kaviar verfüttern! Eine angebrochene Tüte Erdnüsse von Aldi hätte es auch getan!«

Leon stöhnte.«Dani hat geklingelt und wollte uns beide zu einem Glas Sekt zu sich in die Wohnung einladen! Ich hatte gerade im Internet nachgelesen, dass man Kaviar nicht einfrieren kann, weil die Körner beim Auftauen platzen. Also habe ich zu Dani gesagt, lass uns den Kaviar essen, bevor er kaputtgeht. Sie ist dann noch mal runter und hat den Rotkäppchen-Sekt und zwei Gläser geholt. Und plötzlich war der Sekt alle. Weil wir nichts außer Champagner im Haus hatten, mussten wir eben den trinken. Alles andere wäre schließlich unhöflich gewesen!«

»Dani hat gesehen, wie ich aus dem Haus gegangen bin! Sie wollte mit dir allein sein!«

Leon stöhnte wieder. »Und selbst wenn. Glaubst du nicht, ich kann auf mich aufpassen? Musst du mich deshalb aus dem Schlaf reißen und eifersüchtig sein?«

»Ich war kein bisschen eifersüchtig! Bis du gesagt hast, Dani ist heiß!«

»Hab ich nicht gesagt!«

»Hast du doch!«

»Und du hast mich einem Kreuzverhör unterzogen!«

»Hab ich nicht!« Wir blitzten uns wütend an. Dann klappten wir beide den Mund auf und wieder zu.

»Du bist verdammt sexy, wenn du eifersüchtig bist«, murmelte Leon schließlich. Plötzlich lag ein Arm um meine Schulter und eine Hand auf meinem Hintern.

»Was soll das jetzt«, sagte ich böse. »Sex ist auch keine Lösung, wenn man sich streitet!« Seine Hand knetete ein bisschen an meinem Po herum, sein Arm zog mich ein bisschen näher heran. Jetzt wurde mir heiß. Dabei wollte ich doch eigentlich zu Ende streiten! Genauso konstruktiv und erwachsen wie bisher!

»Kein Sex ist auch keine Lösung«, flüsterte Leon. Die Hand wanderte unendlich langsam um meinem Hintern herum nach vorne zwischen meine Beine und machte es sich dort gemütlich. Streiten! Ich wollte … »Und Versöhnungssex nachts um halb zwei ist der beste Sex überhaupt. Außerdem hast du kein Höschen an.«

»Hab ich wohl«, japste ich. »String-Tanga, superdünn. Extra gekauft für den romantischen Abend. Hast du nur noch nicht gefunden.«

»Dann werd ich wohl mal suchen gehen«, flüsterte Leon und tauchte ab unter die Bettdecke. Für jemanden, der noch keine Gefühlslandkarte hatte, fand er sich erstaunlich gut zurecht.

23. Kapitel

Baa, baa, black sheep,
have you any wool?
Yes sir, yes sir,
three bags full

One for my master,
One for my dame,
And one for the little boy
Who lives down the lane

Ich hatte den Kopf auf die Schreibtischplatte gelegt und pennte vor mich hin. Hinter dem Paravent stritten sich Benny und Arminia. Es ging mal wieder um Leipzig – wegen der Asbestsanierung wurde und wurde das Büro nicht fertig. Benny saß unbeschäftigt herum, doch Arminia weigerte sich, ihm in Stuttgart neue Projekte zu geben. Nicht dass ich richtig zuhörte, es war mehr so ein Rauschen im Hintergrund, aber solange sich die beiden stritten und Philipp sich von seiner Position schräg vor mir nicht nach hinten umdrehte, konnte ich gefahrlos dösen. Allzu viel Schlaf hatte ich letzte Nacht schließlich nicht abbekommen. Dazu kam eine leichte Übelkeit und Kopfschmerzen, was unter Umständen irgendwas mit Tariks Champagner zu tun hatte. Obwohl ich ungefähr einen Dreiviertellliter Kaffee getrunken hatte, kam ich nicht so richtig in die Gänge und hatte beschlossen, mir noch etwas Zeit zum Aufwachen zu geben. Heute stand sowieso nichts Wichtiges an. Es klopfte an unsere Bürotür. Bestimmt ein Kurier. Sollte sich jemand anderes drum kümmern.

»Line?« Ich schreckte hoch.

»Was ist?«, fragte ich schlaftrunken. Vor mir stand Paula. Sie wirkte leicht nervös.

»Die drei Herren sind da«, murmelte sie. »Zusammen mit Ann-Kristin.«

»Ich kenne keine Ann-Kristin. Und welche drei Herren?«, fragte ich und blinzelte Paula verwirrt an. Paula räusperte sich.

»Ann-Kristin von der Casting-Agentur über uns. Das Casting für den Schäferfilm. Du hast einen Termin gemacht.«

»Oh. Für wann?«

»Für jetzt.«

Oh. My. God. Ich sprang auf wie von der Tarantel gestochen. In der Tür standen drei Götter, frisch dem Olymp entstiegen! Dunkelblond, braun, schwarz, groß, breit und atemberaubend! Ausgeprägte Oberarmmuckis, die beinahe Polohemdenärmel sprengten! Weiße Jeans, an den richtigen Stellen eng anliegend! Kräftige Hände, die lässig mit verspiegelten Sonnenbrillen herumspielten! Daneben, deutlich kleiner, aber sehr schick, Ann-Kristin von oben. Alle vier starrten mich an. Bestimmt war ihnen nicht entgangen, dass ich gepennt hatte! Und dass Arminia und Benny sich jetzt hemmungslos anschrien, war auch nicht zu überhören!

»Das Casting, aber natürlich!«, rief ich laut. Leider nicht laut genug.

»Wenn ich dich nicht so bei den Chefs gepusht hätte, hättest du den Job in Leipzig sowieso niemals bekommen!«, kreischte Arminia unsichtbar hinter dem Paravent.

»Pushen ist auch das Einzige, was dich interessiert! Da scheiß ich doch drauf, aber so was von!«, bellte Benny. Ann-Kristin und die drei Götter zuckten zusammen. Micha und Suse machten sich an ihren Schreibtischen ganz klein. Philipp drehte sich um und starrte mich stumm an. Ich stürzte auf Ann-Kristin und die drei potenziellen Schäfer zu, die wie festgebacken am Eingang standen, und schüttelte ihnen hastig die Hände.

»Herzlich willkommen, wie schön, dass Sie da sind. Wir haben Sie … natürlich schon freudig erwartet! Kommen Sie doch gleich mit durch in unser Besprechungszimmer! Gibst du Arminia Bescheid, Paula? Und kannst du so lieb sein, uns einen Kaffee zu bringen?«

»Klar, Line, ich geb Arminia gleich Bescheid, dass die Kandidaten für das Schäfer-Casting da sind!«, brüllte Paula zurück. Die Stimmen hinter dem Paravent erstarben. Ich stolperte voraus und schlenkerte dabei mit der rechten Hand, die unter den Pranken der Götter etwas gelitten hatte. Im Besprechungsraum standen die Stühle kreuz und quer durcheinander, und auf dem Tisch, waren ein paar gebrauchte Kaffeetassen und ein überquellender Aschenbecher von Arminia vergessen worden, das Flipchart-Papier war vollgekritzelt.

»Äh, nehmen Sie doch bitte Platz«, sagte ich.

Paula stürzte herein, wischte mit der Hand ein kleines Aschehäufchen auf den Boden, räumte Tassen und Aschenbecher ab und stürzte wieder hinaus.

»Arminia kommt gleich!«, rief sie über die Schulter.

Ann-Kristin und die drei Models holten sich Stühle heran und setzten sich. Niemand sagte etwas. Ich lächelte krampfhaft in die Runde. Ich hatte mir im Vorfeld eine Liste mit Fragen überlegt, nur leider hatte ich sie nicht ausgedruckt. Jetzt konnte ich nicht mehr weg. Wo blieb Arminia?

»Äh, also, schön, dass es mit dem Termin geklappt hat. Sind Sie denn auch alle … äh … tierlieb und heimatverbunden? Es spielen ja außer Ihnen ein Lamm, ein Hütehund, unsere schöne Schwäbische Alb und die Burg Hohenzollern mit.« Ging's noch bescheuerter? Ann-Kristin verdrehte die Augen.

»Ich hab schon mal mit einem echten Löwen gedreht«, erklärte der Dunkelblonde. »In der römischen Arena von Xanten. Da ging's um ein Hefeweizen namens Gladiator. Ich trug nichts außer einem Lendenschurz und meinen Muskeln.« Scheinbar beiläufig spannte er den rechten Oberarm an. Ratsch. Ein Riss zog sich vom Bündchen des marineblauen Polohemds den Ärmel hinauf.

»Ich mach manchmal Ultra-Marathonläufe auf der Alb, um mich fit zu halten. Und ich hab einen Wellensittich zu Hause. Grün«, sagte der Braunhaarige. Der Schwarzhaarige sagte gar nichts. Er grinste mich nur total unverschämt an, so dass ich noch mehr ins Schwitzen geriet.

»Sehr schön«, stotterte ich. »Muskeln, Löwen und Wellensittiche. Das sind doch hervorragende Voraussetzungen.«

»Ich hatte dir Dossiers der drei Kandidaten zukommen lassen«, erklärte Ann-Kristin mit unbeweglicher Miene. »Da steht eigentlich alles drin.«

»Die Dossiers. Aber natürlich! Ganz hervorragende Dossiers! Ich hole sie nur schnell.« Ich stolperte aus dem Besprechungszimmer. Arminia kam mir entgegen, das Gesicht so hochrot wie ihr frisch aufgelegter Lippenstift.

»Pipeline Praetorius«, zischte sie mich an. »Gibt's eigentlich irgendwas, was du nicht vermasselst?«

»Langsam wird mir mulmig«, jammerte ich abends, während ich in der Küche frustriert auf und ab tigerte. Leon trank im Stehen eine Apfelschorle. Er war spät vom Fußballtraining zurückgekommen, und ich hatte ewig lange warten müssen, bis ich endlich meine Schäfer-Story loswurde. »Bestimmt versucht Arminia, mich nach Leipzig abzuservieren. Sie hat mich sowieso auf dem Kieker, seit ich sie mit Philipp ertappt habe, und dann passiert mir auch noch so ein Fauxpas!«

»Wenn Arminia sich lautstark mit Benny streitet, dann ist das doch genauso peinlich«, gab Leon zurück. »Mach dir nicht so viele Sorgen. Welcher der drei Kandidaten ist es denn nun geworden?«

»Ich fand den dunkelblonden Gladiator am besten, aber Arminia musste dann die Chefin raushängen und hat dem braunhaarigen Typen den Zuschlag gegeben.«

»Das hoffe ich aber auch, dass du auf dunkelblond am meisten stehst.« Leon wuschelte sich durch seine dunkelblonden Haare.

Jetzt gab es sogar schon die Selbstverwuschelung! »Übrigens hatte ich auf der Heimfahrt vom Fußball überlegt, nächste Woche an meinem Geburtstag ein paar Leute einzuladen«, fuhr er eifrig fort. »Einfach gemütlich hierher zu uns nach Hause. Lila, Harald und die Zwillinge, Tarik und Manolo, Martin und Tanja und vielleicht noch Dani und den Grünen Heiner, um die Nachbarschaft zu pflegen. Keine große Sache. Vielleicht willst du noch deine Schwester und die Kinder einladen? Dann würde Peter aus dem ersten Stock mit seinen Kids dazupassen. Wir könnten Pizza und einen großen Salat machen, dazu Bier und Wein und Apfelsaftschorle. Bei dem verregneten Sommer macht es ja nichts aus, dass wir keinen Balkon haben. Wir hatten schon so lange keinen gemütlichen Abend mit Freunden mehr. Was meinst du?«

»Das – das ist eine prima Idee«, gab ich zurück und versuchte, genauso enthusiastisch zu klingen. Ich war absolut dafür, eine Fete zu machen, nachdem wir Freunde uns in letzter Zeit so selten gesehen hatten und der romantische Abend offensichtlich vom Schicksal nicht gewollt war. Es gab nur ein klitzekleines Problemchen. Ich hatte Leons Geburtstag komplett vergessen und folglich bisher weder ein Geschenk noch eine Karte noch Luftballons noch Champagner besorgt, geschweige denn über einen Kuchen nachgedacht. Das war aber noch nicht alles. Ich wusste auch immer noch nicht, an welchem Tag Leon genau Geburtstag hatte! Seit der unsäglichen Passwort-Geschichte hatte ich das Thema einfach verdrängt. Aber ich konnte Leon doch jetzt, ein paar Tage vorher, nicht nach seinem Geburtsdatum fragen. Das war doch unbeschreiblich peinlich und total unromantisch! Das war ja noch schlimmer, als wenn Männer den Hochzeits- oder Jahrestag vergaßen! Das würde Leon doch ganz bestimmt negativ interpretieren, obwohl es dafür überhaupt keinen Grund gab!

»Meinst du denn, die anderen haben … an dem Tag Zeit?«, fragte ich, in der Hoffnung, Leon auszutricksen.

»Man kann ja am nächsten Morgen ausschlafen«, antwortete er achselzuckend. »Das ist doch eigentlich ganz praktisch. Sollen wir 20 Uhr sagen? Wahrscheinlich besser 19.30 Uhr, wegen der Kinder. Ich schicke nachher mal eine Mail rum. Aber jetzt gehe ich erst mal duschen.«

»Äh ... leitest du mir die Mail dann weiter, wegen der Uhrzeit?«, heuchelte ich.

»Line, du bist zwar manchmal ein bisschen verpeilt, aber 19.30 Uhr wirst du dir bis nächste Woche merken können, oder?«, gab Leon amüsiert zurück, wuschelte mir kurz durchs Haar, marschierte ins Schlafzimmer, kam nach kurzer Zeit nur mit seinen Fußballshorts bekleidet zurück und verschwand im Bad. Kaum war die Tür zu, raste ich zu unserem Küchenkalender. Der 25. Juli fiel auf den Freitag, der 26. auf den Samstag. Der Hinweis mit dem Ausschlafen brachte mich auch nicht weiter! Ob ich später klammheimlich Leons Mail lesen sollte? Wir hatten nur einen Computer zu Hause, und unsere Accounts waren nicht passwortgeschützt. Schließlich vertrauten wir uns gegenseitig, dass wir nicht in unseren Mails herumschnüffelten!

Die Dusche rauschte, und mir kam ein Geistesblitz. Leon liebte lange, heiße Duschen – Zeit genug, um einen schnellen Blick auf seinen Personalausweis zu werfen! Das ging als Kavaliersdelikt durch, und die Angelegenheit war ohne großes Aufsehen erledigt. Das war die Lösung! Bloß, wo bewahrte Leon seinen Personalausweis auf? Bestimmt im Portemonnaie. Ich schlich mich ins Schlafzimmer. Leons Jeans lag auf dem Bett. Ich fummelte an den Gesäßtaschen herum. Kein Portemonnaie. Ich ging in den Flur. Da lag Leons schwarze Aktentasche, mit der er zu Bosch ins Gschäft ging. Ich öffnete sie. Papiere, ein ungegessener Apfel, und da war das Portemonnaie! Das Leder war in einem ziemlich erbärmlichen Zustand, bald würde das Ding auseinanderfallen. Ich klappte es auf. Gesundheitskarte, EC-Karte, Visitenkärtchen mit chinesischen Schriftzeichen, VVS-Verbundpass, eine alte Eintrittskarte für ein HSV-Spiel. Leon war doch sonst so ordentlich! Ganz hinten in einem separaten Fach fand ich den Personalausweis und zog ihn heraus. Geburtstag und -ort: 25. Juli, Hamburg. Na also!

»Line! Was machst du da?«

Ich quiekte vor Schreck, ließ den Geldbeutel fallen und fuhr herum wie ein ertappter Dieb. Leon stand in der Badtür, ein Handtuch um die Hüften geschlungen. Wassertropfen perlten auf seiner Brust. Sehr sexy. Hätte er nicht so wahnsinnig schockiert ausgesehen.

»Ich … ich …« Au Mann. Da stand ich nun, völlig belämmert, stotterte blöd rum, und Leon bekam einen völlig falschen Eindruck von der Situation!

»Line, was machst du da mit meinem Portemonnaie?« Leon guckte so wahnsinnig verletzt. Ich musste das schleunigst aufklären!

»Das ist ganz harmlos. Ich kann dir das erklären …« Bloß wie? Da half wohl nur die Wahrheit, selbst wenn sie noch so delikat war. Weil mir so schnell keine passende Formulierung einfallen wollte, bückte ich mich erst mal und sammelte das Portemonnaie vom Boden auf. Ein paar Einkaufszettel und ein Foto waren herausgefallen. Trug Leon etwa ein Bild von mir bei sich? Tag und Nacht? Wie süß! Umso peinlicher war es, dass ich seinen Geburtstag vergaß und er mich mit seinem Ausweis ertappte! Mann, sah die Frau auf dem Bild gut aus! Das war ja auch kein Wunder. Das war kein Foto von mir. Es war das Foto einer Frau mit langen braunen Haaren und einem Lächeln, so breit wie das von Julia Roberts. Jetzt war es an mir, schockiert zu sein.

»Leon, wieso hast du ein Bild von Claudia in deinem Portemonnaie?«

»Line, wieso schnüffelst du hinter mir her?« Leon klang jetzt nicht mehr schockiert, sondern wirklich böse.

»Hinter dir herschnüffeln?«, gab ich genauso böse zurück. »Was soll das denn heißen! Ich habe schlicht und einfach vergessen, ob du am 25. oder am 26. Juli Geburtstag hast. Ich wollte es nicht zugeben und dachte, ich gucke einfach schnell auf deinen Personalausweis. Das ist alles! Aber was ist mit dem Foto?«

Leon schien kaum besänftigt. Warum grinste er nicht einfach

weg, dass er eine saupeinliche Freundin hatte? Warum guckte er immer noch so grimmig? Dabei hatte ich doch genauso allen Grund, böse zu sein. Wieso trug er das Foto einer anderen Frau, genauer gesagt: einer Ex-Freundin mit sich herum?

»Ist das denn so schlimm?«, fragte ich, weil Leon immer noch nichts sagte.

Er schüttelte den Kopf. »Nein, das mit dem vergessenen Geburtstag ist nicht schlimm. Du hättest mich einfach fragen können, ich hätte es dir nicht krummgenommen. Aber das mit dem Foto von Claudia … das ist schlimm.« Leon nahm mir das Foto aus der Hand und starrte darauf.

»Das finde ich aber auch!«, antwortete ich wütend. »Das ist doch nicht normal, dass man das Foto einer Freundin im Geldbeutel aufbewahrt, von der man sich vor Jahren getrennt hat und für die man angeblich nur noch brüderliche Gefühle empfindet!«

»Ich wusste gar nicht mehr, dass das Foto in meinem Portemonnaie ist!«, erwiderte Leon scharf. »Das muss irgendwo in einem Seitenfach gesteckt haben. Das Portemonnaie ist uralt! Line, du und deine Scheißeifersucht!«

»Scheißeifersucht?«, rief ich entgeistert. »Du hältst mich für scheißeifersüchtig?«

»Du hast Claudia nie kennengelernt! Ich habe dir nie ein Foto von ihr gezeigt. Du weißt nur, wie sie aussieht, weil du in meiner Kiste mit den Liebesbriefen herumgekramt hast!«

Auweia. Meine Wut verrauchte. Innere Panik machte sich breit.

»Dani hat geplaudert«, flüsterte ich.

Leon schüttelte den Kopf. »Mit Dani hat das nichts zu tun. Nachdem ich mich mit Claudia getroffen hatte, bat sie mich, ihr ein paar ihrer alten Fotos zurückzugeben, weil sie selber aus der Zeit fast keine hatte. Ich habe dann den Karton aufgemacht und wollte nur ein paar Bilder rausholen, aber da war nur noch Chaos. Da war mir klar, dass du an der Kiste gewesen warst!«

Ich schwieg und spürte, wie ich langsam rot anlief.

»Findest du es in Ordnung, dass du in meinen alten Liebesbriefen und Fotos herumgeschnüffelt und auch noch alles durcheinandergebracht hast?«

»Nein. Nein, das ist nicht in Ordnung«, sagte ich leise. »Es ist nur – an dem Abend, als ihr in der Speisemeisterei wart, kam Tarik. Es war seine Idee, die Kiste aus dem Keller zu holen. Auf halbem Weg brach der Boden durch, deswegen das Chaos.«

»Willst du es jetzt etwa auf ihn schieben?«

»Nein, natürlich nicht. Aber du weißt ja, wie Tarik ist.«

»Natürlich. Du und Tarik! Zwei Kindsköpfe auf einem Haufen, die nicht erwachsen geworden sind.« Leon lief in seinem Hüftabwärts-Handtuch vor mir auf und ab und fuhr sich durchs nasse Haar. Wenn er nicht so sauer auf mich gewesen wäre …

»Es tut mir leid«, murmelte ich.

»Weißt du, es steht ja nichts Schlimmes in den Briefen drin.«

»Na ja, Hasipupsi und Bummsebärchen fand ich schon schlimm! Aber warum hast du denn nichts gesagt, wenn du es wusstest?«

»Weil ich es nicht so hoch hängen wollte. Trotzdem hat es an mir genagt. Wenn du jetzt nicht so ein Theater wegen des Fotos gemacht hättest, hätte ich es vielleicht nie erwähnt. Aber wenn du heimlich meine Briefe liest, woher weiß ich dann, dass du wirklich nur in meinem Portemonnaie herumfummelst, weil du mein Geburtsdatum vergessen hast? Woher weiß ich, dass du nicht meine SMS checkst oder meine Mails liest?«

»Das würde ich nie tun!«, protestierte ich. »Nur wegen der Geschichte mit den Liebesbriefen musst du mir doch nicht gleich dein ganzes Vertrauen entziehen!«

Leon seufzte und wirkte schrecklich bekümmert. »Ich glaube, wir lassen das mit der Geburtstagsparty lieber sein«, sagte er leise und ohne mich anzusehen.

»Aber … aber wieso denn?«, fragte ich entgeistert.

»Weil wir beide uns erst einmal sortieren müssen. Und dafür brauchen wir keine Zuschauer. Und mir ist auch nicht mehr nach feiern.« Leon ließ mich stehen, ging in die Küche, holte sich ein Bier, setzte sich vor den Fernseher, legte die Füße auf den Couchtisch und schaltete Sky Bundesliga ein. Das war doch wohl das Allerletzte, dass er gleich grundsätzlich an mir zweifelte!

»Leon, lass uns reden!«, rief ich jämmerlich. »Dein Geburtstag ist doch erst nächste Woche!«

»Jetzt. Nicht«, gab Leon schroff zurück und stellte den Fernseher lauter. Mmpff. Das war doch mal wieder typisch! Wenn Männer sauer waren, hockten sie sich vor den Fernseher und glotzten mit Bier Fußball, anstatt sich bei einem Glas Leitungswasser mit ihrer Paarbeziehung auseinanderzusetzen, ruhig und auf Augenhöhe, so, wie Frauen es ganz selbstverständlich taten! Nur gut, dass wenigstens ich vernünftig war! Ich rannte vor den Fernseher, verstellte Leon die Sicht und verschränkte die Arme.

»Die innere Emigration ist auch keine Lösung, wenn man sich streitet!«, blaffte ich. »Und ich finde, dass du die Geschichte mit den Liebesbriefen total überbewertest!«

»Es ist nicht nur die Sache mit den Briefen«, murmelte Leon. Er wirkte niedergeschlagen. »Da sind einfach noch mehr Dinge, mit denen ich nicht besonders glücklich bin. Ich habe versucht, es wegzudrücken, aber es klappt nicht.«

»Dann rede mit mir, du Arsch!«, brüllte ich. »Du hast gesagt, wir wollen aufrichtig zueinander sein!«

Leon klappte den Mund auf, um etwas zu sagen. Das Telefon klingelte. Leon klappte den Mund wieder zu, nahm einen Schluck Bier, guckte konzentriert an mir vorbei und machte keine Anstalten, auf das Läuten zu reagieren. Wütend gab ich meine Fernsehblockade auf und ging selber ans Telefon. Erst hörte ich gar nichts. Wer rief überhaupt an um diese Zeit, hatte sich da jemand verwählt? »Hallo. Hallo?«, fragte ich.

Jemand schluchzte.

»Line, ich bin's.« Mein Herz begann zu rasen.

»Katharina? O Gott. Was ist? Dorle? Vater?«

»Nein. Nicht Dorle. Karle. Er … er ist heute Abend umgefallen und war einfach tot.«

24. Kapitel

Hold me now
It's hard for me to say I'm sorry
I just want you to stay

After all that we've been through
I will make it up to you, I promise to

Wir standen alle da und heulten. Katharina und ich hatten uns links und rechts neben Dorle gestellt, so nah es nur ging, hielten aber gleichzeitig ein wenig Abstand ein, um ihr nicht im Weg zu sein, wenn die Beerdigungsgäste kondolierten. Lena klammerte sich auf der anderen Seite an ihrer Mutter fest. Neben Lena standen meine Mutter und mein Vater. Mein Vater hatte die Hände in seinen Manteltaschen vergraben und wirkte verlegen. Meine Mutter stand mit hängenden Armen da, ein bleiches, schmales Wesen, das nicht so richtig von dieser Welt zu sein schien, und weinte nicht. Sie hatte Karle nur ein einziges Mal gesehen, bei Dorles Hochzeit. Immerhin war sie Dorle zuliebe aus ihrem Bügelzimmer herausgekommen.

Dorle weinte, stand aber aufrecht.

Nur manchmal ging ein Zittern durch ihren Körper, ein Zittern, das sich jedes Mal auf mich übertrug und mich so sehr frösteln ließ, als stünde ich schutzlos in einem eiskalten Regenguss.

Leon hielt diskret ein bisschen Abstand zu uns, mit Tränen in den Augen. Neben ihm standen Lila, Tarik und Manolo. Lila hielt Lenas kleinen Bruder Salomon an der Hand. Harald war in Stuttgart geblieben und kümmerte sich um die Zwillinge. Auch Tarik und Lila weinten. Als Lila schwanger, Single und todunglücklich gewesen war, hatte sich Dorle sehr um sie gekümmert.

Es war nicht in erster Linie Karle, wegen dem wir trauerten. Wir hatten ihn alle sehr gemocht, natürlich, auch wenn er nie viel geredet hatte, aber wir hatten ihn weder besonders gut noch besonders lange gekannt. Er hatte ein langes, gesundes Leben und einen schnellen, barmherzigen Tod gehabt. Wir weinten vor allem um Dorles willen. Dorle, die nach den endlosen Jahren des Alleinseins endlich jemanden gefunden hatte, mit dem sie ihr Leben teilen konnte, auf ihre ganz eigene, würdevolle Art. Sie hatte doch gerade erst geheiratet. Und nun, nach ein paar Monaten, war es vorbei. Warum nur war das Leben so ungerecht? Wieso war es ausgerechnet Dorle, dem liebsten Menschen in meiner Familie, nicht vergönnt gewesen, noch ein paar schöne, gesunde Jahre mit ihrem Karle zu verbringen?

Der Posaunenchor spielte »O Haupt voll Blut und Wunden …«, Karles Lieblingslied aus dem Gesangbuch. Die Leute gingen in einer langen schwarzen Reihe vorüber, warfen Blumen oder Erde ins Grab, umarmten Dorle und schüttelten unsere Hände. Wir hatten sie gefragt, ob sie nicht auf das anstrengende Kondolieren am Grab verzichten wollte. Man konnte das doch so einfach auf die Karte oder in die Anzeige schreiben: »Auf Beileidsbekundungen am Grab bitten wir zu verzichten. Ein Kondolenzbuch liegt aus.« Für Dorle war es aber überhaupt keine Frage, dass sie am Grab stehen würde.

»Dr Karle het des so gwelld«, war alles, was sie dazu sagte, und damit war das Thema für sie erledigt. Ansonsten sagte sie erschreckend wenig. Seit ich Dande Dorle kannte, und ich kannte sie schon mein ganzes Leben, war das noch nie passiert. Dorle wusste immer einen Rat oder zumindest etwas Tröstliches zu sagen. Aber nun, da es um sie selber ging, schien es, als wären ihr die tröstenden Worte ausgegangen. Zum ersten Mal in ihrem Leben blieb Dorle stumm.

Beim Leichenschmaus im Gasthaus »Bären« nahm Lila mich einen Moment beiseite.

»Es gibt auch gute Nachrichten«, sagte sie leise. »Ich habe unsere Vermieterin in Göppingen besucht, weil sie so gern die Zwillinge sehen wollte. Sie ist schwer krank. Ich habe ihr erzählt, dass wir keine Wohnung finden. Sie verkauft uns das Häuschen in der Neuffenstraße, zu einem total fairen Preis, weil sie nicht will, dass es der geldgierigen Verwandtschaft in die Hände fällt, wenn sie stirbt. Ist das nicht wunderbar? Wir können einfach da wohnen bleiben, wo wir sind, und müssen nicht weg aus Stuttgart. Es ist ja schon längst unser Zuhause. Und auch deins. Wir bauen das Dach aus, dann haben wir ein Gästezimmer. Du bist uns immer willkommen, das weißt du doch? Was auch geschieht, Tag und Nacht.« Ich nickte mit Tränen in den Augen. Sie umarmte mich.

Später brachten Leon und ich Dorle in Leons Golf nach Hause. Als wir uns am Gartentörle von ihr verabschiedeten, brachte ich vor lauter Schluchzen kaum mehr ein Wort heraus, weil ich es nicht ertragen konnte, sie alleine zurückzulassen. Sie nahm mich in den Arm, und erst jetzt schienen die Worte zu ihr zurückzukommen.

»Brauchsch net heila, Mädle«, flüsterte sie. »Mir hen's so schee ghett, der Karle ond i. Au wenn's kurz gwä isch.«

Auch Leon heulte jetzt. Dorle umarmte uns beide, und so standen wir da, Dorle, Leon und ich, und heulten. Dorle löste sich aus der Umarmung und legte meine Hand in Leons Hand.

»Denkad jedn Dag droo«, murmelte sie. »Dankad em Herrgott jeden Dag, dassr anandr hend, on lassad nix zwische eich komma.«

Wir gingen zum Auto. Es hatte zu nieseln begonnen, ein Julitag, so grau und scheußlich wie im Herbst. Ich drehte mich um und winkte. Dorle stand an ihrem Gatter und sah so einsam aus, dass es mir das Herz zerriss.

Im Auto konnte ich nicht aufhören zu flennen. Das lag nicht nur an Dorle. Die letzten Tage waren fürchterlich gewesen. Neben der Trauer um Karle und der Sorge um Dorle hatte der Streit wie eine dunkle Wolke zwischen Leon und mir gehangen. Wir behandelten einander höflich und distanziert wie zwei Fremde, und je länger es dauerte, desto mehr schienen wir uns beide in unserem Schweigen einzuigeln und desto schwieriger wurde es, einen Schritt auf den anderen zuzutun und sich zu versöhnen. Irgendwann wusste ich schon gar nicht mehr richtig, worüber wir uns eigentlich gestritten hatten!

Stumm lenkte Leon den Golf die steilen Kurven der Panoramastraße hinauf. Oben auf der Schillerhöhe legte er die Hand auf mein Knie.

»Dorle hat recht«, murmelte er. »Wir sollten nichts zwischen uns kommen lassen. Wir sollten uns aussprechen, wenn wir zu Hause sind.«

Ich nahm seine Hand und drückte sie stumm.

Immer noch stumm marschierten wir hinauf in den vierten Stock. Leon mixte uns Apfelsaftschorle, dann setzten wir uns auf die Couch, rutschten ein bisschen mit dem Hintern hin und her und nahmen einen Schluck aus dem Glas. Leon räusperte sich. Ich holte tief Luft.

»Ich weiß, dass das mit den Briefen nicht in Ordnung war. Ich hatte auch ein sauschlechtes Gewissen hinterher. Aber misst du dem nicht zu viel Bedeutung bei? Das war wie ein Spiel. Tarik und ich haben die Briefe gelesen und uns darüber amüsiert. Mehr war da nicht!«

Leon schüttelte den Kopf. »Für mich ist das kein Spiel, sondern ein Vertrauensbruch. Ich hätte dir die Briefe sogar gezeigt, wenn du mich gefragt hättest. Aber hinter meinem Rücken? Line, wir müssen uns doch hundert-, nein, tausendprozentig aufeinander verlassen können! Es ist doch so schon kompliziert genug, das Leben. Und Vertrauen und Ehrlichkeit sind mir einfach wahnsinnig wichtig. Verstehst du das denn nicht?«

»Doch, das verstehe ich, und es tut mir leid, wenn ich dich enttäuscht habe.« Ich seufzte. »Und deswegen werde ich dir jetzt eine Geschichte erzählen, die ich dir schon lange erzählen wollte. Damit nichts mehr zwischen uns steht.«

Leon erschrak sichtlich. Ich legte ihm beruhigend die Hand auf den Arm. Und dann beichtete ich ihm endlich, was ich schon so lange hatten beichten wollen. Wie Simon mit seinem Polizeiauto die Neuffenstraße belagert hatte. Wie er mir im Auto gesagt hatte, dass er mich liebte, und wir uns geküsst hatten. Und wie ich schließlich seine Hochzeit mit Vanessa gesprengt hatte. Ich ließ nichts aus. Na ja, außer der Tatsache, dass Simon ein Jahrtausendküsser war. Ich musste ja Leons männlichen Stolz nicht unnötig verletzen. Leon hörte zu, konzentriert und ohne mich zu unterbrechen.

»So. Nun weißt du alles«, sagte ich schließlich. »Findest du's schlimm?« Mir war ein bisschen bang vor der Antwort. Leon lächelte nicht.

»Dass Simon sich in dich verliebt hat, ist ja sein Ding. Aber dass du dich in seine Hochzeit eingemischt hast … ist schon ein ziemlicher Hammer. Ist doch sein Problem, ob und wen er heiratet.«

»Das hat Lila auch gesagt«, murmelte ich.

»Knutschen finde ich nicht so schlimm«, fuhr Leon fort. »Solange da keine Gefühle im Spiel sind. Waren denn Gefühle im Spiel? Hast du deshalb die Hochzeit verhindert? Und hast du Simon seither wiedergesehen?« Ich sah die Unruhe und die Angst, die hinter der Frage steckte, und schüttelte den Kopf.

»Nein. Ich werde ihn auch nicht wiedersehen. Simon bedeutet mir nichts, und er hat mir nie etwas bedeutet. Sein Interesse hat mir geschmeichelt, sonst nichts. Und die beiden müssen die Hochzeit ja trotz allem durchgezogen haben, schließlich stand ihr gemeinsamer Name auf Vanessas Visitenkarte.« Ein großer Stein plumpste von meinem Herzen. Endlich stand nichts mehr zwischen mir und Leon! Zwei erwachsene Menschen hatten konstruktiv einen Konflikt geklärt und ihre gemeinsame Gefühlslandkarte erstellt! »Jetzt ist alles gut, nicht wahr?«, rief ich enthusiastisch. Schließlich waren solche emotionalen Aussprachen verdammt anstrengend.

Leon schüttelte den Kopf. »Nicht ganz. Line, du hattest mir versprochen, darüber nachzudenken, wie es mit uns weitergeht.« Leon sah schon wieder schrecklich ernst aus. Ein bisschen wie mein Lateinlehrer früher, wenn er mir meine Klassenarbeit zurückgab. Mir wurde ganz mulmig. Das Thema. *Das Thema!* »Ich habe ehrlich gesagt kein bisschen darüber nachgedacht. Ich hab's komplett verdrängt«, murmelte ich.

Leon nickte. »Ich weiß. Aber dass du dein Versprechen nicht gehalten hast, hat mich wahnsinnig enttäuscht. Ich habe dir schließlich gesagt, wie wichtig mir das ist. Und dann kommt einfach gar nichts mehr von dir. Da muss ich mich schon fragen, ob dir meine Wünsche was bedeuten? Dass du dir noch nicht einmal die Mühe machst, darüber nachzudenken?«

Ich sah in Leons Gesicht, dieses liebe, wunderbare Gesicht, in dem normalerweise Optimismus und Fröhlichkeit zu lesen waren und in dem jetzt Traurigkeit und Enttäuschung standen, und fühlte mich elend. Ich wandte den Blick ab. »Es tut mir so leid«, flüsterte ich. »Das war ziemlich egoistisch von mir. Aber ich habe einfach Angst. Ich habe mir das Zusammenleben viel romantischer vorgestellt, Leon! Ich dachte irgendwie … wir entgehen dem, was andere erleben. Dem Alltag, dem Streiten, den Konflikten. Ich hab gedacht, wir stehen da drüber! Wir haben es bis jetzt nicht einmal geschafft, einen richtig romantischen Abend miteinander zu verbringen. Und wenn wir auch noch auf dem Land leben würden und da noch Kinder wären, dann wäre es doch noch viel extremer! Und dazu kommt noch das Katastrophen-Gen!«

»Lassen wir das Katastrophen-Gen mal beiseite. Bis jetzt sind wir doch auch damit klargekommen! Und es wird eben was anderes draus, wenn man zusammenwohnt und sich täglich sieht, das ist doch normal! Natürlich ist da nicht mehr diese große

Sehnsucht wie zu der Zeit, als ich in China war und wir nur skypen konnten. Aber eben auch nicht mehr diese schreckliche Quälerei, sich nicht sehen zu können und jeden Tag alleine bewältigen zu müssen, ohne Reden und Kuscheln und Küssen.«

»Küssen ist gut. Du wuschelst mir doch fast nur noch durchs Haar!«, sagte ich vorwurfsvoll.

»Ich wuschel dir aber schrecklich gern durch dein kurzes, struppiges Haar, Pipeline Praetorius! Jeden Tag, wenn ich von Bosch nach Hause fahre, freue ich mich auf dich und aufs Haarewuscheln!« Leon guckte mich so treuherzig an, dass mir ein warmer Schauer über den Rücken lief. Ich schluckte.

»Echt jetzt?« Damit bekam das Haarewuscheln ja plötzlich eine ganz andere, viel weitreichendere Dimension!

»Echt.«

»Und du wünschst dir nicht manchmal, ich hätte langes braunes, glänzendes Haar … so zum Werfen …«

»Nein, wieso?«

»… so wie Claudia?«

»Du glaubst doch nicht im Ernst, dass Claudia mir erlaubt hätte, ihr perfekt geföhntes Haar zu zerwuscheln? Und jedes Mal, wenn sie es geworfen hat, fielen lange Haare raus, die dann überall rumlagen. Im Waschbecken, auf den frisch gekochten Spaghetti, und büschelweise unterm Bett.« Leon räusperte sich. »Und jetzt … muss ich dir auch was gestehen. Schließlich wollen wir reinen Tisch machen.«

»Ja?« Mir wurde heiß und kalt. Wusste ich es doch! Stichwort Claudia. Da war also doch was gelaufen! Vielleicht auf dem Klo in der Speisemeisterei?

»An dem Abend, als du bei Tarik warst und ich mit Dani die zwei Flaschen Sekt getrunken habe …«

»Dani? Wieso Dani?«

»Also ich war ziemlich betrunken.«

»Das weiß ich!«

»Und enttäuscht. Wegen des romantischen Abends.«

»Nun spuck's schon aus. Du hast ihr doch die Hose ausgezogen!«

»Hab ich nicht! Aber wir haben geknutscht. Wirklich nur geknutscht, sonst nichts. Und es hat auch nichts bedeutet, wirklich! Als sie anfangen wollte zu fummeln, habe ich ihr gesagt, dass da nichts läuft, und sie höflich hinausbegleitet.«

»Wusste ich es doch! Dani hat sich dir an den Hals geworfen, weil ich nicht zu Hause war!« Kein Wunder, dass Leon Fremdknutschen nicht schlimm fand!

»Nun, ehrlich gesagt, glaube ich, Dani macht sich an jeden Kerl ran. Das ist bei ihr so ein Automatismus, das hat nicht wirklich was mit mir zu tun. Das darf man gar nicht … persönlich nehmen.«

»Ist *Knutschen* vielleicht nicht persönlich?«

»Ich hab's sofort bereut, weil sie eine lausige Knutscherin ist. Aber man fühlt sich ja als Mann irgendwie doch geschmeichelt«, sagte Leon verteidigend.

»Du meinst, wenn sich so ein knackiges Kerlchen wie Dani an einen ranschmeißt?«, rief ich empört und boxte Leon in die Seite. Er jaulte auf. Und diese Frau hatte *meinen* Kaviar gegessen! Gleichzeitig war ich sehr beruhigt, dass Dani im Gegensatz zu Simon schlecht küsste. »Dann war meine Eifersucht doch nicht so unberechtigt! Und was war mit Claudia?«

»Mit Claudia?« Leon sah ehrlich überrascht aus. »Überhaupt nichts. Küsschen links, Küsschen rechts.«

»Soll das heißen, ich habe mich völlig umsonst vor Eifersucht zerfleischt?«

»Davon habe ich nichts mitbekommen. Warum hast du mir denn nicht einfach gesagt, dass es dir etwas ausmacht?«

»Hab ich doch!«

»Du hast gesagt, amüsiert euch ruhig ohne mich, das weiß ich noch ganz genau.«

»Das heißt doch übersetzt aus der Frauensprache, dass ich mich ausgeschlossen fühle und eifersüchtig bin!« Männer kapierten echt gar nichts!

»Heißt es das? Ich dachte, du meinst es wirklich so.«

»Ich wollte, dass wir eine moderne, vertrauensvolle Beziehung haben, wo man sich auch mal mit einer Ex-Freundin treffen kann. Also theoretisch wollte ich das. Es hat nur nicht so richtig geklappt. Du warst immer so euphorisch, wenn es um Claudia ging.«

Leon seufzte. »Line, heute habe ich Abstand, aber Claudia war als Freundin ein Alptraum. Sie konnte alles besser als ich. Alles. Dazu sah sie auch noch immer fabelhaft aus. Männer haben mich beneidet, weil sie so toll aussah, und ich habe mich in der Bewunderung gesonnt. Die Frauen waren von ihr beeindruckt, weil sie so selbstsicher war, und kaum jemand konnte sie so richtig blöd finden, weil sie eben auch noch total sympathisch rüberkommt. Es gab nichts, was Claudia nicht besser konnte als ich. Sie war klug, witzig, gebildet, sexy, immer wie aus dem Ei gepellt und beruflich erfolgreich. Und was das Schlimmste war: Sie konnte auch noch Löcher bohren und Fliesen verlegen. Und sie spielt super Fußball! Nur segeln konnte sie nicht.« Leon stöhnte. »Kannst du dir vorstellen, wie anstrengend das ist? Ich habe sie niemals in einem schlabbrigen Jogginganzug gesehen. Sie trug nur Unterwäsche aus Seide oder Spitze. Nie hat sie gesagt, mach du das, ich kann das nicht. Sie war nie deprimiert oder traurig. Sie hat mir immer vermittelt, dass sie ganz hervorragend alleine zurechtkommt und ich eigentlich nur so ein Anhängsel bin, für den Sex und fürs Kuscheln und Weggehen. Ich meine, als Mann braucht man einfach ab und zu das Gefühl, wichtig zu sein und gebraucht zu werden. Line, du brauchst dich nicht zu verstecken oder mit Claudia zu messen. Ich will dich so, wie du bist!«

»Eine Frau mit Katastrophen-Gen ist natürlich tausendmal attraktiver als ein Superweib«, murmelte ich. »Ich kann nicht kochen, nicht renovieren, nicht segeln, bin nicht besonders attraktiv, eifersüchtig, trage meistens kastenförmige Unterhosen, vergesse deinen Geburtstag, bin ein wandelndes Beziehungs-Desaster und ständig schlägt das Katastrophen-Gen zu!«

Leon rückte auf dem Sofa ein bisschen näher an mich heran. »Das ist mir alles schnurzpiepegal«, flüsterte er. »Für mich bist du einfach die Richtige! Du gibst mir deinen Humor, deine Liebe, deine Fröhlichkeit, und ja, auch dein Chaos. Es ist nie perfekt und vorhersehbar, so wie mit Claudia, und genau deshalb ist es so großartig. Und außerdem … bist du für mich die süßeste Frau der Welt.«

Ich schluckte. Nicht zu fassen. So, wie Leon mich ansah, meinte er tatsächlich, was er sagte!

»Was hast du heute an? Kastenförmige Unterhose oder String-Tanga?«

»Extrem kastenförmige Unterhose«, murmelte ich.

»Macht nichts.«

»Echt?«

»Echt. Soll ich dir's beweisen?«

»Ja«, flüsterte ich.

»Jetzt gleich?«

»Jetzt gleich.«

»Zur Sache, Schätzle!«

Und Leon packte mich an der Hand und zog mich hoch, und dann rannten wir kichernd ins Schlafzimmer und wir wuschelten uns nicht nur durch die Haare, und endlich, endlich war alles gut und wir hatten unser Happy End, das bis in alle Ewigkeit anhalten würde. Hurra!

25. Kapitel

Because I'm happy
Clap along if you feel like a room without a roof
Because I'm happy
Clap along if you feel like happiness is the truth
Because I'm happy
Clap along if you know what happiness is to you
Because I'm happy
Clap along if you feel like that's what you wanna do

Because I'm happy …« Das Radio war bis zum Anschlag aufgedreht, und ich sang lauthals mit. Jedes freie Plätzchen in der Küche war belegt. Auf dem Boden stapelten sich überquellende Tüten. Auf der Arbeitsplatte lag Sellerie, Paprika, Knoblauch, Salat, eine Tube Tomatenmark, Hühnerschlegel, ein paar in Folie eingeschlagene Scheiben Speck, ein Baguette, eine Packung Toastbrot, Messer, Bretter, Servietten, Kerzen, mein Handy und ein Stapel ausgedruckter Rezepte. Auf dem Herd türmten sich Töpfe und die Pfanne, und im Kühlschrank standen nicht nur eine, sondern zwei Flaschen Champagner und eine angebrochene Flasche Weißwein. Ich hatte mir schon mal ein Gläschen eingeschenkt, mir selber zugeprostet und mir einen wundervollen Abend gewünscht.

Trotz des Durcheinanders um mich herum war mir so leicht zumute! Endlich hatten Leon und ich alles geklärt. Simon, Claudia und Dani waren für alle Zeiten aus dem Weg geräumt. Hurra! Aus der Krise war ein Neuanfang geworden, und ich war zum ersten Mal in meinem Beziehungsleben ohne Lilas Beratung klargekommen! Ich hatte bisher noch nicht einmal mit ihr telefoniert! Pipeline Praetorius war endlich erwachsen. Und wenn jetzt neue Ex-Freundinnen auftauchten, würde ich total souverän und ohne jede Eifersucht damit umgehen. Von nun an würde alles laufen wie geschmiert: Wenn Leon das nächste Mal Fußballtraining hatte, würde ich mich hinsetzen, den Fernseher ausstöpseln, das Handy ausschalten und mit einem Blatt Papier und Bleistift über Kinder, das Leben in einer Neubausiedlung auf dem Land und die potenzielle Mitgliedschaft in einem Kirchenchor/Hasenzüchterverein/bei den Landfrauen nachdenken. Ich war mir zwar schon jetzt ziemlich sicher, was dabei herauskommen würde, aber ich würde mich wenigstens wie ein gereifter Mensch verhalten und die Bedürfnisse meines Partners ernst nehmen, so, wie er es verdiente! Und so, wie es in jeder Frauenzeitschrift und jedem Ratgeberbuch stand! Schließlich wusste ich endlich, wo ich hingehörte. Dass ich zu Leon gehörte.

Jetzt, wo ich ihm alles gebeichtet hatte, konnte ich die Geschichte mit Simon ein für alle Mal aus meinem Kopf kippen! Und auch über das Katastrophen-Gen würde ich mir erst mal keine Gedanken mehr machen. Man sah ja an Micha, was dabei herauskam, wenn man versuchte, es loszuwerden.

Und endlich, endlich würden wir unser romantisches Abendessen bekommen, das ich, Pipeline Praetorius, höchstselbst kochen würde! Heute war nämlich der 25. Juli. Leons Geburtstag! Den ich NIE MEHR vergessen würde! Ich plante, ihn mit einem Drei-Gänge-Menü zu überraschen: Römersalat mit geröstetem Toastbrot als Vorspeise, *Coq au vin* als Hauptgericht und zum Nachtisch *Mousse au chocolat*. Okay, das war sportlich für jemanden, der eigentlich kein bisschen kochen konnte, aber beim *Coq au vin* hatte ich ja schon Tarik über die Schulter geschaut. Außerdem war ich eine Stunde früher aus dem Büro abgehauen, und Leon hatte mir gerade eine SMS geschickt, dass es bei ihm später werden würde, weil er noch in einem endlosen Meeting festsaß, Geburtstag hin oder her. Ich hatte also alle Zeit der Welt und würde nicht im mindesten in Stress geraten. Ab und zu klingelte das Telefon, aber ich ging nicht ran, das waren bestimmt Glückwünsche für Leon.

Die gute Nachricht würde ich ihm dann persönlich überbringen. Der Grund, warum ich heute kommentarlos früher gegangen war, ohne mir Sorgen zu machen, nach Leipzig strafversetzt zu werden! Es war nämlich bisher in jeder Hinsicht ein fabelhafter Tag gewesen! Ich war ein bisschen zu spät ins Büro gestolpert, weil Leon sich sehr angestrengt hatte, mir zu beweisen, dass mit fortgeschrittener Beziehung die Leidenschaft keinesfalls abnehmen musste. Ich hatte grandiosen Sex gehabt und würde heute Nacht wieder grandiosen Sex haben! Dazwischen musste ich leider ins Büro. Arminia war zum Glück noch nicht da.

»Kann ich mal kurz mit dir reden, Line?«, fragte Suse, kaum war ich zur Tür herein. »Es … es ist wichtig.« Sie wurde mal wieder rot.

»Klar!«, sagte ich und versuchte, munter zu klingen. Wie schrecklich musste es sein, wenn man immer gleich rot wurde und nichts dagegen tun konnte! Suse nahm sich ihren Bürostuhl und rollte ihn dicht an meinen heran. Niemand schenkte uns Beachtung. Obwohl man das bei Philipp ja nie wusste.

»Es ist eine gute Nachricht«, murmelte Suse, ohne mich anzusehen. »Arminia wird es heute beim Mittagessen allen offiziell mitteilen, aber ich wollte, dass du es von mir erfährst.«

»Okay«, gab ich zurück, »wie du möchtest.« Ich platzte vor Neugier. Eine gute Nachricht? Offiziell? Was konnte das sein? Suse war doch nicht etwa schwanger von ihrem heimlichen Lover? Schwangerschaften waren gute Nachrichten, aber nicht für Arminia. Suse holte tief Luft. Dann sah sie mich an und sagte ruhig: »Du brauchst keine Angst mehr zu haben. Arminia wird dich nicht nach Leipzig schicken.«

»Woher weißt du das?«

»Weil ich mit Benny nach Leipzig gehe.«

»Du gehst nach Leipzig? Aber Suse … das ist ja fürchterlich! Du willst doch genauso wenig weg von Stuttgart wie wir anderen auch! Und wieso hat es jetzt ausgerechnet dich getroffen?« Wo ich mir doch ganz sicher gewesen war, dass Arminia mich ins Exil schicken würde, die Mitwisserin ihres saupeinlichen Geheimnisses!

Suse war jetzt tomatenrot. Sie schüttelte den Kopf. »Ich habe mich freiwillig gemeldet für Leipzig. Und Arminia … hat gleich ja gesagt. Sie kann mich nicht mehr sehen und ist froh, dass sie mich los wird.«

Mich wäre sie auch gern los, dachte ich. Laut sagte ich: » Du hast dich freiwillig gemeldet? Aber wieso denn?«

»Weil ich …«, ihre Stimme wurde kieksig, »…weil ich schon seit Wochen mit Benny zusammen bin.«

»Benny? Benny und du?«, platzte ich heraus.

»Ich weiß, dass das komisch klingt«, antwortete Suse sachlich. »Der coole Benny, der aussieht wie Hugh Jackman und über den wir uns immer lustig gemacht haben, und das Mauerblümchen Suse, das jedes Mal rot anläuft, wenn es nur den Mund aufmacht. Aber es ist nun mal passiert.«

»Aber nein, so meine ich das nicht!«, gab ich hastig zurück. Wenn ich ehrlich war, hatte ich es aber genau so gemeint. Benny und Suse! Dabei hätte ich selber draufkommen können. Das gemeinsame Projekt! Suse hatte sich verknallt, und deswegen hatte sie sich so verändert … um Benny zu gefallen! Eigentlich war es ziemlich traurig, dass die Typen einen erst bemerkten, wenn man sich aufbrezelte. Aber ganz offensichtlich hatte es ja funktioniert.

»Ich wollte es dir schon längst sagen, aber ich hatte Schiss, wegen Arminia. Benny hat auch schon längst die Schnauze voll von ihr«, sagte Suse leise. »Aber du weißt ja, wie sie ist. Er wusste nicht, wie er aus der Flirtnummer herauskommen sollte, ohne sie vor den Kopf zu stoßen. Sie hat ihn ein paarmal richtig übel angebaggert, als sie spät noch allein im Büro waren. Er hat versucht, sie auf Abstand zu halten, aber es wurde immer schwieriger, und dass sich Leipzig mehr und mehr verzögert hat, hat die Sache nicht besser gemacht.«

Und weil sie bei Benny nicht landen konnte, hat sie es bei Philipp probiert, dachte ich mit Schaudern, und der lässt sich drauf ein, weil er glaubt, dass er dann nicht nach Leipzig muss, und jetzt geht Suse freiwillig, und Philipp hat umsonst seine Ehe riskiert … Aber das würde Suse nie erfahren.

»Wann geht's los?«, fragte ich und bemühte mich um einen fröhlichen Ton.

»In zwei Wochen. Wir haben schon eine Wohnung in Leipzig, und wir werden erst einmal von dort aus arbeiten, bis das Büro bezugsfähig ist. Riesig groß, Altbau, traumhafte Lage in der Südvorstadt, nicht weit vom Büro, und viel günstiger als in Stuttgart. Leipzig ist toll. Unheimlich lebendig. Da herrscht so eine Aufbruchsstimmung. Und sie bauen kein Scheißstuttgart 21. Und Benny … ist ein saunetter Kerl, wenn man allein mit ihm ist und er nicht einen auf großer Macker macht.« Suse glühte. Aber nicht aus Peinlichkeit. Sie glühte, weil sie glücklich war!

»Ich freue mich für dich«, sagte ich. »Ich freue mich wirklich. Und ich bin auch sehr, sehr froh, dass ich nicht hier wegmuss. Und du wirst mir fehlen, Musketier!«

Paulas Praktikum endete auch bald. Dann blieben mir Micha und Philipp. Und Arminia … keine guten Aussichten. Trotzdem fielen mir Felsbrocken vom Herzen, wie nach der Aussprache mit Leon. Das war ja ein richtiger Steinschlag! Hurra! Ich konnte mit Leon zusammen in Stuttgart wohnen bleiben!

Suse schluckte. »Glaub nicht, dass es mir leichtfällt, aus Stuttgart wegzugehen. Die letzten Wochen und Monate hier, das waren die besten, die wir in der Agentur hatten, oder?«

Ich nickte. »Ja. Weil wir zusammengehalten haben.«

»Einer für alle, alle für einen«, sagte Suse leise. Wir umarmten uns. Es fühlte sich an, als würde man ein Kind umarmen.

Nicht vor das Arbeitsgericht oder nach Leipzig ziehen zu müssen war der Grund für die zweite Flasche Champagner. Ich hatte mich dafür finanziell zwar ein bisschen ruiniert, aber es handelte sich ja auch um einen ganz besonderen Anlass: Nichts würde Leon und mich jemals mehr auseinanderbringen! Ab und zu dachte ich an Dorle, und dann bekam mein Glück einen Dämpfer. Die einen fanden wieder zueinander, die anderen verloren sich für immer. Vielleicht schaffte ich es, sie während des Kochens kurz anzurufen.

Mit Feuereifer machte ich mich an die Vorbereitungen für das romantische Abendessen. Erst kochen, dann Tisch decken, dann String-Tanga anziehen, dann Geschenk verpacken! Oder umgekehrt? Ich war mir noch nicht ganz sicher, was ich tun würde, wenn Leon zur Tür hereinkam. Sollte ich »Stopp, keinen Schritt weiter!« brüllen, mir blitzschnell das olle T-Shirt und den BH vom Leib reißen und mich mit einem Glas Champagner in der Hand und zwei Salatblättern auf der Brust neben dem Römersalat auf dem Tisch garnieren? Mit einem Croûton im Bauchnabel? Sozusagen als lebende Vorspeisen-Installation? Oder war es erotischer, die Spannung langsam von Gang zu Gang aufzubauen, indem ich Leon bei jedem Weg in die Küche Obszönitäten ins Ohr flüsterte? Alternativ konnte ich jedes Mal ein Kleidungsstück ablegen. Da ich wegen der Hitze draußen aber insgesamt nur vier Kleidungsstücke trug, war ich vielleicht zu schnell ausgezogen? Zur Vorbereitung auf den Abend hatte ich im Büro nach dem Gespräch mit Suse im Internet ausführlich »Die nackte Maja« von Goya studiert. Vielleicht sollte ich versuchen, ihre verführerische Haltung mit dem Arm hinter dem Kopf zu imitieren? Leider konnte ich weder ihre üppigen Rundungen noch die Korkenzieherlocken aufbieten.

Weil richtiges Timing beim Kochen alles war und die *Mousse au chocolat* zwei Stunden in den Kühlschrank musste, nahm ich mir als Erstes die Nachspeise vor. Der Schwierigkeitsgrad »simpel« war für jemanden wie mich einfach ideal. Zunächst sollte die

Schokolade im Wasserbad schmelzen. Ich war mir nicht ganz sicher, was ein Wasserbad war, aber eigentlich war das Wort ja selbsterklärend. Ich machte Wasser im Wasserkocher heiß, schüttete es in einen Kochtopf und legte dann die Blockschokolade zum gemütlichen Baden hinein. Leider stand in dem Rezept nicht, wie viel Wasser, deswegen nahm ich erst mal nicht so viel, man konnte ja jederzeit nachgießen. Dann kramte ich die Eierkartons aus den Tüten. Zwölf Eier war eine ganze Menge für zwei Personen, aber wenn etwas von der *Mousse* übrig blieb, würden sich der Grüne Heiner und Schorle morgen drüber freuen, und das mit dem Cholesterin war wissenschaftlich mittlerweile ja widerlegt.

Erst einmal musste man die Eier trennen. Die fehlende Übung würde ich mit Geschick wettmachen. Ich nahm zwei Schüsseln, eine fürs Eiweiß und eine fürs Eigelb. Leider flutschten mir immer wieder Eierschalen und Eigelb ins Eiweiß, aber das machte sicher nichts aus. Am Ende brauchte ich sogar dreizehn Eier statt zwölf, weil das Eigelb von Ei Nr. sieben nicht mehr zu retten war, obwohl ich es mit dem Messer sorgfältig von meinem weißen T-Shirt abkratzte. Ich stöpselte den Handmixer ein und begann, das Eiweiß auf höchster Stufe steif zu schlagen. Ich schlug und schlug und bekam schon langsam einen Krampf in der Hand, aber das blöde Eiweiß wollte einfach nicht steif werden, stattdessen roch es auf einmal verbrannt; war der Mixer schon heiß gelaufen? Die Eiweiße weiter bearbeitend, hielt ich die Schüssel in die Luft und drehte mich zum Herd um. Vor lauter Schreck rutschte mir das Rührgerät ab, so dass das Eiweiß aus der Schüssel ringsherum durch die Küche spritzte. Aarggg! Das Wasser im Kochtopf war komplett verdampft, und die Schokolade badete nicht mehr, sondern war zu einem braunen Haufen zusammengeschnurzelt, der mich an Wutzky erinnerte und der sich lustig in den Topfboden eingebrannt hatte. Ich riss den stinkenden Topf vom Herd und hielt ihn unter den Wasserhahn. Es zischte und stank jetzt noch mehr. Ich riss das Fenster auf. Fast schien es so, als müsste ich nachtischmäßig umdisponieren. Andererseits war ich ja der Nachtisch, und nach dem leckeren Römersalat, zwei Hühnerschlegeln pro Nase, dazu Gemüse und Baguette, waren wir bestimmt pappsatt. Ich kippte das Eiweiß aus der Schüssel ins Klo und ignorierte das, was von den Schränken tropfte. Nach der Kochaktion war sowieso ein Großputz fällig.

Als Nächstes wusch ich Möhren, Paprika und Pilze für den Hauptgang und schnippelte sie klein, ohne dass irgendetwas schiefging. Auch das Schneiden des Specks verlief komplett ereignislos. Erstaunlich. Jetzt fluppte es! Ich war vorher einfach noch nicht richtig warm gewesen! Okay, eine Kleinigkeit ging schief, als ich nämlich die Sellerie betrachtete, stutzte ich plötzlich, und schnell lief ich zum PC und googelte ein Sellerie-Bild, und da wurde mir klar, dass ich versehentlich Fenchel statt Sellerie gekauft hatte. Die zwei sahen sich aber auch zum Verwechseln ähnlich. Nicht mal der Kassiererin war aufgefallen, dass ich das falsche Gemüse abgewogen hatte! Es hatte aber auch sein Gutes, denn dadurch hatte ich weniger zum Schnippeln. Es dauerte nämlich irgendwie alles schrecklich lange, dabei mussten die Hühnerschlegel nach dem Anbraten noch vierzig Minuten mit dem Gemüse in den Ofen.

Ich beschloss, aus Zeitgründen auf Knoblauch und Schalotten zu verzichten, davon kriegte man sowieso nur völlig unerotische Blähungen, und gab Öl in die Pfanne, um die Hühnerschlegel anzubraten. Vielleicht sollte ich mich erst mal um die Vorspeise kümmern, damit wir überhaupt etwas zu essen hatten, wenn Leon nach Hause kam? Ich zupfte zwei Blätter vom Römersalat, hielt den restlichen Kopf am Stück unters fließende Wasser, schüttelte ihn kräftig, wobei ein paar klitzekleine Schnecken herausfielen, fertig. Der musste jetzt nur noch ein bisschen abtropfen. Dass die Leute sich immer so viel unnötige Arbeit mit Salatwaschen machten!

Das Fett war heiß. Ich gab die vier dicken Hühnerschlegel in die Pfanne, sprang elegant zurück, als das heiße Fett wie ein Geysir hochspritzte, und drehte die Temperatur herunter. Einen Moment stand ich nur da, sog den herrlichen Duft des brutzelnden Fleisches ein und freute mich unbändig auf den romantischen Abend. Sobald die Geflügelkeulen Farbe angenommen hatten, mussten auch Speck und Gemüse mit angebraten werden, aber jetzt hieß es erst einmal, für den Salat Toastbrotscheiben zu würfeln und in einer Pfanne mit Öl zu Croûtons zu rösten. Leider war unsere einzige Pfanne belegt. Aber wozu hatte ich meinen fabelhaften Toaster »Made in West Germany«? Ich machte das Fenster wieder zu, stellte den Toaster aufs Fensterbrett, stöpselte ihn ein und schob zwei Brotscheiben in die Schlitze. Dann betrachtete ich nachdenklich die beiden Salatblätter. Ich würde einen ganz kurzen Test machen, ob ich lieber Vor- oder Nachspeise sein wollte. Schließlich durfte ich an so einem wichtigen Abend nichts dem Zufall überlassen. Ich nahm ein Senfglas aus dem Schrank und füllte es mit Wasser, dann blickte ich auf die Uhr. »Stopp, keinen Schritt weiter!«, brüllte ich, rannte ins Wohnzimmer, stellte das Glas ab, riss mir T-Shirt und BH vom Leib, warf beides aufs Sofa, kletterte, so schnell ich konnte, auf den Esstisch, und drapierte die beiden Römersalatblätter auf meine Brüste. Dazu legte ich Maja-mäßig einen Arm hinter den Kopf, zog die Knie leicht an, lächelte so naiv-verführerisch wie sie, prostete mit dem anderen Arm einem imaginären Leon mit dem Senfglas zu und rief: »Happy Birthday!«

Die Salatblätter waren ziemlich kalt und irgendwie sehr länglich, was sich vielleicht nicht so gut machte auf dem Busen, der sich dadurch in einen Lang- anstatt in einen Rundbusen verwandelte, aber bei Goya waren Salatblätter ja auch nicht vorgesehen. Außerdem war ein Teil des Wassers beim Rennen aus dem Senfglas geschwappt, aber ich hatte nur fünfzig Sekunden gebraucht, um mich zu drapieren. So konnte es klappen. Es war also beschlossen, ich würde Teil der Vorspeise sein. Ich rutschte vom Esstisch und schlüpfte schnell wieder in die Klamotten. Unglaublich, dass die verbrannte Schokolade immer noch so stank! Ich lief mit dem Senfglas Richtung Küche und blieb in der Tür wie angewurzelt stehen.

Es war nicht die eingebrannte Schokolade, die da so stank. Helle Flammen schlugen aus dem Toaster! Das gute alte Made in West Germany-Teil fackelte soeben auf dem Fensterbrett ab! Einen Augenblick lang war ich vor Panik wie gelähmt. Dieser Augenblick reichte den Flammen, um auf den Vorhang überzugreifen, gierig fraßen sie sich nach oben, schon brannte die Vorhangstange. Das ohrenbetäubende Piepen des Rauchmelders riss mich endlich aus meiner Schockstarre, ich rannte zum Toaster und leerte das restliche Wasser aus dem Senfglas darüber, aber das Feuer loderte weiter, heiß schlug es mir ins Gesicht und versengte mir die Augenbrauen. Ich riss einen leeren Topf vom Herd, füllte ihn an der Spüle mit Wasser und kippte ihn auf den Toaster. Der war jetzt zwar gelöscht, aber das Feuer breitete sich in Windeseile weiter aus und hatte schon vom Vorhang auf die Küchenschränke übergegriffen! Ich füllte einen weiteren Topf und schüttete ihn auf den Vorhang, und noch einen Topf für die Schränke, aber das Feuer war viel zu schnell, ich fing schon an zu husten und bekam keine Luft mehr. Todesangst ergriff mich. Es dauerte doch nur Minuten, bis man an Rauchvergiftung starb! Ich riss ein Geschirrtuch vom Haken, machte es nass und hielt es mir mit einer Hand vor den Mund, während ich mit der anderen wieder den Topf füllte, aber das Feuer hatte sich längst weitergefressen, denn plötzlich schoss aus der Pfanne mit den Hühnerschlegeln eine gewaltige Stichflamme nach oben, und jetzt brannte die ganze Küche lichterloh, und es gab nur noch eines: raus hier. Sofort raus und die Feuerwehr alarmieren!

Ich schaffte es gerade noch, mein Handy zwischen Fenchel und Knoblauch herauszufummeln, dann rannte ich durch die Flammen aus der Küche und schlug die Tür hinter mir zu. Tränen liefen mir übers Gesicht, panisch schlug ich mit rußgeschwärzten Händen auf meinen Körper, aber wie durch ein Wunder hatte meine Kleidung kein Feuer gefangen. Mit zitternden Fingern wählte ich die 112, lief mit dem Telefon am Ohr weiter ins Wohnzimmer, riss die Fenster auf, stellte mich daneben und sog tief die frische Luft ein. »Feuer!«, schrie ich in kompletter Panik, als sich endlich jemand meldete. »Feuer in der Gutenbergstraße!«

»Ois noch am andere. Noma, Adress, Delefo«, antwortete eine extrem entspannte männliche Stimme. »Ond noo erschd, wos brenna dud.«

»Pipeline Praetorius, Gutenbergstraße 119, und ich weiß meine Handynummer nicht auswendig!«, schrie ich. Ich zitterte am ganzen Leib. Was machte eigentlich jemand, der in Stuttgart einen Notruf absetzte und kein Schwäbisch verstand?

»Was brennd?«

»Die Küche im vierten Stock, aber gleich noch viel mehr, wenn Sie nicht schnell kommen!«

»Sen no me Leit em Haus?«

»Das weiß ich nicht!«

»Isch ebbr verletzt?«

»Bisher nicht!«, rief ich und drehte mich vom Fenster weg Richtung Brandherd. Die Küchentür brannte, dicker schwarzer Rauch drang heraus. Wenn ich noch länger zögerte, war der Weg ins Treppenhaus abgeschnitten! Ich fing wieder an zu husten.

»Ha, sen Sie no recht gscheid, sen Sie etwa no en dr Wohnong? Sofort naus, on warnad Se die andre Leit em Haus, abr ohne sich selber zom gefährda! D' Feierwehr vo dr Feierwach zwoi en dr Weimarschdroß isch scho onderwägs!«

Ich lief in den Flur. Die Flammen schlugen jetzt aus der Küche heraus. Was ließ sich noch retten? Wo war mein Geldbeutel? Meine Papiere? Der Computer? Mein Impfpass? Zu spät, zu gefährlich! Viel wichtiger war doch, dass niemandem im Haus etwas zustieß! Ich warf einen letzten Blick auf das flammende Inferno, dann rannte ich durch die aus der Küche herausleckenden Flammen und schlug die Tür hinter mir zu. Was würde von unserer frisch renovierten Wohnung übrig bleiben? Jemand schluchzte. Das war wohl ich. Keine Zeit zum Heulen, über uns wohnte niemand mehr, aber im dritten Stock? Da war uns noch nie einer begegnet! Ich rannte die Treppen hinunter und brüllte gleichzeitig, »Feuer, Feuer, alles raus hier!« Wie eine Wahnsinnige drückte ich auf die Klingel, dann hämmerte ich gegen die Tür, niemand öffnete, ich brüllte weiter, immer wieder, »Feuer, Feuer!«, irgendwo unten ging eine Tür auf, und eine Frauenstimme rief: » Was ist los?«

»Raus, sofort raus aus dem Haus, in meiner Wohnung brennt es!«, wollte ich schreien, aber alles, was herauskam, war ein Krächzen. Ich rannte weiter in den zweiten Stock. Dani! Ich klingelte wieder wie eine Wahnsinnige, hämmerte mit aller Kraft gegen die Tür. Keine Antwort. Unten waren jetzt aufgeregte Kinderstimmen zu hören, Fußgetrappel im Treppenhaus. Und da, endlich, Sirenen. Die Feuerwehr! Gott sei Dank war die Feuerwache in der Weimarstraße nur ein paar hundert Meter entfernt! Ich rannte hinunter, klingelte im Hochparterre, auch von dort keine Reaktion. Im Treppenhaus tauchten die ersten Feuerwehrmänner mit Atemschutzmasken und Schläuchen auf. »Vierter Stock!«, krächzte ich, sie trampelten an mir vorbei die Treppe hinauf, und ich taumelte hinaus in den Hof. Luft, frische Luft! Ich fing wieder an zu husten.

Anton und Maria, die beiden Kinder aus dem ersten Stock, standen in der hintersten Ecke des Hofes dicht aneinandergedrängt neben einer jungen Frau und guckten fasziniert und erschreckt zugleich auf die Feuerwehrleute und die Feuerwehrautos, die vor unserem Haus standen. Es war aber auch beeindruckend. All die Löschzüge, Feuerwehrleute und Schläuche! Der Transporter mit der Aufschrift »Kommandowagen«. Und der Mann in der neongelben Weste, der hektisch Befehle brüllte!

Ich blieb einfach neben dem Hauseingang stehen und guckte ein bisschen zu. Ich hatte jetzt schließlich alle Zeit der Welt, und niemand schenkte mir Beachtung. Jetzt wurde eine Leiter ausgefahren mit einem Korb obendran, da war ein Mann in voller Montur drin. Das musste ja ein richtig großes Feuer sein! Die armen Leute, die hier wohnten! Ich fing an zu lachen. Mann, hatte ich vielleicht ein Glück, dass das nicht meine Wohnung war. Ich lachte, lachte, lachte immer mehr, lachte, bis mir der Bauch weh tat, sah die ungläubigen Blicke von Anton, Maria und der Babysitterin, und dann wurde aus meinem Lachen ein Husten, und vor mir stand plötzlich jemand ganz in Weiß, bestimmt ein Engel, der mich abholte, und dann bekam ich keine Luft mehr und dann war ich tot.

26. Kapitel

Well, there's three versions of this story
Mine and yours and then the truth

Es war so gemütlich im Bett, ich wollte eigentlich gar nicht aufwachen. Eben noch hatte ich geträumt. Vielleicht schlief ich noch mal ein? Im Traum hatte ich in einem Café gesessen, und es war um das Katastrophen-Gen gegangen. »Bei der nächsten Katastrophe wirst du an mich denken«, sagte Micha düster. »Vielleicht auch erst bei der übernächsten. Aber spätestens, wenn du mit deinem Freund zusammengezogen bist und vor den Trümmern deiner abgebrannten Bude und deiner Beziehung stehst, wirst du dir wünschen, auf mich gehört zu haben.« Bescheuerter Traum! Widerwillig öffnete ich die Augen. Ich war in einem Bett, aber es war nicht meins. Um mich herum war alles weiß. Jetzt fiel's mir wieder ein, ich war ja tot.

»Geht's Ihnen besser?«, fragte der Engel, der mich auf der Erde abgeholt hatte.

»Ist das hier der Himmel?«, fragte ich vorsichtig zurück, obwohl das eine ziemlich dämliche Frage war, schließlich würde ich niemals dort landen. Der Mann lachte.

»Noch nicht ganz«, sagte er. »Sie sind in einem Krankenwagen. Sie waren bewusstlos, Sauerstoffmangel. Wir haben Sie eine Weile beatmet. Wir müssten noch Ihre Daten aufnehmen, Sie hatten keine Papiere bei sich.«

Krankenwagen, wieso Krankenwagen? Ich setzte mich auf. Ich lag auf einer Bahre inmitten technischer Geräte. Die hintere Tür des Krankenwagens ging auf, und ein Mann mit einer neongelben Weste kletterte herein. Den hatte ich irgendwo schon mal gesehen. Auf seiner Weste stand »Einsatzleiter Feuerwehr«. Feuerwehr, wieso Feuerwehr? Langsam kam die Erinnerung zurück. O Scheiße!

Der Mann zog einen dicken Lederhandschuh aus und reichte mir die Hand.

»Werner Müller, Eisatzleidong«, sagte er. »Sen Sie die Frau Braedorius, die wo den Brand gmeldet hot, on isch des Ihr Wohnong em vierde Stock?«

Ich nickte stumm.

»Gwä«, ergänzte der Einsatzleiter.

»Gwä?«

»Gwä. Isch des Ihr Wohnong gwä.«

»Was soll das heißen, ist das meine Wohnung GEWESEN?«

Der Einsatzleiter zuckte mit den Schultern. »Weil nemme viel drvo ibrig isch. Ihr Wohnong isch komblett ausbrennd. 's Fenschdr uffmacha isch au koi so gude Idee gwä.«

»Komplett ausgebrannt?«

»Komblett. Älles he. Do kennad Se nix meh retta. Was 's Feier net nobrochd hot, des hot dr Löschschaum übernomma.«

»Habe ich Sie richtig verstanden? Sie meinen, alle Zimmer sind ausgebrannt? Nicht nur die Küche?«

»Älles. Älles gifdiger Brandschutt. Do kennad Se nix meh wäscha odr butza odr uffheba.«

Ich schloss für einen Moment die Augen, weil mir selbst im Liegen schwindelig wurde. Alles? Futsch? Klamotten, Möbel, Bücher, Papierkram? Fotos und Erinnerungen? Geburtsurkunde, Zeugnisse, Ausweise, von einem Moment auf den anderen, mein ganzes, frisch renoviertes Leben? Und nicht nur meines, auch das von Leon. Leon, der heute Geburtstag hatte und mit dem ich unseren Neuanfang hatte feiern wollen.

»Entschuldigung. Hätten Sie das der Patientin nicht etwas

schonender beibringen können?«, hörte ich die vorwurfsvolle Stimme des Sanitäters.

»Se ka ja froh sei, dass net meh bassierd isch. Weil mir so dapfer[15] doo gwä sen, hemr 's Feier schnell onder Kontrolle ghett, d' Rettongswäg send net verraucht, on 's isch net uf andre Wohnonga ibergriffa. Hen Sie a gscheide Versicherong, Frau Braedorius?«

»Die allerbeste«, flüsterte ich. »Haftpflicht und Hausrat. Allererste Sahne.«

»Noo isch bloß halb so schlemm. On Sie sottad em Vermiedr Bscheid gäba.«

Dem Vermieter Bescheid geben. Und Leon. Wieso war er noch nicht zu Hause? Er würde einen Schock bekommen. Ich musste ihn vorwarnen!

»Darf ich in die Wohnung?«, fragte ich. »Bitte. Ich will es sehen.« Der Einsatzleiter sah den Sanitäter fragend an. Der drehte sich zu mir.

»Haben Sie noch Atemnot oder Hustenreiz? Dann sollten Sie zur Kontrolle ins Krankenhaus.«

Ich schüttelte den Kopf.«Mir geht's gut. Ich will in die Wohnung. Mein Freund kann jederzeit nach Hause kommen, und wenn ich nicht da bin …«

»Wir kennad ihm Bscheid gäba, so isch's net«, sagte der Einsatzleiter.

»Danke, aber das muss ich schon selber machen«, murmelte ich. Hallo, Leon, schön, dass du da bist, wollte dich eigentlich zu deinem Geburtstag mit einem romantischen Abend überraschen, bloß leider, leider, hab ich stattdessen unsere Bude mit dem Toaster abgefackelt, war halt doch nicht mehr der jüngste, alles futsch. Tränen stiegen mir in die Augen.

15 Dapfer, hochdeutsch tapfer, stellt sich der Schwabe täglich den Widrigkeiten des Lebens, beispielsweise Nachbarn, die keine Kehrwoche machen. Dapfer wird im Schwäbischen aber auch mit der Bedeutung »schnell« verwendet. »Dapfer, spreng«, also »Lauf schnell zu« ist somit das Gegenteil von »Noo net hudla« im ersten Kapitel und das, was der Schwabe dem kenianischen Läufer zurufen würde, um ihn anzufeuern, sollte er je in die Verlegenheit kommen.

»Es gibt übrigens auch seelsorgerliche Betreuung nach Katastrophen«, meinte der Sanitäter teilnahmsvoll. Ich schüttelte wieder den Kopf. Eine wandelnde Katastrophe wie ich war schließlich an kleinere Missgeschicke wie abgebrannte Wohnungen gewöhnt. Warum bloß hatte ich nicht auf Micha gehört und so wie er versucht, das Katastrophen-Gen loszuwerden? Dann hätte ich jetzt vielleicht ein paar lächerliche Nebenwirkungen wie bunte Ohren, aber noch ein Zuhause!

»Kann ich jetzt in die Wohnung?«

»Em Reschd vom Haus send d' Messwert obedenklich, on die Leit hen scho wieder neidirfa, aber Ihr Wohnong sott no a bissle lüfta. Wartad Se no femf Minuta. D' Bolizei missd au jeden Moment komma, mit dene sottad Se no schwätza. Wie's bassierd isch ond so«, erklärte der Einsatzleiter, dann grüßte er und kletterte wieder aus dem Krankenwagen. Polizei? Bestimmt kam Vanessa. Aber das war jetzt auch egal. Der Krankenpfleger fragte meine Personalien ab. Ich antwortete mechanisch und unterschrieb dann das Formular, ohne auch nur einen Blick darauf zu werfen. Draußen dröhnten Motoren.

»Die fünf Minuten sind um«, bemerkte der Krankenpfleger. »Sind Sie sicher, dass Sie in die Wohnung wollen und nicht ins Krankenhaus? Sie sind ja kalkweiß im Gesicht.«

»Es geht schon. Danke für alles«, sagte ich leise, reichte ihm die Hand und kletterte erst aus dem Bett und dann aus dem Krankenwagen. Meine Knie fühlten sich an, als seien sie aus Gummi. Ich blieb einen Moment stehen, stützte mich am Auto ab, atmete tief ein und aus, bis ich mich stabiler fühlte, und sah mich dann um. Der Krankenwagen parkte etwas unterhalb unseres Hauses in einer abgesperrten Zone hinter einem flatternden Plastikband, das von Polizisten bewacht wurde. So etwas kannte ich eigentlich nur aus dem »Tatort«. Auf der anderen Seite der Absperrung standen unzählige Schaulustige, gafften mich an und hoben eifrig ihre Handys, um mich zu fotografieren. Ein paar Leute mit großen Kameras brüllten etwas von »Presse« und »Exklusivinterview« in meine Richtung. Ich hielt mir die Hand vors Gesicht und sah nicht mehr hin. Die Löschzüge samt Feuerwehrleuten und Einsatzleiter waren verschwunden. Ich ging ins Haus. Jeder Schritt war so anstrengend, als würde ich nicht vier Stockwerke, sondern den Himalaja erklimmen. Überall im Flur waren die Fenster weit geöffnet, es war entsetzlich dreckig und stank. Niemand war zu sehen. Ich hätte es auch nicht geschafft, mit jemandem zu reden.

Am Eingang zu unserer Wohnung blieb ich stehen. Hier oben war der Gestank beinahe unerträglich. Die Wohnungstür, oder besser gesagt, das rußgeschwärzte Etwas, das von ihr übrig geblieben war, stand offen. Ich hatte schreckliche Angst vor dem Anblick, der sich mir bieten würde. Sollte ich nicht besser auf Leon warten? Mit ihm zusammen der Katastrophe ins Auge blicken? Leon würde mich nicht verurteilen! Er würde schockiert sein, ja, aber vor allem würde er froh sein, dass ich unversehrt geblieben war. Er würde mich in seine Arme ziehen, mir liebevoll durchs Haar wuscheln und mich ganz, ganz festhalten. Bei dem Gedanken stiegen mir die Tränen in die Augen. Ich zog das Handy aus der Tasche. Keine Nachricht. Wahrscheinlich saß er noch immer in dem Meeting mit den Chinesen. Chinesen konnten sehr ausdauernd sein, hatte er mir einmal erklärt. Sollte ich ihm eine SMS schicken? Oder Lila anrufen? Sie würde doch sofort kommen! Nein. Pipeline Praetorius würde sich dem Horrorszenario stellen, allein, und dann auf Leon warten.

Ich trat in den Flur unserer Wohnung. Alles schwarz, verkohlt, stinkend. Da, wo die weiß gestrichene Rauhfasertapete gewesen war, war jetzt eine schmutzig verfleckte Wand. Die Kommode, ein schwarzes Wrack, und hatten wir nicht eine Garderobe aus Holz besessen? Ich warf einen scheuen Blick in die Küche. Als ich sah, dass da, wo das Fenster gewesen war, nur noch ein offenes Loch klaffte, begann ich am ganzen Leib zu zittern. Schnell wandte ich mich ab und ging stattdessen ins Wohnzimmer. Inmitten der schwarzen Verwüstung stand, mit dem Rücken zu mir, ein Mann in Polizeiuniform. Als er meine Schritte hörte, drehte er sich um und blickte mich an.

»Line«, sagte er leise. In seinen Augen lag unendlich viel Mitleid und noch etwas anderes.

Er stand nur da, abwartend, unbeweglich, als sei ich ein scheues Tier, das beim leisesten Geräusch oder der kleinsten Bewegung fliehen würde. Aber ich würde nicht weglaufen, im Gegenteil, ich verspürte nichts als grenzenlose Erleichterung darüber, ein vertrautes Gesicht zu sehen und nicht mit einem anonymen, distanzierten Beamten verhandeln zu müssen. Ich blickte in Simons Augen, und darin lag so viel Anteilnahme, dass ich mein letztes bisschen Fassung verlor und mit einem lauten Schluchzen auf ihn zustolperte. »Du zitterst ja«, murmelte Simon, während er mich in seine Arme zog, und ich ließ es geschehen und jetzt heulte ich wirklich.

Ich heulte um mich und die Wohnung, ich heulte wegen der Katastrophe, die ich ausgelöst, und wegen der Todesangst, die ich empfunden hatte, und Simon hielt mich ganz fest. »Alles wird gut«, murmelte er. »Ich kümmere mich jetzt um dich.« Tief in mir drin begann eine Alarmanlage zu schrillen, aber ich war zu erschöpft, um ihr Beachtung zu schenken, ich vergrub mein Gesicht in der blauen Uniform und heulte, ich wollte den Rest meines Lebens so stehen bleiben und getröstet werden, mit geschlossenen Augen, wie ein kleines Kind, um ja nicht denken, ja nicht die verkohlte Wohnung sehen zu müssen. Simon streichelte mir sanft über den Kopf und küsste mein Haar, und die Alarmanlage wurde lauter. Ich hob das Kinn, und er küsste meine Stirn und meine Nase und dann schob er mich ein wenig von sich und sah mich nur an, und da wusste ich, dass er mich noch immer liebte, und ich öffnete den Mund, um ihm klipp und klar zu sagen, dass das, was niemals richtig angefangen hatte, ein für alle Mal zu Ende war, weil es niemanden für mich gab außer Leon, nach dem ich mich schmerzlich sehnte. Aber nun waren Simons Lippen auf meinen, und sofort war die Erinnerung an den Jahrhundertkuss da, aber nur kurz, denn dieser Kuss stellte den Jahrhundertkuss in den Schatten. Beim Jahrhundertkuss war ich mit Simon in den Sternenhimmel geflogen, jetzt wusste ich nicht mehr, wer ich war und wo ich war. Da waren Farben und Klänge und Düfte und die wohligste Wärme, die ich je gespürt hatte, und alles wirbelte durcheinander und wirbelte mich mit, und ich löste mich auf in Tausende leuchtende Teilchen, die herabregneten wie eine knallbunte Feuerwerksrakete. Es fühlte sich an, als würde ich sterben, und gleichzeitig hatte ich mich niemals, niemals lebendiger gefühlt, denn dies war ein Jahrtausendkuss.

Endlich ließ mich Simon los, und aus den tausend Teilchen wurde wieder eine Pipeline Praetorius, und ich öffnete widerwillig die Augen, und die verkohlte Wohnung und der Gestank kamen zurück wie ein Schlag in die Magengrube.

»Line«, stammelte Simon. »Line, Liebe meines Lebens! Ich ziehe bei Vanessa aus. Wir beide gehören zusammen, für immer!«

Etwas polterte zu Boden, und ich fuhr herum, und da stand Leon in der Tür. Leon, der mich mit offenem Mund anstarrte, Leon, der den Jahrtausendkuss gesehen und Simons Worte gehört haben musste. Sein Blick löste sich von mir, wanderte über die rußgeschwärzten Wände und die verbrannten Möbel, ungläubig, fassungslos, und kehrte dann wieder zu mir zurück und bohrte sich in meine Augen, noch fassungsloser. Er sagte nichts, er sah mich nur an, und die Zeit war stehengeblieben, schon vor Jahren war sie genau in diesem Moment stehengeblieben, und ich würde diesen Blick voller Schmerz, Trauer und Enttäuschung weiter ertragen müssen, bis in alle Ewigkeit, denn ich war in der Hölle. Ich wollte den Mund aufklappen und bei allem, was mir heilig war, schwören, dass Leon einen völlig falschen Eindruck von der Situation hatte, dass ich ihn liebte, nur ihn ganz allein, aber mein Mund gehorchte mir nicht, und jetzt war es Leon, der den Mund aufmachte.

»Leb wohl, Pipeline Praetorius«, flüsterte er, so leise, dass ich es kaum hören konnte, und dann bückte er sich, griff nach der Aktentasche, die er hatte fallen lassen, und war weg. Einfach weg. Einfach so. Und endlich wachte ich aus meiner Hölle auf und wollte mich aus Simons Armen lösen, aber er hielt mich fest umklammert, als sei ich eine Kriminelle, die flüchten wollte.

»Lass mich sofort los!«, brüllte ich ihn an und trat ihm kräftig auf den Fuß. »Wie kannst du es nur wagen, die Situation so auszunutzen, du Arsch!«

Und nun war es Simon, der mich enttäuscht und verletzt ansah und endlich, endlich losließ, und ich drehte mich auf dem Absatz um und rannte los, und Simon rief etwas hinter mir her und es war mir völlig egal.

Ich brüllte. Ich schrie. Ich rannte. Aber Leon hatte nicht nur einen gewaltigen Vorsprung, er war wegen seines Fußballtrainings natürlich auch viel schneller und fitter als ich. Seine Füße trommelten weit unten durch das Treppenhaus, und dann fiel die Eingangstür ins Schloss, und ich war erst im zweiten Stock, wo Dani in ihrer Wohnungstür stand und mich mit weit aufgerissenen Augen anstarrte, weil ich rannte und keuchte und Leons Namen brüllte, als gelte es mein Leben. Als ich endlich die Haustür aufriss und auf die Straße lief, immer noch brüllend, rollte der Golf gerade durch die noch immer wartende Menge der Schaulustigen, im Schritttempo erst, dann aus der Menschenmenge heraus, und schließlich raste er mit quietschenden Reifen die Gutenbergstraße hinunter. Und dann war er weg, und ich stand da in meinen rußgeschwärzten Klamotten und heulte, heulte mitten hinein in die gierigen Objektive der Handys und Kameras, heulte, weil ich etwas viel, viel Wertvolleres verloren hatte als all mein Hab und Gut.

27. Kapitel

Tonight, the minutes seem like hours
the hours go so slowly and still the sky is light
oh moon, shine bright, and make this endless day
endless night, tonight

Mein Herz klopfte. Es klopfte, seit ich das Zimmer betreten hatte. Ich hatte alles genauestens überprüft und so arrangiert, wie ich es haben wollte. Das Telefon hatte geklingelt, und ich hatte bestätigt, dass alles zu meiner Zufriedenheit vorbereitet worden war. Jetzt blieb mir nur noch zu warten. Wie ein Tiger im Käfig lief ich auf und ab. In regelmäßigen Abständen erinnerte ich mich an etwas, das für immer verloren war, und jedes Mal gab es mir einen kleinen, schmerzhaften Stich. Ein Foto mit Katharina auf der Bank vor Dorles Hutzelhäuschen, unsere Beine baumelten weit über dem Boden, Dorle thronte würdevoll in der Mitte und hatte die Arme um uns gelegt, weg. Leon. Meine Strümpfe mit dem Elch drauf, futsch. Leon. Die roten Handschellen, meine Mumin-Bücher, meine »Norma«-CD mit Catherine Naglestad, mein AC/DC-Shirt, verbrannt. Leon, Leon, Leon. Nichts von alle dem, was zu Asche geworden war, war wirklich wichtig. Nur Leon. Jedes Mal, wenn ich an ihn dachte, fing ich an zu heulen. Wenn ich mit Heulen fertig war, rannte ich ins Bad und wusch mir an dem Waschbecken mit den goldenen Armaturen mein Gesicht, um Leon nicht mit rotgeweinten Augen gegenübertreten zu müssen. Nach ein paar Minuten begann das gleiche Ritual von vorn. Dabei hing jetzt alles davon ab, dass ich cool blieb.

Seit dem gestrigen Abend hatte ich keine Nachricht von Leon. Hatte er die Nacht im Hotel verbracht oder sich bei jemandem einquartiert? Es war so quälend, nichts von ihm zu hören. Wenigstens hatte er noch ein Portemonnaie und eine EC-Karte, mit der er bezahlen konnte. Ich dagegen besaß nicht einmal mehr die Kleider am Leib.

Nachdem Leons Golf aus meinem Blickfeld verschwunden war, hatte ich mich auf den Bordstein sinken lassen, war sitzen geblieben und hatte so getan, als bemerkte ich die gaffende Menge und die tuschelnden Nachbarn nicht, die in kleinen Grüppchen beieinanderstanden, mich anstarrten und dann wieder hinaufsahen zur ausgebrannten Wohnung. Ich saß einfach nur da und weigerte mich, zu denken. Niemand sprach mich an. Irgendwann kam ein kleiner, zotteliger Hund herbeigesprungen. Er drängte sich an mich, als spüre er meinen Kummer. »Schorle«, murmelte ich und kraulte ihn ein bisschen. Dann schlurfte der Grüne Heiner heran. Er legte mir die Hand auf die Schulter und sah mich teilnahmsvoll an.

»Ach Mädle. I han ghert, was bassierd isch. Wenn i irgendebbes doo ka …«

Weil ich nicht mitten auf der Straße in Tränen ausbrechen wollte, nickte ich nur stumm. Wenig später stand Simon vor mir. Er beugte sich über mich und sagte leise: »Du hast einen Schock. Ich kann dich jetzt auf keinen Fall allein lassen. Wo soll ich dich hinbringen? In ein Krankenhaus oder ins Hotel? Oder soll ich erst einmal einen Notfall-Psychologen für dich organisieren?« Seine Stimme war voller Anteilnahme. So, als wäre das, was gerade zwischen uns passiert war, nicht passiert.

»Danke, ich komme schon klar. Ich gehe zu einer Freundin.«

Du bist uns immer willkommen, das weißt du doch? Was auch geschieht, Tag und Nacht.

»Zu Lila, in die Neuffenstraße? Ich fahre dich.«

Ich schüttelte den Kopf.

»Komm schon, Line. Du kannst jetzt nicht zu Fuß gehen oder

mit der Bahn fahren.« Simon streckte mir die Hand hin und zog mich vom Bordstein hoch. Ich ließ ihn sofort wieder los. »Steig schon mal ein«, sagte er, dann wandte er sich an die Nachbarn und die gaffende Menge hinter der Absperrung. »Weitergehen. Bitte gehen Sie weiter!«, rief er mit dieser Polizistenstimme, die keinen Widerspruch duldete, und winkte auffordernd mit der Hand. »Hier gibt es nichts mehr zu sehen. Gehen Sie nach Hause!«

Ich kletterte ins Polizeiauto und sah zu, wie nur zögernd Bewegung in die Menge kam und sich die Leute langsam, fast widerwillig zerstreuten. Simon wartete, bis alle verschwunden waren, und stieg dann ins Auto. Keiner von uns beiden sagte auch nur ein Sterbenswörtchen, bis das Polizeiauto vor Lilas Häuschen hielt.

»Ich bescheinige dir, dass weder Brandstiftung noch Fahrlässigkeit vorliegen, aber du wirst trotzdem noch etwas Papierkram erledigen müssen. Solltest du dabei Unterstützung brauchen, melde dich gern auf dem Revier«, erklärte Simon. Der Klang seiner Stimme war freundlich, professionell und distanziert. Alles Persönliche war daraus verschwunden, und ich war unendlich erleichtert. »Alles Gute.«

»Danke.«

Wir sahen uns nicht mehr an und tauschten keine bedeutungsschwangeren Blicke mehr, wir gaben uns nicht einmal mehr die Hand, um unseren Abschied zu besiegeln. Ich stieg einfach nur aus, ließ nichts zurück außer ein paar schwarze Flecken auf dem Polster und hoffte von ganzem Herzen, dass ich niemals mehr mit der Polizei zu tun haben und Simon über den Weg laufen würde. Und sollten wir uns doch wieder begegnen, dann würde es Zufall sein und kein Schicksal, und wir würden uns beide so verhalten wie Simon eben: Freundlich, professionell und distanziert.

Lila musste das Polizeiauto trotz der Dunkelheit bemerkt haben. Sie stand schon in der Haustür, und ihr Blick war voller Sorge. Sie zog mich hinein, strich mit dem Zeigefinger sanft über eine meiner abgefackelten Augenbrauen, ohne etwas zu sagen, und dann nahm sie mich in die Arme und wartete geduldig, bis ich fertig war mit Heulen. Sie ließ mich erzählen und hörte zu, ohne mich zu unterbrechen, und dann schüttelte sie nur kummervoll den Kopf und nahm mich noch einmal in die Arme und machte mir ein heißes Bad mit ganz viel Schaum. Mein müder Körper sank ins heiße Wasser, und für eine halbe Stunde verdrängte ich alles, was geschehen war, und dann sah ich zu, wie das Wasser abfloss und ein schwarzer Film in der Wanne zurückblieb. Als ich in Lilas gepunktetem Bademantel in die Küche kam, standen Spaghetti mit Gemüse und eine Flasche Rotwein auf dem Tisch, und die Zwillinge entdeckten mich und lachten, und Gretchen kletterte auf meinen Schoß, und alles war mir so vertraut und so lieb und so normal, selbst der stinkende olle Wutzky, dass ich gleich wieder anfing zu heulen.

Harald kam von der Abendsprechstunde, beugte sich über mich und umarmte mich, und dann rief er unseren Vermieter an, gab sich als mein Hausarzt aus, erzählte ihm, was passiert war, und behauptete, ich stünde unter Schock, und nein, ich sei nicht ansprechbar, er hätte mir ein Beruhigungsmittel gegeben, und ich würde schlafen und mich am nächsten Tag melden, und keine Sorge, wir seien gut versichert. Dasselbe schrieb er per Mail an Arminia und dass ich die nächsten drei Tage nicht zur Arbeit kommen würde. Und irgendwann lag ich in meinem alten Zimmer, Lila und Harald hatten die Zwillinge für die Nacht bei sich einquartiert, und fiel in einen bleiernen Schlaf, obwohl ich das Beruhigungsmittel nicht genommen hatte, das Harald mir gegeben hatte.

Mitten in der Nacht wachte ich auf und wusste nicht, wo ich war. Es war totenstill. Ich hatte geträumt, dass unsere Wohnung abgebrannt war und ich Leon verloren hatte, und als mich mit voller Wucht die Erkenntnis traf, dass es kein Traum gewesen war, begann mein ganzer Körper zu schmerzen wie bei einer schweren Grippe, und ich stand auf und wusste, dass ich jetzt genug geheult hatte und mich erst wieder hinlegen würde, wenn mir eine Idee gekommen war, wie ich Leon zurückgewinnen konnte. Leon, der von der Arbeit gekommen war und sich nach der endlosen Besprechung mit den Chinesen auf einen ruhigen Feierabend und eine kleine Geburtstagsfeier zu zweit gefreut hatte, Leon, der dann das Absperrband vor unserem Haus gesehen hatte und entsetzlich erschrocken sein musste, und mit jedem Schritt durch das stinkende Treppenhaus musste seine Angst größer geworden sein, aber nichts und niemand hatte ihn darauf vorbereitet, dass sein komplettes Hab und Gut in Flammen aufgegangen war. Und als ob dieser Schock nicht ausreichte, musste er noch mit ansehen, wie ich den Mann leidenschaftlich küsste, der mir angeblich nichts bedeutete und niemals etwas bedeutet hatte. Pipeline Praetorius, dachte ich, herzlich willkommen in der schlimmsten Katastrophe deines Lebens.

Ich lief im Zimmer auf und ab. Mein altes, geliebtes Zimmer hatte sich aus einem Chaos-Line-Zimmer in ein fröhliches Kinderzimmer verwandelt, mit einer Häschen-Tapete an der Wand, einem knallbunten Mobile an der Decke und einer Herde von Plüschtieren auf dem Boden, weil das Leben weiterging und die Zeit niemals stehenblieb. Auch für mich war die Zeit nicht stehengeblieben, und ich war endlich bereit, mein Schicksal selbst in die Hand zu nehmen und um Leon zu kämpfen. Lila hatte mich gefragt, ob sie Dorle oder Tarik anrufen sollte, aber ich hatte abgelehnt. Schon einmal hatten sie mir geholfen, mich mit Leon zu versöhnen. Nun war es an der Zeit, erwachsen zu werden und selber einen Weg aus dem Schlamassel zu finden.

Ich lief auf und ab und suchte verzweifelt nach einer Lösung, obwohl mir alles weh tat. Ich fühlte mich unendlich allein. Warum wurde es nicht endlich hell, es war doch schließlich Sommer! Beim Morgengrauen schlich ich hinunter in die Küche und nahm mir Haralds Laptop und fand schließlich, was ich suchte. Ich schrieb eine lange Mail und eine kurze SMS. Als Harald in die

Küche kam, um zu frühstücken, klappte ich seinen Computer zu und sagte: »Ich brauche Bargeld.« Harald nickte. Dann ging ich ins Bett und schlief endlich ein.

Und nun, Stunden später, wartete ich also. Ich wartete in diesem Zimmer, das ich nie zuvor gesehen hatte, in Klamotten, die nicht gerade dazu taugten, Leon zu verführen. Meine eigenen Kleider hatte ich komplett in den Müll werfen müssen. Lila hatte mir eine Pumphose geliehen, die mir viel zu kurz war, aber zumindest einen Gummizug hatte, dazu ihr kleinstes T-Shirt, das mir immer noch viel zu groß war und auf dem »Rettet den Grünspecht – NABU« stand. Ich wartete, und ich wusste, dass sich in den nächsten Stunden der Rest meines Lebens entscheiden würde. So oder so.

Es klopfte, und diesmal war es nicht mein Herz. Ich ging zur Tür. Entweder war das der Room-Service, oder es war Leon. Es war nicht der Room-Service. Bei Leons Anblick fiel ich beinahe in Ohnmacht vor Nervosität. Er trug das gleiche Hemd und die gleiche Hose wie am Vortag. Kein Wunder. Er hatte schließlich nur die Klamotten, die er am Leib trug. Alles andere war weg. Bis auf sein Auto, sein Mountainbike und die Liebesbriefe seiner Ex-Freundinnen im Keller.

Er sah konzentriert an meinem rechten Ohr vorbei. »Hallo, Line. Ich habe nicht allzu viel Zeit.« Sein Hemd war zerknittert, sein Gesicht unrasiert, und seine Stimme klang rauh.

Trotzdem fand ich ihn attraktiver als Daniel Craig, Brad Pitt, Elyas M'Barek und Hugh Jackman zusammen.

»Martin sammelt mich nachher am Charlottenplatz ein und nimmt mich mit nach Schwieberdingen. Ich werde erst mal dort bleiben.«

Ich schluckte. »Komm doch rein«, sagte ich leise. Innerlich wurde ich gerade von einem Erdbeben der Stärke 7 erschüttert. Wir liebten uns doch. Warum konnte ich mich nicht einfach in

Leons Arme stürzen, und alles war gut? Aber so leicht würde er es mir nicht machen. Er trat ein und sah sich um.

»Ganz schön großes Hotelzimmer. Und erstaunlich stilvoll. Ich hätte nicht gedacht, dass die Hausrat-Versicherung einen Whirlpool mit Marmorsäulen und Goldarmaturen in der Mitte des Zimmers bezahlt.«

»Das ist kein Zimmer«, murmelte ich. »Das ist eine Suite. Die Louis-XVI.-Suite, um genauer zu sein.«

»Aha. War alles andere im *Hotel zur Weinsteige* schon belegt?«

»Nein.« Ich winkte ihm, mir in die Sitzecke mit den antiken Polstermöbeln zu folgen. Auf dem Glastisch mit den Schnörkelfüßen standen ein riesiger Rosenstrauß, ein Sektkühler und zwei Glaskelche. Leon zog die Champagnerflasche aus dem Kühler und blickte nachdenklich auf das Etikett.

»Interessant«, meinte er. »Die wollen uns wohl trösten. Ist das Versicherungs-Standard, wenn jemand grad sein komplettes Hab und Gut verloren hat?«

Ich dachte an den unverschämt hohen Betrag, den ich für den original französischen Champagner abdrücken würde, und schwieg.

Leon machte keine Anstalten, sich zu setzen. Er ging zum Fenster, schaute hinaus auf den Innenhof und sagte: »Eigentlich bin ich nur gekommen, um mich von dir zu verabschieden. Wir sind ja zivilisierte Menschen, die nicht im Streit auseinandergehen, nicht wahr. Praktischerweise brauchen wir unsere Sachen nicht mehr auseinanderzuklamüsern, weil es keine Sachen mehr gibt, so dass es auch nicht viel zu besprechen gibt. Jeder geht seiner Wege, und fertig. Ich kümmere mich um die Versicherung und überweise dir deinen Anteil. Mit dem Vermieter habe ich schon telefoniert.« Seine Stimme klang sachlich und völlig emotionslos.

Mein Herz krampfte sich zusammen. Genauso hatte ich es mir vorgestellt. Leon hatte endgültig die Schnauze voll von mir und gab sich hanseatisch-unterkühlt. Alles hing jetzt davon ab, dass ich die Nerven nicht verlor und ihn irgendwie aus der Reserve lockte. Mit drastischen Mitteln.

»Machst du die Flasche auf?«, bat ich ihn freundlich. »Ich möchte nicht schon wieder ein Risiko eingehen. So ein Korken kann ganz schön viel Schaden anrichten, vor allem in einer Originaleinrichtung aus dem 19. Jahrhundert.«

»Mir ist nicht nach Champagner«, sagte Leon schroff.

»Mir eigentlich auch nicht. Aber wenn ihn die … die Versicherung schon hingestellt hat, wär's doch eigentlich schade drum, oder?«

Leon zuckte gleichmütig mit den Schultern und starrte ins Leere. Er ließ den Champagnerkorken knallen, schenkte die beiden Sektgläser voll und reichte mir eines davon. Dann nahm er einen großen Schluck, ohne vorher mit mir anzustoßen. Nach all den vergeblichen Anläufen, bei einem romantischen Abend Champagner zu trinken!

»Und? Ziehst du jetzt bei diesem … diesem Bullen ein?« Leon gab sich große Mühe, unbeteiligt zu klingen, aber ich kannte ihn zu gut. Ich hatte ihm gestern Abend mal eben das Herz gebrochen.

»Ich habe bei Lila und Harald übernachtet, in meinem alten Zimmer. Hast du Haralds SMS nicht bekommen?«

Leon zuckte wieder mit den Schultern. »Kann mir ja auch egal sein.«

»Leon. Bitte sieh mich an.«

Langsam hob Leon den Blick, und ich war wieder in der Hölle.

»Das hier ist die Honeymoon-Suite. Das ist der Honeymoon-Champagner, und das sind die Hochzeitsrosen.«

Leon sah mich an, als hätte ich sie nicht mehr alle.

»Wieso bringt uns die Versicherung in der Honeymoon-Suite unter? War das etwa das einzige freie Hotelzimmer in Stuttgart?«

»Nein. Ich habe das Zimmer gebucht und dafür eine klitzekleine Differenz bezahlt.« Leider war die Differenz zusammen mit all dem anderen Klimbim so groß, dass ich mir als Sommerurlaub maximal drei Nächte auf dem Campingplatz in Wanne-Eickel leisten konnte, aber manchmal musste man eben Opfer bringen.

»Line, ich finde es wirklich reizend, dass du die Honeymoon-Suite gebucht hast. Leider kann ich mich nicht erinnern, dich geheiratet zu haben, und heute ist bestimmt nicht der glücklichste Tag in meinem Leben. Im Gegenteil.« Leons Stimme war kalt.

»Ich weiß. Erinnerst du dich an Lilas Hochzeit?«

»Natürlich erinnere ich mich daran.« Eiskalt.

»Danach saßen wir auf der Treppe vor dem Rathaus, und du hast mir einen Heiratsantrag auf Vorrat gemacht. Du hattest Angst, ich renne schreiend davon, wenn du mich direkt fragst, und meintest, ich müsste dir nur Bescheid geben, wenn ich dich heiraten wollte.«

»Ich weiß noch wortwörtlich, was ich zu dir gesagt habe«, flüsterte Leon. »Aber das hat sich jetzt ja wohl erledigt.« Immerhin klang er jetzt nicht mehr so sibirisch.

»Das dachte ich mir.« Gleich würde ich losheulen. Reiß dich einmal in deinem Leben zusammen, Line. Übernimm einmal die Verantwortung für dein Glück. Ich machte einen Schritt auf Leon zu und ließ mich auf beide Knie fallen. Oder machte man das nur auf einem Knie? Ich stellte ein Knie wieder auf und räusperte mich.

»Was machst du da?«, fragte Leon böse und wich zurück.

»Ich bereite mich darauf vor, dir einen Antrag zu machen, dass du mir einen Antrag machst, und versuche, alles richtig zu machen. Das ist aber gar nicht so einfach, wenn du so böse guckst.«

»Steh sofort auf!«, befahl Leon. »Ich will das nicht!«

Was, wenn Leon ablehnte? Oder einfach zur Tür hinausmarschierte? Dann brauchte ich einen Plan B. Ich hatte keinen Plan B.

»Leon, Liebe meines Lebens …«

»Lass den Scheiß, Line!«, rief Leon wild. »Hör auf, mit meinen Gefühlen zu spielen!« Seine Stimme bebte. Schon besser. Es klopfte. Ich seufzte.

»Schlechtes Timing. Das wird der Room-Service sein. Gehst du mal aufmachen? Sonst muss ich wieder von vorn anfangen.« Ich blieb, wo ich war, und tat so, als sei ich völlig entspannt, obwohl es mich innerlich beinahe zerriss. Ich dachte an diese Typen, die auf einem Drahtseil von Wolkenkratzer zu Wolkenkratzer balancierten und abstürzten, wenn sie nur den Bruchteil einer Sekunde die Konzentration verloren.

Leon stellte klirrend seinen Sektkelch auf dem Glastisch ab und öffnete die Tür.

»Dürfen wir Ihnen auch von Seiten des Hauses herzlich zur Hochzeit gratulieren und alles Gute wünschen«, sagte ein junger Mann in Livree und nickte mir zu, als fände er es völlig normal, dass die frischvermählte Braut in Pumphosen, einem »Rettet den Grünspecht«-T-Shirt und ohne Augenbrauen unbeweglich auf dem Boden kniete, während der unrasierte, reichlich zerknitterte Bräutigam bitterböse guckte. Dann rollte er einen Tisch herein, auf dem eine dreistöckige rosa Hochzeitstorte mit sehr viel Zuckerguss thronte. Ganz oben auf der Torte waren zwei Plastikfigürchen, eine Frau im Brautkleid und ein Mann im Smoking, und auf einem schweinchenrosa Marzipanschildchen stand in schnörkeliger Schokoschrift »Line und Leon«.

»Du hast nicht zufällig einen Euro für den freundlichen jungen Mann?«

Leon sah mich an, als ob er mich gleich erschlagen würde. Das war doch schon mal ein weiterer Fortschritt. Er zerrte seinen Geldbeutel aus der Hosentasche, fingerte eine Münze heraus und drückte sie dem Jungen in die Hand. Der deutete eine Verbeugung an und verschwand.

»Du hast eine Hochzeitstorte bestellt?«, flüsterte Leon. »Und hier im Hotel behauptet, wir seien frisch verheiratet? Line, bist du vollkommen verrückt geworden? Das ist doch zynisch. Unsere Wohnung geht in Flammen auf, unsere Beziehung geht in die Brüche, und du bestellst eine *Hochzeitstorte?*«

»Na ja, ich bin mir nicht so sicher, ob sie uns das mit der Hochzeit abnehmen, so zerrupft, wie wir aussehen, und ich verstehe, dass dir das seltsam vorkommt, weil im Moment bist du stinkesauer auf mich, und das zu Recht, und du wirst mir keinen Heiratsantrag machen, und wir werden uns trennen und beide schrecklich unglücklich werden, und damit das nicht passiert, dachte ich, ich mache dir den Antrag, und wir tun so, als hätten wir geheiratet, und probieren mal aus, wie sich das anfühlt, und wir trinken den Champagner und stopfen uns mit Torte voll, die habe ich extra noch ganz schnell machen lassen, und sie war wirklich nicht billig, und dann verbringen wir die Hochzeitsnacht miteinander, und wenn das alles doch nicht so schrecklich ist, vor allem die Hochzeitsnacht, dann machst du mir einen Antrag, und wir heiraten richtig und machen alles noch mal von vorn, weil dann wissen wir ja schon, wie's geht.«

Leon starrte mich nach meiner langen Rede stumm an, dann gab er ein wütendes Schnauben von sich. »Hast du sie noch alle? Und stehst du jetzt mal langsam wieder auf? Das ist doch entwürdigend!« Er sah immer noch sehr böse aus. Wahrscheinlich war ihm eher danach, die Scheidungsfeier zu üben als die Hochzeitsnacht.

»Leon.« Ich wechselte das Knie. Die ganze Zeit war ich nach außen hin so cool gewesen. Schließlich hatte ich mir die Szene sorgfältig im Geiste ausgemalt und in meinem alten Zimmer hundertmal geübt. Wie ich vor Leon knien und damit sofort sein Herz erweichen würde. Aber bis jetzt erweichte gar nichts, und jetzt riss das Stahlseil unter mir, und ich stürzte ins Bodenlose. Die erste Träne wischte ich noch weg. Die zweite auch. Dann fingen die Tränen an, aus mir herauszufließen, weil jetzt war von Stahlseil keine Rede mehr, ich hatte mich in die Niagarafälle bei Hochwasser verwandelt.

»Hör auf zu heulen«, sagte Leon wütend.

»Ich kann nicht«, schluchzte ich.

»Hör-auf-zu-heu-len! Die Masche zieht bei mir nicht!« Bei

Leons schroffem Ton heulte ich noch viel, viel mehr. Es war vorbei. Leon hatte seine Entscheidung längst getroffen, endgültig, und egal, was ich sagte oder tat, nichts würde daran etwas ändern.

»Ich habe im Treppenhaus den Rauch gerochen. Und ich hatte so schreckliche, entsetzliche Angst um dich.« Nun hatte auch Leon Tränen in den Augen. War das jetzt gut oder schlecht? »Ich dachte, dir sei was zugestoßen … und dann komme ich in den vierten Stock und sehe, dass tatsächlich unsere Wohnung gebrannt hat, und drehe schier durch, und dann komme ich ins Wohnzimmer und seh dich da mit … mit diesem Bullen … knutschen! An meinem Geburtstag! Und so, wie er geredet hat, als sei das zwischen euch abgemachte Sache. Nachdem wir uns am Abend zuvor ausgesprochen hatten, und alles war gut! Da ist eine Welt für mich zusammengebrochen, Line. Unsere Welt … und heulen allein reicht mir jetzt nicht.«

»Ich weiß«, schluchzte ich. Wenn es ihm nicht einmal reichte, dass ich vor ihm auf den Knien herumrobbte, was dann? »Aber ich habe dich nicht angelogen, als ich dir gesagt habe, dass Simon mir nichts bedeutet. Natürlich musste ausgerechnet er gestern Abend in unserem ausgebrannten Wohnzimmer auftauchen! Ich hätte mich nicht von ihm in die Arme nehmen lassen sollen, aber ich war einfach am Ende mit meinen Nerven. Ich hätte mich auch vom Glöckner von Notre-Dame trösten lassen!«

»Entschuldige mal. In den Arm nehmen und trösten lassen, das hätte ich ja noch verstanden. Aber das war ein hollywoodmäßiger Kuss! Mit Liebeserklärung davor!«

»Du hast ja recht«, flüsterte ich. »Ich hätte mich niemals zu diesem Kuss hinreißen lassen dürfen.« Wahrscheinlich war das nicht der Moment, Leon mitzuteilen, dass Simon sich vom Jahrhundert- zum Jahrtausendküsser entwickelt hatte. »Aber dass Simon mich nach all den Monaten, die wir uns nicht über den Weg gelaufen sind, immer noch liebt, dafür kann ich doch nichts! Und es ist auch nicht meine Schuld, dass er trotz allem Vanessa geheiratet hat, nach dem Motto: *»If you can't be with the one you love/ love the one you're with.«*

»Ich kenne den Song, danke. Und weiter?« Leon pilgerte vor mir auf und ab. Links, rechts, links, rechts. Ich kniete noch immer und bekam gerade einen Krampf in der Wade.

»Ich kann doch nicht die zweite Wahl nehmen, als wär's ein Suppentopf von WMF! Ich werde doch immer nur an den Menschen denken, den ich eigentlich liebe, und mich und den Suppentopf unglücklich machen!«

»Äh … ja. Was hat der Suppentopf zweiter Wahl mit uns zu tun?«

Wieso war Leon so schwer von Begriff?

»Das ist doch ganz klar. Normalerweise liebt Leon Line, aber Line liebt Simon, und Simon liebt Karl-Heinz. Oder so ähnlich. Aber wenn Line Leon liebt, so sehr, dass es weh tut, und Leon Line liebt, hoffe ich mal, trotz allem, was Line vermasselt hat und wahrscheinlich auch in Zukunft vermasseln wird, *if you **can** be with the one you love,* dann ist das doch einfach unsagbar phantastisch grandios wunderbar.«

»Ist es denn so?«, fragte Leon leise. »Dass Line Leon liebt? So sehr, dass es weh tut? Trotz allem, was sie vermasselt hat?«

»Aber natürlich ist es so«, flüsterte ich, während mir die Tränen wie Sturzbäche übers Gesicht liefen. Dass ein einziger Mensch so viel Tränen produzieren konnte! »Aber es würde noch viel, viel mehr weh tun, wenn Line Leon verlieren würde. Tarik hatte recht, ich wollte mir ein Hintertürchen offen lassen. Deswegen wollte ich auch meinen alten Schlüssel für die Neuffenstraße nicht abgeben. Aber jetzt bist du da drin in meinem Herzchen, das Türchen ist zu, und der Schlüssel ist verloren. Und Lila habe ich heute ihren Schlüssel zurückgegeben. Leon, hör endlich auf, mich zu quälen. Mir tut alles weh, mein Herz, meine Knie. Bitte, bitte, lass uns die Hochzeitsnacht proben!«

Leon starrte sorgenvoll geradeaus ins Nichts, und dann murmelte er: »In der Tat. Du wirst es auch in Zukunft vermasseln, und nicht immer wird das Katastrophen-Gen schuld daran sein.« Er seufzte tief. Mein Herz sank, denn darauf gab es nichts mehr zu sagen.

Und plötzlich lachte Leon auf. Dann ließ er sich auf beide Knie sinken, ganz dicht vor mir, und er nahm mein Gesicht in beide Hände und sah mich an, und alles Wütende, Böse, Enttäuschte war aus seinem Blick verschwunden, und da war nur noch Zärtlichkeit, und dann küsste er mich da, wo meine Augenbrauen gewesen waren, und ich konnte immer noch nicht aufhören zu heulen, aber jetzt war es vor grenzenloser Erleichterung.

»Ja, ich will«, flüsterte Leon. »Ich will mit dir diesen völlig bekloppten Hochzeitsnacht-Test machen. Wir trinken den Champagner leer, essen die Torte Probe und testen vor allem das Bett. Aber den richtigen Antrag, den werde ich dir ganz bestimmt nicht jetzt machen, sondern dann, wenn es mir passt. Ich werde dich noch ein bisschen schmoren lassen.« Und endlich, endlich zog er mich in seine Arme, und wir fielen auf den Boden und rollten knutschend über den Teppich und zerrten uns die Kleider vom Leib. Und später fielen wir in das verschnörkelte Bett. Und noch viel später ließen wir heißes Wasser ein und machten im Whirlpool weiter, und dann bewarfen wir uns mit dem fluffigen Badeschaum, und dann sprang Leon tropfend aus dem Pool und rollte die Hochzeitstorte heran, damit wir mit den Händen Stücke herausschaufeln und sie uns gegenseitig in den Mund stopfen konnten. Wir spülten alles mit Champagner hinunter, Zuckerguss, Biskuit und Marzipan, während über uns die Sterne des Whirlpool-Himmels funkelten.

Es war die längste und leidenschaftlichste Hochzeitsnacht auf Probe der Weltgeschichte. Und die lustigste.

Danksagung

Dies ist der vierte Band in der Trilogie um Pipeline Praetorius. Eigentlich wollte ich aufhören, wenn's am schönsten ist. Aus meiner Sicht hatten Line und Leon ihr nicht mehr zu toppendes Happy End im »Spätzleblues« bekommen. Mit dieser Meinung war ich aber ziemlich allein. Bei jeder Lesung aus »Ein Häusle in Cornwall« fragte jemand beim Signieren: Wie geht's weiter mit Line und Leon? Ich hatte keine Ahnung. Sie waren mir ja selber abhandengekommen, wie gute Freunde, die man schmerzlich vermisst. Darum gilt mein erster Dank meinen Leserinnen und Lesern, ihrer Treue zu meinen Büchern und ihrer Liebe zu meinen Figuren. Was für ein Geschenk!

Darüber hinaus haben mich wieder zahlreiche Menschen unterstützt – und manche wissen überhaupt nichts davon! Meine treue Leserin Jana Rasper hat mich erst auf die Idee gebracht, Simon im »Schätzle« eine tragende Rolle zu geben. Mein herzlicher Dank dem Brautpaar, zu dessen Hochzeit ich mich selber in die Johanneskirche am Feuersee eingeladen habe. Die Trauung verlief äußerst harmonisch, und die beiden sahen aus, als ob sie sehr glücklich werden. Ohne Erik Raidt und seine Kolumne in der Stuttgarter Zeitung hätte ich nichts von den QR-Codes auf Grabsteinen erfahren, und von der ganz fabelhaften Broschüre »Erste Hilfe nach einem Brand« der Branddirektion der Stadt Stuttgart habe

ich ausführlich Gebrauch gemacht. Sehr dankbar bin ich auch Dr. Sebastian Markett und seinem Team von der Abteilung für Differentielle und Biologische Psychologie der Universität Bonn. Markett hat nämlich 2014 in einer Studie nachgewiesen, dass das Katastrophen-Gen tatsächlich existiert! Demnach gibt es das bei jedem Menschen vorkommende Gen DRD2 in zwei Varianten, und eine davon führt bei seinem Träger zu erhöhtem Chaos. Markett nennt das Katastrophen-Gen übrigens Schusseligkeits-Gen. Ach, wie ist das schön, wenn die Realität die Fiktion einholt!
Pfarrer i. R. Walter Veil nebst Gattin haben mich zum Thema evangelische Hochzeiten beraten. Versicherungsexperte Wolfgang Haas hat mir wichtige Infos zum Thema Versicherungen und abgefackelte Wohnungen gegeben. Familie Scherle vom Hotel »Zur Weinsteige« in Stuttgart danke ich dafür, dass ich ihre Louis-XVI.-Suite als Schauplatz für das große Finale benutzen durfte. Laura Dambach hat überprüft, ob Lena altersgerecht spricht. Und wie immer haben mich meine treuen Erstleserinnen Susanne Schempp, Eva Schumm, Johanna Veil und Andrea Witt angefeuert und unterstützt. Mein herzlicher Dank gilt auch Antje Steinhäuser für ihr Feedback und ihre hilfreichen Anmerkungen. Meiner wunderbaren Lektorin Michaela Kenklies danke ich für das Rundum-sorglos-Paket in allen Phasen der Buchproduktion.

Wenn Sie zwischen zwei Büchern von mir hören wollen, dann besuchen Sie doch meinen Blog (https://ekabatek.wordpress.com). Und natürlich bin ich auch wieder auf Lesetour, alle Termine finden Sie unter www.e-kabatek.de. Dort erfahren Sie dann auch alles, was nicht hier drinsteht – zum Beispiel, was es mit der (wahren) Geschichte mit den Rescue-Tropfen auf sich hat, und wie man erfolgreich einen Toaster abfackelt.

Wir sehen uns!

Herzlich Ihre Elisabeth Kabatek

Songzitate

Die Zitate am Kapitelanfang stammen aus folgenden Liedern:

1. Kapitel	*Rainy night in Georgia*	Text und Musik: Tony Joe White
2. Kapitel	*Moon over Bourbon Street*	Text und Musik: Sting
3. Kapitel	*The 59th Street Bridge Song (Feelin' groovy)*	Text und Musik: Paul Simon
4. Kapitel	*A house is not a home*	Text und Musik: Burt Bacharach, Hal David
5. Kapitel	*Lass mich dein Badewasser schlürfen*	Text: Comedian Harmonists, nach der Musik »Whispering« von John Schonberger
6. Kapitel	*This kiss*	Text und Musik: Beth Nielsen Chapman, Robin Lerner, Annie Roboff, gesungen von Faith Hill
7. Kapitel	*Im Märzen der Bauer*	Deutsches Volkslied
8. Kapitel	*Nur noch kurz die Welt retten*	Text und Musik: Tim Bendzko, Mo Brandis, Simon Triebel
9. Kapitel	*twenty-five minutes too late*	Text und Musik: Jascha Richter (Michael learns to rock)
10. Kapitel	*Love the one you're with*	Text und Musik: Stephen Stills

11. Kapitel	*Lucky*	Text und Musik: Jason Mraz, Tim Fagan, Ximena Sarinana Rivera, Colbie Caillat
12. Kapitel	*In einen Harung jung und stramm*	Deutsches Volkslied
13. Kapitel	*Underneath your clothes*	Text und Musik: Shakira, Lester Mendez
14. Kapitel	*Mambo*	Text und Musik: Herbert Grönemeyer
15. Kapitel	*Haare*	Text: Angelika Farnung, mit freundlicher Erlaubnis der Autorin Musik: Alberto Domínguez (Perfidia)
16. Kapitel	*Frisch ans Werk*	Text und Musik: Ernst Mantel, mit freundlicher Erlaubnis des Autors
17. Kapitel	*Schön ist die Liebe am Hafen*	Text: Hanns Schachner Musik: Carl G. von Bazant
18. Kapitel	*Changes*	Text und Musik: David Bowie
19. Kapitel	*All summer long*	Text und Musik: Edward King, Kid Rock, Gary Rossington, Uncle Cracker, Ronnie van Zant, Robert Wachtel, Warren Zevon, Leroy Marinell, James Green V.
20. Kapitel	*You don't bring me flowers*	Text und Musik: Neil Diamond, Alan Bergman, Marilyn Bergman
21. Kapitel	*Ojalá*	Text und Musik: Silvio Rodríguez

22. Kapitel	*Du bist das Beste, was mir je passiert ist*	Text und Musik: Silbermond
23. Kapitel	*Baa, baa, black sheep*	Engl. Kinderreim
24. Kapitel	*Hard to say I'm sorry*	Text und Musik: Peter Cetera, David Foster (Chicago)
25. Kapitel	*Happy*	Text und Musik: Pharrell Williams
26. Kapitel	*Shame*	Text und Musik: Gary Barlow, Robbie Williams
27. Kapitel	*Tonight*	West Side Story, Text: Stephen Sondheim Musik: Leonard Bernstein